Aurélie Wellenstein

Née en 1980, Aurélie Wellenstein a déjà publié une dizaine de romans avec une prédilection pour la fantasy. La lecture de Jack London a influencé ses romans, qui se nourissent du rapport homme-animal, y compris dans les instincts primaires des premiers. *Le Roi des fauves* (Scrineo, 2015 ; Pocket, 2017) a reçu le Prix des Halliennales. Le suivant, *Les Loups chantants* (Scrineo, 2016 ; Pocket, 2018), obtient quant à lui le Prix Elbakin. L'année suivante, l'auteure sera Coup de cœur des Imaginales.
Depuis ont paru *La Mort du temps* (Scrineo, 2017 ; Pocket, 2019), *Le Dieu-oiseau* (Scrineo, 2018 ; Pocket, 2020), *Mers mortes* (Scrineo, 2019 ; Pocket, 2021) qui a remporté le Prix Imaginales des bibliothécaires et le PLIB, et enfin *Le Désert des couleurs* (Scrineo, 2021). *Yardam* (Scrineo, 2020 ; Pocket, 2022) a reçu, quant à lui, le Prix de la 25e Heure du Livre du Mans en 2021.

[illegible] (Scrineo, 2018 ; Pocket, 2019) [illegible] (Scrineo, 2019 ; Pocket, 2020) [illegible] (Scrineo, 2020) [illegible] 2022) [illegible]

YARDAM

ÉGALEMENT CHEZ POCKET

LE ROI DES FAUVES
LES LOUPS CHANTANTS
LA MORT DU TEMPS
LE DIEU-OISEAU
MERS MORTES
YARDAM

IMAGINAIRE
Collection dirigée par Charlotte Volper

AURÉLIE WELLENSTEIN

YARDAM

ScriNeo

MIXTE
Papier issu de sources responsables
FSC® C003309

L'éditeur de cet ouvrage s'engage dans une démarche de certification FSC® qui contribue à la préservation des forêts pour les générations futures.

Pour en savoir plus :
www.editis.com/engagement-rse/

ISBN : 978-2-266-32241-6
Dépôt légal : mars 2022

« À Gilead, avant que le monde n'ait changé,
on appelait la pleine lune du Terme de l'Année
"la Lune du Démon" et on jugeait que la regarder
en face portait malheur. À présent, toutefois,
ça n'avait plus d'importance.
Des démons, il y en avait partout. »

(Stephen King, *Magie et Cristal*)

1

Accroupi sur la verrière du musée, Kazan prit quelques instants pour souffler. Il venait de traverser une partie de la ville par les toits. La trajectoire en dents de scie l'avait fait sauter de balcons en balustrades, escalader les pentes raides et glissantes des pignons, courir au sommet des toits comme un funambule et louvoyer entre les cheminées jusqu'à rejoindre enfin son objectif : l'immense coupole en verre bleuté du musée. À aucun moment, il n'avait craint d'être repéré. Sa silhouette vêtue de noir s'estompait dans la nuit et il était trop vif pour qu'on puisse l'identifier. Tout au plus, les insomniaques n'avaient vu qu'un mouvement furtif, une ombre aussitôt évanouie.

Il jeta un coup d'œil vers le bas. Les rues étaient calmes même si, depuis qu'il avait entamé l'ascension du musée, quelques promeneurs nocturnes et deux ou trois calèches étaient passés par intermittence, animant un instant le silence d'un éclat de rire, d'un claquement de sabots ou du cahot de roues cerclées de fer contre les pavés.

Il y avait peu de lumière ; les halos jaunes des réverbères et de rares fenêtres encore allumées formaient des étincelles minuscules dans les ténèbres. Les yeux de Kazan remontèrent le long des façades en brique pour embrasser la ligne déchiquetée des toits. D'où qu'on la regarde, Yardam présentait un profil sévère, d'une verticalité glaçante. Des pinacles pointus couronnaient chaque maison. Ces clochetons ouvragés, ornés de bourgeons ou de feuilles enroulées délicatement taillés dans la pierre, ressemblaient à des lames de couteaux crantées dressées sur le ciel noir. S'y ajoutaient les clochers et les tours des cathédrales gothiques réparties dans la ville, ainsi que les formes torturées des gargouilles penchées au-dessus des arcades, des contreforts et des galbes. Cette accumulation architecturale oppressante, tout en pointes et en angles aigus, donnait l'impression au simple citoyen qu'il allait finir enseveli sous une avalanche de pierre.

— *Tu as peur ?* s'enquit la voix d'Arnošt, le gardien du musée qu'il avait absorbé une semaine auparavant.

Kazan ne répondit pas. Il s'efforçait de ne pas dialoguer avec ses voix. Entamer la conversation avec l'une d'elles réveillait immanquablement toutes les autres et il n'avait guère besoin de s'emplir le crâne avec leur cacophonie.

— *Tu devrais*, ajouta le gardien, *car ils te trouveront. Ils te captureront. Tu paieras pour ce que tu as fait. Pour ce que tu m'as fait. Je leur dirai tout. Tout !*

Kazan se frotta le front, juste au-dessus du nez, comme si cela pouvait faire taire l'imbécile. La tour Gros-Horloge, ronde et blanche, indiquait cinq heures et demie du matin. C'était le moment d'agir. Il plaça sa ventouse, pompa une fois à l'aide du piston, puis avec son diamant de vitrier, traça sur le verre un cercle de la taille d'un cerceau. Un crissement aigu accompagna l'apparition de la rayure. La fracture se propagea avec un craquèlement ténu dans l'épaisseur du matériau, suivant la ligne de l'incision. Kazan actionna la ventouse et, avec mille précautions, souleva le lourd disque de verre. Celui-ci se détacha sans s'ébrécher. Retenant son souffle, le cambrioleur le déposa délicatement sur le côté. Un passage circulaire aux bords tranchants s'ouvrait désormais vers les entrailles obscures du musée. Kazan fixa l'extrémité de son filin à l'armature en acier de la coupole, le déroula dans le vide et se glissa à l'intérieur avec une agilité d'acrobate. Un instant plus tard, il posait le pied sur le plancher ciré de la galerie ; les lattes ne grincèrent même pas sous son poids. Kazan était pourtant d'un grand gabarit, quatre-vingt-douze kilos de muscles, mais l'absorption d'une trapéziste dans les gradins déserts d'un cirque itinérant il y a des années de cela lui avait appris à se mouvoir avec la souplesse d'un chat.

— *N'espère pas t'en sortir*, reprit la voix du gardien avec une satisfaction malsaine. *Maintenant que tu es entré, tu as signé ta perte. Tu finiras ta vie misérable derrière des barreaux.*

Kazan ignora les menaces. C'était le prix à payer pour se servir dans les précieux souvenirs de l'homme. Il regarda autour de lui avec curiosité, saisi d'un puissant sentiment de déjà-vu. Il avait l'impression d'être venu mille fois ici – et bien entendu, le gardien de nuit, prisonnier de sa tête, l'avait réellement été. Pendant des années, il avait arpenté ces couloirs, une lampe à la main, pour dissuader les voleurs. Et aujourd'hui, bien contre son gré, il en aidait un.

Le cambrioleur prit quelques secondes pour profiter de l'ambiance nocturne, si particulière, du musée. Une émotion qui n'était pas la sienne, mais celle de son prisonnier, grandit en lui : la satisfaction à déambuler dans les salles obscures et désertes, quand le jour elles étaient remplies par la foule, les voix, les piétinements. La galerie où il se trouvait était consacrée aux chefs-d'œuvre de Grégrová. Même sans les connaissances de sa voix, Kazan les aurait reconnus : *La Blouse verte*, *Les Trois Arbres*, *L'Étreinte*... Il avait été amateur d'art lui aussi, plus jeune. À cause de l'éclairage, il ne distinguait pas les véritables couleurs des tableaux, mais seulement leurs dominantes émeraude et cobalt, et cela donnait à l'ensemble de la pièce une atmosphère de château hanté.

En lui se déploya cette jalousie un peu exclusive du gardien de nuit face à ses protégés.

Kazan se secoua. Il était en train de se laisser envahir.

Il quitta la salle sans un bruit. Grâce aux souvenirs de sa victime, il savait que cinq hommes patrouillaient dans les différentes sections du musée. Il était entré dans la galerie supérieure, qui à cette heure était déserte, mais la ronde du vigile le ramènerait bientôt ici et alors, il découvrirait le filin attaché aux nervures de la verrière. Il lèverait le nez, verrait le trou… Kazan devait avoir terminé d'ici là.

Le cambrioleur se faufila dans la salle suivante. Il savait exactement où il allait et quels tableaux avaient le plus de valeur. Toutes les réponses se trouvaient dans la mémoire de son hôte. Il s'arrêta à l'angle d'une nouvelle galerie et y jeta un coup d'œil prudent. À l'autre bout du corridor, la lumière d'une lanterne flottait dans la pénombre, animant des reflets mouillés sur les peintures accrochées au mur et étirant l'ombre du vigile sur le plancher ciré. Kazan laissa l'air filer tout doucement entre ses lèvres. Il lui restait moins de temps que prévu. Courbé en deux, il franchit la porte comme un éclair noir et pénétra enfin dans la salle circulaire où se trouvait son objectif : le *Portrait de la femme aux bras croisés*, chef-d'œuvre de Sobotková, estimé à vingt-deux millions de couronnes.

Pourtant, alors qu'il s'avançait silencieusement, son regard fut attiré par un autre tableau et quelque chose en lui pila net. Il se rendit à peine compte qu'il se détournait de sa cible pour s'en approcher. C'était comme un flash, un magnétisme. L'œuvre était assez vilaine et la nuit en exagérait la noirceur. Dans un cartouche vieil or, le titre, *Geminga*, était gravé. Un mot sans signification particulière, qui renforça l'attirance trouble de Kazan. Il observa la peinture dans ses détails. L'artiste y avait représenté un paysage nocturne, digéré par les ténèbres. On n'en voyait presque rien, juste des formes grossières : une clairière, des arbres, le ciel noir. Regardant mieux, Kazan distingua un lac obscur dans lequel se reflétait la lune. Non, pas la lune. Une éclipse de soleil plutôt. Le disque noir était auréolé d'une mince couronne de flammes blanches. Et c'était cela qui l'attirait follement. Il se rapprocha encore, le nez à quelques centimètres du tableau, son cœur battant lourdement dans sa poitrine.

Un rire dans sa tête l'arracha à sa fascination.

— *Tu es foutu*, jubila Arnošt.

Tandis que dans la réalité, une voix mal assurée l'épinglait en flagrant délit :

— Qu'est-ce que vous faites là ?

2

Kazan se retourna lentement. Les souvenirs de son prisonnier lui apprirent qu'il avait affaire à un certain Dagmar. La lanterne tremblait dans la main gauche du vigile et dans la droite, il brandissait une pétoire d'un geste guère mieux assuré. Kazan se serait giflé. Combien de temps avait-il passé le nez devant le tableau noir ? Plusieurs minutes ? Toutes les voix parlèrent en même temps pour renchérir :

— *Tu deviens fou.*

— *C'est normal.*

— *Tu vas exploser.*

— *Il ne fallait pas nous prendre.*

— *Tu vas exploser maintenant !*

— *Bien fait !*

— *C'est ta faute, après tout.*

— À genoux, commanda le gardien de nuit qui, passée la surprise, retrouvait peu à peu ses réflexes de professionnel. Mettez les mains sur la tête.

— Du calme, Dagmar, murmura Kazan d'un ton apaisant.

— Comment tu connais mon nom ?

— Tout va bien… On se connaît. Nous sommes proches, toi et moi.

— Ta gueule ! Je sais pas de quoi tu parles. Mets-toi à genoux, les mains sur la tête.

— Je ne suis pas armé.

Il continuait de parler d'un ton persuasif et calme, sans aucune animosité ni peur. L'arme tremblait toujours dans le poing du garde. Au moindre mouvement brusque, il tirerait, mû par la panique. Kazan devait agir en douceur, avec fluidité, sans à-coup. Il se racla la gorge et mobilisa le souvenir d'Arnošt.

— C'est moi, dit-il en imitant la voix de l'homme qu'il avait absorbé. C'est moi, Arnošt.

— Quoi ?

L'homme hésita une seconde – l'ouverture dont avait besoin Kazan. Le cambrioleur se détendit et frappa à la glotte avec le tranchant de la main. Dagmar s'affaissa en gargouillant. Kazan le rattrapa avant qu'il se recroqueville sur le sol et son bras s'enroula contre son cou pour comprimer les artères carotidiennes. L'homme se débattit maladroitement, donna d'inoffensifs coups de coude, rua de plus en plus faiblement, puis son corps s'amollit. Kazan l'allongea sur le plancher.

Malgré cette neutralisation rapide et précise, ils avaient fait trop de bruit. Dans moins d'une minute, les collègues de Dagmar viendraient par ici. Le cambrioleur se redressa et, de nouveau, ses yeux embrassèrent le tableau représentant l'éclipse. Il hésita, tiraillé entre cette toile inconnue et le chef-d'œuvre hors de prix accroché au bout de la galerie.

— *Prends celui-là.*

— *Prends l'autre.*

— *C'est noir. C'est noir !*

— *Vingt-deux millions, Kazan, qu'est-ce que tu as dans la tête ?*

— *Nous ! Nous !*

Et des éclats de rire. Le voleur se toucha les tempes. Le bref affrontement avait lâché la bride de ses voix. Elles l'empêchaient d'écouter alors qu'il avait désespérément besoin d'être attentif.

— Et puis merde, grommela-t-il.

D'une grande enjambée, il rejoignit la toile anonyme et la décrocha de son clou pour la faire glisser dans son sac. Dans une trentaine de secondes, Dagmar reprendrait ses esprits. Kazan l'enjamba, retraversa en courant les deux galeries pour revenir sous la verrière. Son filin était toujours là, pendant immobile du plafond jusqu'au sol. Le voleur commençait à se hisser quand résonnèrent une cavalcade et des cris. Les quatre gardiens surgirent dans la salle. Kazan accéléra l'ascension à la force de ses bras.

— Bouge pas ! ordonna l'un d'eux, bien inutilement.

Kazan reprit pied sur le toit au moment où éclatait une détonation. Le verre se brisa tout près de sa chaussure et la balle se perdit dans la nuit. Il l'avait échappé belle.

Repasser par les toits demandait trop de temps ; maintenant, il devait aller vite. Il ne prit pas la peine de remonter son filin. Accroupi au bord de la verrière, en quelques gestes experts, il déroula une nouvelle bobine, arrima son mousqueton et descendit la paroi du musée en rappel. Un instant plus tard, il atterrissait sur la marquise en fonte qui surplombait l'entrée du bâtiment. Il se détacha et d'un saut rejoignit le sol.

Les gardiens mettraient au moins deux minutes à redescendre jusqu'ici ; il bénéficiait d'une confortable avance.

Sa satisfaction se ternit à l'idée de ce qu'il avait emporté : non le chef-d'œuvre destiné à le rendre riche, mais une croûte quelconque au titre incompréhensible, un tableau si noir qu'il nécessitait sans doute une restauration.

Les voix s'esclaffèrent dans sa tête.

Pour les faire taire, il accéléra, jetant toute sa force dans la course. Il franchit en une traction les grilles de fer forgé qui encerclaient le jardin du musée et déboucha dans la rue. Il traversa, se glissa dans une impasse et, dissimulé derrière des cageots, retrouva son manteau qu'il enfila par-dessus le sac plaqué contre son dos. Il remonta ensuite l'impasse sans hâte excessive. Appuyée contre le mur du fond, une silhouette paraissait l'attendre. Kazan caressa le manche de sa courte dague avant de comprendre à qui il avait affaire. Ce n'était qu'une coquille, blafarde et chauve, le front contre la brique. Comme toutes ses semblables, elle se tenait immobile et silencieuse. Kazan ne put s'empêcher de la regarder, même s'il n'y avait rien d'autre à voir qu'un masque impassible. Sans surprise, les traits distinctifs de son visage s'étaient estompés. Seulement, à la différence des autres, elle ne cherchait même plus la lune. Sans doute avait-elle atteint un stade très avancé de son mal.

Kazan sauta par-dessus le mur ; elle ne leva pas la tête.

Le voleur remonta les rues en lacets de Yardam, un peu maussade. Il ruminait toujours son choix bizarre qui lui avait fait préférer cette *Geminga* au *Portrait de la femme aux bras croisés*, mais au fond, ne s'en agaçait pas plus que ça : il savait bien qu'il n'aurait pas pu profiter de son argent.

Car la maladie grandissait inexorablement en lui.

Et bientôt, elle le tuerait.

3

Les couleurs de l'aube chassaient progressivement la grisaille de la nuit. Des diagonales roses descendaient, obliques, sur les toits de tuiles. Les rues s'animaient. Déjà le pavé résonnait du sabot des chevaux et des roues des calèches. Les gens se dirigeaient vers leur travail. Sur le chemin de l'école, les enfants se poursuivaient en criant.

Kazan remontait tranquillement vers Ville-Vieille et la place de Notre-Dame-devant-le-Temps. Le brouhaha du marché Saint-Gall le guidait. Il n'avait pas sommeil. Pas encore. L'adrénaline qui avait giclé dans son corps le maintenait très éveillé. Par ailleurs, ses acrobaties nocturnes lui avaient donné faim et il avait envie de se faire plaisir. Il rêvait de boulettes de knedlik aux prunes, saupoudrées de graines de pavot, imaginait la pâte en fromage blanc s'écraser entre ses molaires. Il avait déjà l'impression de sentir le beurre chaud fondre sur sa langue.

Hélé par les chalands, il se faufila entre les étals : fruits et légumes de saison, aromates, bières, boucherie, charcuterie, pain, miel, poisson frais, produits artisanaux… Ses yeux passaient sans s'arrêter sur les grappes d'oignons, d'ail et de piments rouges, sur les tissus colorés et les bijoux en verroterie. Seuls les tubes de tabac réveillèrent son intérêt et le manque qu'il connaissait si bien, mais il n'avait pas tant d'argent que ça et, de nouveau, son geste imbécile au musée ternit sa bonne humeur. Finalement, il se laissa guider par les parfums de café moulu. C'est là qu'il aurait les meilleures chances de trouver ses fameuses boulettes aux prunes.

Une main le retint par le coude. Kazan se dégagea tout en voltant, les doigts déjà posés sur le manche de son couteau. Personne ne le touchait jamais. Encore moins aussi familièrement. Il était bien trop grand, bien trop impressionnant pour cela. Alors, quoi ? Un gardien de musée qui avait réussi sa filature ?

Mais l'homme face à lui avait davantage l'air d'un fou avec son sourire tremblant et ses pupilles dilatées qui lui recouvraient l'iris. Ses vêtements, redingote râpée et pantalon élimé, avaient connu des jours meilleurs. Un ruban effiloché lui servait d'écharpe. Il avait vraisemblablement possédé de l'argent à une époque pas si éloignée.

— Dégage, ordonna Kazan d'une voix rauque.

Mais l'autre au contraire lui vrilla son index osseux au creux des côtes.

— Je sais ce que tu as fait, dit-il. Je sais ce que tu es.

Et le voleur, tout à coup, comprit. L'homme était comme lui, en phase terminale. Un voleur d'esprits. Et il était sur le point d'exploser, là, sur la place bondée du marché.

Kazan réfléchit à toute vitesse. Il pouvait certainement le tuer. Il lui suffisait de refermer les doigts sur son arme et de frapper d'un mouvement circulaire pour lui ouvrir la gorge. Mais comment allait-il justifier ensuite son geste auprès de la garde ? Il n'avait pas envie de finir derrière les barreaux le peu de jours qu'il lui restait à vivre. Par ailleurs, il n'avait aucune idée des compétences du fou. En fonction des êtres qu'il avait dévorés tout au long de sa maladie, il pouvait très bien, en dépit de son aspect miséreux, le terrasser en un éclair. Kazan savait tout cela. Lui aussi avait été un pauvre gamin effrayé avant de devenir un fauve… Tout était affaire de voix et des talents dont il dépouillait les autres.

— Rentre chez toi, tenta-t-il, la main hésitant au-dessus de son arme.

— Je peux pas. Je ne sais plus…

Son regard de bête traquée se dérobait.

— Je ne sais plus où c'est ! éclata-t-il.

Et il passa à l'attaque.

Kazan l'avait prévu, aussi ne mourut-il pas. Les gens autour de lui n'eurent pas cette chance. De sous la redingote de l'homme jaillit un éclair d'acier. Le sabre frôla la poitrine de Kazan, qui s'était rejeté en arrière, et toucha quelqu'un d'autre. Le voleur ferma les paupières par réflexe sous la giclée de sang brûlante qui lui aspergea le visage. Quand il les rouvrit un instant plus tard, une pluie rouge ruisselant au bout des cils, l'homme était parti, métamorphosé en un tourbillon de métal. Il frappait sans retenue et sans calcul quiconque passait à sa portée, tranchant une tête, coupant une gorge, perforant un torse. Le sang jaillissait dans son sillage comme une fontaine. Sa lame sifflait. Les gens hurlaient, appelaient à l'aide, se bousculaient comme ils tentaient de fuir. Ils se gênaient en se rejetant mutuellement sur le passage du tueur en furie. Des étals craquaient sous la chute des corps. Des fruits roulaient sur les pavés et s'écrasaient sous les pieds des citadins paniqués, rendant la chaussée glissante, poisseuse de pulpe et de sang mêlé. Une nouvelle tête vola en l'air. Kazan laissa son bras retomber le long de son corps. Trop tard. Il ne pouvait plus rien faire. Juste espérer que le fou explose d'une seconde à l'autre.

Soudain, l'homme poussa un vagissement, le hurlement terrible d'une bête touchée à mort. Il tituba au milieu du bain de sang. Un grand espace vide béait autour de lui. Il s'écrasa à genoux parmi les corps et les paniers en osier renversés. Son sabre gisait enfin sur les pavés, ébréché par la violence des coups qu'il avait portés. Il cessa de hurler et un silence de cathédrale, presque surnaturel, vint peser sur la place. Tout le monde retenait son souffle, sidéré par la brutalité du massacre, sauf une femme qui, quelque part, se mit à sangloter.

L'homme, les yeux exorbités, cassé en deux, une main tremblante sur la tête, ramassa son arme.

Dans la foule médusée, il y eut un nouveau mouvement de recul. Kazan ne bougea pas. C'était fini.

L'homme releva le front et son regard dément se braqua sur le voleur. Il n'était plus accusateur, juste épouvanté.

— Enlève-les-moi, gémit-il. Enlève-les toutes !

Par chance, d'autres gens se trouvaient à droite et à gauche de Kazan, et pour les spectateurs, il n'était pas plus visé qu'un autre. Le voleur avala sa salive. Ne pas fuir, ne pas répondre. Attendre que ça se termine. Cela ne durerait plus très longtemps maintenant.

L'homme leva lentement la lame au-dessus de sa tête et avec une férocité absolue, il entreprit de se démolir le crâne.

Des hurlements stridents éclatèrent.

Le fou se ravageait, faisant gicler à gros bouillons son sang, puis des esquilles d'os, et enfin, coup de grâce, les grumeaux grisâtres de sa cervelle.

Kazan détourna le regard. Il n'avait plus faim.

4

La garde n'allait pas tarder et Kazan n'avait aucune envie d'être interrogé. Les angles durs du tableau volé lui appuyaient toujours sur les reins. Par ailleurs, un témoin un peu attentif aurait pu se souvenir que le fou avait échangé quelques mots avec lui avant d'entamer son carnage.

Les poings serrés dans les poches de son manteau, le cambrioleur s'éloigna du marché. Quelques personnes le dépassèrent en courant pour s'enfuir plus vite, d'autres s'interpellaient d'un bout à l'autre de la rue ; certains tentèrent même de lui parler, mais il n'entendait rien à cause du brouhaha de ses voix.

— *Bientôt tu seras comme lui*, disaient-elles.

— *Tu te suicideras.*

— *Ce sera sans doute moins spectaculaire.*

— *Tu t'ouvriras les veines dans ta baignoire.*

— *Ou bien tu te pendras au plafond.*

— *Pendu comme un cochon !*

— *Tu vas mourir.*

— *Dans quelques jours.*

— *C'est vrai, c'est vrai !*

— *Tu l'as vu mourir ? Tu as vu comme ça saignait, comme ça giclait ?*

— *Toi aussi tu en mettras partout...*

Kazan serrait les dents. Impossible de contraindre ses voix au silence ; il devait les supporter stoïquement et surtout ne pas attirer l'attention sur lui. Pas maintenant, pas en pleine rue, pas après ce qui venait d'arriver.

Un jour, quelqu'un ferait le lien. Les coquilles décérébrées se multipliaient, les suicides sur la place publique également : il suffisait de tirer un trait entre les deux pour comprendre qu'il existait dans la ville des prédateurs qui mangeaient l'âme des gens, puis qui, remplis jusqu'à la gueule de personnalités étrangères, explosaient dans une gerbe de sang, les armes à la main.

La voix de Kazan, la véritable, se mêla aux roucoulements de ses démons.

— *Ce n'est pas ma faute.*

Certes, ce n'était pas sa faute. Il était malade. Mais il avait accepté la contamination. À l'époque, sa partenaire lui avait expliqué ce qui courait dans son sang et ce qu'elle lui transmettrait assurément s'ils couchaient ensemble. Elle lui avait détaillé les étapes de la maladie, ses avantages et ses inconvénients. Infecté, il deviendrait à son tour un « voleur d'esprits », capable d'absorber l'essence de ses victimes en les embrassant. Ce faisant, il laisserait ses proies vides, comme écervelées. Kazan avait alors compris que les coquilles étaient l'envers de leur mal : les conséquences bien visibles d'une maladie fantôme, dont les porteurs devaient taire et dissimuler les affolants symptômes psychologiques.

Transmis par voie sexuelle, le virus agissait très vite. Une personnalité, jadis arrachée à son corps par un précédent voleur d'esprits, s'installait dans la tête du nouvel infecté. Ses souvenirs s'insinuaient dans sa vie, se confondaient étroitement avec ceux du malade, lui cédant son savoir, ses compétences, le stimulant comme la plus puissante des drogues. Le voleur pouvait continuer de se renforcer ainsi en embrassant de nouvelles victimes. Cependant, plus les personnalités s'accumulaient sous le crâne du porteur et plus son esprit dilaté se divisait et se disloquait, doutant de la réalité, jusqu'à ce que l'explosion finale le délivre de la folie.

Kazan avait dit « oui » à la femme infectée, désireux de sortir de sa misère en dépit des conséquences gravissimes. Il avait privilégié son avenir à court terme ; il avait couché avec elle, sachant que cet acte lui changerait à jamais la vie.

D'une certaine manière, il avait été chanceux. Beaucoup de personnes porteuses du virus étaient déjà trop folles ou trop désespérées pour s'encombrer d'explications. La tête farcie de voix, elles devaient à tout prix décharger l'une d'elles à travers une relation sexuelle, se soulager d'un démon dans la tiédeur d'autrui, jusqu'à ce que la pression augmente à nouveau et qu'au bord de l'explosion elles recherchent un partenaire à contaminer. Poussées par la peur de mourir, ces personnes violaient leurs victimes et en plus du choc, de l'épouvante et de la souffrance, leur offraient un aller simple pour la folie. Et le virus, lui, se diffusait et se multipliait, encore et encore.

En fait, l'attention du public se focalisait sur les malheureuses coquilles quand, en réalité, les voleurs d'esprits, tapis dans la foule, étaient les seuls responsables de l'épidémie. Et c'était peut-être cela le plus dur : le secret et l'impossibilité d'évoquer son mal, d'en discuter avec ses proches, de s'épancher. Se trahir, c'était mourir. On les aurait lynchés. Et à vrai dire, cela aurait été sans doute mérité…

Kazan se rendit compte assez tard qu'il s'était trompé de route. Il avait voulu rentrer chez lui, mais le souvenir d'une de ses voix avait supplanté sa mémoire et il se retrouva sur le pas d'une porte qui n'était pas la sienne.

La peur de la crise lui glaça l'échine. Il scruta anxieusement les alentours, s'attendant à croiser d'un instant à l'autre le regard narquois d'une de ses anciennes victimes.

Mais il était seul.

D'une main tremblante, il essuya un filet de sueur sur sa tempe. Même s'il savait qu'il était urgent de cacher le tableau volé, il n'était pas certain de réussir à regagner son appartement. Une seule solution s'imposait à lui…

Il franchit le pont Judith pour déboucher dans le quartier du Petit-Côté et au fond d'une ruelle sinueuse, il s'arrêta devant la porte de *L'œil crevé*, une taverne banale en apparence avec une façade en bois et des fenêtres à croisillons. De trois coups secs, il frappa contre l'huis. Pendant une éternité, rien ne se passa. On l'observait par le judas évidemment. Enfin, le propriétaire lui ouvrit et s'effaça sans un mot. Kazan savait où aller. Il traversa la salle vide de la taverne, les chaises remontées sur les tables, se faufila derrière le comptoir et descendit l'escalier dissimulé sous une trappe pour rejoindre la fumerie. À cette heure, il y avait peu de monde. Kazan alla tout au bout de la rangée, au niveau du dernier paravent. Il se débarrassa de son manteau et du sac et s'assit sur le tapis à même le sol. Les voix, qui savaient pertinemment ce qui allait arriver, se mirent à hurler. Kazan patienta, les yeux fermés, les doigts serrés sur les chevilles. Au bout de quelques minutes, une femme lui présenta un plateau en bois sur lequel était disposé l'attirail du fumeur : pipe, aiguille, lampe et la pâte brune de la drogue, la sirène.

Fébrile, Kazan commença les gestes du rituel. Il empala la boulette sur l'aiguille et l'approcha de la flamme de la lampe. La préparation de la drogue demandait une certaine dextérité. Cette nécessaire concentration l'aidait à se détendre, à mettre à distance les voix. Quand il eut fini de façonner sa boulette, il la chargea sur le fourneau de la pipe et s'allongea sur la natte, soutenant sa tête de la main. Il plaça le bout de la pipe au-dessus de la lampe et, enfin, aspira lentement la fumée pour la rejeter par les narines. Il avait l'impression de dissoudre ses voix à chaque expiration ; ses démons s'évaporaient dans des bouffées brûlantes et épicées. Les images du carnage s'envolaient également en longues volutes grises. Le cerveau illuminé par la drogue, Kazan se laissa aller sur le dos. Ses muscles se déliaient. Il respirait doucement, profondément, seul de nouveau dans sa tête.

La sirène l'avait sauvé. Sans la drogue, il aurait sans doute explosé plus tôt. Fumer domptait les voix. Chaque fois qu'il s'allongeait sur les tapis de la fumerie, il se sentait redevenir normal, le garçon simple et gentil qu'il avait été un jour.

Il ne dormait pas, mais quelque chose en lui s'endormit.

*

Kazan dériva dix-sept ans en arrière, dans le crachin du cimetière. Ils s'étaient fait surprendre par le mauvais temps ; personne n'avait de parapluie. Sur ses joues, les larmes chaudes se mêlaient à la bruine glacée. À douze ans, il se tenait encore voûté, ne sachant quoi faire de ses mains, écrasé par le chagrin et la perte de cette mère qu'il n'avait pas vraiment connue. Le cercueil s'enfonçait dans la terre, lentement descendu par des cordes humides. Personne ne parlait et on n'entendait que le crépitement ténu des gouttes sur les pierres tombales et sur le couvercle en bois du cercueil. Kazan n'arrivait pas à détacher les yeux du trou qui allait déglutir sa jeune mère – elle l'avait eu à seize ans. Par coups d'œil furtifs, il cherchait à surprendre un éclair de douleur sur le visage de son père. Mais ce jour-là, comme tous les autres, il arborait un masque sévère. Kazan ne l'avait jamais vu pleurer. À vrai dire, jusqu'à la toute fin, il ne verserait pas une larme.

C'était tout à son honneur, se moqua Kazan, adulte, perdu dans un nuage de fumée.

Son père était un roc, une pierre. Alors qu'à l'inverse sa mère était prompte à rire, à s'amuser et à désobéir. Du peu d'années passées à ses côtés, Kazan gardait un souvenir émerveillé. Souvent, elle lui chuchotait à l'oreille qu'elle était une sorcière. « C'est vrai ? » demandait-il, ébahi. Aussitôt, la pièce de monnaie qu'elle faisait virevolter entre ses doigts disparaissait, et sous ses applaudissements d'enfant, elle la faisait réapparaître un instant plus tard entre ses dents. Avec tendresse, il se souvenait du jour où elle l'avait emmené au marché aux puces pour acheter un chiot, en dépit du strict interdit paternel. La bête, minuscule, tenait tout entière dans une de ses mains. À leur retour à la maison, son père, avec son extraordinaire économie d'émotions, leur avait seulement déclaré : « Vous ne pouviez pas trouver plus petit ? » Et puis un jour, elle était partie. Elle avait abandonné fils et mari à leur vie sage et rangée pour aller courir les rues comme un chat sauvage. Kazan ne l'avait jamais revue. Il avait six ans.

Pendant toutes ces années, il avait imaginé les aventures qu'elle vivait à l'autre bout du monde : exploratrice qui progressait à la machette dans une jungle touffue parmi les tigres, les singes et les perroquets ; capitaine d'un vaisseau pirate, trouvant des coffres emplis d'or sous le sable de lointaines plages ; hussarde galopant à cheval, un sabre dans la main droite, un revolver dans la gauche…

« Tu lui ressembles tellement », disait parfois sa belle-mère avec un soupir.

Pour Kazan, c'était un compliment. Il se comparait pensivement à la seule photographie qu'il possédait de sa mère, enroulant ses mèches noires autour de son index. Est-ce qu'ils avaient vraiment les mêmes cheveux ? Les mêmes yeux ? La photo sépia ne donnait pas beaucoup d'indications auxquelles se raccrocher.

À l'église, on ne l'avait pas laissé voir le corps. Il n'y avait eu ni baiser ni adieu. Lâchement, il n'avait pas insisté, peu sûr de vouloir troquer le souvenir de la belle photo à la vision d'un cadavre ulcéré par la maladie.

« La grippe l'a emportée », avait affirmé son père. Même à douze ans, Kazan savait que la grippe ne défigurait pas les gens…

Kazan avait terminé sa première pipe. Il en prépara une autre, les gestes englués dans la torpeur de la drogue.

« Tu lui ressembles tellement. »

Bien sûr. Il était complètement camé. Comme elle.

*

Sa demi-sœur le poussa du coude.

— Pourquoi tu pleures ? chuchota-t-elle.

Il n'y avait aucune compassion dans sa question, plutôt un discret reproche. La cérémonie l'ennuyait. Si elle était venue, c'était uniquement parce que son père lui avait acheté une tenue pour l'occasion : une robe en dentelle noire, assortie d'un chapeau en feutre avec une voilette qui descendait sur ses longs cheveux blonds. La fillette donnait admirablement le change, portant son deuil imaginaire avec des talents d'actrice qui enrageait Kazan.

— C'est ma mère, idiote ! répliqua-t-il.

— Tu la connaissais même pas. Elle t'a abandonné !

— Elle m'a pas abandonné !

Les adultes se tournèrent vers lui, réprobateurs.

— Arrête, Kazan, siffla son père.

Sa grosse main lui broya l'épaule. Kazan se voûta un peu plus. C'était toujours lui qu'on réprimandait, même quand c'était Rebeka la coupable. La fillette rejeta ses cheveux en arrière d'un air digne. Dans la tombe, le cercueil toucha terre. Kazan eut le sentiment d'être englouti à son tour. C'est à peine s'il entendit sa demi-sœur murmurer avec venin :

— Ta mère, elle est pas morte de la grippe. C'était une pute et elle est morte de la maladie sexuelle !

Kazan inspira à fond, souffla doucement et même dans le ciel pluvieux de son souvenir se matérialisa la fumée grise de la sirène. Il cligna des paupières. Prisonnier de sa mémoire, il devait aller jusqu'au bout, boire le calice jusqu'à la lie. Ses yeux revinrent au passé, s'attachèrent au bois mouillé du cercueil, aux ferronneries luisantes de pluie, au couvercle qui, pelletée après pelletée, se couvrait de terre…

Oui, il ressemblait à sa mère.

Comme elle, il disparaissait dans un trou noir.

5

« Ta mère était une pute ! Une pute ! »

La voix haineuse de sa demi-sœur parvenait encore à percer la brume des opiacés. Kazan s'assit lentement. Il se sentait bien mieux qu'à son arrivée, les muscles délassés comme s'il sortait d'un bain chaud, et à part les piaillements assourdis de Rebeka, un silence ouaté s'étirait entre ses oreilles. Il se releva avec précaution, puis ramassa son sac. La fumerie était vide. Il avait dû se passer plus de temps qu'il ne l'avait cru… Il gravit l'escalier branlant et frappa de l'index sur la trappe en bois pour que le patron lui ouvre.

— Tu veux manger quelque chose ? lui proposa l'homme tandis que Kazan comptait mollement ses pièces pour payer les cinq pipes de sirène qu'il avait consommées. Je te l'offre. Cadeau de fidélité à un bon client, précisa-t-il avec un clin d'œil.

Kazan esquissa un sourire piteux et s'assit sur un tabouret, les coudes sur le zinc, le menton dans la main. Il aurait bien dormi encore un peu.

Quelques clients déjeunaient dans la salle. Le patron lui servit leurs restes : des saucisses marinées, accompagnées d'oignons au vinaigre et d'un fond de bière tiède.

— Il y a eu une tuerie au marché, ce matin, reprit-il pendant que Kazan mâchait lentement.

— Je sais, j'y étais.

— C'était aussi horrible qu'on raconte ?

— Oui.

— C'est pour ça que tu es venu ?

Kazan, la bouche pleine, acquiesça.

— J'ai entendu une rumeur, ajouta le patron sur le ton de la confidence. Une très bonne nouvelle !

— Dis-moi, l'encouragea Kazan, surtout par politesse.

— L'empereur convoque les meilleurs médecins du pays dans notre ville. De grands savants vont essayer de comprendre ce qui se passe ici.

Kazan haussa les épaules et continua de manger.

— C'est tout l'effet que ça te fait ? s'insurgea le patron. La situation est grave ! Ça ressemble à une épidémie. Presque tout le monde connaît quelqu'un qui s'est transformé en coquille. La nuit, il y en a plein les rues. Elles sont là, à claquer des dents à la lune…

Il en fit une imitation grotesque.

— Oui, je sais, voulut le couper Kazan. Mais…

Le patron couvrit sa voix avec force et indignation :

— Et les suicides ? Tous ces gens qui se foutent en l'air sur la place publique ? Il faut bien faire quelque chose, non ?

— Il n'y a rien à faire.

— Qu'est-ce que t'en sais ? T'es médecin ? Tu crois que tu as…

La porte de la taverne s'ouvrit avec une telle violence qu'elle alla claquer contre le mur. Quelqu'un dans la salle poussa un cri d'effroi. Une chaise racla le sol comme un homme se levait précipitamment.

Le patron s'était figé, blême. Kazan, toujours assis, se retourna lentement pour voir débouler dix membres de la garde noire. Son pouls s'accéléra. Du pied, il ramena discrètement son sac contre le tabouret.

— Personne ne bouge ! commanda le chef de la brigade.

Curieusement, il ressemblait à Kazan, un grand gabarit, de courts cheveux noirs dont les mèches rebiquaient légèrement, les muscles engoncés dans le cuir noir bouilli de la milice, jambières et plastron en sus. Ses bottes ferrées assommèrent le plancher comme il rejoignait le patron qui suait de trouille derrière le comptoir. Il le prit à part pendant que ses hommes se dispersaient dans la salle. Les cinq clients attablés furent fouillés. Les gardes empochèrent quelques pièces, parfois des *groschens* en argent. Les yeux baissés, personne ne pipa mot. Kazan tentait d'entendre ce que disait le chef au patron. Il lui montrait un papier sur lequel était dessiné ce qui ressemblait à un portrait. Sa gorge se serra. Était-ce déjà lui qu'on recherchait ?

Ce n'est pas possible, raisonna-t-il. *C'est trop tôt. La tuerie du marché a dû tout bousculer et de toute façon, il n'enverrait pas dix hommes pour un simple tableau.*

Une main se posa sur son épaule.

— Lève-toi, ordonna le garde dans son dos. Mets tes mains à plat sur le comptoir et écarte les pieds.

Il obtempéra en silence. Les trois liards qu'il n'avait pas dépensés en drogues lui furent subtilisés. Heureusement qu'il avait laissé son matériel de cambrioleur sur le toit du musée. Restait la dague, dans sa manche, que l'homme trouva évidemment.

— C'est quoi, ça ? aboya-t-il en lui mettant l'arme sous le nez.

Dieu merci, elle était propre, sans la moindre goutte de sang.

— Un canif, expliqua Kazan avec désinvolture.

— Te fous pas de ma gueule. Je vois bien que c'est un canif. Pourquoi t'as ça dans ta manche ?

— Pour me curer les ongles.

Il ne se servait pas de ces énormes lames de combat crantées. Il n'en avait pas besoin. Avec sa force, un simple coupe-papier astucieusement utilisé faisait des ravages. Le garde le confisqua quand même.

— Et dans le sac ? s'enquit-il.

Son cœur battait à tout rompre contre ses côtes, mais Kazan répondit d'un ton détaché :

— Un tableau. Je suis peintre.

— Peintre ! s'esclaffa l'autre. Avec ta gueule de doberman ? Et tu peins quoi ? Des petites fleurs ?

Il ouvrit le sac pour sortir le tableau. Kazan avala sa salive. Il bougea légèrement et ses mains moites laissèrent une empreinte sur le bois ciré du comptoir.

— Reste tranquille, je t'ai dit, grommela le garde accroupi devant le sac.

Il se mit à rugir :

— Non mais c'est quoi, cette merde ? Regardez-moi ça !

Hilare, il se releva en brandissant le petit tableau. Kazan, tous les muscles bandés, se força à ne pas bouger, à continuer à regarder le mur devant lui. Il s'attendait à ce que d'une seconde à l'autre l'un d'eux s'exclame : « C'est le tableau volé au musée cette nuit ! » À ce moment-là, il ferait volte-face et d'un coup de coude, démolirait le visage du type.

En dix enjambées, il serait dehors. Si quelqu'un tentait de le retenir, il frapperait à la gorge. Avec de la chance, il ne prendrait pas une balle dans le dos...

Rien ne vint.

— Visez cette croûte ! insista le garde. C'est tout noir !

— C'est vrai que c'est moche, approuva l'un des hommes.

— Et ça se prétend peintre. Pauvre con, va !

Kazan reçut une claque derrière la tête. L'autre avait dû lever exagérément le bras pour l'atteindre et malgré lui, Kazan s'en amusa. Un soulagement tiède s'épandit dans sa poitrine. S'il avait volé le chef-d'œuvre du célébrissime Sobotková comme il l'avait prévu à la base, ce ne sont pas quelques moqueries qu'il aurait récoltées à cette heure, mais des fers aux poignets.

— Arrête, ordonna le chef qui parlementait toujours à voix basse avec le patron. On n'est pas là pour ça. Rends-lui sa merde, qu'est-ce que tu veux en faire de toute façon ?

Comme il prononçait ces mots, il dévisagea machinalement Kazan et son regard se colora soudain d'un intérêt aigu. Un sourire fugitif éclaira son visage, si rapide que le cambrioleur crut qu'il l'avait imaginé. Il se détourna du patron pour se rapprocher de lui. Kazan maîtrisa sa respiration. Inspirer, souffler, tranquillement, sans forcer. Il soutint le regard du chef de troupe avec impassibilité.

— Tu as déjà vu cet homme ? lui demanda le milicien.

Il exhiba le portrait. C'était effectivement un avis de recherche... pour le tueur de ce matin. Sans doute s'était-il fait remarquer avant d'exploser. Rien d'étonnant à cela, il y avait bien des voleurs d'esprits qui dévalisaient les musées.

Kazan secoua la tête.

— Tu es sûr ? Il avait ses habitudes ici. Tu ne l'as jamais vu ? Jamais parlé ? Même quelques mots ?

— Non.

Il n'adjoignit aucune formule de politesse, aucun « monsieur » servile, et en éprouva un regret diffus : même avec un tableau volé entre les pieds et des hommes et femmes prisonniers dans sa tête, il ne pouvait retenir de petites impertinences. Un pli cruel barra les lèvres du garde. Kazan cligna des yeux. Il allait se faire embarquer.

— Tu peux partir, déclara l'homme contre toute attente.

Le cambrioleur eut un moment d'hésitation et sa respiration s'altéra brièvement avant qu'il en reprenne le contrôle. Qu'est-ce que ça voulait dire ? Pourquoi lui ?

Les autres clients, à la fois envieux et suppliants, se posaient très certainement la question eux aussi…

Avec des gestes mesurés, Kazan ramassa son sac, son tableau, et sortit. L'air frais de l'extérieur lui fit un choc. À quelques mètres de la taverne, il pressa le pas et accéléra au fur et à mesure qu'il se soustrayait à la vue des gardes par les fenêtres de l'établissement. Quand il tourna à l'angle de la rue, il se mit à courir.

6

Kazan referma la porte branlante de son appartement et s'appuya dessus. D'un coup d'épaule, il se débarrassa de son sac. Le tableau émit un bruit désagréable en heurtant le plancher. Il n'eut pas le courage de le ramasser. Penser à lui le déprimait. En l'espace de quelques secondes, il avait gâché des jours de préparation minutieuse. L'absorption du vigile du musée devait être son dernier crime. Il n'avait d'ailleurs qu'une seule utilité : lui permettre de dérober le Sobotková. Alors qu'il aurait pu couler le reste de sa brève existence au soleil, sur une plage lointaine et mourir dans les eaux cristallines d'un océan exotique, il était désormais condamné à crever à Yardam comme son infortuné homologue, sur une place bondée d'anonymes, après avoir commis un carnage.

Pensif, il tapota son poing fermé contre ses lèvres tout en déambulant dans son salon. C'était étrange : l'autre l'avait facilement identifié. La maladie n'était pourtant pas flagrante. Il arrivait que Kazan passe de longues minutes à dévisager son reflet dans la glace, traquant un indice sur sa figure comme s'il pouvait tout à coup y voir apparaître une tête de mort, mais rien ne changeait : il avait toujours les mêmes yeux bruns, vaguement cernés, les traits affirmés, cette gueule de chien de combat qui faisait hésiter jusqu'aux plus bagarreurs. En dépit de ses crises rapprochées, le mal ne transparaissait pas…

Bien sûr, il ne se leurrait pas sur sa propre résistance. Le moment venu, la maladie le balaierait et il courrait les rues, un couteau à la main pour tuer le plus de gens possible avant de se donner la mort. Finalement, il aurait peut-être mieux valu qu'il se fasse arrêter. Il aurait explosé en cellule, s'ouvrant le crâne contre les murs de la prison.

Il n'était pas trop tard. Il pouvait se rendre…

Arrête un peu, se réprimanda-t-il. *Tu en es incapable.*

Car malgré lui, il s'accrochait à l'espoir. Peut-être vivrait-il encore plusieurs mois, plusieurs années ? Peut-être même guérirait-il ? Il serait le premier. Un miraculé. À moins qu'il y en ait d'autres, qu'en savait-il après tout ? L'un d'eux avait peut-être trouvé un moyen de se débarrasser des voix autrement qu'en les transmettant sexuellement ou bien en les endormant avec la drogue ?

Kazan se promena dans son petit appartement, faisant grincer les lattes du plancher. Il voulait guérir. Il voulait s'en sortir. Se rendre à la garde ou fuir au bout du monde ne l'aiderait pas.

Il ramassa enfin son sac et en sortit le tableau qui l'avait tant fasciné au musée. De nouveau, la vue du paysage obscur lui noua les tripes. Il l'appuya sur le buffet et recula pour l'admirer. Il aurait aimé peindre cette toile. Peut-être son auteur était-il un voleur d'esprits lui aussi. Peut-être qu'il avait peint son autoportrait.

— *Geminga*, lut-il à voix haute.

Il pouvait s'agir tout autant du titre du tableau que du nom du peintre. Cela ne lui disait rien.

Même si la toile n'était pas aussi célèbre qu'un Sobotková, il ne pouvait pas la laisser à la vue de tous. Il la rangea parmi ses propres peintures, sous un tissu couvert de poussière, au fond du cagibi. Le souvenir du garde se moquant de lui le contraria. Sa belle-mère aussi s'était moquée de lui la première fois, de même que sa demi-sœur. Elles n'auraient pas dû…

Penser à elles risquait de provoquer une nouvelle crise. Il avait beau les avoir transmises plusieurs années auparavant, leurs voix continuaient de le hanter et il lui arrivait encore fréquemment de croiser le spectre halluciné de l'une ou de l'autre dans les rues de Yardam. Il tâcha donc de les tenir à distance, de ne pas évoquer leur souvenir pénible, mais en même temps… Ses toiles n'étaient pas si vilaines. Elles étaient *particulières*. Son doigt frôla les nombreux cadres. Se sachant condamné par la maladie, il avait été pris d'une frénésie absolue de peindre, de remplir la marge soudain étrécie du temps, afin de laisser une trace de lui-même dans ce monde.

De l'index, il tira une toile vers lui. La vision du monstre qui y était dessiné lui plut : une sorte de gros homard caparaçonné, avec un méchant bec d'acier, l'œil jaune, les pattes courtes et arquées, des pinces formidables.

Il semblait être le seul à comprendre quelque chose à son propre art.

— *Pas tout à fait ton art*, intervint une voix avec indulgence.

Kazan soupira et remit le tableau à sa place. Elle était bien la seule, parmi toutes ses victimes, à ne pas le haïr, mais même si la peintre n'était pas le plus virulent de ses démons, il était très déplaisant de voir que la sirène n'arrivait plus à le séparer de ses voix pendant plus de vingt-quatre heures.

Il se releva et considéra les étagères du cagibi où étaient entreposés quelques-uns de ses larcins : un collier de perles dissimulé dans un verre en étain, des broches en or et une bague sertie de diamants dans un grand livre aux pages creuses. Compte tenu de ses dépenses faramineuses en drogues, ce n'était pas grand-chose. Le Sobotková lui aurait définitivement permis de ne plus se préoccuper des soucis d'argent, mais là, avec sa croûte, il était bon pour ressortir dans quelques nuits faire les poches des bourgeois. Pour l'instant, il pouvait toujours essayer de vendre l'un de ces trésors. Il aurait pu commencer par le tableau inconnu bien sûr – après tout, un receleur lui en aurait peut-être donné un bon prix puisque lui-même en ignorait totalement la valeur –, mais il y répugnait. Il avait choisi cette toile par affinité personnelle, parce qu'elle lui plaisait et non pour ce qu'elle pouvait lui rapporter. À la place, il s'empara du collier de perles et le fourra dans sa poche.

7

Kazan remonta les ruelles sinueuses du Petit-Côté pour déboucher dans le quartier de Karolinenthal. Le château du duc d'Hiver, bâti au sommet d'une butte, dominait les environs de sa sombre architecture gothique. Comme partout ailleurs, ses tours et ses toits étaient hérissés de flèches ouvragées. Corniches, arcades, balcons et fenêtres à encorbellement surchargeaient sa façade noire.

Le voleur marcha un moment derrière la carriole d'un boucher qui s'en allait livrer au château ses trente-quatre livres de viande. Le duc entretenait en effet deux lions blancs dans le fossé aux Cerfs. Les citoyens de Yardam s'enorgueillissaient de leur présence et la visite des fauves était souvent un but de promenade dominicale. Kazan lui-même adorait y venir jadis, en compagnie de sa mère. Elle pointait les lions du doigt et criait : « Regarde les gros chats ! » Il éclatait de rire chaque fois.

Rendu un peu nostalgique par ce souvenir, le voleur passa au large du fossé et se contenta d'écouter les rugissements rauques du couple de félins en contrebas. Il déboucha enfin dans la ruelle dorée. L'artère commerçante, très étroite, était adossée aux remparts et occupée par des alchimistes et des orfèvres. Kazan déambula d'échoppe en échoppe pour faire expertiser le collier. Les joailliers secouaient la tête avec une moue. Kazan insistait. À ses yeux, les perles avaient un bel aspect : d'une bonne taille, elles étaient régulières et lustrées. Il se souvenait également du cou de quelle bourgeoise il l'avait subtilisé – pas le genre à porter de la camelote. Mais les experts affirmaient qu'il s'agissait de simples perles de culture à la valeur marchande très inférieure à celle des perles fines. De guerre lasse, Kazan finit par en accepter cinquante couronnes. C'était une jolie somme… qu'il engloutirait très vite dans la sirène.

Le voleur s'attarda un moment dans les rues animées de Karolinenthal, se laissant porter par le flot anonyme des passants et leurs conversations. Il aimait le bruit – il couvrait ses voix – de même qu'il aimait l'orage et le grondement du tonnerre. Quelque chose attira soudain son attention. C'était un mouvement, ou plutôt, une absence de mouvement dans la foule. Le flux des passants se déversait de part et d'autre d'une silhouette immobile. Kazan se figea à son tour, les yeux rivés sur l'apparition. Un vieux soldat, galons dorés aux épaules, le scrutait par-dessus les têtes des badauds. La lumière se modifia comme si les heures défilaient rapidement, déplaçant le soleil à toute allure dans le ciel. L'homme se retrouva pris dans un rayon oblique, qui éclairait son profil sévère et la cicatrice qui lui boursouflait la joue gauche. Un coup d'épée avait manqué son œil de justesse – Kazan connaissait l'histoire pour l'avoir vécue en souvenir. Le général Dobromil vivait depuis un moment dans sa tête…

— *Kazan*, appela-t-il.

Et le voleur n'entendait plus que sa voix, flottant dans un silence impossible. La foule était devenue muette. Les bruits de la ville avaient disparu.

— *Viens, Kazan.*

Kazan prit une forte inspiration par le nez, les muscles bandés, immobile.

— *Viens m'embrasser*, susurra le général. *Tu aimes ça, non ?*

Ses lèvres se retroussèrent sur ses dents pourries. Une langue noire pointa entre elles. Il sourit de plus en plus largement, sa bouche atteignant des proportions inhumaines comme la gueule d'un crocodile.

— *Kazan... Kazan...*

Une main se posa sur son épaule, lui arrachant un sursaut.

— Kazan, je t'ai fait peur ?

Kazan cligna des yeux. Le général s'était volatilisé. C'était fini. Tout doucement, il laissa l'air filtrer de ses poumons.

— Tu rêves ?

Il se tourna vers la jeune femme, bien réelle, qui l'avait accosté. C'était Jiri, la diseuse de bonne aventure qu'il croisait souvent quand il montait à Karolinenthal. Un châle bariolé lui tombait sur les épaules, mais de longues mèches de cheveux noirs s'en échappaient, ruisselant jusqu'entre ses seins, sous le corsage en coton. Elle cligna de l'œil.

— Une petite prédiction ? suggéra-t-elle.

— Je n'achète pas.

— Une prédiction flatteuse : de l'amour et de l'argent !

Il ne put s'empêcher de sourire, mais c'était surtout parce qu'il était bon de la voir, en chair et en os, après l'apparition du démon. Prenant son silence amusé pour une approbation, elle l'entraîna dans un recoin de la ruelle dorée et s'agenouilla sur les pavés, étalant sa longue robe en cercle autour d'elle pour y disposer ses tarots. Kazan s'accroupit en face d'elle, se concentrant sur sa peau bronzée, la rondeur de ses épaules sous le châle, la mèche brune qui lui rebiquait sous le menton et l'éclair d'or que faisait son collier en accrochant un petit rayon de soleil.

C'est réel, se dit-il avec soulagement, *réel.*

— Comment tu te portes en ce moment ? demanda-t-il.

— On fait aller, répondit-elle évasivement. Et toi ? Toujours à fourguer ta quincaillerie aux charlatans du quartier ?

— Bien sûr.

— Tu as de l'argent ?

— Tu vas m'en annoncer, paraît-il.

Elle souffla sur la mèche qui lui chatouillait le visage.

— On va voir ce que disent les cartes.

Mais au même moment, un brouhaha de conversations envahit la ruelle et Kazan se releva par réflexe.

— Qu'est-ce qui se passe ? s'enquit Jiri, qui ne voyait rien d'autre qu'une forêt de jambes.

— Je ne sais pas. Un attroupement.

— Il va y avoir une annonce officielle, leur expliqua un passant. C'est en rapport avec le fléau des coquilles. L'empire va enfin prendre des dispositions pour nous. C'est pas trop tôt !

Le renfort des savants, pensa Kazan en se remémorant la confidence de l'aubergiste.

La foule des curieux ne cessait de grossir autour de l'estrade d'où allait s'exprimer le messager.

— Écoutons ça, proposa-t-il à Jiri en lui tendant la main pour l'aider à se relever.

Elle accepta de mauvaise grâce, agacée d'avoir été dérangée dans sa vente. Ils se mêlèrent à la foule et très vite, une dizaine de personnes se pressèrent derrière eux. Le voleur croisa les bras et attendit.

Au bout de quelques longues minutes, un homme grimpa sur l'estrade, une feuille à la main. Il était flanqué, à droite et à gauche, de deux gardes dont les armes étaient bien visibles. Un murmure parcourut l'assistance. Quelques personnes s'éloignèrent, redoutant les ennuis.

— Tu l'avais lu dans tes cartes, ça ? plaisanta Kazan.

Jiri lui donna un méchant coup de coude dans les côtes.

Le messager se racla la gorge. Son regard embrassa un brin nerveusement son public. Il déplia la feuille, la suspendit à bout de bras et Kazan remarqua que ses mains tremblaient. Le voleur fronça les sourcils. L'annonce de l'arrivée des médecins était pourtant une bonne nouvelle. L'anxiété manifeste du porte-parole impérial éveilla un sombre pressentiment en lui. Il attrapa la main de Jiri et la serra. Elle lui jeta un regard perplexe.

— Qu'est-ce qu'il y a ? murmura-t-elle.

— Je ne sais pas. Quelque chose ne va pas…

— Attends, ça commence.

Les chuchotements se turent et le messager lança d'une voix exagérément forte :

— En raison de la prolifération inexpliquée de coquilles dans la ville de Yardam, notre empereur

François Josef prononce par décret la mise en quarantaine de cette ville.

Le cœur de Kazan rata un battement. Jiri s'accrocha convulsivement à sa main.

— Quoi ? murmura-t-elle. Une quarantaine ? Qu'est-ce que ça veut dire ?

Autour d'eux, les gens commentaient également le début de l'annonce d'un air affolé. Le messager reprit plus fort pour les couvrir :

— Aujourd'hui, lundi 5 mars, les portes cardinales de la ville ont été fermées et les accès verrouillés jusqu'à nouvel ordre. Personne de l'extérieur ne pourra y entrer et les personnes à l'intérieur ne pourront pas quitter la ville tant que la quarantaine sera effective. De plus, un couvre-feu sera décrété toutes les nuits de huit heures le soir à huit heures le matin pendant le reste de l'hiver. Cette mesure concerne les citoyens de Yardam tout comme les étrangers de passage.

— Mais c'est injuste ! s'exclama Jiri.

Et plusieurs spectateurs renchérirent avec elle :

— C'est pas juste !

— C'est dégueulasse !

Kazan, lui, encaissait le choc de la nouvelle en silence, mais il se sentait déjà comme une bête en cage, gagné par le vertige étouffant de la claustrophobie.

Dans les rangs des citoyens, l'agitation grandissait. Les gardes, tendus, posèrent la main sur la crosse de leurs armes. Plusieurs personnes s'éloignèrent précipitamment. Certaines couraient. Dans un réflexe animal, Kazan eut envie de se précipiter après elles. La raison domina. La main de Jiri peut-être aussi, toujours cramponnée à la sienne. Fuir n'avait plus aucun sens. Il était déjà trop tard. Les portes de la ville étaient verrouillées, la garde triplée. Même le fleuve était une impasse ; deux écluses en contrôlaient l'accès en amont et en aval et Kazan ne doutait pas que le tranquille éclusier avait déjà été remplacé par des hommes de la milice.

Un peu sonné par la nouvelle, le voleur écouta l'arrêté jusqu'au bout.

— Pour limiter au maximum la durée de la quarantaine, disait le messager, l'empereur dépêche dans la ville de Yardam dix de ses meilleurs médecins afin de trouver un remède au fléau des coquilles. Le retour à la normale ne saurait être très éloigné.

L'homme replia sa feuille et, aussitôt, les personnes au premier rang s'avancèrent vers lui pour exiger des détails supplémentaires. Les gardes s'interposèrent. Le ton monta.

— Rentrez chez vous, vociféra l'un des gardes. Rentrez chez vous !

Mais au contraire, les plaidants semblaient se multiplier, arguant un mari colporteur parti travailler dans la ville voisine ou bien une fille en visite chez des parents éloignés. À tous, les gardes faisaient la même réponse : « Rentrez chez vous. »

Un homme s'avança alors en brandissant ses papiers d'identité. Kazan ne comprit pas bien ce qu'il criait aux miliciens, car il butait sur les mots avec un fort accent. Sans doute s'agissait-il d'un marchand étranger qui se retrouvait pris au piège de la ville malade. Le garde attrapa ses papiers et n'y accorda qu'un coup d'œil avant de les lui jeter au visage. Ils s'éparpillèrent aux pieds du malheureux, qui avança ses mains implorantes. Peut-être était-ce le mètre de trop, ou bien le garde interpréta-t-il son geste de façon menaçante. On le renvoya dans la foule à coups de crosse. Des cris fusèrent. Un mouvement de foule ondula comme une vague sur la place. Un homme passa près de Kazan, la main plaquée sur le nez et la bouche, du sang sur les doigts.

— Ça va tourner à l'émeute, chuchota Jiri avec inquiétude.

— Viens vite, dit Kazan en l'entraînant par la main. Ça ne sert à rien de rester là, je te raccompagne.

Il joua de l'épaule pour se frayer un passage à rebours dans la foule et bifurqua dans la première rue qu'il croisa. Derrière lui résonna un coup de feu suivi de hurlements. Plusieurs personnes paniquées s'engouffrèrent dans la même rue que Kazan et Jiri et les doublèrent en courant. Ils risquaient d'être pris dans une rafle. Courant à petites foulées pour ne pas s'épuiser, ils empruntèrent un trajet alambiqué, s'éloignant des cris et des bruits précipités de pas sur les pavés. La rumeur se propageait vite. Des gens s'interpellaient d'une fenêtre à l'autre. La peur se conjuguait à la colère, mais d'autres approuvaient avec conviction la décision de l'empereur. À plusieurs reprises, Kazan entendit des gens dire « Ils envoient des médecins » ou « Ils vont les guérir ». Les citoyens oscillaient entre révolte et espoir. Les familles dont les proches étaient devenus des coquilles tâchaient même de convaincre ceux qui voulaient partir. « Tout redeviendra comme avant », affirmaient-ils.

Avec une célérité extraordinaire, des groupes entiers s'organisaient quand même pour quitter la ville. Kazan et Jiri se retrouvèrent bientôt au coude à coude avec des fuyards. À leur gauche, un jeune homme trottinait, un chat noir et blanc dans les bras. À leur droite, une femme décoiffée rajustait les bretelles d'un sac trop lourd pour elle. Des enfants gémissaient, tirés sans ménagement par leurs parents. Un attelage s'était englué dans la marée humaine. Les deux chevaux, effrayés, piaffaient et renâclaient. Le cocher perdit le contrôle de ses nerfs et voulut s'ouvrir la route avec son fouet. Des cris de rage répondirent aux claquements de la lanière. Un instant plus tard, l'homme était arraché à son banc et jeté par terre. Il disparut sous une avalanche de coups de pied.

Kazan et Jiri mirent un temps infini à rejoindre sa petite maison. Enfin, la jeune fille se barricada chez elle. Kazan se retrouva adossé contre un mur de brique, son souffle se transformant en discrets nuages blancs dans l'air froid. Même s'il avait toujours vécu à Yardam, l'idée de rester coincé dans ce qui allait devenir tôt ou tard une souricière lui déplaisait. Il voulait rester maître de son destin. Hors de question d'être otage de la quarantaine. Il se jura de franchir les murs de la ville dès ce soir. Mais pour cela, il allait avoir besoin de l'aide de ses voix.

8

Il fallut presque deux heures à Kazan pour rejoindre son appartement rue des Tsiganes, dans le Petit-Côté, mais cela n'avait guère d'importance. S'évader de jour était impossible. Il agirait de nuit, à la faveur de l'obscurité, dès qu'il aurait trouvé l'endroit le plus propice, quitte à effectuer un brin de voltige. Le couvre-feu nocturne l'inquiétait moins que le fait de solliciter ses voix pour l'aider.

Assis sur son lit, il plongea en lui-même, consultant la mémoire de chaque personne qu'il avait absorbée, tâchant de soutirer des informations intéressantes dans leurs souvenirs. Sa tête se remplit de murmures, d'images, d'odeurs même. Très vite, la migraine lui scia le crâne. Il continua de compulser le catalogue démentiel de données que représentaient ses différentes victimes. La douleur le submergea. Il perdit la notion du temps. Le soleil tournait derrière la fenêtre. Les ombres se déplaçaient sur le mur en face de lui. Kazan tâchait de se raccrocher à cette solide réalité, les doigts serrés sur le drap de son lit. Ne surtout pas perdre pied. Ne pas sombrer dans les abysses mémoriels de sa tête, envahie par le bourdonnement de ses voix.

Une fois, il dériva trop loin, jusque dans une vallée où des centaines d'armures brillaient dans les lueurs d'un ciel d'orage. Les boulets de bombardes dévastaient les premiers rangs ennemis, de la terre giclait, des cailloux pulvérisés… Il comprit tout de suite qu'il était en train de s'égarer dans la mémoire de Dobromil, le général de guerre, et dut ruer de toutes ses forces pour s'en extraire comme un dormeur tente de s'extirper d'un cauchemar.

Enfin, la solution lui apparut dans un marécage d'images multicolores et un brouhaha de voix. L'un de ses démons, celui qu'il surnommait « le combattant en cage » en rapport avec sa sulfureuse carrière, entretenait, en plus de ses activités dans l'arène, un petit commerce de sirène. Les opiacés lui avaient maintes fois permis de supporter la douleur des membres cassés, lorsque ses doigts s'ébréchaient en frappant trop dur sur une gueule ou sur… Kazan sentit qu'il se faisait aspirer par les réminiscences de son démon. Il ralentit pour s'abstraire des sensations physiques et secouant machinalement sa main douloureuse, se focalisa sur le trafic de drogue. La marchandise transitait par un garde corrompu. L'homme lui lançait les paquets à un endroit des créneaux où le rempart était proche d'un entrepôt. *Parfait*. Kazan se concentra sur l'image du combattant, les bras tendus, perché au-dessus du vide sur une construction en bois qui s'avançait avantageusement vers le mur. Il tira sur cet éclat de mémoire comme on tire sur un fil et visualisa l'endroit.

Enfin, il l'avait. Le lieu idéal, la zone où il pourrait exploiter une faille, sauter de l'entrepôt jusqu'au sommet des remparts.

La tempête mémorielle terminée, l'univers reprit forme autour de lui, la sécurité de son appartement, le silence.

Il regarda dehors et constata qu'il faisait déjà nuit. Ses démons l'avaient entraîné loin dans les tréfonds abyssaux de leur mémoire collective.

Le voleur prépara son sac, y glissa des mètres de corde, des mousquetons, une grenade fumigène artisanale qu'une de ses voix lui avait appris à fabriquer, les bijoux volés et les cinquante couronnes empochées dans la journée. Il fixa un canif dans une courroie de sa manche. L'envie d'emporter le tableau noir le traversa, mais même s'il était de petite taille, il le gênerait. La mort dans l'âme, il l'abandonna, de même que toutes ses peintures.

Il descendit l'escalier de l'immeuble, pieds nus pour ne pas alerter ses voisins. Au rez-de-chaussée, il remit ses bottes tout en lorgnant les environs avec prudence. La rue était déserte, mais il savait qu'il ne serait pas le seul à tenter une évasion cette nuit… Les lampadaires semblaient dessiner une route de lumière vers la liberté. Il s'élança d'un pas vif. Pendant un moment, il ne vit personne, puis il croisa un homme solitaire, qui se tétanisa à sa vue. Avec sa carrure et vêtu de noir, Kazan avait l'allure d'un milicien, mais l'autre pouvait également être un garde en civil. Ils se dévisagèrent avec méfiance et finalement, s'éloignèrent l'un de l'autre sans avoir échangé un mot.

Pendant quelques minutes, Kazan emprunta des itinéraires détournés et quand il fut sûr que l'autre ne l'avait pas suivi, il accéléra. C'était étrange. Il avait le sentiment d'arpenter une version morte de sa ville. Aucune calèche ne déambulait dans les rues d'habitude fréquentées et Yardam paraissait s'éveiller à son passage : le cœur de la ville battait au rythme de ses pas et de sa respiration, pour s'éteindre aussitôt derrière lui. Le sentiment d'être le maître de ce purgatoire l'amusa.

Il arrivait au niveau de la Fulda. Les eaux brunes du fleuve roulaient en grondant, tachées çà et là du reflet jaune des réverbères. Kazan longea les quais pour descendre à l'extrême sud du Petit-Côté et rejoindre le pont Judith. Celui-ci était bondé, envahi par une cinquantaine de coquilles. Kazan n'en avait jamais vu autant au même endroit. Au fond, la décision de l'empereur n'était sans doute pas une mauvaise chose. L'épidémie s'étendait chaque jour davantage. Yardam tombait sous la coupe des voleurs d'esprits, ces ennemis invisibles dont personne n'avait connaissance.

Kazan s'avança sur le pont. La plupart des coquilles étaient nues, exhibant leur peau cireuse, cloquée de chair de poule. Il était difficile de discerner les hommes des femmes tant leurs silhouettes avaient été polies par la maladie pour n'en laisser que des contours asexués, semblables à des mannequins anonymes dans les boutiques des fripiers. Toutes levaient le menton vers la lune. Leurs yeux laiteux aussi ronds et blancs que l'astre, ils claquaient des dents de froid dans le noir.

Doucement, Kazan écarta les coquilles qui lui barraient le passage. Il n'y eut pas une parole, pas une plainte, juste le claquement rapide de leurs dents. L'une de ses anciennes victimes se trouvait peut-être dans ce groupe, mais même en les examinant attentivement, Kazan aurait été incapable de reconnaître qui que ce soit. Les coquilles se ressemblaient toutes. C'était pourquoi si une famille égarait l'un des siens, victime du fléau, elle ne le retrouvait jamais. Pour pallier ce malheur, certaines personnes, redoutant d'être un jour touchées par le mal, se tatouaient un signe sur le revers du poignet pour pouvoir être retrouvées, mais Kazan doutait que l'encre persiste sur la peau laiteuse d'une coquille. Il s'extirpa enfin de la troupe et continua sa route, prenant pied sur la rive est du fleuve.

Quand il s'enfonça dans Ville-Nouvelle, des claquements de bottes l'arrêtèrent un instant. Il se réfugia dans l'ombre d'un porche, le temps qu'un groupe de gardes passe devant lui au petit trot, le bruit de leurs pas se répercutant sur les façades des immeubles. Ils se dirigeaient vers le pont Judith. Sans doute leur avait-on signalé les coquilles…

— *Par ici !* hurlèrent stupidement les voix prisonnières de son crâne.

Pas un des hommes ne regarda dans sa direction et Kazan se glissa dans leur dos dès qu'ils l'eurent dépassé.

Le voleur rasa les murs de la minuscule rue Saint-Valentin et arriva devant le boulevard de la Voile-Noire. L'espace à découvert était large. Quand il traverserait, on ne verrait que lui. Il aurait pu faire un détour par les toits, mais cela l'obligerait à dépenser une précieuse énergie dont il aurait besoin tout à l'heure pour survoler la muraille qui le séparait de l'extérieur.

Prenant une grande inspiration, il s'élança. Il craignait d'entendre d'une seconde à l'autre un coup de sifflet. Rien. Il plongea avec soulagement dans les ombres de la rue Joachim qui remontait vers l'église

Notre-Dame-et-Charlemagne. Un fracas le fit bondir en arrière, en posture défensive, son couteau sautant dans sa main. Un chat traversa ventre à terre et Kazan souffla par le nez. Sale bête ! Il enjamba les cageots que l'animal avait renversés et repartit. Alors qu'il bifurquait dans une nouvelle rue, un coup de sifflet déchira le silence. Un cri suivit, une cavalcade se rapprochait. Kazan regarda à droite et à gauche. Cette fois, il ne s'en tirerait pas en se tapissant contre un mur. Il avisa l'enseigne d'une taverne, *Au brochet d'argent*, à dix pas de lui, prit de l'élan et l'attrapa des deux mains. D'un coup de reins, il se propulsa à son sommet. Le panneau en bois représentant un gros poisson grinçait encore un peu lorsqu'un homme déboula dans la rue et passa devant l'auberge à toute allure. La milice le talonnait. Dans quelques secondes, il serait jeté au sol, il… Des cris de douleur aigus résonnèrent au bout de la rue, avant de s'interrompre brusquement.

Kazan n'avait pas très envie de redescendre maintenant. D'un saut, il attrapa la balustrade en fer forgé d'un balcon au-dessus de l'auberge. Il s'appuya du pied sur la mince rambarde pour se propulser plus haut, sur les tuiles. Tant pis pour la dépense d'énergie ; il ne redescendrait plus dans la rue. Agile et silencieux, il progressa de toit en toit, entre les cheminées et les colonnes de fumée, sur la faîtière pointue des maisons bourgeoises. Ce n'était pas le chemin le plus direct et parfois, face au vide, il était contraint de reculer pour chercher un saut moins long, d'un mètre et demi, voire deux mètres de large maximum, par-dessus les ruelles. Dans Ville-Nouvelle, les jardins plus nombreux qu'ailleurs lui compliquaient la tâche. Enfin, il trottina le long d'une succession de maisons de tailles similaires et reprit de la vitesse. Les voix des insomniaques montaient sous ses pieds : deux enfants se racontant une histoire de fantôme, les gémissements enamourés d'un couple, une femme qui chantonnait… La muraille du rempart, haute et noire, apparut enfin derrière le fouillis des pinacles, des clochers et des beffrois. Elle bloquait la vue jusqu'au ciel. Kazan effectua un dernier saut, escalada trois fenêtres en prenant appui sur le relief des volets et se hissa finalement sur le toit d'un grand entrepôt qui jouxtait le rempart. Il se rapprocha du mur pour évaluer la longueur du saut qui l'attendait. Un sentiment de déjà-vu passa comme une onde dans sa tête et son corps : il reconnut l'endroit pioché dans les souvenirs du combattant en cage, le pignon muni d'une poulie qui s'avançait au-dessus du vide vers le mur. Le système était sans doute utilisé pour acheminer des charges entre le sol et le dernier étage du hangar.

Merci, mon vieux, pensa Kazan à l'attention de sa voix.

C'était une erreur, mais il n'avait pas pu s'en empêcher. Il se sentait presque gai.

D'un regard critique, il évalua la solidité de l'ensemble. Il estima que le cadre de bois formant le pignon pourrait soutenir son poids au moins quelques instants, le temps pour lui de le parcourir en deux enjambées rapides et de s'élancer vers le mur qui ne serait plus distant que de cinq mètres. Il perdrait forcément de la hauteur pendant le saut, mais les aspérités de la paroi lui permettraient de se raccrocher.

Faisable, conclut-il tranquillement.

De façon curieuse, alors qu'il souhaitait quitter la ville changée en prison, Kazan fut pris d'une bouffée de nostalgie. Toute sa vie était ici, malgré les nombreuses peines et la maladie qu'il avait contractée. Il abandonnait son appartement, ses tableaux, ses habitudes. Même la fumerie lui manquerait. Plus pragmatiquement, il se demanda comment il allait tenir sans drogue.

C'est une bonne occasion pour te désintoxiquer, s'encouragea-t-il.

Mais sans la sirène pour endormir ses voix, il risquait de se retrouver dans quelques jours la tête farcie des hurlements de ses démons. Il ne survivrait pas très longtemps à son évasion. Son goût pour la liberté allait lui coûter cher.

Toute sa bonne humeur évanouie, il s'accroupit au bord du vide. Parfois, il lui venait des idées noires : abandonner, sauter là et s'éclater le crâne sur le pavé. Laisser ses prisonniers s'évaporer dans la chaleur fumante de son sang.

Il chassa cette image. Elle ne venait sûrement pas de lui. Ses démons étaient comme des serpents qui, les uns après les autres, avaient planté leurs crochets dans son cerveau. Depuis des années, ils tordaient leurs anneaux luisants dans ses entrailles, autour de son cœur et de ses poumons ; ils lui remontaient le long de la gorge, lui emplissant la bouche d'un goût de bile, et bavaient leur poison dans tout son corps, dans toute sa tête.

Kazan frémit. Il était en train de s'hypnotiser, les yeux perdus dans le vague, à l'écoute des voix. Lentement, il se redressa, assouplit ses muscles engourdis par cette pause. L'étape qui restait était de loin la plus exigeante.

9

Kazan prit une profonde inspiration, recula de quelques pas pour se donner de la vitesse et s'élança. Il parcourut le reste du toit en trois enjambées, puis son pied gauche s'appuya sur la mince poutre du pignon qui grinça sous son poids. Le pied droit le rejoignit. Quelque chose craqua. Kazan s'envola alors que toute la structure en bois s'effondrait sous lui. Le vide se déploya, lui faisant remonter le cœur dans la gorge. Le temps d'un battement de cils, il plana comme un oiseau. Puis il sentit la gravité l'aspirer. Le mur se mit à défiler comme il perdait de la hauteur. Il se força à garder les yeux ouverts pour ne pas rater la prise qu'il avait visée. Ses mains heurtèrent douloureusement la paroi ; ses doigts crochetèrent une pierre largement descellée dans le mur. Il glissa. En catastrophe, il cala son pied gauche dans une fissure et sa main droite rattrapa une seconde prise, une lézarde un peu plus bas. Il glissa de nouveau. La peur envoya une giclée d'adrénaline sous sa peau. Il assura précipitamment son équilibre, lança son autre main à la recherche d'un support. Le trouva. Ne bougea plus. Il tenait, plaqué au mur, le souffle court, trempé de sueur, le cœur tambourinant contre ses côtes.

— *Tu vas tomber !* hurlaient les voix. *Tu vas mourir ! On sera libres ! On sortira par ton crâne éclaté !*

Il resta un long moment immobile, le temps de reprendre ses esprits. Il avait besoin de toute sa concentration. L'obscurité allait évidemment lui compliquer la tâche.

Tu vas y arriver, s'asséna-t-il par-dessus les menaces de ses voix.

À tâtons, il retrouva la prise qu'il avait manquée et commença à se hisser. Le rempart avait été construit plusieurs siècles auparavant. Le temps et les intempéries l'avaient sculpté de reliefs, creusant des cavités, descellant des pierres. Même si cela s'avérait plus difficile que d'escalader les façades richement ornementées des bâtiments de Yardam, l'ascension se révélait tout à fait faisable pour un escaladeur de sa trempe. Il avait de l'expérience et, surtout, il avait beaucoup appris de son démon acrobate. Comme il pensait à elle, une vague de souvenirs le submergea : la barre du trapèze sous ses mains. L'accélération au fouetté, la pression dans les épaules. Le point mort. Il respira à fond avant de s'allonger doucement, court répit avant la figure. La suspension survint, la rotation entre ciel et filet, puis les mains du porteur. Expiration.

— *Non, arrête !*

Kazan rejeta rageusement la vague de réminiscences. S'il faisait une crise maintenant, il était mort… Les souvenirs du cirque itinérant disparurent à rebours au centre de son être, aspirés par le gouffre.

Il fit une pause, le front contre la paroi fraîche et humide. Ses mains étaient douloureuses. Ses bras menaçaient de tétaniser. Il avait un pied dans le vide et l'autre ne tenait que par l'extrémité sur un minuscule éperon de pierre. La sueur lui coulait dans les yeux. Machinalement, il regarda vers le bas. Le relief déchiqueté de la ville se hérissait dans le noir, tout rayé des fumées de cheminée. Quelques fenêtres allumées et les réverbères brillaient comme des braises dans les cendres.

— Ne traînons pas, dit-il à ses voix.

Quand il stressait, souvent, il leur parlait.

Son regard remonta. Il n'était plus très loin du sommet. Tirant sur ses muscles mis à mal, il reprit l'ascension, ses mains et ses pieds cherchant les prises à tâtons. Encore cinq mètres. Deux. Un. Sa main saisit le parapet. La seconde s'y posa un instant plus tard. Il s'agrippa fermement et, les jambes dans le vide, tracta à la force des bras son corps tremblant d'effort. Il retomba accroupi sur le chemin de ronde et se tassa dans le noir, l'épaule contre la pierre, la main sur le manche de son couteau. Personne. Il traversa la coursive et rejoignit l'autre bord, côté campagne. À la différence de la ville, aucune lumière ne brillait dans les étendues d'un noir d'encre qui s'allongeaient derrière le mur. Voilà à quoi ressemblait la liberté : un gouffre obscur. L'image lui évoqua sa propre situation et l'horreur absolue qu'était devenu son corps de piège à hommes.

Il s'ébroua pour chasser son amertume. Il n'avait pas le temps de s'apitoyer sur lui-même.

Il sortit la corde de son sac, l'attacha solidement autour d'une saillie et jeta l'autre extrémité dans le vide. Elle se déroula avec un chuintement discret. Les deux gardes qui surveillaient la porte, à l'extérieur, ne tournèrent pas la tête. En rampant directement dans le fossé, Kazan pensait se faufiler sans problème.

Plus qu'un petit effort et il y serait.

Il franchit souplement les créneaux pour se retrouver de nouveau dans le vide, suspendu à la corde. En dépit de ses muscles fatigués, il était beaucoup plus simple de descendre en rappel que de grimper à la force des bras. Il tiendrait le coup.

Il se trouvait à mi-chemin quand il entendit des sabots claquer sur la chaussée. Un cheval – non, deux chevaux – venaient par ici. Kazan se crispa instinctivement. Depuis la route, les cavaliers étaient susceptibles de l'apercevoir. Encore fallait-il qu'ils regardent dans la bonne direction.

Le voleur continua de descendre. Au fond, que des gens viennent distraire les gardes, cela l'arrangeait !

Il ne lui restait plus que quatre mètres à franchir. Il lâcha la corde pour tomber sur l'herbe en position accroupie. Les gardes, leur attention fixée sur les nouveaux venus, ne remarquèrent rien. Kazan attendit que la conversation s'engage. Les deux voyageurs, un homme et une femme, s'il en jugeait par leur corpulence, étaient arrivés en diligence. Les chevaux fumaient dans le froid pendant que le cocher aidait les passagers à descendre leurs bagages. L'un des gardes s'avança pour les prévenir de la mise en quarantaine de la ville. Kazan se coula dans le noir, profitant de la distraction bienvenue. Les voix montèrent comme il s'éloignait du mur.

— Nous venons justement pour ça ! protestait la femme.

Et l'homme de renchérir :

— Nous sommes médecins. Nous avons fait un long chemin pour arriver ici.

— Il fallait arriver avant, martela le garde. La quarantaine est effective depuis ce midi. Personne ne sort, personne n'entre.

— Nous sommes médecins, insista l'homme. Nous venons pour vous aider, vous comprenez ?

Pour prouver ses dires, il ouvrit l'un des sacs et en montra le contenu au garde. Sans doute s'agissait-il de matériel médical.

— Pas d'exception ! trancha l'homme.

Mais l'autre garde, intrigué, s'était rapproché.

— Ils sont médecins ? demanda-t-il, visiblement intéressé.

Les deux voyageurs s'appuyèrent aussitôt sur sa curiosité.

— Nous avons entendu parler de l'épidémie de mélancolie qui touche votre ville, dit l'homme.

La femme ajouta d'une voix émue :

— Ma tante habite ici. Ma cousine est malade. C'est…

Elle hésita, rechignant probablement à employer les mots inventés par la rue :

— C'est une coquille.

— Écoutez, je suis désolé, dit le premier garde, mais on ne peut pas vous laisser entrer. Nous avons des ordres.

— Mais comment est-ce possible ? s'emporta l'homme. Nous ne demandons pas à sortir. Nous demandons à *entrer*.

— C'est pareil et vous n'êtes pas les premiers. Des gens ont défilé ici tout l'après-midi pour rejoindre leur femme ou leurs gosses ou leur grand-mère malade ou leur oncle changé en coquille. Croyez-moi, ils avaient tous des bonnes raisons et on a fait la même réponse à tous.

— La différence, c'est que nous avons le pouvoir d'aider, se défendit la femme.

— Il faut vous adresser à l'empereur. Moi, je vous laisse pas entrer.

— Vous ne m'écoutez pas ! Je vous dis que nous pouvons soigner ces gens. Nous l'avons déjà fait.

Kazan se figea, aux aguets. Jamais il n'avait entendu une telle chose. Si cette jeune femme avait le moyen de guérir le mal des coquilles, elle avait peut-être un remède à son cas : refermer le gouffre et lui sortir enfin les démons de la tête. Il réfléchit à une possible stratégie. Les gardes n'étaient que deux, mais il y en avait davantage de l'autre côté du rempart. Même en admettant qu'il parvienne à maîtriser ces deux-là en silence, il ne pourrait pas passer la porte tout simplement avec ses nouveaux amis. Ils seraient arrêtés et si les médecins s'en sortiraient peut-être en tant qu'étrangers, Kazan, citoyen de Yardam, courait le risque d'une pendaison en place publique. N'importe quelle personne sensée aurait abandonné et pris la tangente, mais Kazan bourdonnait de voix. Ses démons ne se dissiperaient pas dans l'air de la campagne environnante. Ce qu'il lui fallait, c'était un médecin. Un médecin allié. Un médecin qui lui serait redevable.

Les deux voyageurs étaient toujours en train de plaider leur cause, mais ils semblaient de plus en plus désespérés. La femme avait même posé une main suppliante sur la manche noire du garde, qui se dégagea sèchement. Le cocher, impatient de repartir, insistait pour qu'une décision soit prise.

— Nous restons ! affirma l'homme.

Les chevaux piaffèrent, effrayés par l'éclat de voix. Haussant les épaules, le cocher se hissa sur son banc et saisit les rênes. La diligence fit lentement demi-tour alors que les quatre belligérants continuaient de se défier. Kazan estima que c'était le meilleur moment.

Il s'approcha le plus possible, rampant dans l'obscurité du fossé, et à dix pas, franchit l'espace qui le séparait du premier garde. Il le frappa du coude en pleine tempe. L'homme n'avait pas encore touché terre que Kazan attrapait le deuxième par l'uniforme, se coulait dans son dos, et lui serrait la gorge avec une clé de bras.

— Mais qu'est-ce que vous faites ? s'affola la femme.

Tout en maintenant sa prise et en maîtrisant les contorsions maladroites de sa victime, Kazan la dévisagea. Entre vingt-cinq et trente ans, de grands yeux plutôt clairs et des cheveux mi-longs, raides, qui sortaient de sous son chapeau.

— Shhhh, shhh, ordonna Kazan, autant pour calmer sa victime que pour faire taire les médecins.

Le corps inconscient du garde glissa dans ses bras et il accompagna sa chute avec douceur. Les médecins, encore sous le choc, n'avaient pas bougé. Kazan leur fit face et les regarda alternativement. L'homme avait des yeux pâles lui aussi et la même blondeur. Leur accent évoquait Joukovski.

— Je vous ai entendus, expliqua-t-il. Vous avez vraiment un moyen de guérir les coquilles ?

— Tout à fait, affirma la jeune femme en soutenant son regard.

— Alors, je peux vous faire entrer. Je peux vous aider.

— Qui êtes-vous ? intervint l'homme.

— Je m'appelle Kazan. J'étais en train de fuir de cette ville à cause de la quarantaine, mais contrairement à ces deux idiots butés, je crois qu'il est important que vous rentriez.

— Merci, dit la jeune femme, visiblement soulagée. Je suis Nadiejda, mais on m'appelle Nadja, et voici Feliks.

— Comment comptez-vous nous faire entrer ? demanda le dénommé Feliks. Et comment êtes-vous sorti ? En assommant tout le monde ?

— On n'a pas beaucoup de temps, éluda Kazan. Soit on y va tout de suite, soit jamais.

Puis il lança de la façon la plus détachée possible :

— Si vous n'êtes pas intéressés, je vous laisse tomber et je m'en vais. Je n'ai pas envie qu'on me poursuive, encore moins après ce que je viens de faire pour vous.

— Restez ! s'exclama précipitamment Nadja. S'il vous plaît, nous voulons vraiment entrer.

Kazan avait envisagé de les faire monter à la corde, mais même si les deux médecins étaient jeunes et en bonne santé, ils n'étaient sûrement pas capables d'avaler vingt mètres d'escalade à la force des bras. L'autre solution était moins physique, mais beaucoup plus dangereuse. Cependant, acculé par les secondes qui s'égrenaient, Kazan n'avait pas le temps d'échafauder un autre plan. Tout en commençant à dépouiller le garde inconscient de ses vêtements, il se mit à expliquer :

— Feliks, vous allez vous déguiser en garde. Quand vous serez prêt, vous tirerez un coup en l'air. Juste après, vous, mademoiselle Nadja, vous crierez à l'aide. Ceux de l'intérieur viendront voir. Vous expliquerez qu'un voleur a attaqué le garde et l'a laissé pour mort. L'autre garde – Feliks, donc – les a mis en fuite, mais vous êtes persuadée qu'ils rassemblent leurs forces pour réattaquer dans un instant. Dites qu'ils ont des armes. Soyez convaincante. Ils doivent se sentir en danger. Vous…

Il jeta la veste à Feliks.

— Surtout, vous ne dites rien, vous risqueriez de vous trahir. Vous prenez ce gars par les épaules et vous le traînez tout de suite vers l'intérieur. Les autres vous couvriront par réflexe. Nadja, n'hésitez pas à en rajouter. Plus la situation sera confuse et moins ils dévisageront votre ami. Quand vous serez tous les deux passés de l'autre côté, j'interviendrai pour faire diversion. Il faudra alors que vous couriez très vite pendant qu'ils s'occuperont de moi. Partez sur votre droite si possible et prenez la première rue sur votre gauche, ensuite courez tout droit et cachez-vous dans le square, dans les buissons. Je vous retrouverai là-bas. Des questions ?

Feliks, livide, avait commencé à s'habiller.

— Et ce type ? demanda-t-il en désignant le garde à demi nu.

— On le colle dans le fossé. Il se réveillera tout à l'heure avec une bonne migraine. Je m'en occupe.

Quand il revint, Feliks était entièrement déguisé et plutôt crédible.

— Je prends vos sacs, annonça Kazan. Ce sera plus simple pour vous de prendre la fuite.

— Et vous, vous passez par où ? s'enquit le jeune homme avec méfiance.

Il redoutait sans doute que le voleur s'éclipse avec leurs affaires.

Si vous saviez, pensa-t-il avec amertume, *je pourrais surtout voler le contenu de vos têtes.*

Il aurait été facile de les dévorer tous les deux et de s'approprier leurs connaissances médicales pour tenter de trouver lui-même une solution à son problème.

— *Espèce de salaud !* rugirent les voix. *Assassin ! On le dira ! On te dénoncera.*

Mais ce qui retenait Kazan, c'était la certitude de se faire exploser le crâne s'il ingérait ne serait-ce qu'une personnalité en plus de toutes celles qui se débattaient dans sa tête.

— Je vais escalader le rempart et je redescendrai de l'autre côté. Ça me prendra environ quatre ou cinq minutes. Attendez que je sois en haut avant de commencer le spectacle. Ça me facilitera la tâche. Vous êtes prêts ?

Ils hochèrent la tête et Kazan apprécia leur détermination. Ils étaient vraiment motivés pour entrer.

10

Feliks soupesa le revolver. Il n'avait jamais tiré avant et répugnait à se servir d'une arme.

— Tu crois qu'on peut faire confiance à ce type ? demanda-t-il à sa compagne.

Nadja faisait de son mieux pour dissimuler sa nervosité, mais elle s'était remise à mâchonner une mèche de cheveux en suivant des yeux la progression de l'homme en noir, qui escaladait le mur avec une extraordinaire agilité.

— Je ne sais pas, répondit-elle. Est-ce qu'on a le choix ?

— On pourrait demander une dérogation.

— À qui ? À l'empereur ? Ça prendra des mois et on n'est même pas sûrs qu'elle aboutisse.

Elle lissa entre son pouce et son index la mèche qu'elle avait mordillée.

— Je crois qu'il faut essayer son plan.

— Et si on se fait arrêter ?

Elle se porta brusquement vers lui et serra la main qui ne tenait pas l'arme.

— Je suis désolée de te demander ça. Je ne voulais pas t'impliquer.

— Je veux être avec toi, répondit-il en lui pressant les doigts. Je me fiche des risques. Si tu veux le faire, on le fait.

Elle opina. Sa détermination rassura Feliks. Il libéra délicatement sa main et effleura la joue de sa compagne, tandis que son autre main s'enroulait plus étroitement autour de la crosse de l'arme, l'index sur la détente.

— Est-ce qu'il est passé ? s'enquit-il au bout de quelques instants.

— Il vient de franchir les créneaux.

— Tu es prête ?

Elle hocha de nouveau la tête.

— D'accord, dit-il simplement.

Mieux valait ne pas trop réfléchir. Pointant l'arme vers le ciel, il abaissa le chien et pressa la détente. Curieusement, celle-ci résista sous son doigt ; il appuya plus fort. Le coup partit avec une détonation assourdissante et le recul envoya le bras du médecin vers l'arrière. L'odeur de poudre brûlée se répandit autour d'eux. Nadja se mit à hurler.

— Au secours ! À l'assassin !

Elle jouait si bien la comédie que Feliks sentit le fou rire mousser dans sa gorge. Les portes de la cité en train de s'ouvrir douchèrent immédiatement son hilarité.

— Qu'est-ce qui se passe ? jeta l'un des gardes en se faufilant dans l'interstice.

— Des hommes nous ont attaqués ! s'exclama Nadja en courant à sa rencontre. Ils ont tiré sur votre camarade ! Il s'est effondré. Il est blessé ! Peut-être mort !

Feliks réagit enfin. Il rangea maladroitement l'arme à sa ceinture et saisissant le garde évanoui par les épaules, commença à le haler vers les portes. Nadja continuait de crier :

— Ils vont revenir ! Ils sont armés ! Ils vont nous tuer !

Plusieurs gardes les dépassèrent, armes au poing, pour s'avancer à la lisière des ténèbres. L'un d'eux couvrit Feliks au moment où il remorquait leur victime au niveau des remparts. Le médecin baissa la tête pour que l'ombre estompe les traits de son visage. La visière de sa casquette lui coupait un peu la vue, mais pour rien au monde il ne l'aurait soulevée. Sa bouche s'était asséchée, ses mains tremblaient affreusement et ses genoux le soutenaient à peine. Il redoutait de vomir, là, d'un coup, sur ses bottes de soldats trop grandes pour lui.

Encore un mètre, faites que ça passe, pria-t-il.

Soudain, il sentit le garde évanoui frémir sous ses paumes. Ses cils papillonnèrent. Il était en train de se réveiller ! Feliks réfléchit à toute vitesse. Si l'homme reprenait ses esprits, il expliquerait aussitôt à ses camarades ce qui venait d'arriver. L'urgence précipita les battements de son cœur. Pouvait-il l'assommer de nouveau ? À sa droite, l'homme qui le couvrait le verrait faire.

Nadja, viens vite, supplia-t-il intérieurement.

Heureusement, la jeune femme surgit à ses côtés et les gardes, toujours à l'affût de la menace imaginaire, ne prêtèrent pas attention à elle. Après tout, elle n'était qu'une jeune voyageuse apeurée ; ils envisageaient sans doute de la pousser dehors une fois la situation sous contrôle.

Feliks dépassa enfin le seuil des portes ouvragées. Le soulagement se répandit en lui et il souffla profondément. Il était à l'intérieur de la ville. Son attention se relâcha une seconde et son talon buta contre un pavé plus haut que les autres. Il lâcha instinctivement sa prise pour rétablir son équilibre ; le corps chuta sur ses pieds.

— Fais gaffe ! lui cria le garde.

Par réflexe, Feliks releva la tête. La lanterne éclaira son visage et les mèches de cheveux blonds qui dépassaient de la casquette. Il vit l'expression de l'autre homme changer, ses yeux s'agrandir, sa bouche s'ouvrir… Le médecin agit d'instinct. Il lui asséna un crochet maladroit à la mâchoire. Le cri d'avertissement du garde s'étrangla en un couinement de douleur – trop fort pour passer tout à fait inaperçu. L'un des hommes se retourna. Il avisa la scène en un battement de cils.

— Les gars ! hurla-t-il. Revenez !

Sa main droite cherchait déjà son arme. Feliks se pétrifia ; le temps s'étira comme un serpent géant. En une seconde, il tria ses possibilités : dégainer et abattre cet homme, l'attaquer avec ses poings et risquer d'être aussitôt maîtrisé, fuir en courant et prendre une balle dans le dos… Il les rejeta toutes, affolé, piégé. L'homme leva le bras. Nadja le vit, se mit à hurler, un hurlement de peur, d'horreur pure qui glaça Feliks des pieds à la tête.

Je suis désolé, eut le temps de penser le médecin avant de fermer les yeux.

— Mort à l'empereur ! vociféra une voix rauque.

Feliks rouvrit les paupières. Un objet rond cliqueta sur les pavés en rebondissant plusieurs fois. Dans la seconde, une déflagration leur perça les tympans et une épaisse fumée les enveloppa d'un nuage opaque. Si les autres crièrent, le médecin ne les entendit pas. Il tituba au hasard, un bras sur le nez, l'autre tendu en avant, appelant sa femme sans s'entendre. Ses yeux larmoyaient. Il trébucha sur un corps et manqua tomber. Une main le retint par le coude. Feliks battit des paupières. Dans les volutes de fumée grise, le visage de Nadja venait de se matérialiser. Elle avait perdu son chapeau. Ses lèvres remuaient, dessinant un ordre muet. « Vite ! » ou peut-être « Cours ! ». Il la suivit ventre à terre, incapable de dire s'ils allaient bien dans la direction que leur avait indiquée Kazan. Ils sortirent du nuage de fumée et s'engouffrèrent dans une rue déserte. Du coin de l'œil, Feliks eut l'impression de voir la horde de la milice foncer dans une autre artère.

Son ouïe revenait lentement. Un point de côté lui sciait déjà le flanc et l'air glacé lui meurtrissait les poumons. Pourtant, il courait, entraîné par Nadja dont la chevelure blonde se tordait comme une flamme juste devant lui.

— Le square ! haleta-t-elle.

Une zone d'ombre, encerclée d'une grille en fer forgé, s'allongeait au bout de la rue. La clôture n'était pas haute et ils la franchirent maladroitement, les jambes et les mains tremblantes.

— Cachons-nous, répétait la jeune femme. Vite. Vite !

Ils s'enfoncèrent entre les arbres obscurs. Le jardin n'était pas éclairé et les branches basses les fustigeaient, les obligeant à progresser courbés en deux.

Feliks redoutait d'entendre les gardes leur commander de s'arrêter d'un instant à l'autre.

— Là ! s'exclama-t-il en repérant les taillis évoqués par Kazan.

Il n'était pas simple de se recroqueviller sous les fourrés et le bruit de feuilles froissées leur parut énorme. Les branches dures égratignaient leurs vêtements. Ils réussirent tant bien que mal à se faufiler à couvert et restèrent accroupis, l'un contre l'autre, tout tremblants alors que la sueur de la course refroidissait sur leur peau. La terreur qui leur avait brûlé les synapses refluait ; Feliks se sentit envahi par une étrange apathie. Il aurait pu s'asseoir à même le sol et ne plus bouger jusqu'à l'aube.

— J'espère qu'il ne va pas tarder, murmura Nadja. S'il s'est fait prendre…

— Ne t'inquiète pas. Ça va aller. On a fait le plus dur.

Il n'en pensait pas un mot, mais arrivait à mentir pour elle.

Leurs mains se rejoignirent à tâtons et ils entrelacèrent leurs doigts gourds, trouvant du réconfort dans la présence de l'autre. Nadja renifla. Feliks la serra contre lui.

— Chut, murmura-t-il. Chut… On est en sécurité, maintenant.

Au bout d'un temps qui leur parut durer des heures, un bruit de pas remonta vers eux. Les deux médecins se crispèrent, terrifiés. La milice allait-elle fouiller le square à leur recherche ? Pour Nadja, Feliks n'avait pas le droit de flancher. Il devait rester courageux. Inspirer, expirer. Le froid lui gelait les narines et la gorge.

Les pas se rapprochaient. De la main droite, le médecin vint toucher la crosse de son arme. S'il fallait tirer pour défendre la vie de sa compagne, il le ferait.

— C'est lui, chuchota Nadja.

Elle fit mine de sortir de sa cachette ; Feliks la retint.

— Attends !

Mais la voix de Kazan porta jusqu'à eux.

— Feliks ! Nadja !

Soulagés, ils s'extirpèrent des buissons.

— Vous l'avez fait, les félicita leur sauveur. Bravo !

Il paraissait sincèrement heureux.

— Que fait-on, maintenant ? s'enquit Feliks.

Les claquements de dents hachaient sa question.

— On s'éloigne le plus possible, répondit l'homme. On est bien trop près de la porte et les gardes vont pousser jusqu'ici, surtout quand ils découvriront leur camarade dans le fossé… Où habite votre tante ?

— Rue des Maraîchers, mais nous ne savons pas où c'est.

— Je vais vous y conduire, proposa aimablement Kazan.

— Merci. Je ne sais pas ce qu'on aurait fait sans vous.

— Vous me remercierez quand on sera tirés d'affaire. Votre tante habite au nord de la ville, dans le « nouveau-monde ». C'est loin d'ici et à cause de la quarantaine, l'empereur a décrété un couvre-feu. Venez.

— Je peux reprendre les sacs, intervint Feliks.

— Ça ira. Gardez votre endurance pour la course. Suivez-moi et obéissez-moi sans réfléchir. Quand je vous dis « baissez-vous » faites-le, et même si je vous dis de sauter dans le fleuve, n'hésitez pas.

— J'espère qu'on n'aura pas à en arriver là, dit Nadja en riant nerveusement.

— Vous avez gardé l'arme de ce type ?

Feliks envisagea de mentir. Il se doutait que l'homme allait la prendre et n'aimait pas l'idée de se retrouver sans défense. Finalement, il la déposa dans la main de Kazan, estimant qu'il s'en servirait mieux que lui. Leur sauveur la fit disparaître en un mouvement rapide et, d'un geste, les invita à le suivre hors du square.

Le début de leur périple se déroula sans incident. Au bout de deux ruelles en lacets, ils débouchèrent sur une place coquette où se dressait la statue géante d'un ange, les bras levés vers le ciel. Des calèches avaient été abandonnées en pleine rue, les chevaux emmenés à l'abri. Leur peinture noire, laquée, reflétait la lumière des réverbères.

Un coup de feu résonna dans la ville. Feliks sursauta et Nadja lui agrippa nerveusement la main. Un hurlement suivit la déflagration. Une cavalcade. Pas si loin.

— Qu'est-ce qui se passe ? demanda Feliks.

— Les gens essaient de quitter la ville, expliqua Kazan. Venez, ça ne nous concerne pas.

Faisant le tour de la place, il sélectionna la deuxième rue à droite. Les médecins le suivaient comme son ombre. Ils empruntèrent des rues étroites et sinueuses, montant puis descendant, passant devant des manoirs et des maisons à pignons, devant des églises, des cathédrales, des tavernes et des fontaines en pierre.

Une nouvelle cavalcade les incita à se replier sous un porche, serrés les uns contre les autres, et à écouter, sur le qui-vive. Des gens se disputaient. Quelques instants plus tard, un groupe de six personnes surgit, l'échine courbée sous de volumineux paquets et tirant en plus des valises. Ils faisaient beaucoup de bruit. Feliks et Nadja ne s'étaient pas lâché la main. Ils étaient si proches les uns des autres que le genou du médecin appuyait sur le dos de leur guide ; l'homme devait le sentir trembler… Par geste, Kazan leur commanda de ne pas bouger et le groupe de fuyards passa au large. Une minute plus tard, ils avaient disparu et le silence revint geler la rue. Kazan fit un signe de la main et ils repartirent, rasant les murs.

Les rues défilaient. Leur guide arrêta ses deux compagnons à la croisée d'une avenue. Après le labyrinthe des ruelles abruptes et de leurs escaliers anguleux, la vision de cette large artère bordée de boutiques à arcades leur causa un petit choc.

— C'est la Pařížská, leur apprit Kazan, la rue la plus luxueuse de la ville.

Feliks s'ébahit de cette remarque ; l'homme était suffisamment à l'aise pour se permettre un commentaire touristique en pleine violation du couvre-feu impérial et alors qu'ils avaient la garde aux trousses. Kazan prit le temps d'observer les alentours, puis avec un petit mouvement de la main, ordonna :

— Courez !

Ils traversèrent l'avenue à toutes jambes pour plonger dans une rue adjacente.

— On n'est plus très loin, les rassura leur sauveur.

Maintenant qu'ils tournaient le dos à la somptueuse Pařížská, les cheminées d'usines dominaient les toits, les habitations se réduisaient à des immeubles troglodytes, penchés de travers, et les pavés se déchaussaient.

Kazan s'orientait facilement dans ce labyrinthe de pierres écroulées, de hautes façades de brique aveugles, bitumeuses et suintantes, et de hangars délabrés. Il leur fit longer un immense cimetière, traverser le marché aux puces désert, puis ils s'enfoncèrent dans une rue si étroite que leurs bras touchaient presque les murs à droite et à gauche. Leurs pieds écrasaient des déchets informes. Une odeur d'urine prenait à la gorge.

— C'est le nouveau-monde, expliqua Kazan, le quartier industriel de Yardam.

— Ma tante est ouvrière, chuchota Nadja.

— On sera bientôt dans sa rue.

Et en effet, deux minutes plus tard, il désignait du doigt la plaque de la rue des Maraîchers.

— À quel numéro réside votre tante ? demanda-t-il à Nadja.

— 15.

— Nous y sommes presque.

Ils repartirent, comptant les numéros au-dessus des portes. 5… 7… 9… Un coup de sifflet déchira la nuit. Tous les trois se figèrent de surprise et de peur.

Pas maintenant, pria Feliks, *pas si près du but.*

Mais il ne se passa rien. La rue était toujours déserte.

— Ne traînons pas, dit Kazan.

Pour la première fois, il y avait de l'anxiété dans sa voix. Ils accélérèrent.

Numéro 11… 13… Le 15, enfin.

Ils se retrouvèrent devant le porche d'une maison bancale, à la façade écaillée par les intempéries. Quatre étages inégaux se superposaient jusqu'aux toits de tuiles. Bien sûr, la porte était close et les volets fermés. Kazan testa la résistance du verrou d'un coup d'épaule. Le bois craqua affreusement.

— Je pourrais la défoncer, mais ce sera trop bruyant, annonça-t-il. À quel étage vit votre tante ?

— Troisième m'a-t-elle dit…

— Une fenêtre n'a pas les volets fermés. Je vais passer par là. Attendez-moi. Je fais vite.

Il posa les sacs à ses pieds et avec agilité escalada le mur, trouvant facilement des prises sur la brique ou sur les volets. L'image d'une panthère noire traversa l'esprit de Feliks. Arrivé à la bonne hauteur, Kazan se déplaça jusqu'à la seule fenêtre qui n'était pas occultée par des volets, et là, fut secoué d'un tel sursaut qu'il manqua retomber dans la rue.

11

Le nez contre la vitre, Kazan se retrouva face au visage blanc et halluciné d'une coquille. La créature regardait fixement au-dessus de lui, ses yeux gris couverts d'un glaucome. Ses lèvres remuaient comme si elle parlait à voix haute. Le voleur rétablit son équilibre, raffermit ses prises ; il avait cru voir un cadavre ! Pliant l'index, il toqua contre le verre sans obtenir la moindre réaction. Il frappa un peu plus fort, mais soit la coquille était seule dans l'appartement, soit sa famille dormait. Il n'hésita pas longtemps. Si une patrouille passait dans la rue, les deux médecins et lui-même étaient perdus. D'un coup de coude, il brisa le carreau qui dégringola dans un horrible fracas de vaisselle cassée. Il devait faire vite. Glissant son bras par le trou, il déverrouilla la fenêtre et sauta à l'intérieur de l'appartement. Il attrapa au passage la coquille par la taille pour l'empêcher de s'élancer vers la lune et la repoussa au centre de la pièce. Au même moment, une femme surgit dans la chambre, les mains serrées autour d'un tisonnier qu'elle brandissait comme une arme.

— Lâche ma fille tout de suite et dégage, voleur ! gronda-t-elle courageusement.

— Je suis avec votre nièce, Nadja, expliqua précipitamment Kazan. Et son ami Feliks est là aussi.

Les yeux de la femme s'écarquillèrent légèrement. Kazan ne lui laissa pas le temps de réagir.

— Ils sont en bas, insista-t-il. Il faut qu'on fasse vite. S'il vous plaît. Le couvre-feu.

— Recule contre le mur.

Il obéit prestement, permettant à la femme de jeter un coup d'œil par la fenêtre.

— Mon Dieu, murmura-t-elle. Surveillez Nina, je vous en prie. Et refermez cette fenêtre, sinon ma fille va sauter pour attraper la lune !

Elle partit en courant. Kazan resta seul avec la dénommée Nina qui se rapprochait déjà de la fenêtre ouverte, magnétisée par les rayons argentés de la lune. Le voleur l'intercepta en douceur et la fit reculer. Comme toujours, il était difficile d'estimer son âge et même son sexe, avec son crâne chauve et son corps lisse. Qui avait pu la manger et pour quelle raison ? Qu'avait-elle dans la tête qu'un voleur d'esprits ait bien pu convoiter ? Il referma la fenêtre et balaya du pied les bouts de verre brisé pour que la jeune fille ne se blesse pas.

La pièce voisine s'emplit tout à coup de conversations. Kazan avait à peine franchi le seuil que Nadja s'arracha aux bras de sa tante pour se jeter sur lui.

— Merci, murmura-t-elle en l'étreignant. Je n'ai pas de mots.

Feliks les rejoignit et serra la main de Kazan.

— Merci, renchérit-il. Nous paierons la dette que nous avons envers vous.

J'y compte bien, songea le voleur, lugubre.

*

La tante se nommait Alenka. Kazan lui donnait quarante-cinq ans environ, bien que l'usine ou le chagrin des nuits sans sommeil l'aient affublée de poches disgracieuses sous ses yeux d'un bleu délavé. Ses cheveux d'un blond rayé de gris rappelaient ses origines. Un peu partout, on reconnaissait des objets typiques de Joukovski : sur les murs, des assiettes en bois décoratives représentaient des guirlandes de fleurs et des oiseaux fantastiques ; sur un buffet, des poupées peintes s'emboîtaient les unes dans les autres ; et sur la table s'alignaient des tasses en porcelaine aux motifs naïfs et bariolés… Alors qu'elle faisait réchauffer du ragoût pour les trois nouveaux arrivés, Kazan s'écroula dans un fauteuil. Il se laissait envahir par une douce torpeur lorsque le cri d'horreur de Nadja le fit sursauter. La jeune femme revint de l'autre pièce, livide.

— C'est Nina ? balbutia-t-elle. C'est vraiment Nina ?

Des larmes brillèrent dans les yeux de la tante. Son menton tremblait comme elle retenait ses sanglots.

— Alors, vous n'avez jamais vu de cas comme elle ? réussit-elle enfin à prononcer. J'espérais… J'espérais que la maladie vous serait familière.

Kazan se redressa aussitôt, saisi.

— Vous n'avez pas de remède ? s'exclama-t-il. Ce que vous avez dit aux gardes…

Nadja se tourna vers lui, embarrassée.

— Je suis désolée. J'ai menti. Nous devions vraiment entrer, vous comprenez ?

— Vous êtes désolée ?

Kazan voyait rouge et une subite envie de meurtre vint fourmiller dans ses poings.

— J'ai renoncé à fuir pour vous ! Je n'arriverai jamais à ressortir maintenant. La garde va être triplée après nos frasques de cette nuit.

— Kazan, intervint Feliks d'un ton très calme, nous nous excusons de vous avoir menti, mais cela n'enlève rien à notre détermination. Nous sommes ici pour trouver un remède et nous allons y parvenir.

Le voleur se rencogna dans son siège, partagé entre l'amertume et un espoir trouble.

Feliks s'en fut à son tour examiner la coquille. Il revint, l'air sombre, et s'assit lourdement sur une banquette, non loin de Kazan, les jambes coupées par ce qu'il venait de découvrir.

— C'est terrible, dit-il enfin.

— Je ne la reconnais pas, reprit Nadja. On dirait une poupée de cire. Est-ce qu'elle comprend ce qu'on dit ?

— Je ne crois pas, soupira la tante. La nuit, elle est obsédée par la lune. Le jour, elle déambule sans but. Elle arrache les vêtements que je veux lui faire porter. Elle ne tolère que cette chemise. Parfois, elle hurle.

La pauvre femme se mit à sangloter et Nadja la prit dans ses bras. Elles restèrent toutes les deux enlacées, écrasées par le malheur.

Kazan se tenait coi, sa colère douchée par le désespoir des femmes, embarrassé malgré lui d'être le spectateur de cette douleur. Même s'il n'était pas directement responsable de la situation de la jeune femme, il éprouvait une sourde culpabilité. Comme tous les voleurs d'esprits, il avait lui-même transmis son mal à d'autres gens, et c'était peut-être l'une des personnes qu'il avait contaminées qui avait dévoré la mémoire de la petite Nina.

Nadja se détacha enfin de sa tante, lui prit les mains et la regarda avec sérieux.

— Je vais tout faire pour la guérir, affirma-t-elle. Je n'aurai pas de repos tant que je n'aurai pas trouvé le remède. Je te le promets.

— Il paraît que l'empereur a envoyé des médecins dans notre ville avant de la fermer, murmura Alenka.

— Nous irons à leur rencontre, opina Feliks. Si nous mettons nos connaissances en commun, nous avons plus de chances de trouver une solution. Nous y arriverons, ajouta-t-il fermement à l'attention de Kazan.

Finalement, la tante prépara des couchages pour tout le monde. Kazan, toute son adrénaline retombée, se sentait faible et fatigué. Ses voix chuchotaient sans relâche dans son crâne. Il se promit de se rendre à la fumerie dès le lever du jour et se recroquevilla dans le fauteuil, la tête sur l'accoudoir. Il dormit par intermittence, le murmure des démons se mélangeant à ses cauchemars.

*

La lumière rose de l'aube le réveilla quelques heures plus tard. Il souleva les paupières et tressaillit en voyant une dizaine de silhouettes debout autour de lui. Ses victimes se tenaient là, en silence, comme si elles l'avaient regardé dormir, et elles formaient un cercle menaçant, épaule contre épaule, muet, accusateur : son père, sa belle-mère, sa demi-sœur, la peintre, le lanceur de couteaux, l'acrobate du cirque itinérant, le combattant en cage, le général, l'étrangère des îles du Vent, le gardien du musée et tous les autres, même ceux qui s'étaient dissous depuis bien longtemps. Kazan ne dit pas un mot. Il ne bougea pas. Les démons restaient également immobiles. Aucun mouvement ne les animait, pas même leurs narines ou leurs poitrines.

Bien sûr. Parce qu'ils sont morts.

À peine avait-il pensé cela qu'un changement s'amorça. Les dizaines de silhouettes réunies autour de lui pâlirent ; leurs visages s'arrondirent ; leurs cheveux tombèrent par poignées. En moins d'une minute, c'est un cercle de coquilles qui l'entoura…

— Arrêtez, s'il vous plaît, dit-il tout bas.

Il ferma les yeux et compta lentement jusqu'à dix. Il eut l'impression que les créatures se rapprochaient, leurs pieds raclant le sol… Il rouvrit les paupières.

Il n'y avait rien. Juste Feliks qui dormait sur la banquette près de lui. Nadja partageait le lit de sa tante dans l'autre pièce. Kazan poussa un soupir, de soulagement et d'exaspération. Les symptômes de sa maladie s'aggravaient de jour en jour. Il ne résisterait plus très longtemps et ces maudits médecins l'avaient dupé. Sa crédulité l'enrageait.

Et alors ? Entre mourir ici en essayant de trouver un remède ou à l'extérieur de ces murs sans aucun espoir, qu'est-ce que tu préfères ?

Les muscles ankylosés, il s'extirpa du fauteuil. La coquille entra dans le salon et s'arrêta brusquement, ses yeux aveugles fixant le vide. Tout à coup, elle fit sous elle, les jets d'urine coulant le long de sa cuisse nue. Kazan détourna le regard. Les voix affolées se réveillèrent toute en même temps :

— *Tu nous as fait ça !*

— *On est comme elle !*

— *Mon corps, mon pauvre corps !*

— *Je veux mourir !*

— *Lâche-moi, laisse-moi sortir !*

— *Mourir !*

— *Ma famille doit être si malheureuse...*

— *Tout ça à cause de toi.*

— *Meurs, meurs, meurs !*

Le voleur enfila son manteau et ramassa son sac. Machinalement, il avisa le mobilier du salon, mais il n'y avait rien de valeur et l'amitié des deux médecins, même s'ils lui avaient menti, lui était bien plus importante que n'importe quel bijou ou bibelot.

L'air frais lui fit du bien. À la suite de ses acrobaties, des courbatures tiraillaient ses muscles et ses voix bourdonnaient dans sa tête. Il devait parcourir Yardam du nord au sud pour rejoindre *L'œil crevé*. La fatigue lui donna envie de monter dans un fiacre ; il économisa pourtant son argent pour la drogue.

Alors qu'il frappait enfin à la porte de la taverne, l'idée que le gérant se soit fait emmener par la garde noire le traversa. Ses entrailles se nouèrent à cette perspective, mais quelques minutes plus tard, la porte s'effaçait et l'homme parut.

— Te revoilà déjà ?

— La quarantaine me rend nerveux. J'ai besoin de me détendre. Comment ça va, toi ?

— Moyen. La milice a saisi le contenu de mes recettes.

— Les salauds ! s'exclama Kazan. Je suis désolé. Et la fumerie ?

L'homme se rembrunit, maussade.

— Rassure-toi, la fumerie est toujours là et j'ai de quoi t'approvisionner aujourd'hui.

Kazan fondit de soulagement.

— Mais ça ne durera pas. Si la quarantaine se prolonge, mes stocks vont rapidement baisser.

— Gardes-en pour moi. Je te paierai plus cher.

— C'est sûr. Les prix vont s'envoler. Déjà, aujourd'hui… Je vais être obligé de te demander un peu plus. Tu comprends ?

— Oui, bien sûr, bien sûr, répondit nerveusement Kazan.

Il s'imagina en train de lui casser le nez contre le mur, mais repoussa cette image.

— Tu as eu de la chance, hier, remarqua le propriétaire, suspicieux.

— Je sais, mais ne me demande pas pourquoi. J'ignore complètement pourquoi il m'a laissé partir.

— Ces chiens n'en font qu'à leur tête.

Il s'écarta enfin pour le laisser entrer et referma derrière lui. Kazan était si fébrile que ses mains tremblaient lorsque le patron lui servit le matériel, sur le plateau de bois laqué.

— J'espère que les médecins de l'empereur nous sortiront de toute cette crise, reprit le gérant. La situation devient de pire en pire.

— Je l'espère aussi. Tu ne peux pas savoir.

— Il y a une coquille parmi les tiens, crut deviner l'homme.

Il hocha la tête avec sympathie.

— Je m'en doutais. C'est pour ça que tu fumes autant.

— Oui, exactement, mentit Kazan en allumant la pipe. C'est exactement pour ça.

*

Comme souvent, alors que son esprit dérivait dans la ouate de la sirène, il repensa à son enfance, avant qu'il ne se change en monstre. Sa mère enterrée, il avait traversé une période compliquée, s'acharnant plus que jamais à trouver une place dans sa famille recomposée. Rebeka était odieuse. Sa belle-mère se méfiait de lui ; il ressemblait trop à sa défunte mère et son visage était un rappel permanent de sa rivale. Son père se noyait dans son travail, partait tôt, rentrait tard. Il parlait peu, ce qui n'arrangeait rien. Kazan avait essayé de s'intéresser à son artisanat, mais son père l'avait aussitôt mis à la porte de l'atelier, prétextant qu'il allait casser quelque chose. Il s'était alors passionné pour les peintures que réalisait sa belle-mère, mais elle l'avait chassé de la même manière. Cela n'avait fait que renforcer son désir de l'impressionner, de lui montrer que lui aussi pouvait créer quelque chose de beau. Un jour où il était seul, il s'était glissé dans son atelier.

L'atmosphère de la pièce, tranquille et solennelle, l'enchantait. Le soleil affluait par les fenêtres, éclairant les lattes du parquet. Une puissante odeur de térébenthine flottait dans l'air. Des toiles étaient empilées contre les murs, protégées par un drap. Il les découvrit pour les regarder, les unes après les autres : la cathédrale blanche de Saint-Fantôme, les toits aigus de Yardam, des natures mortes… Sur le chevalet, sa main effleura le matériel de sa belle-mère, palette, pinceaux et couleurs. Pour l'avoir déjà observée en cachette, il savait comment s'en servir. Il saisit un des pinceaux et commença à dessiner. Le garçon perdit le fil du temps comme les idées affluaient dans son esprit. C'est à peine s'il entendit la porte de l'atelier s'ouvrir. Le cri de sa belle-mère, en revanche, le fit sursauter. Il se retourna en souriant, curieux de découvrir la réaction de la femme à la vue de ce qu'il avait réussi à peindre. Sur la toile, il avait représenté une plage et des monstres noirs se prélassant sous un soleil rouge.

— Qu'est-ce que tu as fait ? siffla-t-elle.

Sa belle-mère le rejoignit à grandes enjambées et, le saisissant par le bras avec une force surprenante, le fit tomber du tabouret.

— Tu as utilisé la pourpre ? s'étrangla-t-elle.

La colère lui congestionnait deux plaques aux joues. Et comme il ne répondait pas :

— Tu as utilisé toute la pourpre ?

— Mais le soleil est rouge, se défendit-il faiblement.

— De la merde, oui !

Elle s'empara du tableau encore humide et le fracassa sur le tabouret où il s'éventra. Le cadre en bois se disloqua, la toile creva. Kazan vit son astre écarlate baver sur ses monstres et les animaux se distordre en se déchirant. Sa belle-mère, folle de rage, cogna à plusieurs reprises le tableau contre le sol, afin de le réduire en miettes, puis elle en jeta les débris sur Kazan, toujours par terre, tétanisé.

— Hors de ma vue ! vociféra-t-elle.

Le garçon se releva précipitamment et s'enfuit de l'atelier, croisant sur le seuil sa demi-sœur, dont l'expression oscillait entre l'effroi et une forme de supériorité goguenarde. Il se réfugia dans sa chambre et un instant plus tard il entendit la porte claquer. Il se sentait complètement dépassé par les événements. À aucun moment, il n'avait anticipé une telle réaction. Il attendit avec anxiété le retour des adultes, n'osant plus sortir, ni même bouger, assis sur le rebord de son lit, ses doigts tachés de peinture noués ensemble sur ses cuisses. La porte de l'appartement se rouvrit avec fracas et Kazan put suivre la progression de son père et sa belle-mère sur le parquet qui craquait. Son père surgit dans sa chambre. Il l'attrapa par le bras, l'arracha du lit, le secoua avec violence.

— Qu'est-ce que tu as encore fait ? rugit-il. Tu n'en as pas marre ? On se saigne aux quatre veines pour toi ! Et toi ? C'est comme ça que tu nous remercies ?

Clignant des paupières, Kazan s'exhortait à trouver une réponse qui calmât la fureur de son père, mais les secousses que lui imprimait l'homme dispersaient les idées qu'il tentait péniblement de rassembler. Son cœur battait à toute vitesse.

— Tu es exactement comme ta mère ! Insouciant ! Inconscient ! Tu n'as aucune idée de la valeur des choses ! Tu réalises ce que tu as fait ? Déjà, tu es entré dans l'atelier de Magda sans son accord, et ensuite, tu as bousillé la pourpre.

Son père le souleva et leurs visages se frôlèrent. Kazan sentit son haleine aigre revenir sur ses joues comme il hurlait :

— De la pourpre ! Tout ça pour faire quoi ? Peinturlurer des idioties ? Pour qui tu te prends ? Tu crois que tu as du talent, peut-être ?

Quelque chose se fractura dans l'esprit de l'enfant. Cette place qu'il tentait si désespérément de gagner, il sut en cet instant qu'il ne la trouverait jamais. Il ne leva pas le bras assez vite pour dévier le premier coup. La gifle l'étourdit. La douleur se répandit en vagues brûlantes dans le côté gauche de sa tête. Son oreille se mit à siffler, mais pas assez pour qu'il n'entende pas la suite :

— Tu ne sais rien faire ! Tu es mauvais partout ! Tu nous fais honte ! Tu finiras comme ta mère, exactement comme elle ! À crever de la syphilis, au fond d'un caniveau !

Il le projeta contre le mur. Kazan se reçut de guingois et perdit l'équilibre. L'arrière de son crâne percuta la paroi. Un flash blanc explosa devant ses yeux. Il s'affaissa lentement sur le sol. Son ahurissement excita encore plus la colère de son père qui lui envoya un coup de pied dans le ventre.

— J'en ai marre de te voir ! J'en ai marre d'avoir toujours ta sale gueule sous les yeux ! Tu es comme elle ! Comme elle et on n'en sortira jamais !

Il lui asséna d'autres coups. Kazan se recroquevilla en boule pour se protéger au maximum. Il continuait de s'ordonner de réfléchir, de trouver les mots justes pour désamorcer la colère paternelle, mais ses pensées volaient en éclats à chaque coup. Il gémissait des bouts de phrases sans début ni fin, entre la plainte et l'excuse. Finalement, il se rendit compte qu'il était de nouveau seul. Ses oreilles bourdonnaient et des élancements de douleur lui traversaient tout le corps. Lentement, il se redressa, sonné, les jambes tremblantes. Quelque chose d'humide tomba sur sa main. Des gouttes de sang. Il les regarda avec effarement, surpris et en colère de les découvrir si rouges. Cette foutue pourpre ! Il essuya son visage, réalisa qu'il saignait du nez. À petits pas, il se traîna jusqu'au miroir et observa son reflet, sa gueule cassée, sanguinolente, les cheveux en bataille. Dans la glace, les yeux de sa mère le contemplaient, flamboyant de haine.

*

Kazan paya un prix exorbitant pour trois pipes de sirène. Le patron ne lui offrit rien à manger et le voleur préféra de nouveau garder son argent pour la drogue. Il se retrouva dans la rue à midi et décida qu'il était temps de rejoindre les deux médecins étrangers. Mais quand il se présenta chez la tante de Nadja, ils étaient déjà partis. Alenka était toujours là en revanche et elle expliqua à Kazan qu'elle touchait une pension d'invalidité à la suite d'un accident à l'usine qui lui avait endommagé les nerfs de la main droite. Cela lui permettait de rester à la maison pour s'occuper de sa fille.

— Et votre nièce ? demanda-t-il innocemment.

— Elle est allée au Klementinum avec Feliks pour faire la connaissance des autres médecins.

Alenka lui proposa de déjeuner avec elle et il accepta avec reconnaissance. La coquille était assise avec eux. Sa mère lui donnait du ragoût à la cuillère, mais la jeune fille en recrachait la moitié. La nourriture dégoulinait, mêlée de bave sur son menton. Kazan en perdit l'appétit.

— C'est arrivé quand ? demanda-t-il pour déguiser son trouble.

— Il y a six mois. Au début, j'ai cru qu'elle allait s'en sortir. Elle était encore elle, vous comprenez ? Ce n'était pas comme ces pauvres créatures qui boivent la lune des yeux… Elle avait ses cheveux, ses yeux, même si son visage s'était déjà un peu arrondi.

Kazan hocha la tête, compréhensif.

— J'étais folle. Je voulais garder espoir… Alors qu'ils deviennent tous pareils. Connaissez-vous quelqu'un qui en a guéri, vous ?

— Non, admit le voleur. Mais maintenant que l'empereur nous a dépêché des médecins de tout le royaume…

— J'ai fait appel à ma nièce, poursuivit la femme sans l'écouter. Elle est très brillante. C'est une spécialiste du cerveau. Si quelqu'un doit trouver la cause de cette épidémie, c'est elle.

La cause, tu l'as sous les yeux, pensa Kazan avec amertume.

— Ces idiots de gardes ne la laissaient pas rentrer, dit-il à voix haute.

— Elle m'a raconté. Heureusement que vous étiez là.

— À vrai dire, j'étais en train de me carapater.

Il chipotait dans son assiette, triant pensivement la nourriture du bout de sa fourchette.

— L'idée de la quarantaine ne me plaît pas.

— Je vous comprends, mais j'ai confiance dans les médecins. J'ai confiance en ma nièce.

Elle ajouta :

— Je suis désolée que vous ayez dû rester pour permettre à ma nièce et à son mari d'entrer dans la ville.

— Moi aussi, je souhaite qu'on trouve une solution à l'épidémie, dit-il, sincère.

Puis il mentit :

— Ma famille en a été victime aussi.

Un demi-mensonge, au fond.

— Pauvre garçon, murmura la tante, bouleversée.

Elle alla même jusqu'à poser une main compatissante sur son bras.

— Qui ? demanda-t-elle.

— Tous. Mon père, ma belle-mère et ma demi-sœur.

— Mais c'est affreux ! s'exclama la femme, horrifiée. Le fléau a décimé tous les vôtres !

— Ma mère est morte de la syphilis, précisa-t-il de façon absurde.

— Mon pauvre petit.

Kazan n'avait rien de petit et une part de lui s'amusa tristement de cette comédie. Ils mangèrent ensuite en silence, absorbés dans leurs propres réflexions jusqu'à ce que la femme lui demande :

— Vous n'avez jamais eu peur que ce soit héréditaire ? Qu'un jour, vous deveniez comme eux ?

— Je crois que j'ai ça en moi, approuva Kazan. Je crois que je suis malade.

La femme secoua la tête, soupira, et lui pressa le bras.

— Tu seras toujours le bienvenu ici.

12

Grâce aux indications fournies par la tante de Nadja, les deux médecins s'orientèrent dans la ville à la recherche du Klementinum. Le plus gros centre médical du pays était implanté sur les rives de la Fulda. Sur le chemin du fleuve, le couple entendit des rumeurs. Nombre de citoyens qui avaient tenté de fuir cette nuit avaient été arrêtés ou même tués. Certains dénonçaient la restriction de leur liberté, d'autres se félicitaient au contraire des mesures prises par l'empereur. Mais tous s'inquiétaient de la durée de la quarantaine.

— Et s'ils ne trouvent jamais de remède ? murmurait-on. Et si on est condamnés à crever de faim ici ?

Ce à quoi d'autres répondaient que personne ne crèverait de faim et qu'au pire le bon empereur ferait acheminer de la nourriture.

Feliks mesurait les enjeux et l'importance de leur rôle dans cette folie, mais une part de lui ne pouvait s'empêcher d'en craindre les conséquences. Certes, ils étaient entrés, mais pourraient-ils ressortir un jour ?

Ils arrivèrent enfin en vue du Klementinum. Le centre projetait son reflet monumental sur les eaux grises de la Fulda. De réputation, Feliks savait que le bâtiment abritait à la fois une école de médecine, une bibliothèque, un grand sanatorium et des pavillons pour les malades. Son entrée, en haut d'une volée de marches blanches, se révélait aussi somptueuse que le fronton d'une cathédrale. Comme partout ailleurs, des parois de brique se hissaient à une hauteur vertigineuse et des toits pentus en ardoise les recouvraient. Il y avait çà et là des coupoles en verre, nervurées d'acier. Nadja et Feliks se mêlèrent aux étudiants de médecine. Avec leurs vêtements étrangers de couleur vive, brodés de lignes géométriques dorées et la blondeur de leurs cheveux, ils ne passaient guère inaperçus. Un jeune les aborda alors qu'ils venaient seulement de franchir le double battant de l'école de médecine :

— Vous n'êtes pas d'ici.

Ce n'était pas une question.

— Nous venons de Joukovski en renfort pour vous aider dans la gestion de l'épidémie, expliqua Feliks.

— J'ignorais que l'empereur avait recruté dans des contrées aussi éloignées, réagit l'autre, impressionné.

Feliks et Nadja échangèrent un regard et décidèrent de passer sous silence leur absence de convocation. Jamais les autres ne devineraient qu'ils étaient entrés par effraction dans la ville en quarantaine.

— Je m'appelle Jáchym. J'étudie la médecine ici. Votre collègue est infirmière ? ajouta-t-il avec un salut distrait de la tête vers Nadja.

— Médecin, intervint-elle. Spécialisée dans les sciences du cerveau.

L'expression de leur interlocuteur aurait presque été comique si elle n'avait pas été aussi offensante.

— À Joukovski, les femmes apprennent également la médecine, expliqua Feliks.

Le jeune homme se frotta le menton du plat de la main.

— Écoutez, déclara-t-il enfin, nous sommes ravis de bénéficier de votre érudition, mais je ne suis pas certain que votre femme pourra travailler ici. Peut-être pouvez-vous échanger vos théories le soir, chez vous, mais pour participer…

Il rougissait, conscient de sa goujaterie, et s'embrouillait dans son discours.

— Vous comprenez, travailler avec les coquilles demande de tenir ses nerfs.

— Je sais parfaitement tenir mes nerfs, je vous remercie, rétorqua froidement Nadja.

— Cela nécessite aussi de la force physique. Certaines sont totalement hystériques, elles griffent, mordent, se débattent…

— Pouvons-nous parler au doyen, s'il vous plaît ? le coupa Feliks le plus poliment possible.

L'autre hésita avant de hocher la tête.

— Oui, bien sûr, bien sûr…

Il les guida à travers le département de médecine. Ils gravirent un immense escalier verni à double révolution. L'éclat des dorures s'était terni, mais les arabesques florales de la rambarde s'enroulaient délicatement jusqu'au premier palier. Au sommet de l'escalier, ils tournèrent à gauche et passèrent une nouvelle porte pour entrer sous une coupole. Un péristyle soutenait la verrière. Au centre, un vitrail bleu foncé représentait un château blanc, probablement les armoiries de la ville. À droite, des portes béantes laissaient entrevoir un amphithéâtre décoré de boiseries en acajou.

Ils franchirent la porte de gauche et un frémissement d'émotion saisit Feliks à la vue de la bibliothèque de l'établissement. Celle-ci s'étendait sur toute la longueur de la cour de l'école. L'œil devait monter très haut avant d'atteindre le plafond, orné d'une fresque monumentale. Les murs alternaient vitraux et toiles de maître. Les rayonnages se comptaient par centaines et les livres par dizaines de milliers. Plus haut filaient des coursives à la rambarde de bois avec de nouvelles bibliothèques. Deux escaliers en colimaçon, de chaque côté de la salle, permettaient de rejoindre les galeries.

Ils y montèrent pour trouver enfin le bureau du doyen. L'homme était absorbé dans une impressionnante pile de manuscrits. Jáchym se racla la gorge pour attirer son attention et le médecin se leva pour les saluer.

Feliks présenta son épouse avant lui-même, mais le doyen ne serra que sa main à lui, ignorant Nadja debout à ses côtés.

— Je suis médecin aliéniste et ma femme est chef de travaux anatomiques à la clinique des maladies du système nerveux de Joukovski, expliqua-t-il, espérant une réaction.

— J'étudie le cerveau humain depuis cinq ans, précisa Nadja.

— Vraiment, vraiment…, murmura pensivement le doyen.

— Je suis désolée d'entrer dans le vif du sujet, poursuivit la jeune femme, mais je pense qu'il serait intéressant que je puisse disséquer la dépouille d'un des malades afin d'étudier son cerveau.

— Vous n'y pensez pas ! Nous ne nous livrons pas à ce type d'expériences ici.

— Vu l'état des patients, il est probable que leur mal a une cause cérébrale, plaida Feliks. Il ne s'agit pas de boucherie, mais bel et bien de protocoles scientifiques que ma femme pourrait vous expliquer si vous êtes d'accord.

— Nous n'avons pas de dépouilles, argua le doyen. Vous comprenez, nos malades, nous tentons de les garder vivants.

La pique était nettement audible. Nadja se crispa. Feliks anticipa une réaction acide ; il intervint précipitamment :

— Nous comprenons que nos méthodes de médecins étrangers puissent vous choquer, docteur, et nous sommes désolés si nous avons heurté votre sensibilité. Est-il possible simplement de rester avec vos équipes en tant qu'observateurs dans un premier temps ?

— Feliks ! s'exclama Nadja.

Il lui prit la main et la broya plus qu'il ne la serra entre ses doigts. Le regard du doyen sautait de lui à sa femme, réprobateur.

— Vous, vous pouvez rester, dit-il finalement. Mais pour votre épouse, je dois encore réfléchir.

— Nous travaillons en équipe, soutint Feliks. Nous restons à deux ou nous partons.

C'était un défi dangereux et en prononçant ces mots, le jeune homme comprit qu'il avait commis une erreur.

— Alors vous pouvez disposer, les informa le doyen en replongeant le nez dans ses livres. Jáchym, pouvez-vous les raccompagner jusqu'à la sortie, s'il vous plaît ?

— C'est inutile, annonça Nadja d'un ton glacial. Nous trouverons le chemin tout seuls.

Elle tourna les talons et s'en fut. Si Feliks ne s'était pas trouvé juste derrière elle, elle aurait sans doute claqué la porte de rage. Ils retraversèrent la bibliothèque à grandes enjambées, amers de ne pas pouvoir bénéficier des connaissances enfermées dans les ouvrages. Au sommet de l'escalier, ils s'arrêtèrent néanmoins, surpris par le raffut qui régnait dans le hall. Feliks se pencha par-dessus la balustrade pour regarder des gardes guider maladroitement une vingtaine de coquilles dans le large couloir. Les malades marchaient de-ci de-là, se heurtant les uns dans les autres. L'un d'eux décampa tout à coup en hurlant. Un garde le coucha d'un coup de matraque en plein estomac. Les autres coquilles trébuchèrent sur le malheureux qui se tordait de douleur par terre.

— Qu'est-ce qu'ils font ? demanda machinalement Feliks.

À côté de lui, Nadja pinça les lèvres. Les ailes délicates de ses narines se dilataient comme elle respirait trop vite, encore sous le coup de la colère. Il lui caressa le bras.

— Ne t'en fais pas, nous travaillerons de notre côté.

— C'est parce que je suis une femme, explosa-t-elle. Il n'a même pas cherché à savoir ce que je valais !

— Je sais. Je suis désolé. Peut-être que nous devrions chercher ensemble avant de revenir avec des résultats. Le malotru serait bien forcé de ravaler ses grossièretés.

— Tu as raison, soupira Nadja, un peu apaisée.

Jáchym les dépassa en trottinant pour s'engager dans l'escalier.

— J'arrive ! cria-t-il aux gardes qui semblaient perdus.

— Où devons-nous les parquer ? demanda le chef de brigade.

— Je vais vous montrer, suivez-moi.

Il n'eut aucun égard pour les coquilles qu'il poussa afin de se frayer un passage. Le troupeau suivit docilement ce nouveau guide et une minute plus tard, ils avaient tous disparu dans les profondeurs de la faculté.

— Ce sont des sujets de test, devina Nadja. J'aimerais bien savoir ce qu'ils vont faire.

— Ne pense plus à eux. Focalisons-nous sur notre pratique.

Il l'entraîna à travers l'école et ils se retrouvèrent sur le vaste perron devant le bâtiment. La silhouette en noir, assise sur les marches, attira tout de suite l'attention de Feliks. Les coudes sur les genoux, les mains pendant entre ses jambes, avec la décontraction et la nonchalance d'un félin, Kazan paraissait complètement absorbé par le spectacle du fleuve. Pourtant, avant même qu'ils le hèlent, il dut sentir leur présence, car il tourna la tête. Il dévisagea Feliks avant de s'arrêter en particulier sur Nadja, les sourcils froncés.

— Ça ne va pas ? demanda-t-il.

La jeune femme lui exposa brièvement la situation, mais Kazan entendit la colère et la déception dans sa voix. Lui aussi était déçu et même inquiet. Il avait parié sur eux au prix de sa liberté.

— C'est quoi, les maladies du système nerveux ? se renseigna-t-il d'un ton neutre.

— Ma spécialité, c'est le cerveau. Je suis persuadée que les maladies de l'âme ont une explication physique. Quand ma tante m'a décrit le cas de Nina, nous avons pensé à un cas de mélancolie extrême, voire de démence précoce, mais là, ça dépasse de loin ce que nous avions imaginé. J'ai besoin de faire des tests.

— Sur le cerveau ? insista Kazan, perplexe.

Nadja acquiesça.

— Il faut que le sujet soit mort ?

Il se sentait un peu bête, mais la médecine était une discipline qui lui échappait totalement.

— Oui. Je dois extraire le cerveau de la boîte crânienne pour le disséquer.

— Peut-être pourrait-on capturer une coquille ? proposa Kazan.

— Qu'entendez-vous par « capturer » ? releva Feliks avec inquiétude. Il faudra la tuer pour lui prélever le cerveau.

Le voleur se racla la gorge.

— Je peux la tuer si vous voulez.

— Parlez moins fort ! s'exclama le médecin avec anxiété. Si on vous entend.

Puis à sa femme et à lui :

— On ne peut pas faire ça, c'est inhumain.

Kazan nota que Nadja n'avait pas protesté ; la proposition l'intéressait, mais devant la répulsion instinctive de son mari, elle n'osait pas le dire à haute voix.

— C'est pour la science, non ? argumenta-t-il d'un ton placide. Si vous trouvez un remède pour guérir la maladie, le sacrifice d'un seul pourrait être salvateur pour des centaines d'autres.

— Je m'y oppose fermement, martela Feliks.

La jeune femme le considéra, dubitative, avant de secouer la tête.

— Tu as raison. On ne peut pas faire ça.

Elle se mit à faire les cent pas le long de la balustrade, sa main flattant distraitement la pierre humide.

— Je suis sûre que le département de médecine a des dépouilles dont je pourrais disposer, soupira-t-elle. Ils ont forcément une morgue pour les cours d'anatomie. Leurs tiroirs contiennent bien une ou deux coquilles.

Elle s'arrêta, regardant Kazan avec une attention dérangeante.

— Peut-être pourrait-on s'y introduire cette nuit… Si vous nous y aidez…

— S'introduire dans cette faculté, la nuit, après le couvre-feu et ramener un cadavre dans nos bras ? Je crois que nous avons suffisamment tenté notre chance hier, vous n'êtes pas d'accord avec moi ?

En réalité, il pensait pouvoir y arriver, mais n'en avait pas envie. Capturer une coquille perdue, abandonnée par sa famille, était bien plus simple pour un résultat identique. La jeune femme s'empourpra.

— Vous avez raison. Désolée de vous avoir demandé ça.

Kazan haussa les épaules. Montrer trop d'impatience paraîtrait forcément suspect. Il n'éprouvait aucune culpabilité à sacrifier une coquille, mais il préférait que l'idée vienne d'eux… d'elle, surtout. Il avait la certitude qu'il n'aurait pas longtemps à attendre. Humiliée par le doyen, la jeune femme brûlait de faire ses preuves.

Sachant qu'il n'obtiendrait rien pour l'instant, Kazan proposa de les distraire en jouant les guides touristiques. Ce fut un après-midi agréable, durant lequel le voleur leur fit visiter les différents quartiers de Yardam : Ville-Vieille, Ville-Nouvelle, le Petit-Côté et Karolinenthal. Quand ils étaient las de marcher, ils s'arrêtaient sur des bancs ou dans des cafés où Kazan se faisait offrir de quoi boire et manger. Il peinait cependant à conserver son sourire de façade. L'amour que se portait le couple lui faisait mal, lui rappelant que ces rapports doux et simples lui étaient désormais interdits. Feliks repoussait une mèche de cheveux de Nadja pour la coincer derrière son oreille ; elle inclinait la tête pour que sa joue repose quelques secondes au creux de la paume du jeune homme ; ou bien ils riaient doucement, épaule contre épaule. Elle lui glissait des surnoms affectueux à l'oreille, quand elle pensait que Kazan n'entendait pas ou s'imaginant qu'elle ne le comprendrait pas : *kationak*, « petit chat », ou *angel moï*, « mon ange ». Ils étaient très pudiques dans leur joie comme si les circonstances de leur venue à Yardam leur imposaient de rester discrets, mais le cœur de Kazan en saignait de jalousie. Lui se considérait comme une grenade. Ses veines charriaient un venin qui abrègerait inexorablement la vie de sa prochaine partenaire.

— Cette science du cerveau que vous pratiquez, demanda-t-il finalement, c'est l'excision de la pierre de folie ?

Nadja pouffa tellement fort dans sa tasse qu'elle en inspira par le nez, ce qui redoubla son hilarité.

— J'ai dit une bêtise ? s'enquit Kazan, vexé.

— L'excision de la pierre de folie est une charlatanerie, lui expliqua Feliks.

— J'ai déjà vu ça dans la rue, insista le voleur. Le toubib ouvrait le crâne de la personne et retirait une pierre de son cerveau. Ensuite, le fou était guéri.

— C'est mignon de voir un gaillard comme vous aussi naïf, s'amusa Nadja.

— Merci pour ça, grogna Kazan.

— Mais j'ai dit que vous étiez mignon ! C'était un compliment !

Elle en pleurait tellement elle riait.

— Arrête de le draguer ! la tança gentiment Feliks.

Et à Kazan :

— C'est juste un tour de magie. L'opérant ouvre très légèrement la tête de son complice et il vous montre la pierre « extraite » qu'il a subtilement sortie de sa manche.

— Je connais ce genre de passe-passe ! s'esclaffa Kazan en retrouvant le sourire.

— Pourquoi ? Qu'est-ce que vous faites dans la vie ? lui demanda Feliks.

Après une courte hésitation, Kazan décida de lui dire la vérité.

— Je suis un voleur.

Le poing du médecin s'abattit sur la table autour de laquelle tous les trois étaient assis.

— J'en étais sûr ! s'exclama-t-il d'un ton triomphant. Tu vois, je te l'avais dit.

Kazan se demanda si sa profession avait été l'enjeu d'un pari entre eux, car Nadja avait l'air dépitée.

— Je m'en suis douté en voyant avec quelle habileté vous avez escaladé l'immeuble hier.

— Merci, dit le voleur, incertain de ce qu'il devait répondre. C'était un compliment, ça aussi ? s'enquit-il quand même.

— L’escalade ? Oui, bien sûr.

— Je ne fais pas ça de gaieté de cœur, vous savez.

— Bien sûr, concéda Feliks avec un grand sourire.

Nadja tripotait sa tasse, le nez baissé, toute hilarité évanouie à présent. Son compagnon lui secoua amicalement le bras.

— Ce n’est pas grave ! fit-il en riant. J’ai bien le droit de gagner de temps en temps. Qu’est-ce que tu es mauvaise joueuse !

— Ce n’est pas ça…, murmura la jeune femme en faisant tourner son fond de café.

— Qu’est-ce qui t’arrive ?

Feliks avait perdu sa gaieté. Nadja releva les yeux et les regarda à tour de rôle.

— C’est juste que de parler de la pierre de folie, ça m’a ramenée à ça.

— À quoi ?

— Je crois que nous devrions le faire…, chuchota-t-elle.

Le pouls de Kazan s’accéléra. Feliks se raidit sur sa chaise.

— Quoi ? demanda-t-il d’une voix blanche.

La jeune femme avala sa salive, prit une courte inspiration et déclara :

— Nous devrions tuer une coquille.

13

Feliks était nauséeux d'angoisse. Kazan avait proposé de se salir les mains, mais le couple avait tenu à participer. Ils agiraient ensemble, à trois, ou pas du tout. Le voleur avait pris la tête de l'expédition et les deux médecins le talonnaient dans les rues vidées par le couvre-feu. Comme leur guide, ils étaient vêtus de noir. Nadja avait ramassé sa chevelure blonde sous un bonnet. Un manteau lui cintrait la taille. Elle s'était enduit les joues de cirage et ressemblait tout à fait à une cambrioleuse. Feliks était plus incertain de sa propre apparence. Il se sentait gauche et, surtout, pas à sa place. Dans une poignée de minutes, ils devraient tuer une coquille, prendre la vie d'une des victimes qu'ils étaient venus soigner. L'ironie de la situation lui rongeait les entrailles. Il avait envie de hurler à ses deux compagnons de renoncer, de faire demi-tour. Il existait forcément une autre solution ! Demain, Feliks se rendrait à la faculté, il supplierait le doyen, il le soudoierait peut-être… Il ferait tout, plutôt que de tuer un innocent.

Pourtant, il n'arrivait pas à desserrer les lèvres et continuait de suivre Nadja, englué dans l'action comme un rêveur prisonnier d'un cauchemar.

Soudain, Kazan s'immobilisa. Une sueur froide coula entre les omoplates de Feliks.

— Il y en a une juste ici, dit le voleur. Est-ce qu'elle convient ?

— Je vais l'examiner, répondit Nadja en s'avançant.

Feliks se força à la rejoindre. Il était là pour elle. Il ne la laisserait pas. Jamais. Quoi qu'elle fasse…

Comme toutes les coquilles, il était très difficile de lui donner un âge, mais quand la jeune femme lui ouvrit délicatement la bouche, la créature révéla une poignée de chicots bruns. C'était probablement un homme : on discernait encore le relief d'un sexe ratatiné par le froid. Le réseau bleuté de ses veines se détachait en violet sous sa peau diaphane. Les os de son bassin pointaient affreusement, les côtes saillaient et les clavicules formaient deux barres obliques au-dessus de la cage thoracique. Depuis combien de temps n'avait-il pas mangé ? Ses yeux aveugles scrutaient la lune. Il ne referma même pas la bouche quand Nadja le lâcha.

— Est-ce qu'on doit faire ça ? demanda la jeune femme d'une voix étranglée.

Sa détresse toucha Feliks.

— Je crois qu'il va mourir de toute façon, s'entendit-il répondre.

— Je pense aussi, dit Nadja. Mais ce n'est pas facile. C'est comme si… nous le condamnions à mort.

— C'est le cas. Il faut que nous l'assumions.

Kazan s'impatientait. Il rôdait autour d'eux en silence, surveillant les ruelles obscures. Soudain, il revint à leur hauteur.

— Quelqu'un vient par ici, dit-il. On doit se décider maintenant.

— On prend celui-là, débita Feliks à la place de sa compagne.

Nadja poussa un petit gémissement étranglé quand Kazan jeta la coquille sur son épaule.

— Vous ne le tuez pas ? bredouilla-t-elle.

— Plus tard. Là, tout de suite, il faut qu'on décampe.

Ils le suivirent en courant dans le labyrinthe de ténèbres. Feliks avait le sentiment de se dissocier de son propre être. Qu'est-ce qu'il était en train de faire ? Ses pieds rebondissaient sur les pavés qui semblaient être devenus élastiques. Gravissant l'escalier de l'immeuble de Kazan, rue des Tsiganes, il réalisa qu'il ne se souvenait même pas des dernières minutes de son trajet. La porte claqua derrière lui. La pièce était si petite que tous les trois se retrouvèrent à encercler la coquille d'une façon exagérément menaçante. Leur future victime oscillait d'un pied sur l'autre en émettant un son très bas, à fond de gorge.

— Vous avez bien réfléchi ? demanda Kazan.

L'espace d'un instant, Feliks eut l'impression qu'il prenait un certain plaisir à les tourmenter et il ne put s'empêcher de se sentir dupé. Pourtant, il pouvait encore tout arrêter. Il suffisait d'un mot, d'un tout petit mot pour mettre fin à cette insupportable attente. Rien ne vint. Sa gorge était sèche et ses pauvres dénégations restèrent sur sa langue, lourde comme une pierre. Il se chercha des excuses, mais les pensées s'entrechoquaient dans son crâne. Il n'arrivait plus à réfléchir. Et tout à coup, une curiosité malsaine s'empara de lui. Le corps fragile, maladif de la créature ressortait en blanc sur l'ombre noire de Kazan, debout derrière elle. Ses yeux voilés n'exprimaient rien, ni peur ni douleur. Son visage était un masque impassible. D'une certaine manière, c'était plus facile ainsi.

— C'est pour le bien des gens que nous faisons cela, n'est-ce pas ? demanda faiblement Nadja, dans l'espoir d'être confirmée dans son terrible choix. Pour sauver toutes les autres victimes ?

— Bien sûr, répondit Kazan.

— Je vous en prie…

La voix de la jeune femme s'enraya. Elle cligna rageusement des paupières pour chasser les larmes.

— Faites-le… Faites-le vite !

— Désolé, murmura Kazan à l'oreille de la coquille.

Il posa les mains sur ses tempes. La créature eut un sursaut bizarre, comme si une étincelle de conscience fusait en elle devant l'imminence de sa mort. Feliks eut envie de hurler « Arrêtez ! », mais le cri résonna dans sa tête sans franchir ses lèvres, et Kazan, d'une torsion, brisa les cervicales de leur proie. Les traits de la créature se relâchèrent instantanément et elle s'effondra en un tas désarticulé sur le plancher. Ses sphincters se vidèrent avec un chuintement.

— Feliks, aidez-moi à l'allonger sur la table.

La voix du voleur fit tressaillir le médecin. Il n'arriva pourtant pas à s'arracher à sa paralysie.

— Je suis désolé, balbutia-t-il, le cœur au bord des lèvres.

Il réalisa à ce moment-là, en expulsant ces trois petits mots, qu'il claquait des dents. Et soudain, ce fut trop. Le cadavre tassé par terre, la tête tordue, la langue pendante, ses yeux aveugles exorbités, et pire encore, l'expression figée de Nadja, qui tentait de barricader ses regrets derrière ses mâchoires serrées.

Feliks détourna le regard. Il se sentait pitoyable. Il aurait voulu disparaître. Le contact du plancher sous ses genoux le surprit. Il retomba en position assise, conscient de sa propre déchéance comme une bête blessée qui agonise dans le caniveau.

— Je vais vous aider, dit Nadja d'une voix tendue.

Un instant plus tard sonnait le choc du corps sur la table.

— Vous avez encore besoin de moi ? demanda Kazan d'un ton neutre.

— Non.

Elle hésita.

— Merci pour tout et… désolée de vous impliquer là-dedans. Notre dette envers vous s'alourdit de jour en jour.

Kazan ne répondit rien. Il traversa la pièce de sa foulée élastique et, de façon étonnante, sortit par la fenêtre. Quelques secondes plus tard, on l'entendait marcher sur le toit. Puis plus rien. Le silence.

La main de Nadja sur son épaule fit sursauter Feliks.

— Je suis désolée. Il fallait qu'on le fasse, n'est-ce pas ? Après tout, ce qui arrive, ce n'est pas notre faute. C'est celle de ce doyen. Tu n'es pas d'accord ?

Puis après une brève pause, les yeux embués de larmes :

— Dis-le, s'il te plaît… Je t'en prie… Tu es d'accord avec moi ?

Sa main quitta son épaule en une caresse pour passer juste devant son visage. Feliks la saisit, la serra. D'une saccade, elle le releva. Ils se retrouvèrent face à face.

— Bien sûr que je suis d'accord avec toi, murmura Feliks. Je t'aime plus que tout et je serai toujours à tes côtés.

— Merci, dit Nadja en l'embrassant doucement. Mon pauvre amour, je t'en demande tant.

*

Kazan s'assit sur le toit. Il faisait froid et des nuages blancs se formaient dans l'air à chacune de ses expirations. Le panorama irrégulier de la ville se déroulait devant lui, semblable à des dents de toutes les tailles. De la fumée s'élevait des nombreuses cheminées et leur crasse se diluait dans la nuit, noire sur noir. L'odeur portée par le vent était un peu piquante, mêlée du parfum plus fade de la Fulda. Kazan eut en cet instant une perception extraordinairement claire de Yardam : un monde clos par la quarantaine, qui étouffait les hurlements de peur de ses prisonniers. Cela le déprima. Il sentait encore sur ses mains le contact de la peau glacée et le brusque ramollissement du corps, quand il avait brisé la nuque de la coquille.

— *Et alors ?* le provoquèrent ses voix. *Tu regrettes ? C'est l'homme que tu es ! Tu détruis des vies, des tas de vies, celles de tes victimes, celles de leurs familles. Et ensuite, tu abandonnes tes proies dans cet état. Tu aimerais être comme ça ? Ou tu préférerais qu'on te casse le cou ?*

Kazan hocha la tête distraitement. Bien sûr qu'il avait détruit des vies. À commencer par celles de ses proches.

Après l'incident avec la peinture, ses relations avec sa belle-mère avaient continué de se dégrader. Ni elle ni son père ne reconnaissaient les efforts qu'il faisait pour se montrer sous son meilleur jour. Peu à peu, la lassitude le gagnait. Son père prenait sans cesse la défense de sa nouvelle femme et Kazan se mit à passer beaucoup de temps dehors. Il arrivait que, rentrant tard, il trouve la porte verrouillée. Il couchait alors sous les ponts, et les mains croisées sous la nuque, il pensait à sa vraie mère. Si seulement elle avait pu l'emmener avec elle au lieu de l'abandonner dans cette famille qui ne l'aimait pas. Sans doute avait-elle cru bien faire. Il rêvait qu'elle soit encore vivante… Il serait allé la trouver, elle l'aurait repris à ses côtés. Ils n'auraient pas été riches, mais au moins ils auraient été heureux. Peut-être même Kazan aurait-il pu empêcher qu'elle tombe malade. Il l'aurait protégée…

Ses fantasmagories alimentaient son ressentiment. Elles l'empoisonnaient, le nourrissant de regrets et d'espoirs déçus. Pour un regard trop appuyé, il se battit à l'école. Il fut renvoyé deux jours, puis cinq, puis dix… et finalement exclu. Il passa ensuite d'un établissement à l'autre, chassé de partout. Il ne trouvait sa place nulle part.

Il avait treize ans.

Quatorze ans.

Quinze ans.

Les professeurs le tançaient ; le directeur le recevait dans les ambiances feutrées de son grand bureau. Parfois, on l'encourageait ; la plupart du temps, on le brimait. Kazan, les dents serrées, écoutait les adultes lui expliquer pourquoi il devait faire des efforts afin de devenir un honnête citoyen. Rentré chez lui, son père lui répétait qu'il n'était rien d'autre que le reflet de sa mère, un sauvage, un rebelle, qui mourrait jeune sans avoir rien construit de sa vie.

Et Kazan grandissait dans un mélange de peur et de rage qui le consumait. En réalité, il ne comprenait rien à ce qui lui arrivait, à ses émotions qui le brûlaient. Il n'était que haine et même la douleur qu'il avait ressentie à la mort de sa mère s'était mise à pourrir pour devenir autre chose, de la souffrance putréfiée, le terreau moisi de son désir de vengeance.

Il revoyait encore l'expression de Rebeka au moment du drame, son museau froncé, les yeux luisant de colère. L'avait-elle vu venir ? Probablement pas. Kazan ne se souvenait pas de la cause de leur dispute. Ils se querellaient tous les jours. Mais là, elle était allée trop loin. Elle lui avait fait trop mal. S'emparant de la photo de sa mère, elle l'avait déchirée en deux.

Kazan ne s'était même pas rendu compte de ce qu'il faisait. Ses réflexes avaient doublé sa raison. Il avait saisi la fille par les cheveux et lui avait écrasé le visage contre le mur. Du sang avait giclé. Une dent avait volé avec l'éclaboussure. Le hurlement de Rebeka s'était changé en un geignement humide tandis qu'elle mollissait au bout de son poing.

Kazan avait encore des cheveux arrachés dans la main quand on l'avait emmené de force, ruant, grondant, voulant mordre.

Il avait passé trois ans en maison de redressement. En réalité, une prison pour mineurs. Il avait purgé sa peine, mais ne s'était jamais repenti. Dans son ventre, la haine continuait de le délabrer. Sa colonne vertébrale, c'était la colère. Elle lui était nécessaire. Lui qui avait été un enfant assez maigre et frêle se transformait en un adulte athlétique, qui se musclait chaque jour, prenait soin d'entretenir la machine de survie qu'était son corps.

Son séjour au centre correctionnel s'était étiré en une longue éternité de cris ravalés et de larmes dissimulées, jusqu'à ce qu'enfin, le jour de sa majorité, on le libère. Les portes avaient claqué derrière lui. Il s'était retrouvé en pleine lumière, clignant des yeux, un peu ahuri, déjà transi par le petit vent froid qui dévalait la rue. Des gens passaient devant lui sans le regarder. Son père n'était pas venu le chercher. Personne ne l'attendait. Pendant trois ans, il avait disparu du monde et le monde l'avait oublié. Il n'avait que ses vêtements sur le dos, pas un sou en poche, et dans la tête, les barreaux qu'il allait déplacer partout avec lui.

Kazan avait dix-huit ans ; sa vie était fichue.

Le Kazan adulte perché sur le toit se frotta les bras pour se réchauffer. Est-ce qu'enfin on allait lui rendre sa vie ? Est-ce qu'il pourrait un jour passer une journée normale ?

— *C'est ta faute !* hurlèrent les voix. *Ne te cherche pas d'excuse ! Nous savons ce que tu as fait ! Tu es mauvais. Tu es maudit. Tu es exactement comme elle, ce n'est pas pour rien que tu as attrapé cette maladie. Tu n'es qu'une salope, comme elle. Comme elle !*

Kazan se massa les tempes. Un réflexe idiot. Jamais il n'avait réussi à faire taire les voix ainsi. Pour la première fois depuis plusieurs semaines, il eut envie d'absorber quelqu'un. Par vengeance. Juste pour faire souffrir quelqu'un d'autre.

Je vais exploser, comprit-il.

Il ne devait pas se laisser entraîner sur cette pente. C'était bien trop dangereux.

D'une ondulation musculaire, il se releva et repassa chez lui à travers la fenêtre ouverte, faisant sursauter les deux médecins.

— Dites-moi que vous avez trouvé quelque chose, ordonna-t-il.

14

Kazan n'avait rien compris.

En entrant dans son appartement, il avait eu le sentiment de pénétrer sur une scène de crime. Feliks et Nadja étaient couverts de sang. Ils avaient grossièrement nettoyé le sol, mais on voyait encore des auréoles sombres sur le plancher. Le cadavre gisait sur la table, le crâne ouvert, son cerveau proprement découpé en bandes grises. La jeune femme s'était figée, le scalpel à la main, comme prise en faute. Puis elle lui avait fait un rapport cryptique où il était question de la réduction de la densité cérébrale au niveau de l'amygdale, du gyrus singulaire antérieur subgénual, du cortex orbifrontal et dorsolatéral préfrontal. Pédagogue, elle avait même désigné les zones au fur et à mesure qu'elle les énumérait.

Elle paraissait contente de ces découvertes, mais Kazan n'avait entendu aucune solution concrète, et l'expression satisfaite de la doctoresse l'avait frustré. Son état se dégradait et les médecins ignoraient toujours l'existence du pendant noir des coquilles. Pire, ils semblaient à mille lieues d'avoir le moindre soupçon.

Kazan se mordillait la lèvre, tout en déambulant dans les rues de Yardam. Devait-il les aiguiller ? Mais comment ? Si on découvrait sa responsabilité dans l'épidémie des coquilles, il ne serait pas traité en malade, mais bel et bien en criminel. La seule cure prescrite serait l'échafaud.

Bifurquant dans une ruelle, il plissa les yeux sous l'afflux de lumière. Il cligna des paupières, mais sa vue refusa de se réajuster. Les murs des maisons se gondolèrent. Les briques coulèrent sur les pavés tandis que les immeubles paraissaient grandir et repiquer vers lui comme s'ils allaient l'ensevelir. La peur lui pinça le ventre. Il continua d'avancer, espérant que les gens autour de lui ne remarqueraient pas son trouble, mais le phénomène s'amplifia. Les sons se transformèrent ; le bruit de ses propres pas couvrit tout le reste. La migraine lui scia le crâne. Il inspira à fond, un air violet. Une bouffée de haine vint éclore au milieu de la terreur, puis une exaltation soudaine. Il ne maîtrisait plus rien, ni ses sens ni ses émotions. Émoustillées par sa souffrance, les voix se mirent à parler toutes en même temps.

Non, pensa Kazan, glacé de sueur, *non, non, non.*

Et ses voix répétaient avec lui, moqueuses, « non, non, non ! », tandis que d'autres chantonnaient « oui, oui, oui ! ».

Kazan serra les dents. Le grincement de l'émail, beaucoup trop fort, lui vrilla le cerveau. Gémissant de douleur, il chancela au bord du trottoir et s'y figea, saisi d'une peur irrationnelle. Un précipice sans fond s'ouvrait juste devant lui.

À l'intérieur de sa tête, les voix s'esclaffaient, certaines prétendaient que, s'il avançait d'un pas, il se tuerait ; d'autres l'encourageaient au contraire à franchir l'obstacle.

Il ne sut combien de temps il resta là, debout, tétanisé devant un trottoir de dix centimètres de haut.

C'est la fin, se disait-il. *La fin, la fin, la fin.*

Il ne pouvait pas s'empêcher de répéter les mots. En fait, il en perdait le sens. Ceux-ci se répercutaient en échos vides, aussi abstraits que le claquement de ses semelles sur les pavés. Le vacarme lui mettait les larmes aux yeux.

Je vais exploser.

Ex-plo-ser.

Il se prit la tête dans les mains et enfonça ses ongles dans sa peau comme s'ils pouvaient y ouvrir des trous d'où s'évacuerait la pression.

Soudain, quelqu'un lui toucha l'épaule. L'espace d'un instant, tout redevint normal. Sa tête pivota douloureusement sur son cou rouillé. Il plongea dans les yeux bruns, pailletés de vert d'une femme, puis focalisa son attention sur sa bouche, ses lèvres pleines, très rouges… Deux limaces pourpres qui articulèrent :

— Ça va ?

Le visage de la femme se déforma brusquement. L'espace d'un instant, une autre personne prit la place de l'inconnue. Une femme elle aussi. Une femme qu'il connaissait bien et qu'il retenait toujours prisonnière. Une femme à laquelle il avait fait beaucoup de mal, en l'arrachant à sa vie, à ses îles chéries. À l'époque, il avait été séduit par sa peau très blanche, mouchetée de taches de rousseur, et à sa chevelure rouge comme une flamme. L'étrangère de l'archipel du Vent faisait partie des personnes qu'il avait absorbées sur un coup de tête, sans plan particulier, juste parce qu'il se sentait triste et vide ce jour-là, et qu'elle était belle et forte.

Dégage, s'il te plaît !

Un raz-de-marée de colère angoissée le submergea. Puis Kazan sentit le vide caractéristique s'ouvrir dans sa poitrine. Cette noirceur qui lui pourrissait les organes et le mangeait de l'intérieur. C'était une sensation vertigineuse, l'impression de devenir un siphon à la puissance d'absorption infinie. Dans ces moments atroces, il ne savait plus qui il était, ni même s'il était. Il n'existait plus comme une personne dotée d'un début et d'une fin ; son essence se brouillait en un chaos flou et imprécis. Il se changeait en brume. En infini. Et la seule solution, c'était de se remplir d'autrui. Il n'avait qu'à plaquer ses lèvres sur celles de la femme pour cesser de souffrir. En l'embrassant, ses souvenirs, ses connaissances, son âme chuteraient dans son corps comme une pierre au fond d'un puits. Kazan les digérerait lentement et, l'espace de quelques jours, il se sentirait si alerte, si puissant, si intelligent, plusieurs personnes en une…

Toute sa concentration fut nécessaire pour repousser cette folle impulsion. S'il cédait, il signerait son arrêt de mort. Il était plein, bien trop plein, ses démons tempêtant nuit et jour en lui. Impossible de se charger avec une âme de plus.

— Allez-vous-en…

Ces trois mots lui coûtèrent un prodigieux effort, mais la femme pâlit instantanément. Même assourdie par la douleur, elle avait perçu la menace dans sa voix.

Le vacarme de ses talons fusilla le crâne de Kazan comme elle s'enfuyait. Il recula maladroitement. Son dos heurta le mur. Le choc atténua le brouhaha. Il se retourna face à la paroi et, hébété, y cogna sa tête de toutes ses forces. Une fois. Deux fois. De plus en plus fort. Il ne ressentait rien. Pas la moindre once de douleur. Son corps ne lui appartenait plus. Il n'était plus rien. Des étoiles explosèrent devant ses yeux avec une décharge blanche. Du sang coulait, gluant, de son arcade sourcilière éclatée. Les voix s'affaiblissaient. Il prit de l'élan et frappa pour fendre son crâne en deux, pour qu'enfin les démons s'envolent tous. Qu'ils lui fichent la paix.

Il ne sentit même pas son corps heurter le sol.

*

— Il est mort ?

Une main se promena sur son épaule. Des doigts serrèrent, secouèrent un peu, pas trop fort. Kazan voulut ouvrir les yeux. Des mucosités lui collaient les paupières : seule une mince bande rouge filtra à travers le rideau de ses cils. La souffrance irradiait dans toute sa tête ; il avait mal jusque dans les dents. Dans la brume écarlate de sa demi-conscience, il distingua des silhouettes qui bougeaient autour de lui.

— Il remue, constata une autre voix.

— Son visage est couvert de sang. Il s'est sûrement fait agresser.

— Si même des gars comme ça se font attaquer, où va-t-on ? déplora une nouvelle voix. L'autre type devait être un monstre.

— Qu'est-ce qu'on fait ? On le conduit au Klementinum ?

— Attendez.

Les ombres remuèrent. L'une d'elles emplit tout le champ de vision de Kazan et un claquement de doigts, tout près de son visage, lui arracha un vague sursaut.

— Tu nous entends ?

Il voulut répondre « oui », mais c'est un râle rauque qui lui échappa. Quelqu'un rit.

— Il est ivre, non ?

— T'es con ou quoi ? T'as vu sa gueule ? On lui a fracassé la tête contre le mur. Y a encore du sang sur la pierre.

— Vos gueules ! ordonna la silhouette proche de lui.

Puis s'adressant à lui, plus doucement :

— Tu peux te lever ? On va t'aider.

Comme l'un des hommes le soulevait, Kazan réussit enfin à mobiliser ses jambes. Il se retrouva, chancelant, sur ses pieds, grimaça de douleur. Le sang séché se craquela sur son visage. Il en avait jusque dans les narines. Sa respiration ronflait dans ses bronches. Une soif intense lui râpait la gorge. Peu à peu, les événements lui revenaient. Sa crise, en pleine rue. La certitude que sa tête allait exploser d'un instant à l'autre. Et la seule solution qu'il avait trouvée : s'assommer contre le mur. Il avait eu beaucoup de chance d'en réchapper. Apparemment, la maladie lui offrait un sursis.

— Ça va ? demanda l'un des hommes. On va te lâcher. Tu tiens sur tes pattes ?

Un voile rouge sapa soudain ses perceptions. Ses genoux plièrent et sans aide, il serait retombé. Les yeux fermés, il attendit que le monde se stabilise. Il se sentait très fragile, debout au bord du vide. Une minuscule poussée pouvait l'expédier de nouveau dans le gouffre de son propre mal. Pourtant, il allait mieux. Beaucoup mieux.

Il se concentra pour former des mots :

— Je peux rentrer chez moi.

Il le pensait sincèrement. Sa situation s'améliorait de minute en minute. Les hallucinations auditives et visuelles avaient cessé, et ses voix se taisaient, prudentes.

— Tu te souviens où tu habites au moins ?

Il réfléchit et aussitôt une flopée de noms de rue s'envola dans sa tête comme un groupe d'oiseaux affolés. Les souvenirs de ses démons, les adresses où chacun d'entre eux avait vécu jadis. Il dut arrêter de chercher. La crise menaçait de revenir.

— Je vais y arriver, éluda-t-il. Vous pouvez me lâcher.

Les hommes furent sans doute soulagés de voir qu'il tenait debout à présent. Ils avaient autre chose à faire que de s'occuper d'une gueule cassée, à moitié amnésique, et sa blessure les impressionnait salement. Kazan fit un pas en avant… et vomit dans le caniveau. Les hommes reculèrent avec des grognements dégoûtés.

— Tu devrais aller au Klementinum, lui conseilla celui qui l'avait aidé à se relever. Tu as sûrement un traumatisme crânien.

Kazan fit un effort pour opiner et enfin, ils le laissèrent. Lui voulait aller à la fumerie. Endormir la maladie. Se dissoudre dans la sirène. Il ne se souvenait plus de son adresse, mais savait encore aller à *L'œil crevé*. Il s'y dirigea tant bien que mal. Le manque puisait dans ses dernières forces. Il s'effondra presque devant la porte de la taverne. C'est le choc de son épaule contre le bois qui avertit le patron plutôt que les petits coups habituels donnés du revers de l'index.

— Qu'est-ce qui t'arrive ? demanda l'homme, stupéfait. T'as la gueule en sang.

— J'ai besoin de fumer un peu.

Kazan avait réussi à enrober d'une nonchalance feinte le manque atroce qu'il ressentait, mais il était toujours marbré de sang séché, pâle et hagard. Ses voix grattaient comme des ongles aux portes de sa folie.

— Tu as de l'argent ? s'enquit le patron.

— Fais-moi crédit. S'il te plaît, pour une fois. Tu me connais, je suis sérieux. Je te rembourserai. Mais là, j'en ai vraiment besoin.

— Va chercher l'argent et reviens.

Kazan réagit trop tard et la porte claqua sans qu'il ait réussi à la bloquer. Un sursaut de rage le secoua des pieds à la tête. Il envoya son genou dans la porte. Elle s'ébranla sur ses gonds. Tint le choc. Le voleur n'avait pas la force de la démolir et ce simple petit effort le laissa trempé de sueur. Les voix recommencèrent à jacasser. Leurs menaces et leurs fanfaronnades réjouies se mêlaient aux hurlements de la migraine. Kazan essuya la sueur froide qui lui coulait dans les yeux. Elle était rose de sang dilué.

Je vais pas tenir, réalisa-t-il. *Tôt ou tard, je vais craquer.*

En l'absence de drogue, il ne lui restait qu'une seule option. Il s'était promis de tout faire pour ne pas y recourir : guérir, partir, fumer de la drogue jusqu'à la surdose, mourir. Mais au pied du mur, haletant et suant de souffrance, il n'arrivait plus à détourner ses pensées de cette affreuse solution : il pouvait transmettre une de ses voix.

Il pouvait contaminer une personne saine.

15

Il se traîna jusqu'au quartier des prostituées. À cause du couvre-feu, la plupart travaillaient en pleine journée. Kazan s'appuya contre un mur pour les observer. Il n'avait pas d'argent, plus de force et, surtout, en dépit de la peur de mourir qu'il éprouvait, il ne pouvait se résoudre à condamner l'une de ces jeunes femmes. Laquelle, d'ailleurs ? Elles étaient toutes misérables. Pouvait-il consciemment choisir, se dire « celle-là » et la plonger dans les mêmes abîmes que lui ?

L'une d'elles l'aperçut et le dévisagea avec curiosité. C'était un petit gabarit, maigre comme un chat de gouttière, les cheveux noirs mal peignés, des yeux d'un bleu délavé mis en valeur par un maquillage fumé, les lèvres peintes en un carmin très sombre, de la quincaillerie aux doigts, aux poignets et aux oreilles. Rien dans son attitude n'indiquait qu'elle avait peur de lui. Il aurait peut-être pu lui mentir – ou même lui raconter la vérité : qu'en se laissant contaminer, elle se sentirait plus forte, plus vive et plus intelligente – mais bien entendu, un jour ou l'autre, elle en arriverait exactement où il était : à trembler de manque sur un trottoir, guettant comme un prédateur la future victime à qui transmettre une partie de son fardeau. C'étaient des cercles vicieux et à voir le nombre croissant de coquilles semées dans les rues, les voleurs d'esprits se multipliaient.

La jeune femme s'approcha de lui, le lorgnant par en dessous avec une expression de défi amusé.

— T'as pas l'air en forme, constata-t-elle.

— Agression.

— Merde. Pourquoi tu nous regardes ? Tu veux monter ? T'oses pas demander ? T'es timide ?

— J'ai pas d'argent.

Elle émit un « ah » fataliste et tourna aussitôt les talons. Kazan aurait pu l'attraper par le bras, la retenir. Pour cela, il avait encore certainement la force suffisante. Il se contrôla pour ne rien faire, pour la laisser repartir. Jamais elle ne saurait à quel point elle avait été proche d'une fin horrible.

Kazan réussit enfin à s'arracher du mur. Il tremblait de froid mais se sentait mieux. Bizarrement, cet exercice de volonté l'avait rendu davantage maître de son mal. Son corps réclamait toujours de la drogue, mais c'était un manque plus naturel. Le gouffre psychique était refermé. Le mieux à faire, c'était sans doute de rentrer chez lui et de dormir. À son réveil, il serait peut-être revenu à l'équilibre.

— *Tu n'en as plus que pour quelques jours et tu le sais*, commentèrent ses voix. *Fais quelque chose. Ou bien meurs.*

Il avait bêtement misé sur les médecins, mais ceux-ci ne trouveraient jamais de remède à son mal puisqu'ils en ignoraient tout !

Ruminant ses pensées, il réussit à retrouver le chemin de son appartement. Les sons étaient revenus à un niveau normal. Les maisons ne s'inclinaient plus sur son passage. Il répondit de façon presque enjouée au bonjour suspicieux d'une voisine – il avait toujours du sang sur la figure – et se hissa péniblement au quatrième étage. Personne n'aurait reconnu en lui le cambrioleur qui gambadait sur le toit du musée, il y a encore deux jours de cela.

Il fouilla ses poches à la recherche de ses clés, les fit tomber, jura, les ramassa, mais elles étaient trop basses ; il s'écroula en heurtant la porte. Il en aurait pleuré d'impuissance. L'anonyme de tout à l'heure avait raison : il paraissait totalement ivre.

Soudain, la porte de son appartement s'ouvrit. Il avisa des bottines, des collants rouges, des ongles vernis de noir dont la couleur contrastait sur le blanc d'une robe en coton avec des motifs floraux, le décolleté sage, la gorge dépourvue de bijoux, puis les mèches blondes, lisses comme de l'or fondu, et enfin, les yeux effarés de Nadja.

— Kazan ! s'exclama-t-elle, sincèrement choquée. Mais qu'est-ce qui vous est arrivé ?

— Rien, répondit-il bêtement. Ça va…

Elle l'aida à se relever et le conduisit jusqu'à son lit où il s'écroula. Il tremblait de manque et de froid. Il se passa la main sur le visage. Des écailles roussâtres de sang séché tombèrent de ses sourcils et de ses cils. Ses tempes pulsaient.

Nadja tira sa couverture rapiécée sur ses épaules et lui rapporta un verre. L'eau avait un arrière-goût de rouille, mais elle vint dissoudre les caillots qui lui obstruaient la gorge. Encore du sang. Il ne s'était pas raté.

— Vous n'allez pas bien du tout, constata Nadja d'un ton neutre de professionnelle. Qu'est-ce qui vous arrive ? Vous pouvez me dire. Je suis médecin, après tout.

Elle lui posa la main sur le front. Il n'eut pas la force de l'écarter.

— Vous êtes glacé.

Pourtant, il continuait à suer. Il hésita. Pouvait-il réellement parler de sa maladie ? Avant qu'il ait pu vraiment y réfléchir, il débita :

— Je suis accro à la sirène.

— Je vois, dit-elle. Vous êtes en manque.

— Oui.

— Je vais vous faire une infusion de coquelicot. Mais avant ça, je dois examiner votre blessure.

Il s'abandonna à ses mains expertes. Elle nettoya la plaie et lui fit deux points à l'arcade. Kazan ne sentait pas la douleur. Il dérivait dangereusement. Les bruits de l'appartement et de la rue recommençaient à s'exagérer, leur volume s'intensifiant tandis que la voix de Nadja se changeait en un lointain filet. De nouveau, les contrastes s'accentuèrent. Le trottinement des souris lui paraissait assourdissant, de même que les toux et les soupirs de ses voisins, les claquements des sabots d'un cheval, dans la rue. Quant à la jeune médecin, elle ressemblait désormais au portrait d'un artiste fou, peint au couteau par à-plats tranchants. Kazan serra les poings afin que ses ongles lui rentrent dans les paumes. Il se concentra sur la douleur. La crise reflua un peu, mais les murs ondulaient autour de lui.

Ça va recommencer, devina-t-il.

S'il explosait maintenant, il tuerait la jeune femme avant de s'écrabouiller la cervelle.

— Laissez-moi, s'il vous plaît.

— Hors de question. Je reste avec vous.

Revenue avec l'infusion, elle lui tendit une tasse et s'assit à côté de lui. Leurs épaules se touchaient. Elle posa la main sur sa cuisse en un geste amical. Kazan éprouva un petit frisson. Il dissimula son trouble en prenant une gorgée du breuvage. L'arrière-goût du coquelicot était infâme.

— Cela fait combien de temps que vous fumez ? demanda-t-elle.

— Longtemps. Où est passé Feliks ?

La douleur refluait lentement et, pour la première fois depuis son arrivée à l'appartement, il remarquait l'absence du médecin.

— Il est rentré chez ma tante. Je suis restée parce que je voulais nettoyer, se justifia-t-elle. Nous avons quand même découpé un cadavre dans votre appartement.

Ils échangèrent un sourire de connivence. Autant Kazan avait perçu la répulsion de Feliks, autant Nadja semblait avoir accepté le sacrifice de la coquille. Des deux, elle était la plus acharnée, la plus volontaire. De nouveau, Kazan hésita à s'ouvrir. La jeune femme se méprit sur son trouble. Elle lui caressa doucement la cuisse – à peine un effleurement. Sans doute craignait-elle de lui faire mal. Un frisson d'excitation parcourut l'échine de l'homme. Il n'y avait pourtant aucun sous-entendu dans l'attitude de la médecin. À ses yeux, il n'était qu'un petit animal blessé et inoffensif. C'était sa faiblesse qui l'attendrissait, l'envie de le soigner qui guidait ses gestes et sa fichue sollicitude. Il dut inspirer à fond avant de demander :

— Où avez-vous mis le cadavre ?

— Nous l'avons roulé dans un tapis et Feliks l'a traîné plus loin pour le mettre au milieu des poubelles.

Elle paraissait gênée et Kazan s'attendait à ce qu'elle s'excuse de ce plan, particulièrement sordide, mais à la place, elle s'exclama :

— Nous vous rembourserons pour le tapis !

Le voleur s'étrangla avec son infusion et son hilarité, par secousses, ranima les élancements de douleur. Il finit cassé en deux sur son lit, à gémir, entre rire et larmes.

— Ne me faites pas rire, supplia-t-il.

— Désolée, pouffa Nadja.

De nouveau, comme lorsqu'elle l'avait touché, quelque chose passa entre eux. Kazan n'aurait jamais une autre chance. Il était seul avec elle, dans un climat de bienveillance. Sa faiblesse avait éveillé l'empathie de la médecin. S'il ne tentait rien, la crise reviendrait et il exploserait. À vrai dire, il n'avait pas vraiment le choix.

— Je vais vous raconter quelque chose, dit-il. Mais il faut me jurer que cela restera entre nous.

Nadja fronça les sourcils.

— Sur votre consommation de drogue ? fit-elle. Vous pouvez tout me dire. Je suis soumise au secret médical.

— C'est très indirectement lié à la drogue. Si je consomme de la sirène, c'est parce que j'entends des voix. De nombreuses voix.

Les sourcils de la jeune femme se relevèrent en un haussement étonné, mais elle fit un effort pour se composer une mine neutre. Feliks était aliéniste. Elle était certainement en train de lui diagnostiquer une démence précoce. Il ne devait surtout pas se laisser enfermer dans ces symptômes sans quoi elle passerait à côté du mal.

— Je suis malade. Il y a dix ans de cela, on m'a transmis un virus. C'est une femme qui m'a contaminé. Nous avons couché ensemble et j'ai reçu ma première voix. Au début, c'est grisant, mais très vite, le vide s'installe en vous… Et vous développez une faim dévorante pour les âmes.

— Les âmes, répéta Nadja, perplexe.

— Je peux aspirer l'âme des gens. Enfin, peut-être pas leur âme, rectifia-t-il, mais leurs souvenirs, leur personnalité, leur essence. Je les laisse vides, exsangues… Je les transforme en coquilles.

— Vous plaisantez ? réagit Nadja, ne sachant pas si elle devait rire ou s'offusquer.

— Non. Je suis désolé.

Son air grave, son sérieux la paniquaient. Dans un instant, il ne pourrait plus reculer.

— Kazan, ce n'est pas drôle, insista-t-elle.

— Je dis la vérité. Vous devez me croire.

— Vous croire…

Son sourire incertain s'était totalement effacé au profit d'une expression effrayante. Kazan ne la connaissait pas vraiment. Bien sûr, il avait perçu une ombre en elle, une espèce de dureté liée à sa terrible volonté lorsqu'elle avait accepté de tuer la coquille, mais ce qu'il voyait à présent le laissait totalement interdit. Une tempête déferlait sur lui et il était incapable de l'éviter. Les yeux bleus de la jeune femme viraient à l'orage ; ils noircissaient de désespoir et de fureur. Déjà, elle était debout et avait reculé au milieu de la pièce. Kazan avala sa salive, acculé par le désir de nier, de prétendre qu'il venait de tout inventer.

— Je suis désolé, murmura-t-il à la place. C'est la réalité. Les coquilles sont les victimes de gens comme moi.

— Mais combien êtes-vous ? s'exclama-t-elle.

— Je n'en sais rien… Nadja, je crois que pour sauver les coquilles il faut d'abord que vous nous soigniez nous…

— Vous soigner ? répéta la jeune femme, ahurie. Vous soigner ? Mais si ce que vous dites est vrai, vous êtes des criminels ! Vous avez ruiné l'existence de tous ces gens ! Vous avez…

Elle se mit à marcher de long en large, les mains papillonnant autour de la tête.

— Vous avez tué ma cousine !

— Je ne l'ai pas tuée… Ce n'est pas moi qui…

— Vous avez tué cet homme cette nuit. Vous lui avez brisé la nuque.

— Parce que vous vouliez examiner son cerveau, se défendit-il. Ne renversez pas les responsabilités !

Sa réaction le remplissait d'amertume. Il avait espéré autre chose. Mais aux yeux des autres, c'était toujours lui le coupable, comme s'il était responsable du vide qui le dévorait vivant. Son père et sa belle-mère avaient porté les mêmes accusations à l'encontre de sa mère : la maladie était le châtiment de ceux qui avaient recherché le plaisir. On en revenait toujours à ça : Kazan expiait la « faute » de sa mère.

— C'est vous, la cause ! explosa Nadja, hors d'elle. Et vous nous avez caché ça ! Quelqu'un d'autre le sait ?

Elle revint vers lui, si furieuse qu'elle l'empoigna au collet.

— Est-ce que quelqu'un d'autre le sait ?

Il sentait son souffle sur son visage.

— Je ne pense pas. Nous ne devons en parler à personne. Mais vous... Vous êtes venus pour nous.

— Pas pour vous ! rugit-elle. Pas pour vous ! Espèce de tueur !

Les voix se mirent à hurler avec elle :

— *Tueur, tueur, assassin !*

— Nous ne sommes pas responsables de ce qui nous arrive, tenta de se justifier Kazan. C'est une situation horrible. Vous avez vu dans quel état je suis ?

— Je vous ai vu escalader un mur et une façade.

— Mais vous me regardez bien, là ?

— Vous avez tué des gens !

— Pas vraiment tué...

— C'est un sort pire que la mort ! Ils sont devenus des légumes. Comment pouvez-vous vivre avec ça ?

— Je ne vis pas. Je suis au bord de l'explosion avec en permanence sept démons qui hurlent dans ma tête.

Elle le tenait toujours par le col ; il l'attrapa par le poignet avec délicatesse, mais fermeté. Nadja pâlit sous la fureur.

— Si vous soignez le mal, *nous*, insista Kazan, vous aiderez par conséquent toutes nos victimes.

— C'est la mort que vous méritez, siffla-t-elle.

Elle le gifla de sa main libre. Les démons éclatèrent de rire. Des ondes de douleur se propagèrent en vagues glacées dans le corps de Kazan. La jeune femme fit mine de le frapper derechef. Il bloqua le coup en lui saisissant le poignet droit. Elle rua pour se dégager, mais il resserra sa prise et se leva. Il la dominait de presque deux têtes et faisait sans doute le double de son poids. Même affaibli par le manque et sa crise, il pouvait facilement se défaire d'elle.

— Vous n'allez pas m'aider ? demanda-t-il.

Il voulait lui laisser une chance, une dernière chance de s'en sortir. Nadja plongea les yeux dans les siens et elle comprit parfaitement ce qu'impliquait sa réponse. Elle aussi aurait dû mentir. Pour leur bien à tous les deux, ils auraient dû mentir l'un et l'autre. Mais ils dirent la vérité.

— Jamais, répondit-elle.

Et son sort fut scellé.

16

Nadja assista à la métamorphose de l'homme. Alors qu'un instant auparavant il tremblait et claquait des dents sous sa couverture rapiécée, son regard s'était fait aigu, étincelant d'une rage folle : les yeux d'un homme qui a tué, d'un homme qui tuera encore. Finalement, elle le connaissait assez peu. Il les avait aidés bien sûr, mais il l'avait fait par pur intérêt. Aujourd'hui, elle l'avait pris en pitié, tout comme elle éprouvait cette douce compassion pour ses patients, petits oiseaux tombés du nid qu'elle soulevait délicatement entre ses paumes.

Sauf que celui-là était un monstre caché sous un vernis humain. Comment aurait-elle pu deviner que c'étaient des hommes qui vidaient les coquilles de leur substance, les transformant en poupées de cire ? Et elle était la seule à savoir. Elle devait vivre ! Survivre à tout prix ! Comme elle regrettait de ne pas avoir joué la comédie ! Dès ses premiers aveux, elle aurait dû se précipiter sur lui avec des gestes enveloppants, énumérer des promesses avec des inflexions tendres qui l'auraient enchaîné à son pied. C'était trop tard désormais. Ils lisaient clairement l'un en l'autre et elle savait qu'en un instant ils étaient devenus des ennemis mortels.

Kazan allait la tuer pour protéger son secret.

— Non…, commença-t-elle.

Mais c'était vain. Il la tenait et elle pouvait presque sentir dans son propre ventre la faim atroce qui grandissait en lui. Du pied, il lui faucha les chevilles. Elle s'étala sur le parquet. L'arrière de sa tête cogna durement contre le plancher, faisant exploser mille étoiles devant ses yeux. Elle lutta pour garder conscience. Quand l'homme s'assit sur son bassin, elle se cabra pour se libérer, mais il était trop lourd. Ses bras battirent inutilement les flancs de Kazan. Elle n'avait pas la force de lui asséner plus que des claques sans importance. La main droite de son agresseur lui enserra la gorge tandis que l'autre retroussait sa robe sur ses cuisses.

— Au secours ! cria-t-elle.

Les doigts qui lui comprimaient la trachée serrèrent davantage, étranglant ses appels.

— Je vais te transmettre mon virus, gronda Kazan. Tu seras foutrement bien obligée de m'aider après ça. Tu seras exactement comme moi. J'ai hâte de réentendre tes beaux discours à ce moment-là !

Nadja se contorsionna, tenta de le frapper de ses genoux, mais il encaissait ses coups maladroits sans broncher. Le cœur de la jeune femme paraissait sur le point d'exploser. Sa poitrine se soulevait par spasmes. Elle manquait d'air, elle allait mourir de peur… Une partie d'elle-même était en train de se détacher de la violence, de flotter au-dessus de la scène. Ses coups s'amollirent. Son bassin retomba contre le sol et son dos arqué se relâcha pour épouser le plancher.

Le poids de Kazan l'étouffait ; sa main l'étranglait. Sa vue se brouilla et elle articula dans un dernier souffle :

— S'il te plaît, arrête.

Et il arrêta. Il se figea. Ses doigts se desserrèrent, laissant filtrer un filet d'air. L'instant d'après, il était debout.

Elle roula sur le côté, une main sur la gorge, aspirant l'air de toutes ses forces. La lumière revenait avec chaque inspiration, chassant l'obscurité sanglante sur les angles de son champ de vision.

— Je peux pas, maugréa-t-il. Je peux pas faire ça.

Il la poussa du pied, sans brutalité, mais cela lui fit l'effet d'un électrochoc ; elle bondit à quatre pattes.

— Dégage de là, lui ordonna Kazan.

Elle se releva en chancelant, tituba vers la porte. *Vite !* s'intimait-elle. *Plus vite !*

Au moment où ses doigts touchaient la clenche, elle entendit ses pas faire trembler le plancher.

— Non ! hurla-t-elle, paniquée. Au secours !

Elle réussit à ouvrir la porte de quelques centimètres, juste avant que Kazan la referme avec violence d'un grand coup de poing et qu'il tire le loquet. Il attrapa ensuite la médecin par l'épaule et la fit pivoter. Elle s'écrasa contre son torse. Le bras droit du voleur lui enveloppa les épaules et la pressa contre lui. Elle rua, se cabra, se débattit de toutes ses forces et au moment où elle se mettait à hurler, il scella sa bouche d'un baiser. Elle se figea une seconde de stupeur, saisie par ce geste si étrange dans ce contexte. Son cœur lui faisait mal à frapper contre ses côtes. Elle allait mourir de frayeur. Mais elle n'était pas au bout de ses peines, car soudain, elle comprit ce qu'il faisait.

Il ne la tuait pas.

Il l'aspirait.

Ses dents touchaient ses lèvres. Il l'obligeait à s'ouvrir pour lui. Sa langue s'enroula autour de la sienne. Elle suffoquait, mais le pire, c'était la sensation de perdre ses couleurs. Une confusion atroce la saisit alors que sa vie défilait à l'envers dans sa tête ; Feliks, la visite de Yardam, l'arrivée aux portes closes, la course erratique de la calèche à travers l'empire, la lettre de sa tante, son premier patient, ses études de médecine, Feliks encore, leur rencontre, leur premier baiser, son enfance, heureuse, au milieu des poiriers et des citrons sauvages… Ses jambes plièrent. Le bras de l'homme – elle ne savait plus son nom – la retint. Son corps était flasque, innervé. Elle se trouvait dans un état de choc proche de la mort, sauf qu'elle ne mourait pas.

Elle eut brièvement l'impression de se contempler d'en haut, flottant près du plafond : elle, abandonnée dans les bras du prédateur comme une amante. Sa peau blanchissait. Ses iris viraient au gris. Il l'embrassait langoureusement, toujours, et la siphonnait jusqu'à la dernière goutte pour la digérer dans ses sombres entrailles. Il ne laisserait d'elle qu'une enveloppe creuse, qui demain se chierait dessus, incapable de supporter un vêtement, ses yeux aveugles rivés à la lune.

— *Non !* hurla-t-elle dans la prison de sa tête. *Non, non, non !*

Et même ces dénégations s'affaiblissaient en échos, bientôt incompréhensibles dans son crâne vide.

Elle ne savait plus pourquoi elle criait.

Le bras qui la soutenait la lâcha et elle s'écroula mollement sur le plancher, un filet de salive sur le menton. Si elle se fit mal en tombant, elle ne le sut jamais.

Même cela, désormais, était hors de sa portée.

*

Le grondement de la mer tira Nadja de l'inconscience. Elle émergea, nauséeuse, d'un rêve trouble.

J'ai fait un cauchemar, songea-t-elle, confuse.

Le soulagement se répandit dans sa poitrine. Elle allait bien. Elle était vivante… Elle n'était pas une coquille. Puis le ressac s'enfla et l'eau glaciale lui toucha les pieds. Avec étonnement, elle constata qu'elle avait perdu ses bottines. Le coton de sa robe trempée lui collait à la peau. Sous sa main tremblante, ses cheveux étaient humides. Un frisson de froid lui parcourut l'échine.

Qu'est-ce qui se passe ? Où je suis ?

Elle ne se rappelait pas comment elle était arrivée en ce lieu, au bord de la mer.

Son regard tourna sur la petite vague qui se formait. Si elle ne bougeait pas, elle allait de nouveau recevoir la gifle glacée de l'eau.

Elle voulut se relever. Ses jambes engourdies par le froid se dérobèrent.

Rassemblant ses forces, elle rampa sur le sable, tractant son corps à l'aide de ses bras pour se mettre à l'abri des vagues. Le paysage était vraiment étrange. Le ciel était embrasé de jaune et de rouge, comme si c'était le soir, pourtant le soleil était haut, énorme et pourpre. Sa lumière baignait la plage d'une couleur sanglante assez dérangeante. La grève était immense, bordée par une falaise dont la façade de craie s'étendait jusqu'à l'horizon, comme une épée colossale à la lame ébréchée. Au sommet, des conifères se dressaient au-dessus du vide, pareils à des flammes noires.

Je rêve encore, pensa-t-elle, troublée.

Mais ce constat ne l'aida pas à se réveiller. Elle déglutit. Le cauchemar rampait à la lisière de son esprit, comme dissimulé dans la masse d'eau grondante, couleur ardoise, qui déferlait régulièrement sur la plage. Comme elle fixait les vagues, l'écume déposa près d'elle un petit objet scintillant. Elle allongea le bras pour le ramasser. C'était un médaillon, à l'or terni, au bout d'une chaîne cassée. Nadja s'en empara et l'essuya du pouce, ôtant les grains de sable humide qui y collaient. Le bijou s'ouvrait grâce à un mécanisme sur le côté. À l'intérieur, elle trouva deux portraits délavés par l'eau de mer, un homme et une femme, sans doute époux. Un frisson de peur la saisit quand elle crut se reconnaître, avec Feliks, mais à mieux y regarder, c'étaient deux étrangers.

Ses jambes se réchauffaient. Elle put se redresser maladroitement, le médaillon toujours à la main, et commencer à marcher le long des vagues salées. Chose curieuse, ses pieds nus ne laissaient aucune empreinte dans le sable, comme si elle n'était pas vraiment là. Quand elles refluaient, les vagues découvraient d'autres objets. Elle trouva une tasse en porcelaine ornée d'un coq bleu, une rose délicate et parfumée que l'eau de mer n'avait même pas altérée, un cheval sculpté en bois. Elle les ramassa les uns après les autres et continua sa progression, ses mains soutenant ses petits trésors. Le cinquième objet qu'elle découvrit lui arracha un sursaut : c'était une toque noire, à la forme carrée, entourée d'un ruban de soie, le chapeau dont se coiffaient les étudiants en médecine de Joukovski à la fin de leur apprentissage. Celui-là lui paraissait étrangement familier.

Arrête un peu, ce n'est qu'un chapeau comme il en existe des milliers.

Sauf qu'une plume blanche était fichée dans le ruban, comme l'aigrette d'une coiffe de chasseur. Le signe distinctif qu'elle s'était amusée à ajouter à sa propre toque.

Où est-ce que je suis arrivée ? songea-t-elle.

Son cœur aurait dû s'accélérer, mais elle ne le sentait pas. Elle réalisa soudain qu'elle ne respirait plus depuis un moment et prit une inspiration torrentueuse. La peur grandissait en elle sans que son corps réagisse.

— Qu'est-ce qui se passe ? demanda-t-elle à voix haute.

Au même moment, elle ressentit une présence. Elle ne l'avait pas vu arriver. D'un seul coup il était là, comme s'il s'était matérialisé sur la plage. Son odeur flotta jusqu'à elle, rance et cadavérique. Nadja avala sa salive. Ou peut-être ne le fit-elle pas. Elle n'était pas sûre, incertaine de ses sensations physiques. Il fallait qu'elle se concentre pour ressentir le grain du sable sous ses pieds nus. Si elle relâchait son attention, elle avait plutôt l'impression de marcher dans le vide.

Pas à pas, elle rejoignit l'étranger.

Il est mort, pensa-t-elle.

Pourtant, il n'en avait pas l'air.

Le dos droit, l'homme regardait l'horizon rouge, sans ciller. Il était vêtu d'un uniforme militaire taché de sel. Des auréoles d'humidité assombrissaient l'étoffe par endroits. Il ne tourna pas la tête quand elle s'approcha. Il paraissait ailleurs, absorbé en lui-même.

— Tu pourras lui parler. Plus tard.

Nadja se retourna vivement vers la jeune femme qui venait de prendre la parole. Elle était plus petite qu'elle, le crâne rasé, les oreilles rutilantes de bijoux dorés, des bras très musclés sous le tissu d'un costume crème, négligemment cintré à la taille par une corde.

— Où on est ? interrogea Nadja.

— Tu ne sais pas encore ?

Elle secoua la tête.

— Tu ne te souviens pas ? insista la jeune femme.

Bien sûr qu'elle se souvenait. Depuis le début, elle savait, mais elle repoussait ce moment terrible. Pourtant, comme les vagues successives, la mémoire revenait, l'abjecte vérité…

— Il m'a absorbée, murmura-t-elle. Il m'a changée en coquille.

— Nous sommes dans sa tête maintenant, confirma la jeune femme au crâne rasé.

Nadja gémit et ce son se mua progressivement en une plainte sourde, désespérée. Jamais elle n'avait été aussi fondamentalement blessée. Cela s'était passé de façon si inattendue.

— Qu'est-ce qui m'arrive ?

Elle tituba vers la mer tandis que les souvenirs remontaient de sa mémoire : la tentative de viol, le bras de Kazan la plaquant contre sa poitrine, ses lèvres sur les siennes, son horrible révélation… Dans les vagues, elle discerna un reflet mouillé sur une carapace chitineuse. Comme elle bondissait en arrière, le ressac amena une créature sur le sable, pareille à un grand lézard caparaçonné. Sa tête ressemblait à un casque de soldat, ronde avec un bec pointu. Deux petits yeux pédonculés roulaient dans les orbites.

— Elles ne sont pas agressives, expliqua la fille au crâne rasé. En revanche, il vaut mieux éviter les autres.

— Quels autres ?

— Ceux qui ont été engloutis. Les disparus. Parfois, ils refont surface. Ils ont perdu l'esprit.

— Moi aussi, dit-elle avec un sombre désespoir. J'ai perdu l'esprit.

— Nous tous.

— Il t'a prise, toi aussi ?

Elle opina, sereine en apparence.

— Ça fait longtemps que tu es là ? insista Nadja.

— Oui. Je crois. Mais un jour, je partirai moi aussi. Je m'enfoncerai dans les vagues et personne ne pourra me retenir. Et alors, je disparaîtrai.

— Mais nous sommes…

— Dans son esprit.

— Vivants ?

— Je ne sais pas.

— Pourquoi une plage ?

— C'est un paysage qu'il a peint quand il était enfant. Puis plus tard, une fois adulte. Ce lieu a une importance particulière pour lui.

Elle désigna une femme que Nadja n'avait pas encore remarquée, assise plus haut sur le sable, devant un chevalet.

— C'est elle qui me l'a dit, lui apprit la fille au crâne rasé. Elle est là depuis le début.

— Depuis le début…, répéta Nadja, atterrée.

— Il doit tenir particulièrement à elle. Et elle, je crois qu'elle l'aime bien aussi. C'est bizarre.

— Alors, c'est toujours comme ça ? On ne peut pas sortir ?

— C'est ça. Et oui, c'est toujours pareil. Le soleil ne se couche jamais. Rien ne change, même pas la lumière. Mais parfois, la mer monte et on doit se réfugier sur la grève le plus haut possible.

— Comment ça ?

— C'est à cause de la drogue. Tu comprendras très bientôt. Attends un instant, ajouta-t-elle.

Elle ferma lentement les yeux, garda les paupières closes un long moment et les rouvrit très vite, très grands. Nadja ne put s'empêcher de sursauter.

— Il est toujours avec toi, annonça la fille. C'est rare.

— Quoi ? Qui ?

— Kazan. Tu es toujours dans sa chambre. C'est la nuit. Tu regardes la lune bien sûr.

— Mais je suis là. Il fait jour.

— Je parle de ton enveloppe physique. La coquille.

— Comment sais-tu tout ça ?

— Nous pouvons voir à travers ses yeux. Il suffit de fermer les paupières. Vas-y. Essaie.

Nadja se plaça face à la mer. Dans la lumière rouge du grand soleil, elle vit d'autres lézards en armure nager vers la plage. C'était une vision terrifiante, mais elle savait qu'à côté de ce qu'elle allait découvrir en fermant les yeux, ce n'était rien.

Absolument rien.

Lentement, elle abaissa les paupières.

17

Kazan se recula alors que la femme, privée de son soutien, s'écroulait à ses pieds. Un flash illumina l'appartement. Kazan fulgura dans les souvenirs de Nadja. Il compulsa toute sa vie, euphorisé, exalté par cette sensation de puissance. La douleur s'était dissipée. Des frissons délicieux lui parcouraient la peau. Il ne ressentait plus aucune fatigue. Ses idées s'accéléraient, frétillaient. Le goût de la fille persistait sur ses lèvres. Elle était partout autour de lui, en lui, il volait dans son parfum et c'était son cœur à elle qui battait dans sa poitrine, résonnant dans le théâtre vide qu'était devenu son corps. Si elle hurlait, il ne l'entendait pas. L'extase avait balayé ses autres voix. Ne subsistaient que l'énergie de la jeune femme, sa santé, sa volonté qui irriguaient désormais ses veines et le renforçaient, lui donnant la vitalité d'un animal. Un immense appel d'air entrait en lui, chassant l'angoisse terrible de la maladie. Au pire de sa crise, il avait cru mourir et maintenant, son avenir s'élargissait à nouveau, repoussant sa fin à un horizon indistinct, lui procurant un enivrant sentiment d'évasion. Il avait vaincu la mort ; il avait un futur.

*

Quand il reprit conscience de son propre corps, il faisait nuit. Son être était de nouveau borné, avec un début, une fin, des os, des muscles, des tendons et des nerfs qui le maintenaient bien ramassé, à sa place. Malheureusement, l'anxiété revint vite lui battre les côtes : il avait avalé un démon supplémentaire, il y avait désormais huit personnalités prisonnières de son crâne. En se liguant, elles pouvaient lui faire sauter la tête comme un bouchon de champagne…

Tu as fait ce qu'il fallait, s'encouragea-t-il. *Ce que tu aurais dû faire depuis le début.*

Et en effet, il n'avait que trop repoussé cette nécessité. Attendre que les médecins devinent tout seuls la cause de l'épidémie n'avait aucun sens alors qu'il pouvait dévorer l'un d'entre eux pour fouiller directement dans sa mémoire.

Ça va. Tu vas t'en sortir.

Des yeux, il chercha Nadja. La coquille se tenait debout à la fenêtre, immobile dans la phosphorescence laiteuse de la lune qui allongeait un rectangle blanc sur le plancher. Comme toutes les autres victimes des voleurs d'esprits, elle se gorgeait de la lumière de l'astre.

À sa vue, la culpabilité lui serra le cœur. Il lui avait fait ça. Il avait condamné la jeune femme à cette horreur.

C'était elle ou moi, s'asséna-t-il. *Je n'avais vraiment pas le choix.*

— C'est moi ?

La voix de Nadja explosa dans sa tête, très forte, dominant la sienne. Cela n'avait rien d'anormal. Elle était la plus récente. Pendant un temps, elle dominerait toutes les autres.

Kazan décida de l'ignorer. Si elle s'imaginait qu'il ne l'entendait pas, peut-être ne parlerait-elle plus. Mais elle continuait, de plus en plus paniquée :

— *Mon Dieu ! C'est moi ! Seigneur, sauvez-moi, je vous en supplie. Aidez-moi ! Mon corps. Je veux retrouver mon corps. Je n'ai plus de corps !*

Souvent, Kazan se demandait ce que ressentaient exactement ses démons. Aucun d'entre eux n'avait jamais voulu lui décrire l'apparence de leur geôle mentale.

Il s'approcha de la coquille. Elle ne bougea pas, les yeux fixés sur le ciel à travers la vitre, les bras le long du corps. On la reconnaissait encore et ses cheveux n'avaient pas perdu leur éclat. Cela viendrait plus tard, dans quelques jours, quand son corps privé d'âme commencerait à se flétrir dans un physique anonyme. Il lui toucha les épaules ; dans sa tête, Nadja hurla à la mort, un cri puissant qui s'interrompit d'un coup, comme si elle avait perdu connaissance. Encore un mystère… Doucement, il enroula une mèche de cheveux autour de son index et tira d'un coup sec. Elle se détacha du crâne. Dégoûté, il la laissa choir sur le plancher.

— *Qu'est-ce que tu fais ?*

Nadja était de nouveau là, entre ses tempes.

— *Qu'est-ce que tu fais, espèce de malade ? C'est pour ça que tu nous as aidés ? Tu voulais juste me tuer ? Feliks... Mon Feliks... Tu as pris sa vie aussi. Il ne s'en remettra jamais.*

Kazan réfléchit. Le mari de Nadja devait s'inquiéter. Il était même possible qu'il soit passé par ici dans la journée, à la recherche de sa femme. Heureusement qu'il avait eu le réflexe de pousser le loquet. Il espérait que sa voisine avait su se taire. Elle l'avait vu monter ; bien sûr, elle n'avait jamais vu Nadja redescendre, mais cela ne prouvait rien. Les deux médecins s'étaient montrés discrets. Feliks avait quand même réussi l'exploit de sortir un cadavre, dissimulé dans un tapis sans se faire remarquer.

— On va se promener, dit-il à la coquille.

Il ouvrit la fenêtre et aussitôt l'enveloppe physique de Nadja se tendit vers la nuit. L'ombre d'un sourire frémit même sur ses lèvres – ou bien le rêva-t-il.

Il l'empêcha de sauter. Ses gestes étaient adroits et dépourvus de brutalité. Il la hissa sur son dos, passant ses bras autour de son cou, et l'incita à se tenir fermement. Le corps de la médecin agissait mécaniquement. Il la souleva par les cuisses. Elle était totalement à cheval sur lui.

— *Arrête !* ordonnait Nadja. *Laisse-moi ! Où tu m'emmènes ?*

Il se glissa par la fenêtre. À son oreille, la respiration de la jeune femme s'accéléra. Pourquoi la lune leur faisait-elle un tel effet ? C'était insensé.

Il grimpa sur le toit. Son corps, saturé de dopamine, d'épinéphrine, de cortisol et d'endorphine, était alerte, agile et puissant. Les termes techniques le surprirent, puis il comprit que ces connaissances avaient naturellement surgi de la mémoire qu'il partageait désormais avec Nadja.

Il se promena sur les toits de sa rue, parfaitement à l'aise. Nadja, le menton levé vers le ciel, poussait parfois de petits gémissements et il la sentait trembler contre lui. Dans sa tête, la médecin continuait de l'agonir d'injures, mais il était suffisamment en forme pour compartimenter son esprit et laisser les insultes et les menaces couler sur lui comme la pluie.

Au bout d'un moment, il dut descendre. Il le fit à l'endroit habituel, celui qu'il connaissait bien, le long d'une solide gouttière et prit pied dans la rue.

Jouer au chat et à la souris avec la garde ne lui posait aucun problème. Son ouïe surdéveloppée lui permettait d'entendre le lourd claquement de leurs bottes bien avant qu'ils n'arrivent. À proximité de l'appartement de la tante de Nadja, il ralentit. Où était Feliks ? Cherchait-il sa femme ? Il espérait que oui. La laisser ainsi, vulnérable au beau milieu de la rue, ne l'enchantait guère, mais il n'était pas fou au point de toquer à la porte du médecin pour lui ramener sa femme décérébrée.

Il desserra doucement la prise de la jeune femme autour de son cou et la fit descendre. Elle resta les bras ballants de nouveau, la tête déjà levée. À dessein, Kazan l'orienta de façon qu'elle baigne dans la clarté lunaire. Si cela pouvait l'apaiser un peu…

Après tout, il n'était pas un monstre.

Pas tout à fait.

18

Feliks revenait à l'appartement de la tante de Nadja, épuisé, les pieds en sang. Il avait marché dans la ville pendant plus de douze heures, cherchant sa femme volatilisée. Bien sûr, il s'était rendu chez Kazan, mais personne n'avait répondu à la porte et il n'entendait aucun bruit. Une voisine, suspicieuse, qui le regardait entre les barreaux de la rampe d'escalier, l'avait incité à déguerpir. Depuis il errait d'un quartier à l'autre, arrêtant chaque passant, décrivant Nadja. Les gens secouaient la tête ou bien l'envoyaient, le cœur battant d'espoir, sur une fausse piste. La nuit était tombée. Les cloches avaient sonné le début du couvre-feu. En dépit de la menace, Feliks avait continué à chercher.

Gros-Horloge indiquait minuit passé. Ses jambes le lançaient. De petits vertiges le faisaient piquer du nez. Il s'en voulait de déclarer forfait maintenant, mais avec ses réflexes émoussés, abruti de fatigue, il était une victime toute désignée pour la milice qui finirait par lui tomber dessus. Il se promettait de dormir quelques heures avant de repartir à la recherche de la jeune femme dès le lever du jour. L'espoir qu'elle soit revenue l'animait également, lui permettait de tenir debout et de continuer à marcher, ou plutôt à claudiquer sur les pavés inégaux.

Il tourna dans la rue des Maraîchers et se figea, interdit.

— Nadja ?

Malgré son apparence, il sut que c'était elle, et en un éclair d'horreur, il réalisa que pendant toutes ces heures d'angoisse et de recherche à travers de la ville, il avait redouté cela. Une part de lui savait. Une part de lui, peut-être, avait senti le moment où sa femme était partie. Il courut rejoindre le corps dressé sous la lune. Elle ne baissa même pas les yeux quand il la secoua par les épaules. Sa tête branla, agitée par les secousses, mais aucune émotion ne traversa son regard hypnotisé par l'astre.

— Nadja ! Nadja, c'est moi !

Il parlait à une tête vide, éblouie de lune.

Il la serra contre lui, se réjouissant de la sentir frémir et trembler, mais là encore, ce n'était peut-être qu'une réaction mécanique. Il la drapa de son manteau pour la réchauffer.

— Viens avec moi à l'intérieur. Viens.

Elle se laissa entraîner avec docilité, même si elle buta sur toutes les marches de l'escalier. À bout de nerfs, terrifié et excédé à la fois, Feliks finit par la soulever dans ses bras pour l'amener chez sa tante.

À sa vue, Alenka poussa un hurlement de douleur. Pour la deuxième fois, elle était frappée, renversée par la maladie.

Feliks installa sa femme sur le canapé, forçant sur ses jambes pour qu'elle plie les genoux et accepte de s'asseoir. Sa tête était tournée vers la fenêtre où se tenait, rêveuse, sa cousine. Feliks frotta ses mains glacées, l'appela encore et encore, répétant son prénom pour ranimer un souvenir, une étincelle. Il était si concentré, si volontaire qu'il avait l'impression de se confondre avec elle afin de la soutenir. S'il avait pu, il lui aurait transmis son âme, sa mémoire, sa santé… Mais tous ses efforts sombraient dans le vide comme au fond d'un puits. Il finit par lui lâcher les mains et s'abattit, sonné, à ses pieds.

Comment cela avait-il pu arriver ? Et en plus, si vite. Elle était venue, courageuse, pour affronter la maladie et voilà qu'elle se trouvait terrassée par elle en quelques jours.

La tête lui tourna. L'envie de vomir le saisit, mais son estomac était vide et il se retrouva plié en deux au-dessus du plancher, inondé de sueur, de la bile plein la bouche. Dans la pièce d'à côté, Alenka sanglotait, et parfois hurlait une plainte écorchée, inhumaine. Feliks avait l'impression de se briser en mille morceaux. Jamais il n'arriverait à se relever. Ils resteraient là tous les quatre, l'une à la fenêtre, l'autre assise sur le canapé, la troisième vautrée dans le lit et lui, à quatre pattes sur le plancher. La vie s'était arrêtée. Il ne voyait pas comment elle pourrait repartir désormais.

Il faut trouver un remède. C'est pour ça que nous sommes venus. Trouver un remède.

Le sens de ces mots se fraya un chemin en lui. Il le soutint, lui permettant de ne pas s'émietter totalement.

La lumière de l'aube le surprit, toujours assis sur le sol, hagard. Il avait la gorge rauque d'avoir pleuré. En l'absence de lune, les deux coquilles commençaient à s'agiter. Nina arpentait la pièce, s'arrêtait brusquement, aux aguets, avant de repartir d'un pas pressé et de pivoter devant la porte fermée. Nadja se trémoussait sur le canapé comme si elle avait envie de l'accompagner, mais ne savait pas comment faire.

Feliks se redressa et s'assit à côté d'elle. Ses pieds n'étaient plus que deux blocs de douleur et il sentait ses chaussettes durcies par le sang coller à sa peau cloquée. Ses rotules et ses jambes engourdies par la longue immobilité le picotaient. S'il en avait eu la force, il aurait hurlé pour expulser sa souffrance. Pourtant, peu à peu, il retrouva son souffle. Quelque chose s'apaisait en lui, ravalait sa fatigue pour la transformer en volonté.

Alenka sortit de la chambre, le visage fripé par le chagrin. Sans un mot, ils s'étreignirent, les doigts blanchissant tant ils se serraient. Finalement, Feliks se sépara d'elle, posa ses mains sur ses épaules et déclara avec une conviction mortelle :

— Je la guérirai. J'en fais le serment.

Une promesse que d'autres avaient faite avant lui.

Feliks retourna au Klementinum solliciter une nouvelle audience avec le doyen. Seul, il ne pourrait pas avancer. L'appui de ses confrères lui serait précieux : ils réfléchiraient plus efficacement, plus vite, mettant en commun leurs expériences et leurs connaissances.

Le jeune homme ignorait s'il devait dire la vérité au sujet de Nadja, mais à peine entré dans le bureau du doyen, il craqua. Posé sur le bord du fauteuil, tendu vers l'homme, il raconta en pleurant ce qui leur était arrivé. Il s'attendait à tout, à être congédié, raillé ou soutenu. Ses explications s'étouffaient dans la pièce, avec ses lourds rideaux de velours grenat, son tapis de laine sur le parquet ciré. Il reconnaissait à peine sa voix. Absorbé par son récit, il ne remarqua pas que l'homme s'était levé. La main poilue, posée sur son épaule, le fit tressaillir.

— Nous allons trouver, dit le doyen. Nous nous tuerons à la tâche s'il le faut.

— Je travaillerai nuit et jour, promit Feliks.

— Vous êtes le bienvenu parmi nos équipes.

*

En réalité, l'intégration ne fut pas aisée et, très vite, le jeune homme mesura l'abîme qui le séparait de ses confrères. Il se garda cependant de critiquer leurs méthodes. Le plus important était d'être là, de pouvoir utiliser le matériel, les livres et, bien sûr… les sujets d'expérience.

Il y avait deux catégories de patients. D'un côté, les coquilles ramassées dans la rue après le couvre-feu et qui bondaient les dortoirs du sanatorium, et celles que leur famille avait amenées.

Celles-là étaient traitées de façon plus humaine et avaient pour la plupart des chambres individuelles dans les pavillons.

Feliks avait été affecté aux soins des indigents. Des surveillants l'épaulaient et distribuaient des coups de poing aux patients qui se « rebellaient ». Feliks avait beau leur demander de retenir leurs forces, ils grimaçaient tout au plus des sourires d'excuse hypocrite. Son statut de médecin lui donnait à peine l'ascendant nécessaire pour se faire respecter. Le doyen lui avait expliqué, navré, que devant l'afflux de malades il avait fallu recruter en urgence parmi les voyageurs de passage, pris au piège de la quarantaine, ou bien parmi les rustres et les brutes qui n'avaient pas peur de se confronter aux fous. Affreusement mal payés, ils s'enorgueillissaient de l'uniforme : pantalon à passepoil, veste à gros boutons dorés, képi militaire et trousseau de clés tintant à la ceinture. Bien entendu, ils jouissaient du pouvoir que leur conférait leur statut. Cette position de dominant sur ceux qu'ils surnommaient « les couillons de la lune » les exaltait et les rendait encore plus brutaux, si c'était possible. Feliks était cependant soulagé d'avoir leur aide lorsqu'il fallait maîtriser une coquille. Cela arrivait bien trop souvent à son goût. Si la plupart des malades restaient amorphes, à fixer le plafond en bavant, il arrivait fréquemment que d'autres s'élancent tout à coup dans une course effrénée où elles jetaient au sol quiconque se trouvait sur le passage. En général, elles le payaient cher : les infirmiers les stoppaient en pleine galopade, en les saisissant par-derrière au moyen d'une serviette autour du cou. Le malade, renversé, tombait lourdement au sol où il était bourré de coups de pied avant d'être traîné sous un jet d'eau froide et ficelé dans une camisole de force. Feliks doutait grandement de l'efficacité pédagogique d'une telle méthode.

Les nuits restaient le pire. Même les plus agitées des coquilles sombraient dans cette forme d'hypnose, tournant la tête dans l'exacte position de la lune, pourtant invisible à travers le plafond du dortoir. Les surveillants les sanglaient à un inconfortable lit en ferraille. S'élevait alors une plainte monotone qui glaçait le sang de Feliks lorsqu'il était de garde. On aurait dit que toutes les coquilles possédaient la même voix.

Malgré tout, le jeune homme apprenait beaucoup. On le tolérait aux réunions de synthèse le matin, avec l'ensemble des médecins de l'empereur. S'il osait prendre la parole, on l'interrompait grossièrement ou bien on l'écoutait en feuilletant des pages de notes. Il demeurerait toujours l'étranger, quoi qu'il fasse.

Par amour pour Nadja, Feliks ravala sa fierté. Il accompagna les médecins dans leurs essais, acceptant de jouer le rôle de l'assistant. Il étudiait les propositions de traitement avec beaucoup de sérieux et fut présent à tous les essais cliniques. Ils testèrent les réactions des coquilles aux purgatifs, vomitifs, antispasmodiques, narcotiques. Ils essayèrent la tisanerie, l'herboristerie. L'empereur, prodigue, finançait tout, les extraits de plantes, jusquiame, teinture et dérivés d'opium, haschisch, ellébore, digitaline, strychnine, hyoscine, mais aussi substances de synthèse comme le bromure de potassium, chloroforme, gardénal, cacodylate de soude, hydrate de chloral…

Puis la pensée commune que le sang des coquilles était trop important ou trop chaud les amena à pratiquer des saignées. Ils tuèrent ainsi plusieurs patients et les purgations laissèrent les survivants si affaiblis que la plupart ne se levèrent plus.

De son côté, Feliks fondait beaucoup d'espoir dans l'hydrothérapie. À Joukovski, il avait appris que les bains chauds, tièdes ou froids réveillaient et réconfortaient des personnes léthargiques ou mélancoliques. Plein d'espérance, il supervisa nuit et jour les bains des patients. Les coquilles, enfermées dans des caissons remplis d'eau avec un simple trou pour la tête, trempaient pendant des heures dans différentes solutions, parfois brûlantes, parfois glacées, alcalines ou sulfureuses. Ils tentèrent des bains térébenthinés. Les malades ressortaient des caissons la peau fripée, mais sans aucune réaction.

Un matin, l'un des plus éminents professeurs leur démontra avec force schémas et explications qu'il avait trouvé la cause de la métamorphose des coquilles : il s'agissait d'une accumulation de sang dans le cerveau, née des mouvements désordonnés de la victime. Selon lui, une puissante rotation pourrait corriger l'affection. Feliks, dubitatif, protesta, mais sa voix fut couverte par ses collègues. Finalement, tous assistèrent à une scène absurde où une coquille attachée à une chaise mobile fut tournée sur elle-même telle une toupie jusqu'à ce qu'elle vomisse sur ses cuisses. La réaction du malade fit pousser au professeur des cris de victoire, mais quand la coquille eut fini de se vider, elle redevint apathique.

Les durées de passage sur la chaise tournante s'allongèrent. Cela devint un sujet d'hilarité dans les rangs des infirmiers. Le professeur, mortifié, s'enferma dans un bureau, prétendument pour améliorer sa technique.

Feliks, lui, réfléchissait depuis quelque temps au lien qui unissait les coquilles à la lune. Il lui paraissait évident que l'obscurité et la lumière joueraient un rôle dans le remède miracle qu'ils cherchaient. Pendant ses études, il avait lu que les frénétiques devaient être placés dans un endroit obscur et les léthargiques dans des lieux très éclairés. Il finit par proposer une méthode de soin par la chromothérapie, qui exposerait le patient pendant le jour et la nuit à une lumière blanche. Les autres durent reconnaître que l'idée n'était pas mauvaise. Malheureusement, après avoir conçu un système d'éclairage compliqué à base de miroirs et de bougies, Feliks n'obtint pas plus de résultats que les autres. Comme le professeur

« toupie », le jeune médecin étranger devint un sujet de plaisanterie à la cantine.

Le temps passait. Ils piétinaient. Les dortoirs étaient bondés et même dans les quartiers plus favorisés, les malades étaient désormais entassés à quatre ou cinq par chambre.

Il fallut passer aux thérapeutiques de choc. On commença par injecter aux patients des solutions à base d'huile soufrée et de sels d'or afin de causer des hausses brutales de leur température. Puis l'un des médecins eut l'idée d'inoculer à une coquille le virus de la grippe. Les poussées de fièvre provoqueraient des chocs thermiques qui, espérait-il, tireraient enfin le malade de son état de catatonie. À part quelques décès, ils n'obtinrent aucun résultat.

Cette idée les mit cependant sur la voie d'un autre traitement extrême : l'injection d'insuline. Celle-ci plongeait le patient dans un coma hypoglycémique. Ils réveillaient alors le patient par l'injection d'une solution sucrée et reproduisaient ce coma plusieurs fois par jour. Les réveils, très pénibles, ne suscitèrent aucune réaction valable, seulement des décès supplémentaires.

Le professeur « toupie » utilisa alors le camphre pour provoquer une crise d'épilepsie. Ses sujets de test moururent les uns après les autres.

Les semaines passaient. Les médecins s'épuisaient. Certains se mirent à délirer. Feliks, désespéré, assista aux élucubrations d'un éminent collègue sur la psychochirurgie. Il ne réussit pas à empêcher la première leucotomie transorbitaire et en fit des cauchemars pendant des jours.

Ensuite, ce fut la débâcle : les savants rivalisaient d'inepties. On employa les irritants, cautères, moxas et sétons, ventouses et vésicatoires, frictions et cataplasmes, voire cire à cacheter bouillante ou poil à gratter, étalés au plus près du cerveau afin d'en dériver les humeurs mauvaises. On fit avaler aux coquilles toutes sortes de remèdes qui, aux yeux de Feliks, relevaient davantage de la sorcellerie que de la médecine : ingestion d'excréments humains ou de fiente de paon, raclure de vertèbres d'un homme décédé de mort violente, ou premier écoulement menstruel d'une jeune femme, sel de corne de cerf quand ce n'était pas son pénis réduit en poudre, ou encore l'application sur la tête de la coquille des deux moitiés d'un pigeon coupé en deux…

Ne supportant plus le Klementinum, Feliks décida d'investiguer à l'extérieur des murs, sur l'histoire personnelle des coquilles. Le doyen lui fournit les adresses de familles de patients. Son carnet en poche, Feliks abandonna enfin l'enfer du sanatorium pour courir les rues de Yardam. Il ambitionnait d'établir des liens entre les victimes. Facteurs environnementaux, événements de vie, prise de toxiques ou encore virus, il n'écartait aucune piste.

C'est ainsi que plus d'un mois après avoir quitté Kazan, sur l'image atroce de l'homme en train de briser la nuque d'une coquille, il retomba par hasard sur lui.

19

Depuis un mois, Kazan vivait avec sa prisonnière. Comme avec ses autres voix, il avait appris à faire la part des choses, à utiliser ses souvenirs et ses connaissances pour son usage personnel et à se fermer à ses hurlements et ses invectives. Ce tri n'était pas simple à faire. Il lui avait fallu plusieurs années de pratique avant de réussir à se servir correctement dans la mémoire de ses victimes. Leur être était constitué de centaines de milliers de souvenirs disparates, et bien sûr, ils n'étaient pas classés comme dans une bibliothèque. Kazan avait plutôt l'impression de jouer avec un kaléidoscope d'éléments éclectiques. À force de tâtonnements, il avait fini par comprendre que les gens n'enregistraient pas leur vie avec objectivité et qu'au contraire, ils déroulaient l'histoire qu'ils avaient choisi de se raconter. Le temps la dénaturait, l'embellissait ou la salissait. Kazan devait écarter des milliers de souvenirs inutiles, éventer les mensonges pour ne conserver que la centaine d'informations réellement pertinentes pour lui. Dans le cas de Nadja, cela avait été particulièrement ardu. Pendant des soirées entières, il avait compulsé son savoir avec l'impression harassante d'arpenter une monstrueuse bibliothèque scientifique où toutes les pages des livres auraient été mélangées. Il ne tirait de sa mémoire médicale que des données absconses. À part les choses les plus accessibles, il lui arrivait de s'égarer dans son jargon, devant chercher plus loin dans son esprit la définition de tel mot savant. Pour sa prisonnière, cela devait être épouvantable. Il l'essorait, la rinçait, obligé de déterrer ses petits secrets pour comprendre ce qu'il regardait.

Au final, il termina plus confus qu'il n'avait commencé. L'accès à ces connaissances scientifiques était un terrible aveu d'échec : son mal était inconnu de la médecine. Il n'y avait pas le moindre début d'explication à son état. Pour se changer les idées, il remontait alors dans les souvenirs d'enfance de la fillette, sa vie à Joukovski, plus facile que la sienne. Mais là encore, il finissait par s'engluer dans un amalgame de sensations, de couleurs et de bribes insensées pareilles à des rêves, qui le laissaient finalement malade comme lorsqu'il fumait trop.

En revanche, ce qui concernait Feliks lui apparaissait avec une limpidité de cristal. Kazan apprit beaucoup sur le jeune homme, son passé, sa vocation de médecin construite en réaction aux déceptions et au malheur : l'indifférence de son père avait fait de lui un excellent auditeur, apte à recueillir la détresse des autres ; sa propre impuissance face à la maladie de sa mère lui avait donné la rage de guérir. Ce parcours assez semblable à celui de Kazan rendait le médecin plutôt sympathique aux yeux du voleur.

Mais surtout, ce qui le fascinait, c'était sa relation avec Nadja, l'amour puissant qu'ils se portaient l'un pour l'autre. Kazan pouvait passer des soirées entières à se perdre dans la mémoire de la jeune femme, explorant ses sentiments, ses moments doux et beaux de complicité et de désir. Cette plongée dans l'intimité de sa prisonnière lui procurait presque les mêmes sensations que la sirène, apaisant et trompant sa désespérante solitude. Lui qui s'interdisait de nouer des liens, d'aimer de nouveau, par peur de transmettre son virus, ressentait à la fois une incroyable extase à incarner la jeune femme dans sa relation à Feliks, et en même temps, une terrible jalousie. Béatitude et douleur se mélangeaient dans une sorte d'expérience masochiste. Dans les pires moments, Kazan se félicitait d'avoir ruiné cet amour trop parfait, sirupeux et dégoulinant, mais la plupart du temps, il se gorgeait de ces souvenirs pour combler son propre manque.

Au début, il s'était simplement tenu à distance. Un peu comme ce jour, au café, et lorsqu'il leur avait fait visiter la ville : il observait avec un mélange d'attendrissement et de jalousie leurs têtes inclinées l'une vers l'autre, leurs sourires discrets, leurs gestes symétriques…

Puis peu à peu, il s'était pris à regarder Feliks avec ses yeux à elle, avec son désir de femme, à remarquer la façon dont le garçon se tenait, contrebalançant le poids de son sac alourdi de livres avec sa hanche, ses mèches blondes qui lui retombaient sur le visage… Et cela lui avait plu, lui qui n'avait jamais vécu cela, cette légèreté. Alors, il était descendu encore plus profondément dans la psyché de Nadja, au point de revivre au présent ses sensations, ses sentiments, son amour.

Il était elle lorsqu'elle se penchait sur Feliks, endormi dans son petit lit d'étudiant, un livre ouvert sur la poitrine, ses traits détendus, angéliques, dessinés dans la pénombre, son corps nu à moitié sous le drap, à moitié à l'air libre.

— *Angel moï...*

Elle le réveillait en l'embrassant. La respiration de Kazan se raccourcissait.

Il était elle lorsqu'elle étudiait, sérieuse et concentrée, et que Feliks passait tout à coup sa tête par-dessus son épaule pour déposer un baiser au coin de ses lèvres avant de refermer son manuel et de faire pivoter sa chaise vers lui… L'odeur du jeune homme chavirait Kazan.

Il était elle et, d'une certaine manière, il était lui aussi, assis l'un contre l'autre, le dos de Nadja épousant parfaitement le torse de Feliks, leurs bras et leurs jambes entremêlés, sous l'abri d'un grand chêne dans la cour de leur école, la pluie crépitant sur les feuilles, profitant juste du moment, de l'essentiel : elle et lui.

Kazan accumulait ce genre de scènes ; il les collectionnait avec ravissement, avec avidité : Nadja trébuchant sur les chaussures que Feliks laissait traîner dans la chambre ; les yeux de Feliks se mettant à pétiller lorsqu'il résolvait une équation particulièrement difficile ; tous les deux glissant des pièces dans leur tirelire ridicule en forme de cochon rose, dissimulée derrière leurs rangées de livres, « pour l'ouverture de notre cabinet médical » ; Feliks rentrant tard de la bibliothèque et la croyant endormie, lui caressait la joue avec une telle tendresse…

Kazan plongeait en elle et c'était si doux, si douloureux… Il chutait dans le vide. Le gouffre qui menaçait de l'engloutir semblait s'élargir alors qu'il mesurait l'amour de Nadja et de Feliks.

Bien sûr, tout n'avait pas été noir dans ses relations amoureuses. Le voleur avait eu la chance de vivre une belle année en compagnie de celle qui lui avait inoculé le virus, mais par la suite, il n'avait jamais vraiment réussi à prolonger de relation intime avec ses partenaires. Ils se séparaient tout de suite ou bien assez vite. Il faut dire que les premiers temps étaient particulièrement exaltants pour les voleurs d'esprits : avec un ou deux démons, on se sentait très fort et l'organisme résistait bien. Les choses se compliquaient par la suite, quand le cerveau fatigué par les voix commençait à dérailler…

Kazan repensait souvent avec nostalgie à sa rencontre avec Lara.

Dix ans déjà.

Il avait rencontré la jeune femme à une période très sombre de sa vie. Sorti de maison de redressement trois mois auparavant, il s'enfonçait dans la misère et vivait dans la rue. Il avait bien essayé de retourner voir sa famille, mais sans surprise, s'était fait rejeter sur le trottoir. Depuis, il dormait sous les ponts, mendiait devant les boulangeries, fouillait les poubelles. Elles ne contenaient pas grand-chose, à part du pain rassis qu'il disputait aux rats et aux chiens errants. Il crevait de faim et ne survivait que grâce à la générosité des passants qui lui offraient de la nourriture et, parfois, quelques schellings. Observant les autres tire-laines sur les marchés, Kazan s'était finalement décidé à tenter une carrière de voleur. Un garçon lui avait expliqué des techniques. Longtemps, il avait répété les gestes : douceur, rapidité, ne surtout pas hésiter. Il faisait jaillir son canif de sa manche, fendait l'air et la lame, en un tour de main, réintégrait le manteau. Quand il se sentit prêt, il aiguisa l'acier sur une pierre jusqu'à ce que le fil se mette à luire. Restait à choisir sa victime.

C'était un jour de pluie. Touchant ses pieds, l'eau glacée du fleuve l'avait éveillé. Le niveau de la Fulda était monté ces derniers temps, gonflé par les averses. Dégoûté, il essora ses chaussettes et tenta de les faire sécher en les étalant sur le quai. Les nuages gris cachaient le soleil et ses expirations se changeaient en bouffées blanches. Il attendit un moment, l'esprit vide, à souffler machinalement sur ses doigts gourds, puis tout à coup, cela lui apparut clairement : il ne supportait plus cette vie. Il avait faim, il avait froid, un début d'angine lui grattait la gorge, il toussait par intermittence. S'il ne se prenait pas en main, il allait mourir dans les semaines à venir, misérable, et on balancerait son corps dans une fosse commune.

Aujourd'hui, il agirait, quoi qu'il arrive.

Fort de cette détermination, il enfila ses chaussettes gorgées d'eau, ses chaussures trouées et trottina jusqu'aux halles, à proximité de la cathédrale Saints-Cyril-et-Méthode. Malgré le temps menaçant, la place était bondée.

Le pouls de Kazan accéléra. Il avait la bouche sèche, les mains moites. Trois fois, il fit le tour du marché sans arriver à se décider. Son aspect attirait l'attention, même s'il tentait de feindre la décontraction.

Les bourgeois le lorgnaient avec méfiance avant de vérifier que leur bourse était toujours là.

Enfin, il avisa une femme élégante. Elle aussi attirait l'attention, mais pour d'autres raisons. Elle était vêtue de jupes de taffetas noir, bordées de dentelle. Un manteau de la même couleur lui ceignait la taille. Mais surtout, sur la gorge, elle arborait un rubis rouge. Elle faisait une proie toute désignée et pourtant, quelque chose dérangeait Kazan sans qu'il arrive à l'identifier clairement. Il se détourna d'elle et avisa un autre homme qui venait en sens inverse. Celui-là portait une lourde cape en velours, dont le poids altérait légèrement l'amplitude de ses mouvements. Son embonpoint déformait sa chemise blanche et une ceinture en cuir lui ceignait le ventre. La bourse était attachée à droite, sur la hanche. Il avançait en claudiquant. Kazan, maigre et leste comme un chat de gouttière, se sentit très supérieur à lui. Bien sûr, la cape allait le gêner, mais il s'estimait capable de traverser sa garde sans que l'homme ne le remarque. Le canif dégainé, il accéléra pour doubler sa cible, la frôla avec légèreté et piqua du couteau. La lame entailla le cuir. Il l'escamota immédiatement et des pièces rondes et froides lui coulèrent au creux de la paume. Prestement, il voulut retirer son poing fermé, mais s'emmêla dans la cape. Les yeux de l'homme tournèrent vers lui, s'écarquillèrent.

— Au voleur ! s'époumona-t-il.

Il tenta de saisir Kazan par le bras, mais le garçon s'esquiva d'un saut, heurta une femme qui se mit à hurler. En un instant, la place du marché s'emplit de cris. Kazan détala, frappant de l'épaule pour s'ouvrir un passage, et contourna ceux qui voulaient le retenir.

Quelques pièces s'échappèrent de ses doigts, tombèrent sur le pavé, créant une émeute qui, de façon heureuse, couvrit sa fuite. Il plongea dans une ruelle, sauta un mur, perdant encore une ou deux pièces dans la manœuvre, puis traversa une cour avant de franchir un nouveau muret. De là, il passa sur le toit d'une remise et escalada la façade d'un petit bâtiment tordu pour se hisser encore plus haut. Personne ne le suivrait jusque-là. Un peu tranquillisé, il circula sur les tuiles inclinées pour s'éloigner des cris et de l'effervescence de la poursuite. Quand il n'entendit plus rien, il s'installa entre deux cheminées, les jambes repliées contre la poitrine et le menton sur les genoux. L'adrénaline retombée, le découragement l'envahit. Il s'était révélé bien maladroit. Tout le monde l'avait vu. Les halles de Saints-Cyril-et-Méthode risquaient de lui être interdites quelque temps. Il aurait même de la chance si sa tête ne finissait pas placardée sur les avis de recherche de la garde. Dépité, il compta ses sous. Cinq liards et trois couronnes. C'était à la fois beaucoup pour lui et finalement assez peu au vu des conséquences.

Je changerai de quartier, c'est tout, songea-t-il pour se rassurer.

Au bout d'une heure, il se remit à pleuvoir. Transi de froid, il quitta sa cachette.

Il redescendait dans la rue, quand il croisa la route de la dame aux dentelles et au rubis sur la gorge. Elle était immobile au beau milieu de l'allée, sous un grand parapluie noir. Leurs yeux s'hameçonnèrent et, chose étonnante, elle lui sourit, mais ce sourire ne dégageait aucune chaleur. Kazan, après tout ce temps passé dans la rue, avait développé un sixième sens pour la violence. Avant même qu'une bagarre éclate, un arrière-goût aigre lui revenait en bouche.

— Qu'est-ce que vous voulez ? aboya-t-il.

Souvent, les coups de gueule suffisaient à dissuader les gens. Le garçon savait se montrer très menaçant et très sombre en dépit de sa maigreur. Il cognait avec ses tendons et ses os, peu importe son poids.

— Je t'ai vu sur le marché, répondit-elle.

Elle ne manifestait aucune peur, plutôt un amusement cruel qui le remplit de colère.

— Et alors, ça vous fait marrer ?

— Ta maladresse, oui.

Par défi, il lui montra l'argent volé.

— J'ai ça, se rengorgea-t-il. Trois couronnes !

— En veux-tu plus ?

Kazan fut surpris par la proposition. Son intérêt s'éveilla malgré lui. Prudemment, il garda le silence.

— Je sais ce que c'est d'avoir faim, reprit la femme contre toute attente. J'étais comme toi, une enfant des rues. Je me prostituais pour vivre et un jour…

Elle caressa son bijou du bout des doigts.

— Un jour, un homme m'a fait un cadeau.

Son regard rêveur redevint aigu.

— Veux-tu que je te fasse un cadeau ?

Kazan ignorait la réponse juste.

— Peut-être, dit-il.

— Viens avec moi. Je vais te montrer, je vais t'expliquer, et ensuite tu seras libre de choisir.

Elle se remit en route, sans se retourner pour voir s'il la suivait. Kazan, après quelques secondes d'hésitation, lui emboîta le pas. Plus tard, il réalisa qu'elle s'était postée exactement au bon endroit pour le croiser. Est-ce que ses démons étaient capables de la renseigner sur cela ? Elle avait toujours su choisir ses voix avec sagacité quand Kazan n'avait fait que suivre ses impulsions démentes.

Ils marchèrent longuement jusqu'à parvenir dans les rues des riches quartiers de Ville-Nouvelle. La jeune femme ouvrit un portail en fer forgé pour lui faire traverser un jardin qui menait à une belle maison de pierre. Sur le seuil, Kazan hésita. L'alarme qui s'était allumée dès sa rencontre avec la jeune femme ne s'était toujours pas éteinte. Il y avait en elle quelque chose de dangereux qu'il ne s'expliquait pas. Son instinct lui soufflait de ne pas entrer dans cette maison, mais autre chose en lui était attiré, magnétisé par elle.

— Entre. N'aie pas peur.

Qu'elle mette en doute son courage fouetta son orgueil. Il franchit le seuil sur un coup de tête et c'est comme cela qu'il bascula. Comme cela qu'il continuerait à chuter, d'impulsion en impulsion, jusqu'à aspirer Nadja, dix ans plus tard…

Dans le hall d'entrée spacieux, son manteau dégoulinait sur la mosaïque du carrelage. Il s'était attendu à ce qu'un serviteur s'avance pour débarrasser sa maîtresse de son manteau, mais il n'y avait personne et elle accrocha toute seule ses affaires à un clou doré. Kazan, lui, rechignait à ôter ses maigres possessions. Elle ne lui fit pas la moindre remarque, même quand il s'assit avec ses vêtements trempés dans un fauteuil en velours capitonné. Les yeux du garçon se promenèrent avec curiosité sur la table basse en ébène, la cheminée en marbre, les moulures au plafond.

— J'étais une gamine des rues qui crevait de faim, lui rappela son interlocutrice. Aujourd'hui, tout cela est à moi.

Elle sourit avec plaisir.

— Parce que j'ai un secret.

— Vous êtes une voleuse ? voulut savoir Kazan. Une cambrioleuse ?

Il l'imaginait vêtue de cuir noir, courant sur les toits la nuit, une toile de maître sous le bras. Déjà à cette époque, dévaliser les musées lui paraissait follement romantique.

— Veux-tu manger quelque chose ? éluda-t-elle.

Et sans attendre sa réponse :

— Bien sûr, tu veux.

Malgré la faim, l'estomac de Kazan était noué. Il n'arrivait pas à se départir de sa nervosité. Et si elle le tuait ? Son secret, c'était peut-être de revendre les organes de ses victimes au marché noir...

— Je veux partir, déclara-t-il.

— Tu peux. La porte n'est pas fermée, tu sais ? Je ne vais pas te courir après. Vas-y. Pars.

Il resta, les yeux écarquillés à la vue de la nourriture. Il n'était même pas capable de mettre des noms sur le contenu de son assiette. Elle commenta pour lui :

— Civet de lièvre confit aux noisettes avec un congre épicé au miel.

— Vous êtes une princesse ? s'ébahit-il.

— C'est un repas plutôt frugal, expliqua-t-elle avec indulgence.

La méfiance de Kazan ne s'était pas envolée, mais l'idée même de décliner l'offre le ravageait. Il commença par une bouchée prudente, mastiqua longuement avant d'avaler. Il avait surveillé le moindre de ses gestes de peur qu'elle verse un narcotique dans son plat, mais elle avait aussi pu préparer son coup de longue date. Finalement, il se retrouva à manger à pleines dents. La faim était plus forte que tout. Et dans aucun souvenir proche et lointain, il n'avait eu droit à un repas aussi copieux.

La jeune femme s'était assise en face de lui et l'observait entre ses cils. Elle le laissa terminer et alors qu'il délogeait des morceaux de nourriture coincés entre ses dents, elle commença à parler :

— Je m'appelle Lara. Je suis atteinte d'une maladie magique, une maladie merveilleuse. Je me nourris de l'âme des gens et je les fais vivre en moi. Ils me parlent. Ils m'apprennent tous leurs secrets.

D'un geste tranquille de la main, elle désigna la pièce autour d'elle.

— Des secrets bien utiles.

Elle refixa son attention sur lui.

— Je me reconnais en toi, petit chat mouillé tout triste. Je peux t'aider. Je peux te transmettre ma maladie.

— Je ne veux pas être malade, répliqua Kazan, mal à l'aise.

— Ne t'inquiète pas. Tu ne sentiras rien. Tu n'auras pas mal. Au contraire, tu seras plus fort, plus intelligent. Je ne vais pas te forcer. Si tu acceptes, je te transmettrai l'une des personnes que je porte en moi. Tu l'accueilleras dans ton esprit et elle te rendra meilleur. Vous serez deux en un. Cette personne t'aidera, elle te protégera, elle sera ton serviteur. Elle n'aura aucun secret pour toi, car tu connaîtras ses pensées, ses souvenirs. Tout. Tu l'absorberas comme je l'ai absorbée jadis.

— L'absorber…

— Ensuite, à ton tour, tu pourras dévorer des âmes. Tu pourras ingérer qui tu souhaites, et l'esprit que tu emprisonneras en toi te transmettra ses compétences. Plus tu acquerras des âmes et plus tu seras fort et intelligent. Si tu choisis tes victimes avec soin, tu peux devenir très riche. Vraiment très riche et très puissant.

— Je ne comprends pas. Comment ça marche ?

— Je peux aspirer l'âme des gens en les embrassant…

Kazan se raidit ; elle le tranquillisa immédiatement :

— Ce n'est pas ce que je vais te faire. Excuse-moi, mais tu ne m'intéresses pas. Tu ne m'apporterais rien. Tu n'es même pas un bon voleur. Je n'absorbe que les gens dont le savoir va me servir… Toi, en revanche, je peux te transmettre ma maladie, que tu deviennes comme moi, avec les mêmes aptitudes.

— Pourquoi l'appelez-vous « maladie » alors, si c'est un pouvoir magique ?

— Parce que ton corps et ton esprit changeront pour toujours, sans espoir de retour. Tu devras te montrer prudent aussi, car plus tu aspireras des âmes et plus tu rempliras ton crâne de souvenirs et de secrets. Il est facile de s'égarer dans le labyrinthe de leur mémoire. Tu pourrais perdre la raison. Beaucoup d'entre nous deviennent fous. C'est pour ça que de temps en temps, tu dois donner l'une des âmes que tu as prises. Tu dois transmettre la maladie.

— C'est pour ça que vous m'avez choisi ? Parce que vous allez devenir folle ?

— Parce que je veux t'aider. Tu n'auras plus jamais faim.

— Comment ?

— Parce que tu sauras tout faire. Parce que tu éblouiras les gens par l'étendue de tes connaissances, de ton savoir ou de ton art.

— De mon art ? Je pourrais peindre ?

— Évidemment. Il te suffit d'absorber un peintre.

— Je pourrais être Sobotková ? Peindre des tableaux à vingt millions de couronnes ?

Elle rit.

— Bien sûr ! Mais tu dois mettre la main sur lui… et l'embrasser.

Kazan réfléchit, dubitatif.

— Je sais que c'est dur à croire, reprit Lara. Moi non plus, je n'y ai pas cru à l'époque. Mais heureusement que j'ai fait confiance à cet homme.

— Quel homme ?

— Leonhard. L'homme qui m'a créée telle que je suis, l'homme qui m'a inoculé le virus et transmis mon premier démon.

— D'accord, admit Kazan en soupirant. Et comment se transmet-il, ce fameux virus ?

— Il te suffit de coucher avec moi.

20

La tête dure du monstre glissa hors des mains de Nadja et la vision de Kazan face à Lara s'évanouit. La jeune médecin se retrouva sur la plage rouge, face au crustacé géant. L'animal, sans raison apparente, s'était effrayé de quelque chose. Il battit en retraite en direction des vagues, tricotant sur ses petites pattes grêles et les plaques chitineuses de sa carapace cliquetèrent en frottant les unes contre les autres. L'œil brun, très humain, qui roulait dans son orbite blindée donnait l'impression dérangeante qu'un homme était enfermé dans cette armure animale et, d'une certaine façon, c'était le cas : les monstres étaient intimement liés à Kazan. Il s'agissait d'un pan de sa psyché qui nageait dans l'océan de son inconscient. Après tout, Nadja et les autres démons étaient bien coincés dans une de ses peintures…

— Reviens près de moi, chuchota la jeune femme.

Elle était frustrée de ne pas connaître la suite de l'histoire ; Kazan, lui, était un voyeur qui ne s'interrompait jamais, même quand il exhumait ses souvenirs les plus compromettants.

Elle encouragea l'animal :

— N'aie pas peur. Là… Tout doux…

Elle patienta, le bras tendu, jusqu'à ce que le crustacé se rapproche. Enfin, le bout de ses doigts effleura la tête casquée. Comme en réaction, le bec de perroquet claqua sèchement et elle retira vivement la main. Son geste brusque effraya derechef le monstre. Dépités, ils restèrent un instant à s'entre-regarder avec reproche. Le cœur de Nadja cognait furieusement contre ses côtes. Puis tout à coup, cela cessa, comme s'il avait disparu. Cela arrivait souvent.

— Excuse-moi, reprit la médecin. On s'est fait peur mutuellement.

Elle tendit de nouveau le bras, centimètre par centimètre, et déplia lentement les doigts pour lui présenter sa paume ouverte.

— Tu vois ? Je ne te veux aucun mal.

La créature resta immobile, à distance prudente.

— Tu viens ? Viens me voir.

Puis, tentant une autre approche :

— Kazan ? Tu me reconnais ?

L'œil de la créature cligna, mais hormis ses pinces qui tremblaient un peu, elle ne bougeait toujours pas. Nadja soupira avec lassitude. C'était terminé pour aujourd'hui.

Elle avait fait néanmoins bien des progrès. À force de patience, elle avait réussi à approcher les monstres, lorsqu'ils paressaient sur le sable, engourdis par la chaleur du soleil rouge. Puis au bout d'un temps infini, à les toucher. Et enfin, à s'asseoir près d'eux et à tenir leur formidable tête dans ses petites mains.

Nadja avait alors fait une incroyable découverte : les yeux des crustacés contenaient l'histoire de Kazan.

Très délicatement, elle soutenait leurs grosses mâchoires disgracieuses et elle les cajolait jusqu'à ce que les images du passé de l'homme se mettent à tourbillonner dans son propre esprit.

Kazan et elle partageaient une intimité démente, perverse… répugnante. D'une certaine manière, Nadja enrageait de le connaître aussi bien, parfois mieux que Feliks, mais quand le voleur pillait ses souvenirs et se vautrait dans son histoire d'amour, elle ne pouvait s'empêcher de se pencher sur l'œil d'un monstre pour lui arracher à son tour un secret.

Au début, elle avait agi ainsi pour se défendre, par esprit de revanche, puis une stratégie lui était apparue. Peut-être qu'en domptant ces créatures, elle pourrait nuire à Kazan. Les autres démons tourmentaient leur porteur avec leurs chuchotements, mais Nadja en voulait plus. Elle désirait une vengeance éclatante et totale.

Elle voulait le réduire en miettes.

Malheureusement, si les montres se laissaient approcher et admirer jusqu'au fond des yeux, ils ne l'écoutaient guère.

— Bon, on reprendra plus tard, décida-t-elle. Ce n'est pas grave.

Elle s'éloigna de la bête, mais quand elle jeta un coup d'œil machinal par-dessus son épaule, elle constata que l'animal la suivait avec prudence. Un sourire éclaira son visage.

Elle remonta le long de la plage, sans se presser. Comme souvent, le soldat était debout au bord de l'eau et un cheval était en train de sortir des vagues mémorielles. C'était un destrier de guerre, un colosse de satin noir dont la robe luisait d'humidité. Des reflets rouges brillaient sur ses flancs et ces taches de lumière s'étiraient ou rétrécissaient au rythme de sa respiration. Le vétéran lui tendit la main, paume tournée vers le ciel, pareil à elle tout à l'heure, mais le cheval y fourra les naseaux sans crainte. De sa main libre, l'homme flatta l'encolure de l'animal. Puis doucement, le soldat leva les bras et enserra le col de sa monture pour enfoncer son visage dans la longue crinière noire. Le cheval, arquant le cou, se referma sur lui et posa sa ganache sur son épaule. Ils formaient un tout solidaire, comme un curieux centaure dont les éléments n'auraient pas été à la bonne place.

Nadja les dépassa. Inutile de chercher à parler au vétéran dans ce genre de moment. Peut-être qu'à cet instant son souvenir se propageait dans la réalité de Kazan et que le voleur voyait un cheval noir, sans selle ni bride, tout luisant d'écume, galoper sur les trottoirs de Yardam. Elle ne daigna pas fermer les paupières pour vérifier et rejoignit la peintre, assise devant son chevalet, qui dessinait pour la millième fois cette même plage rouge.

— Katuška, Katuška, chantonna-t-elle pour attirer son attention, tu ne veux pas peindre autre chose pour une fois ?

Les yeux gris de la femme se détournèrent de la toile. Elle écoutait. C'était rare.

— Quoi, par exemple ? demanda-t-elle.

— Je ne sais pas. Ce cheval ?

Elle se retourna pour le lui montrer, mais l'animal avait disparu. Le vétéran était de nouveau seul au bord de l'eau, les jambes fouettées par les vagues noires.

— La mer monte, constata la peintre.

— Quoi ? Il se drogue encore ? s'indigna-t-elle.

Elle sut tout de suite que c'était vrai. Une lumière d'orage assombrissait le ciel, lui donnant une vilaine teinte cicatricielle, rouge foncé. Le bruit doux et lent des vagues prenait de l'ampleur et se muait en un sifflement rageur. Les rouleaux, gagnant en puissance, se fracassaient sur la grève. Les monstres allongés de façon languide sur le sable réintégrèrent les flots, tandis que les démons, eux, remontaient en sens inverse pour se réfugier dans les ruines du théâtre en haut de la crique. La sirène provoquait toujours une spectaculaire montée des eaux susceptible de les engloutir.

— Tu devrais venir, toi aussi, dit Nadja à la peintre.

La femme se leva cérémonieusement, abandonnant son matériel et la peinture inachevée. Bien sûr, cela n'avait aucune importance. Dès que la marée refluerait, son chevalet, sa toile, ses pinceaux et sa palette seraient de nouveau déposés par les vagues sur la plage et elle pourrait reprendre son activité.

Les deux femmes rejoignirent les gradins du théâtre. Les autres démons s'y tenaient en ordre dispersé, silencieux et menaçants. Aucun d'entre eux n'aimait être acculé ainsi par la marée. À l'extérieur, les flots battaient déjà les murs et les tourbillons d'eau créaient des échos lugubres dans les couloirs vides. Le vent geignait plaintivement sous les arcades. De la pluie crépitait sur la pierre. Nadja s'assit, les bras enserrant ses jambes repliées, et attendit que la drogue se dissipe dans l'organisme de Kazan. Elle ne pouvait pas dormir, mais quelque chose en elle s'éteignit longuement.

Une pression contre sa jambe lui fit reprendre conscience. Dans ces moments, elle ne savait pas exactement où elle partait, si elle disparaissait ou si elle mourait tout à fait… Troublée, elle se déplia lentement. Son pied heurta quelque chose de dur et un cliquetis de patte crissa sur les gradins.

— Oh, tu es là ! se réjouit-elle.

L'un des monstres était entré dans le théâtre pour la retrouver, peut-être celui qu'elle tentait d'apprivoiser tout à l'heure. Le crustacé escalada adroitement les marches hautes des gradins et se percha à distance pour l'observer en claquant du bec. Le soleil rouge séchait les flaques dans les creux de l'escalier. La marée de la drogue s'était retirée.

Non loin de Nadja, la peintre se tenait debout, les yeux fermés, connectée à Kazan. Soudain, elle rouvrit les paupières et fixa la jeune médecin.

— Ton mari est là, lui dit-elle.

21

Kazan croisa Feliks en sortant de la fumerie, bien loin du Klementinum qu'il prenait soin d'éviter. Leurs regards s'accrochèrent et à la surprise qui passa sur le visage du médecin, Kazan comprit qu'il ne pourrait pas s'esquiver. Mais le pire fut la réaction de Nadja. La jeune femme surgit littéralement au premier plan de son être. Jamais il n'avait vécu ça. Son âme semblait vouloir s'arracher de son corps. La tension exercée par son démon fut si violente qu'il trébucha. Il rétablit son équilibre d'un coup de reins et ferma brièvement les yeux comme si cela pouvait l'aider à emprisonner Nadja dans son crâne. La voix tempêtait, hurlait, appelait à s'enrouer :

— *Feliks ! Feliks ! Feliks !*

Et les premiers mots du médecin, malgré son malheur, furent de s'inquiéter pour lui :

— Ça n'a pas l'air d'aller…

Kazan en resta muet. Il s'était attendu à autre chose, à ce qu'en le voyant Feliks réalise que sa femme vivait désormais en lui, derrière les barreaux de son esprit, qu'il la reconnaisse et l'accuse. Kazan savait tout et lui ne savait rien. Pauvre homme qui se souciait même de lui, l'assassin de sa compagne.

— Rien, balbutia-t-il finalement.

Il avait du mal à entendre sa propre voix sous les cris de Nadja.

— Petite fatigue, précisa-t-il. Et toi ?

— Ma vie est devenue un cauchemar.

Feliks avait les yeux cernés. Un hématome lui bleuissait la pommette et trois cicatrices, comme des griffes, dessinaient des traits rouges sur l'angle de sa mâchoire. Pourtant, c'est le ton de sa voix qui était le pire – cet abattement total, ce désespoir absolu. Dans sa tête, Nadja éclata en sanglots. Les autres démons chuchotaient avec compassion. Kazan ne put s'empêcher de grimacer.

— Qu'est-ce qui se passe ? se força-t-il à demander.

— Nadja est…

Il déglutit avec effort, chercha ses mots. Enfin, il releva les yeux sur Kazan et ses prunelles vacillaient, éclaircies par les larmes contenues.

— Nadja est devenue une coquille.

Sa voix se brisa. Kazan fit alors un geste inconsidéré : il le prit dans ses bras pour lui donner une accolade. Nadja se tendit de nouveau avec une puissance inédite et ses muscles se crispèrent. Sans doute sentait-elle le contact de son mari à travers lui et l'émotion de son démon, par contagion, le bouleversait.

— Je suis désolé, dit-il.

Et vraiment, il l'était. Nadja l'était. Tout se mélangeait dans sa tête.

Feliks pleurait dans ses bras, le front sur son épaule.

— Je suis tellement désolé.

Ses bras étreignirent plus fort le corps tremblant du médecin. Kazan comprit qu'il était en train de se faire dominer par son démon. Alors, avec effort, il repoussa le jeune homme, le plus naturellement possible. Feliks s'essuya les yeux, les joues. Il semblait avoir vieilli de plusieurs années.

— J'ai tout essayé, révéla-t-il. Je suis retourné au Klementinum et j'ai tout essayé. Je n'y comprends rien. Absolument rien.

— *C'est lui !* hurla Nadja. *C'est lui, c'est lui, c'est lui qui m'a tuée !*

Mais bien sûr, Feliks n'entendait rien.

— Je n'ai pas le moindre début de piste. Je ne suis même plus sûr que ce soit une maladie. Peut-être que tout ça est l'œuvre du démon.

— *Feliks !* s'écria Nadja, choquée. *Mais qu'est-ce qui te prend ?*

Par l'entremise de ses souvenirs, Kazan savait qu'aucun d'eux n'était croyant. Ils étaient allés à l'église, mais très vite, ils avaient érigé la science au-dessus de la religion – sans trop le revendiquer.

— Qu'est-ce que vous avez fait ? demanda Kazan. Quel genre d'essais ?

— Ce serait trop long à t'expliquer…

De nouveau, il se passa les mains sur la figure.

— Je suis tellement fatigué. Veux-tu venir chez la tante de Nadja ? Nous pourrons discuter.

— *Oui !* s'exclama Nadja.

Et son cri était si impérieux que Kazan répéta machinalement :

— Oui.

Un frisson glacé lui dévala l'échine. Il n'avait aucune envie de suivre le médecin, ni de lui parler, de le toucher… Et pourtant, une part en lui le désirait avec une ardeur qui le faisait chavirer. C'était comme si deux volontés indépendantes se disputaient le contrôle de son corps. Jamais il n'avait vécu un tel conflit intérieur. Et le pire, c'est que la drogue anesthésiait encore son organisme. La situation devenait critique.

Il aurait voulu s'arracher à l'emprise de Nadja et même à celle, bien involontaire, de Feliks, mais déjà, il emboîtait le pas du médecin. Les façades des maisons commencèrent à se tordre. En dépit du bouclier ouateux de la sirène, la crise surnageait sous la surface de sa conscience et continuait de saper les piliers qui la soutenaient. Il devait cesser de résister, aller dans le sens de ses voix. Après tout, il ne risquait rien à accompagner le médecin et à discuter un peu. Dans quelques heures, il repartirait et Nadja serait bien obligée de ravaler ses cris.

— Que faisais-tu dans ce quartier ? s'enquit-il afin d'anticiper ses futurs trajets pour l'éviter par la suite.

— C'est lié à mes expériences, expliqua Feliks. Ce que nous faisons au Klementinum ne donne rien. J'ai décidé de procéder autrement. J'interroge l'entourage des coquilles afin de trouver un point commun entre les histoires des victimes. C'est ma seule piste : l'existence d'un facteur extérieur.

— Un facteur extérieur ? Comme quoi, par exemple ?

Malgré lui, Kazan éprouvait un franc intérêt. Feliks allait-il enfin, de lui-même, mettre le doigt sur la transmission du virus ?

— Cela peut être beaucoup de choses, répondit le jeune homme. Une prise de drogue, bien sûr, mais aussi un choc émotionnel très puissant, ou bien un virus.

— Un virus ? Mais dans ce cas-là, nous pourrions l'attraper en fréquentant les coquilles.

— Oui, j'y ai pensé. C'est bien ce qui me dérange avec cette hypothèse. Du coup, j'explore d'autres modes de transmission.

— Les rapports sexuels ? suggéra Kazan.

Son cœur accéléra. Il redoutait d'en dire trop, mais cette flèche pouvait très bien être décochée au hasard.

— Dans le cas de Nadja, ça m'étonnerait, vois-tu, répondit le médecin avec une nuance de reproche.

— Excuse-moi.

— *Mon amour*, sanglotait son démon. *Mon si tendre amour.*

— Ce n'est rien.

— Donc, tu rends visite aux familles de victimes ? reprit Kazan, qui jugeait plus prudent de s'éloigner un temps d'une zone brûlante.

— Exactement. Et parfois, j'ai quelques ennuis, ajouta Feliks avec un geste vers son hématome.

— Les familles te tabassent ? s'étonna Kazan.

— Les gens sont à bout de nerfs. Cela fait un mois que votre ville est en quarantaine et nous n'avons aucune piste… Aucune piste, répéta-t-il d'un ton las.

Kazan l'accompagna un moment en silence, tous les deux plongés dans leurs pensées ; Kazan baignait dans sa multitude de voix.

Enfin, ils grimpèrent les marches de la maison d'Alenka.

— Tu veux la voir ? demanda Feliks.

Il voulait répondre « non », mais la volonté de Nadja était si forte qu'il acquiesça. Le jeune homme le conduisit dans la chambre. Le choc manqua le terrasser.

L'enveloppe physique de Nadja était étendue sur un lit. Ses yeux recouverts d'une taie grise fixaient le plafond. Il lui restait encore des cheveux, mais ceux-ci avaient perdu leur couleur et se confondaient avec la blancheur du traversin. On l'avait habillée d'une chemise, mais à travers l'étoffe, on ne voyait que trop bien son amaigrissement pathologique. Ses jambes dépassaient du vêtement, tordues, pareilles à de la cire. Elle s'était manifestement débattue et les draps étaient chiffonnés autour d'elle. Une odeur d'urine flottait, âcre, dans la chambre.

L'esprit de Nadja se cabra avec une telle violence qu'il chancela et heurta le cadre de la porte. Les hurlements de la jeune femme lui vrillaient le crâne. Kazan crut qu'il allait vomir. Feliks mit sa soudaine pâleur sur le compte de la compassion. Il lui pressa le bras fraternellement.

— Je suis désolé, dit-il. Je n'aurais peut-être pas dû te la montrer.

Désolé. C'était lui qui était désolé !

— Pardon, balbutia Kazan.

Il ne savait pas exactement pourquoi il s'excusait, mais il devait ravaler tout, tout de suite. Il risquait, par une malencontreuse parole, de se trahir.

— *Tu n'as aucune excuse !* rugit Nadja. *Tu n'en auras jamais ! Toute ta vie de merde, ton enfance de merde ! Même ça, ce n'est pas une excuse !*

Il décampa dans le salon et trébucha sur un fauteuil, se laissa tomber dedans, la tête dans les mains.

— *Tu peux pas fermer ta gueule ?* ordonna-t-il à Nadja.

Il se sentait devenir fou.

— *Tu as vu ce que tu m'as fait ?* hurla-t-elle. *Tu as vu ce que je suis devenue à cause de toi ?*

— *Arrête ! Sinon, je risque de perdre le contrôle. Tu veux que j'éclate, là, tout de suite ? Tu veux que je massacre ton mari sous tes yeux avant de m'ouvrir le crâne ?*

Il avait parlé sous le coup de la peur et de la rage, mais c'était le meilleur argument qu'il pouvait trouver. Nadja ravala ses cris.

Soulagé, Kazan posa sa tête contre le dossier du fauteuil et exhala un long soupir.

— C'est très dur, murmura Feliks, assis en face de lui, les épaules affaissées, gris de chagrin.

— Pardon. Je ne pensais pas réagir comme ça. C'est le choc…

Ces misérables mensonges l'emplissaient de honte.

— Je vais partir, réussit-il à prononcer.

Mais il n'arriva pas à se lever. Pour une raison ou pour une autre, il avait les jambes coupées. Feliks s'en rendit compte.

— Attends, je crois que nous avons besoin d'un remontant tous les deux, dit-il avec un sourire navré.

— Un remontant ?

Feliks revint avec une petite bouteille de liqueur et lui servit le fond d'un verre. Kazan l'accepta avec soulagement. L'alcool dessina un trait de feu dans sa poitrine et ranima ses forces.

— Je suis désolé, dit-il encore.

— Merci. Ta réaction me touche. Je ne pensais pas que tu t'étais tant attachée à elle. Après tout, nous n'avons passé que quelques jours ensemble.

— Quelques jours, oui, répéta Kazan.

— Qu'est-ce que tu as fait pendant tout ce temps ? Je ne t'ai pas revu après cette soirée où tu as tué cette coquille pour qu'elle puisse… Elle puisse…

Sa phrase se perdit dans l'air. Il se rongeait l'ongle du pouce, le regard vague. Kazan patienta prudemment jusqu'à ce qu'il reprenne :

— Je suis retourné trois fois chez toi, après, mais tu n'y étais pas.

Bien sûr. Kazan s'en souvenait parfaitement et s'était bien gardé de lui ouvrir.

— Désolé, répondit-il. J'ai eu des choses à faire et…

Des dizaines de mensonges tournoyèrent dans sa tête. La connaissance qu'il avait acquise de Nadja lui fit choisir une réponse qu'il n'aurait peut-être pas tentée sans l'aide involontaire de son démon :

— En fait, ça m'a perturbé, tout ça. J'étais motivé, tu comprends ? Pour aider ces gens, sauver cette ville… Mais ensuite, j'ai réfléchi.

— Quand tu es monté sur le toit ? Pendant qu'on découpait le crâne de ce type ?

— Oui…

Il étoffait son mensonge au fur et à mesure.

— J'aurais voulu avoir plus de cran, mais… Je me suis fait peur à moi-même. De ce que j'étais capable de faire, alors… J'ai coupé les ponts.

— Je comprends, dit Feliks. Je suis désolé de t'avoir entraîné là-dedans.

Il se resservit un verre qu'il descendit d'un trait, puis emplit de nouveau celui de son compagnon.

— Quand je pense qu'à cause de nous tu es coincé ici. Les gens disent que la garde a été triplée et que la milice tire à vue. Même quelqu'un de ta trempe ne peut plus franchir les remparts à présent.

— Oublie ça, répondit Kazan en haussant les épaules. Je n'avais nulle part où aller. Honnêtement, je ne sais pas ce que j'aurais fait.

Il avait envie de partir, mais n'y arrivait toujours pas. L'alcool le grisait agréablement. Il resta donc assis, à profiter de la chaleur qui se répandait dans ses membres, tandis que, bouleversée par la vision de son amour si proche, Nadja murmurait en sourdine.

— Donc, que s'est-il passé avec les médecins ? demanda-t-il enfin. Qu'avez-vous essayé ?

— Je ne vais pas t'embêter avec des détails techniques…

— Je t'en prie. Raconte-moi. J'essaierai de comprendre.

En réalité, grâce au savoir de Nadja, il était certain d'arriver à suivre même les discours les plus savants. Feliks le regarda avec une forme de reconnaissance. Il se mit à décrire ses journées, les coquilles enfermées dans le préau du Klementinum ou sanglées aux lits en fer des dortoirs, les tests qu'on leur faisait subir, les âneries qu'on avait inventées, la chaise tournante et sa stupide idée de chromothérapie.

— Ce n'était pas stupide ! s'exclama Kazan, alors que dans sa tête, Nadja s'emportait elle aussi.

— Tu es gentil, mais si… Ce n'est pas la lumière d'un bec de gaz ou d'une chandelle qui va les guérir. La lune elle-même ne les guérit pas.

Il haussa les épaules.

— D'autres ont essayé de les plonger dans les ténèbres. Cela n'a fait aucune différence. Les coquilles étaient simplement plus agitées.

— Ces expériences t'ont éprouvé, dit Kazan avec une compassion que lui transmettait la jeune femme.

— Oui. Pour être tout à fait honnête… Je crois que nous faisions n'importe quoi. La façon dont on traite les coquilles est inhumaine.

— Vous voulez les guérir.

— Je sais mais…

Il se tapota les lèvres avec son poing fermé.

— J'ai l'impression de passer à côté de quelque chose. C'est pour ça que j'ai voulu prendre du recul… Tu sais, Nadja pensait que ce mal était lié à une lésion du cerveau. Et quand on a fait cette dissection, on a trouvé des altérations, mais après tout ce temps passé avec les collègues, au Klementinum, je crois qu'on fait fausse route. Une substance néfaste dans le cœur ou le cerveau, l'hyperémie cérébrale ou le durcissement des nerfs…

Il cessa son énumération pour dévisager Kazan.

— Tu ne comprends rien de ce que je raconte, n'est-ce pas ?

— Je t'en prie, continue.

— Excuse-moi. Ce que je veux dire, c'est que je crois finalement que cette maladie a d'autres origines. Peut-être l'hérédité ou une expérience vécue par le sujet… C'est pour ça que j'ai décidé d'investiguer auprès des familles. Je veux étudier les habitudes des victimes, comprendre leur personnalité, voir ce qui a pu déraper dans leur vie et leur ôter ainsi leur…

Il hésita sur le mot puis lâcha d'un air penaud :

— Leur âme…

— Tu as dû tellement souffrir.

Les phrases lui venaient toutes seules. Au lieu de dompter les voix, l'alcool paraissait les délier. Nadja lui chuchotait à l'oreille. Il peinait à discerner ce qui venait de lui et ce qui venait d'elle quand, tout à coup, il remarqua la façon bizarre qu'il avait de se tenir, presque alangui sur le fauteuil, le poing soutenant sa tête. Il observait Feliks avec une attention franchement dérangeante. L'homme lui plaisait vraiment, comme lorsqu'il l'épiait à travers les souvenirs de Nadja. Il le trouvait beau, touchant. Il avait envie d'enfoncer les doigts dans ses cheveux blonds. Un désir étrange monta en lui, mais peut-être n'était-ce que la chaleur de l'alcool.

— Mes collègues ne m'ont pas vraiment aidé dans cette épreuve, soupira le médecin.

— Les salauds !

Feliks tressaillit.

— Je me rappelle la façon dont ils avaient traité Nadja, se justifia Kazan, un ton au-dessous. Ce sont des minables.

— Tu as raison.

Il lui servit un troisième verre.

— Je suis heureux que nous nous soyons rencontrés aujourd'hui, dit-il, sincère. Je n'ai qu'un ami ici et c'est toi.

22

Nadja et Feliks se trouvaient dans une chambre minuscule, serrés l'un contre l'autre dans un lit étroit. La pluie tambourinait sur le toit. Tout était sombre. La nuit, sans doute.

Nadja s'allongea sur le dos. Le matelas grinça quand Feliks bougea pour se redresser sur un coude. Kazan était elle. *Complètement* elle. Jamais leur fusion mémorielle n'avait atteint un tel degré d'entrelacement. Une part de Kazan cherchait à s'en extraire, mais l'autre, plus forte, s'enfonçait dans le souvenir. Tout en lui – en elle – était tendu vers le garçon. Leurs flancs nus s'écrasèrent l'un contre l'autre à cause de l'étroitesse du lit. Les cheveux de Feliks lui frôlèrent le visage. Ils étaient doux contre sa joue. Elle le saisit par la nuque pour se hisser jusqu'à la rencontre de ses lèvres et d'un coup, plaqua sa bouche à la sienne. Feliks lui rendit son baiser avec passion. En temps normal, Kazan aurait peut-être éprouvé du dégoût, mais l'excitation montait en lui, étourdissante au point de ne plus savoir qui il était. Nadja écarta les cuisses. Feliks s'enfonça en elle et elle leva légèrement le bassin, son dos se courbant comme un arc.

Elle l'empoigna sauvagement par les cheveux. Il força pour se dégager, la soulever et la retourner à quatre pattes sur le lit. Il la pénétra de nouveau, tandis que sa main se faufilait entre ses cuisses moites. Il lui mordilla l'épaule, murmura des mots qui se perdaient dans les soupirs de contentement montés du fond de leur gorge. Le corps de Nadja était parcouru de frissons irrépressibles. Ses mamelons durcissaient ; elle était en sueur, tentait d'accélérer la cadence.

— Encore, gémit-elle d'une voix mourante, tandis que Feliks la caressait.

Le moindre effleurement la faisait tressaillir à présent. Les sensations grimpaient en elle et des râles de plaisir incohérents lui échappaient. Tous les muscles de son corps étaient tendus. La sueur ruisselait sur son ventre, entre ses seins.

— Encore…

Feliks continua son ouvrage jusqu'à ce qu'elle se mette à hurler.

*

Kazan revint à lui, les doigts englués de sperme. Il mit quelque temps à se souvenir où il était, qui il était. La jouissance fulgurante de Nadja se mélangeait à la sienne, sans qu'il arrive à discerner les bornes du plaisir, masculin et féminin. Les battements de son cœur ralentirent enfin, mais l'excitation persistait en lui, cette ivresse, le désir pour Feliks, pour son corps d'homme. Il se passa la tête sous l'eau, sans parvenir à chasser ce qu'il avait vécu et surtout, la certitude qu'il avait aimé ça.

C'est un souvenir à elle. Rien de plus.

C'était l'évidence même, mais la vision avait été si réaliste et si puissante qu'elle paraissait provenir de sa propre vie.

— Merde, jura-t-il à voix haute, chamboulé. Je crois que je suis allé trop loin…

Jamais il n'avait passé autant de temps à explorer la mémoire d'une de ses victimes. Il s'était perdu en elle, si curieux, si avide, si triste aussi… Et maintenant, il en était captif.

Mal à l'aise, il sortit sur le toit. Il faisait nuit et il pleuvait. Une bonne chose : il espérait que le froid l'aiderait à se calmer. Il avait besoin de se recentrer sur lui-même, sur son être et sur sa vie.

Les gouttes imbibèrent peu à peu ses vêtements. Des mèches de cheveux humides lui tombèrent sur les sourcils et l'eau glacée ruissela dans son col. L'averse crépitait furieusement sur les tuiles, bouillonnait en dévalant les gouttières. À part ces remous, on n'entendait rien. Les rues étaient vidées par le couvre-feu et le mauvais temps.

Cela lui rappela les années passées dehors, quand il se réfugiait sous les ponts. Lara l'avait arraché à tout ça. Elle l'avait contaminé, mais ce faisant, elle l'avait également propulsé dans un autre monde, celui de la haute bourgeoisie. Pendant longtemps, il n'avait plus eu à se soucier d'argent.

Tout s'était passé de façon très simple et même très naturelle, compte tenu des circonstances. Elle l'avait emmené à l'étage. Alors qu'elle faisait tomber sa robe noire à ses pieds, révélant un corps pâle aux courbes harmonieuses, il avait consenti à se dépouiller de ses vêtements trempés. Il s'était réchauffé à son contact, s'était laissé emporter, oubliant la menace de la maladie à laquelle il ne croyait pas sérieusement. Pourtant, à peine retiré, il avait senti les premiers effets. La tête lui tournait. Il avait très chaud et ne pouvait rester couché ou assis. Il s'était mis à faire les cent pas sous l'œil amusé de Lara. Des fourmillements lui parcouraient les doigts jusqu'à ce que, tout à coup, il s'empare d'une plume et se mette à dessiner frénétiquement sur les murs. La jeune femme ne l'arrêta pas. Elle ne lui fit aucun reproche, pas plus qu'elle ne l'accusa de lui avoir pris son plus précieux démon, celui qu'elle chérissait entre tous : l'artiste.

Dès cette nuit, Kazan réalisa qu'il avait commis l'irréparable. Désormais, il avait cela en lui, dans son sang, dans sa tête. Son existence était irrémédiablement transformée. Il n'avait suffi que de quelques minutes pour que sa vie bascule autour de cette certitude : il était un voleur d'esprits, maintenant. Son espérance de vie venait d'être divisée par dix et cette perspective le paralysait tout en lui donnant des ailes, sapait ses forces tout en les décuplant, la peur s'entortillait à une incroyable exaltation. Il était deux, bientôt trois, et quatre, et cinq et plus encore.

Il était en sursis.

Pendant longtemps, Kazan n'entendit pas sa voix. Le démon s'exprimait tout le temps, mais via son art. Le garçon n'aurait pas pu mieux tomber. Plus tard, il remarquerait que, souvent, la voix que le porteur transmettait à son amant était celle que le receveur désirait le plus, consciemment ou inconsciemment. C'était un cadeau. Peut-être le seul cadeau consenti par le virus, avant la chute.

Sa main guidée par celle du démon, Kazan s'était rapidement taillé une réputation dans les hauts lieux de la bourgeoisie. Lara l'avait gardé pour amant. Ils écumaient les fêtes, se faisaient inviter partout, mangeaient à toutes les tables. Kazan peignait, vendait ses toiles. Parfois, un amateur remarquait la ressemblance avec le style de Katuška, une peintre mystérieusement disparue il y a quelques années de cela. Le jeune homme expliquait humblement avoir tout appris d'elle. Il lui devait bien ça. Curieusement, il eut toujours l'impression que la peintre ne leur en voulait pas. Lara lui avait ravi son âme, puis Kazan l'avait digérée, mais ils perpétuaient son souvenir à travers leurs peintures et sans doute l'artiste s'imaginait-elle prolonger son existence pour les siècles à venir, passant d'un corps à l'autre, pour épingler ses toiles jusque sur les murs des musées du futur.

C'était une belle période.

Mais Kazan n'arrivait plus à s'en contenter. Il voulait se vanter de sa réussite auprès de sa famille, démontrer son nouveau talent, à sa belle-mère surtout. Lara tenta de l'en dissuader. Elle lui répéta que cette vie était derrière lui à présent, mais ce désir tournait à l'obsession. Il devinait pourtant que dans ce projet fou surnageait une vengeance mesquine, mais aussi beaucoup d'amour déçu. Si seulement son père avait pu manifester un peu de fierté, le voir en tant qu'homme riche et célèbre et non comme le fantôme de sa mère…

Un soir, il se présenta dans son ancien quartier.

« Son quartier », « sa maison »… Les mots sonnaient creux à ses oreilles. Il reconnaissait tout, la moindre pierre, et pourtant, c'était comme s'il y était devenu étranger. Tout était différent et pareil à la fois.

Il lissa machinalement ses vêtements, se repeigna avec ses doigts écartés. Il avait envie de faire bonne figure. Sous son bras était calée la toile dont il était le plus fier : c'était une version magnifiée du tableau qu'il avait peint jadis, dans l'atelier de sa belle-mère, la plage aux monstres. Nombreux étaient ceux qui avaient voulu l'acquérir ; il l'avait toujours gardée jalousement. Chaque fois qu'il la contemplait, il ressentait une nostalgie vénéneuse. Si les choses avaient pu être différentes, si simplement sa famille l'avait accepté… S'il n'avait pas agressé Rebeka.

Où serait-il ?

Il haussa les épaules.

Peut-être nulle part. Il ne serait sûrement pas devenu peintre comme il le rêvait, mais serrurier comme son père, un artisan besogneux qui aurait travaillé du matin au soir pour mettre sur sa table des quignons de pain dur et du fromage noir.

Il était bien mieux tel qu'il était aujourd'hui…

Cependant, au fond de lui, il savait qu'il avait usurpé cette identité, qu'il portait le masque d'une véritable artiste, dont l'enveloppe physique était abandonnée quelque part, ses yeux aveugles levés sur la lune.

Prenant une grande inspiration, il frappa à la porte.

À l'intérieur, il entendit les grommellements de son père. Son cœur se serra. Cela faisait si longtemps qu'il ne l'avait pas vu. Est-ce qu'il pensait encore à lui ? Est-ce qu'il regrettait de l'avoir chassé, quand il était revenu mendier le gîte, après sa sortie de maison de redressement ? Est-ce qu'il le croyait mort comme sa mère ?

Kazan avala sa salive. La porte s'ouvrait. Un rai de lumière s'élargissait sur le sol, remontait le long de sa jambe, éclairant sa figure. Son père se tenait dans l'encadrement, noire silhouette dans le contrejour des chandelles.

— Kazan ? grogna l'ombre.

— C'est moi, répondit-il d'une voix étranglée par l'émotion.

Il s'accrochait à son tableau comme à un bouclier. Son père le jaugea pendant quelques secondes qui s'étirèrent en une éternité de doute. S'il s'était présenté comme avant, avec son manteau rapiécé et ses chaussures trouées, son père l'aurait probablement renvoyé dans le caniveau, mais aujourd'hui, Kazan respirait la fortune, et cela attisait forcément l'intérêt ou du moins, suscitait quelques questions.

Son père s'effaça.

— Entre, dit-il.

Le cœur battant lourdement, Kazan rentra chez lui. Sa belle-mère était assise à la table et tendait le cou pour le voir, une expression anxieuse peinte sur le visage. Rebeka se tenait à côté d'elle. Elle était toujours dans le foyer familial, brisée, défigurée, des cicatrices lui boursouflaient le front, les joues, le menton et son nez tordu.

Le battant se referma. Le bruit qu'il fit, en claquant, arrêta net Kazan, comme la mèche d'un fouet. Arrivé ici, il ne savait plus quoi faire ni quoi dire, comment se réapproprier l'espace, cette cuisine qui l'avait vu grandir. Il s'avança vers les deux femmes et, pendant une longue minute, ils se dévisagèrent. Elles avaient vieilli. Comme son quartier, comme sa maison, elles étaient à la fois semblables et différentes. Si Rebeka portait les stigmates de sa terrible agression, sa belle-mère était devenue grasse et large. Son expression haineuse glaça le sang du garçon. Il avait fait une erreur. Lara avait raison. Il n'aurait pas dû revenir. Doucement, il posa le tableau à ses pieds. Ses yeux firent le tour de la pièce, cherchant quelque chose à quoi se raccrocher, un souvenir pour amorcer la conversation.

— Qu'est-ce que tu nous veux ? demanda finalement son père d'un ton rogue.

Il y avait un pichet sur la table, mais personne ne proposa de le servir.

— Vous revoir, répondit Kazan, sincère.

— Pour quoi faire ?

— Vous êtes ma famille.

Il se sentait faible et pathétique. Ce n'était pas vraiment comme cela qu'il avait imaginé leurs retrouvailles.

À quoi t'attendais-tu, bougre d'âne ? s'engueula-t-il.

À ce moment-là, il aurait encore pu sortir, mais la belle-mère le harponna :

— Qu'est-ce que tu as là ? Encore une de tes croûtes ? Tu es revenu pour me narguer ? Ça ne suffisait pas de détruire la vie de ma fille ?

— Maman..., chuchota Rebeka, pressant la main blanche et adipeuse dans la sienne.

Mais l'autre n'écoutait pas, ses yeux luisant de haine braqués sur Kazan. Quelque chose se retourna dans l'esprit du jeune homme, quelque chose qui n'avait rien à voir avec sa maladie, et qu'on lui avait inoculé il y a bien longtemps : la rage.

— Je suis devenu peintre, déclara-t-il avec une arrogance qui le surprit.

— Peintre, voyez-vous ça, se moqua la femme. Toujours cette marotte. Dis-le que tu es comme elle ! Dis-le que tu es devenu le mignon de ces bourgeois ! C'est eux qui te paient ? Tu es une putain comme ta salope de mère !

La chose en Kazan gagna en force. Beaucoup de force. Et un voile rouge tomba devant ses yeux. Il se maîtrisa pourtant suffisamment pour affirmer :

— Je suis peintre. J'expose dans des galeries de Ville-Nouvelle, mes toiles sont épinglées dans les palaces et on me paie pour ça. Cette peinture…

Il la découvrit, les mains tremblantes.

— … a été estimée à dix mille couronnes.

— Dix mille couronnes ! répéta Rebeka en riant.

Il présenta le tableau, scrutant une réaction sur leur visage, une étincelle de surprise, un embryon d'estime, d'admiration, même furtif. Il s'en serait contenté. Juste un soupçon d'amour sous les masques grimaçants de haine. Il ne vit rien. Et un froid immense se répandit en lui.

— Encore ce paysage dément ! s'écria son père. Mais qu'est-ce que tu as dans la tête à la fin ?

— Tu es malade, renchérit Rebeka. Vraiment malade, mon pauvre Kazan.

Malade, se répéta-t-il.

Et sa rage gonflait, grandissait, emplissait tout l'espace dans sa tête. Il comprit qu'il était peut-être venu pour ça, qu'une partie de lui avait anticipé ce qu'il allait faire. Mais il ne pouvait plus l'arrêter. C'était trop tard, trop fort. En deux enjambées, il rejoignit sa belle-mère et la cogna en plein visage, avec une telle violence qu'elle tomba au sol. Le jeune homme attrapa la chaise vide et, se retournant, l'abattit sur sa demi-sœur. Rebeka s'écroula à son tour au milieu des esquilles de bois. Ne restait plus que son père debout. Il marcha sur lui et l'homme eut le temps de cracher son ressentiment, si longtemps infusé dans ses entrailles empoisonnées de haine :

— C'est moi qui t'ai élevé, moi qui ai tout payé pour toi, qui ai veillé sur toi. Et toi, tu l'as toujours préférée. Tu t'imaginais des choses. Tu lui inventais une légende, alors que ta mère n'était qu'une pute syphilitique. Elle portait une malédiction qu'elle t'a transmise, elle…

Kazan le frappa à l'estomac, le rattrapa par les cheveux avant qu'il tombe. En lui se battaient toujours ses aspirations contraires, la haine et l'amour, l'abandon, la reconnaissance. Il pouvait encore les forcer à l'intégrer. De gré ou de force, ils pouvaient être une famille. Être tous ensemble.

Immobilisant le visage de son père asphyxié par le coup, il l'embrassa.

C'était la première fois qu'il utilisait le pouvoir que lui conférait sa maladie, et il se réveilla, dévastateur. Kazan devint ce siphon, cet astre noir qui aspirait tout avec une puissance irrésistible. Son père faiblit dans sa prise tandis que le jeune homme l'absorbait. Un plaisir acide lui inonda le crâne, mais l'espace ouvert dans sa tête ne se referma pas. Sa faim restait entière, impérieuse. Il lâcha le corps flasque pour retourner auprès de sa belle-mère qui gisait, groggy, sur le plancher. Elle hurla quand il se pencha sur elle pour l'embrasser à son tour.

Il finit par Rebeka, qui passa de l'état de jeune fille à celui de coquille sans même s'éveiller.

C'était la première fois que Kazan absorbait des âmes.

Et sa première fois fut un carnage.

23

En sortant de chez lui, Feliks tomba sur Kazan, adossé contre le mur d'en face et qui paraissait l'attendre. Il traversa la rue pour le rejoindre et nota la crispation presque imperceptible du voleur. Son regard l'évita, dérivant sur un point plus bas, entre sa poitrine et sa gorge ; il se ressaisit, le posa de nouveau sur lui, avec une attention si soutenue que Feliks se sentit physiquement mal à l'aise.

— Pourquoi tu n'es pas monté ? demanda-t-il.

— Je ne voulais pas.

Manifestement, ses paroles avaient doublé ses pensées. Il se rendit compte de sa maladresse, mais Feliks le coupa avant qu'il reprenne :

— Je comprends. Ce n'est pas facile de voir Nadja dans cet état. Je ne veux pas t'imposer ça.

— C'est pas ça…

Kazan paraissait vraiment nerveux. Il déplaça le poids de son corps d'une jambe à l'autre, réfléchit puis déclara tout à coup :

— Je ne peux pas rester sans rien faire. Je voudrais aider, d'une manière ou d'une autre. Au moins t'accompagner.

— Oui, d'accord. Si tu veux.

Feliks sortit de son sac un volumineux carnet dont les pages étaient noircies de notes. À la fin, il retrouva l'adresse de plusieurs familles dont les proches avaient été transformés en coquilles.

— J'avais l'intention de rendre visite à ces personnes aujourd'hui, expliqua-t-il. Tu pourras me servir de guide… ou de garde du corps, ajouta-t-il plus sombrement.

Ils se rendirent dans les beaux quartiers de Ville-Nouvelle, dans un palais dissimulé par de hautes grilles en fer forgé. Kazan regardait autour de lui avec curiosité. L'escapade lui rappelait son ancienne vie avec Lara, quand ils couraient tous les soirs les fêtes données par l'aristocratie de Yardam. Peut-être allait-il revoir quelqu'un qu'il connaissait.

D'abord, il crut que la femme qui leur ouvrait était une prostituée. Ses yeux bleuis et cernés les dévisageaient à travers des mèches de cheveux décoiffés, et l'alvéole brune de ses petits seins, bien visible dans l'échancrure de sa robe mal agrafée, détonnait sur sa peau pâle, presque translucide. Puis Kazan, en bon expert du sujet, comprit qu'elle s'intoxiquait à la sirène, avant de réaliser qu'ils avaient affaire à la propriétaire du palais, anéantie par le chagrin.

— Vous allez pouvoir faire quelque chose pour elle ? demanda la femme avec un espoir déchirant, lorsque Feliks se présenta.

— Pas dans l'immédiat, je suis désolé. Je fais des investigations pour trouver l'origine de la maladie. Cela nous aidera à la guérir. Êtes-vous d'accord pour répondre à quelques questions ?

Sombre de nouveau, elle s'écarta pour les laisser entrer tout en reboutonnant maladroitement sa robe. Une odeur désagréable flottait dans le vestibule. Feliks ne parut pas s'en étonner et Kazan continua d'afficher la décontraction assurée qui seyait à sa fonction de garde du corps. Ils suivirent la maîtresse de maison à travers un long couloir lambrissé. De la poussière reposait sur le sol et les meubles. Plusieurs candélabres étaient éteints, noyés dans leur cire, ce qui les obligeait à évoluer dans la pénombre.

— Vous vivez seule avec votre fille ? interrogea Feliks.

— Mon mari est toujours là, mais il s'absorbe dans son travail. C'est sa manière à lui de surmonter la douleur. Ça ne m'aide pas beaucoup, ajouta-t-elle avec lassitude.

— Et vos domestiques ?

— Partis. Ils avaient peur de la contagion.

— Je vois.

Ils débouchèrent dans un grand salon, encombré d'un système tentaculaire d'horlogerie qui soutenait des sphères géantes, des miroirs et des cristaux, ainsi qu'un soleil et une lune artificiels. Un immense télescope était dressé au centre de la pièce, pointé sur la verrière du plafond. Des feuilles froissées couvertes de calculs jonchaient le tapis.

— Mon mari, annonça platement la femme.

Kazan repéra avec un temps de retard l'homme juché sur un escabeau qui était en train de contrôler les réglages du planétarium. Il ne daigna même pas baisser les yeux sur les nouveaux venus et griffonna une valeur sur un parchemin.

— Par ici, les guida la femme.

Feliks la suivit, mais Kazan s'attarda en arrière, fasciné par le télescope.

— Ne touchez à rien ! commanda l'homme depuis son échelle.

Lui-même devait avoir actionné un mécanisme, car des roues dentées se mirent à tourner. Les engrenages s'emboîtèrent avec un cliquetis et une soupape relâcha en sifflant un nuage de vapeur.

— Vous essayez de trouver une explication à leur fascination pour la lune ? demanda le voleur.

— Ce n'est pas la lune.

Kazan s'arrêta tout à fait. Feliks, lui, s'était engagé dans une autre pièce. Par le cadre de la porte, Kazan voyait une chambre encombrée d'objets hétéroclites : échiquier en bois sculpté, cheval à bascule, poupée de porcelaine, fleurs… Une coquille gisait plus qu'elle ne reposait sur des coussins en velours et ne prêtait aucune attention aux dizaines de distractions qu'on avait rassemblées pour elle. Le médecin faisait mine d'examiner la petite fille, tandis que la mère se tordait les mains.

— Qu'est-ce que vous voulez dire par « pas la lune » ? releva Kazan avec intérêt.

— Un trou s'est ouvert dans l'espace, répondit l'autre d'un ton si féroce et si lugubre que Kazan en frissonna. C'est un gouffre de néant qui absorbe les étoiles et les dévore.

— Vous l'avez vu ? Dans votre télescope ?

Il avait envie de regarder lui aussi pour voir cet astre noir affamé siphonner les galaxies.

— Ne touchez pas ! hurla l'homme comme il esquissait un très léger mouvement vers l'appareil.

Kazan se figea.

— Je ne bouge pas, dit-il pour l'apaiser. Et donc, ce phénomène, comment est-il apparu ?

— Une étoile a explosé il y a trois cent quarante mille ans. Et maintenant, il y a un trou dans l'espace. Il nous avalera les uns après les autres. Nous sommes tous perdus.

Son ton prophétique glaça le voleur, même si une part de lui diagnostiquait tranquillement : « Il est fou. »

— Ce n'est pas la lune que scrutent les coquilles terrifiées, poursuivit l'homme. C'est *Gh'è minga.*

— Geminga ? releva Kazan, stupéfait.

— *Gh'è minga.* Celui qui « *n'est pas là* ».

— Je l'ai vu en peinture. Un astre noir, dans un ciel noir.

— Oui, approuva le fou. C'est bien ça. L'étoile morte. Le dévoreur.

— Mais c'est impossible.

— Vous verrez, ricana l'autre. Bientôt vous verrez…

*

Feliks rejoignit Kazan à l'extérieur, dans le jardin. Le voleur observait le ciel nuageux, appuyé nonchalamment contre le mur du palais.

— Tu m'as été d'une grande aide, se moqua gentiment le médecin.

— Désolé. Le bonhomme m'a perturbé.

— Je sais. Tout le monde y va de sa prophétie ou de son explication au mal des coquilles. J'ai entendu beaucoup de choses farfelues depuis que je fais mes investigations. Et donc, ton bonhomme, il racontait quoi ?

— Que le mal des coquilles vient des étoiles.
— C'est joli.
— Joli ?
— Oui. C'est poétique.

Une légère bruine se mit à tomber. Feliks s'ébroua avec humeur.

— C'est une fable, Kazan. Oublie ça.

— Pourquoi pas ? Tu n'y crois pas ? Les coquilles fixent tout le temps la lune.

— Je sais tout ça. On s'est suffisamment trituré les méninges avec cette énigme au Klementinum. Certains de mes collègues pensent que les astres influencent la santé mentale. Depuis l'Antiquité, la lune est soupçonnée de rendre fou. Ce n'est pas nouveau, Kazan.

— Il ne pourrait pas y avoir un peu de vérité là-dedans ?

— Bien sûr que non. C'est de l'astrologie, pas de la médecine. Je ne peux pas t'expliquer pourquoi les coquilles regardent la lune et il y a beaucoup de choses que j'ignore, mais tu ne m'entendras jamais défendre la thèse que le psychisme est sensible aux mouvements de la lune.

Et en se remettant à marcher :

— On a encore beaucoup de monde à voir aujourd'hui. Dépêche-toi.

*

Les jours passèrent, monotones, et finalement aucune autre visite ne se révéla aussi dérangeante que la première. Les gens que Feliks interrogeait finissaient toujours par fondre en larmes. Ils s'accrochaient à lui, le retenaient par le bras quand il se levait pour partir, l'abreuvant de vaines supplications et de paroles inutiles. Feliks ne promettait rien. Il n'apportait aucun espoir à ces mères, ces pères, ces familles dans la douleur. Pire, en dépit des nombreux récits qu'il consignait, il ne parvenait à faire aucun lien entre eux et encore moins avec la situation de sa propre femme. Alors parfois, les familles s'emportaient, dévastées par la souffrance. Un homme se jetait sur Feliks, une femme faisait mine de le gifler. Toujours, leurs mains rencontraient le bras tendu de Kazan. Il les repoussait sans brutalité et les braves gens retombaient en vagissant, hurlant leur détresse. Ils finissaient prostrés par terre, le visage au creux des paumes, à sangloter sur leur drame et leur impuissance. Et Kazan, dubitatif, se demandait s'il était lié d'une façon ou d'une autre à un trou noir dans le cosmos.

L'explication, après avoir été certain de porter un virus pendant des années, le séduisait étrangement.

Il la trouvait romantique.

24

À l'image du chaos qui régnait dans la tête de Kazan, l'ambiance dans les rues tournait à l'avis de tempête. Des bagarres éclataient régulièrement devant les portes fermées. Les gardes faisaient usage de leurs armes. La rumeur s'emballait : on parlait de dizaines de morts, dont les corps avaient été jetés dans le fleuve. Le nombre de coquilles continuait de s'accroître et les gens ne supportaient plus d'être maintenus ainsi sous la menace du fléau.

« Ils vont se révolter, disait parfois Kazan. La révolution va éclater. »

Dans les journaux, les autorités publiaient de nouveaux décrets, réaffirmant l'interdiction de sortir, listaient des amendes et des peines de prison. La nuit, les rues résonnaient toujours des bruits de bottes sur les pavés. La garde à cheval longeait les portes closes et les volets. Si des contrevenants détalaient devant eux, ils étaient pris en chasse et sévèrement réprimés. De plus en plus fréquemment, on entendait des coups de feu. La population grinçait des dents. Le mécontentement se cristallisait sur l'empire, la garde, mais aussi sur les médecins. Les visites à domicile qu'effectuait Feliks devinrent de plus en plus dangereuses. Au Klementinum, on annonça un jour la disparition d'un des savants dépêchés par l'empereur ; il avait été lynché.

— Sans toi, je n'oserais plus sortir, avoua Feliks à Kazan.

Malgré lui, le voleur savourait ces compliments. Il savait qu'il aurait dû s'en moquer, mais au contraire, il s'efforçait de se montrer sous un jour favorable. Un comble pour le tueur qu'il était. Les accusations de ses voix le ramenaient à la sordide réalité quand la séduction trouble qu'exerçait sur lui le médecin l'incitait à rêver d'une vie meilleure.

*

Les jours passèrent, la situation se dégrada encore. Sans avancées manifestes et alors que les coquilles continuaient d'apparaître, les citoyens cherchaient des boucs émissaires. Finalement, l'un des médecins mandatés par l'empereur, sans doute acculé par des familles folles de désespoir, alla jusqu'à répandre une rumeur ravageuse : puisque aucune drogue ne soulageait le malade, c'était parce que son affection était causée par le diable. En quelques jours, la métamorphose des coquilles fut attribuée à la sorcellerie et l'ambiance en ville, déjà délétère, devint meurtrière.

Feliks se faisait escorter par Kazan partout où il allait. Les femmes étaient les plus en danger.

— Tu te rends compte, disait le jeune homme à son ami. Si Nadja était avec nous, avec ses cheveux et ses talents de médecin, on l'aurait tout de suite traitée de sorcière !

— On vit des temps de plus en plus sombres, confirma Kazan, lugubre. Et les gens sont tous des idiots.

— Ils ont peur. La quarantaine n'arrange rien.

Ils débouchaient sur une avenue de Ville-Vieille quand ils entendirent les cris. Kazan, comme à son habitude, se plaça instinctivement devant le médecin.

— Tu entends ce qu'ils disent ? demanda Feliks.

— Pas bien.

Les hurlements devinrent plus audibles au fur et à mesure qu'ils se rapprochaient de la place aux trois fontaines. Le mot « sorcière » était craché avec une haine et une fureur démentes.

— Tu es sûr que tu veux voir ça ? lui demanda Kazan.

Feliks hocha la tête. Il espérait, dans toutes les manifestations humaines, trouver le début d'une piste, un indice, n'importe quoi…

Ils débouchèrent sur la place bondée. Un échafaud de bois sombre dominait la foule et deux hommes y traînaient une femme, la tenant chacun par un bras. Au vu des marques qui lui congestionnaient le visage et du sang séché qui éclaboussait ses vêtements déchirés, elle ne s'était pas rendue sans se battre, mais désormais, elle paraissait éteinte. L'imminence de sa mort la laissait étourdie comme si elle avait reçu un coup de gourdin sur le crâne. D'une certaine manière, Feliks avait l'impression de savoir ce qu'elle ressentait. Lui-même, en découvrant sa femme transformée en coquille, avait subi un choc qui l'avait plongé dans une forme de déréalisation.

— J'interviens ? demanda Kazan.

— Tu es fou ? Ils te pendront avec elle.

— Mais elle est probablement innocente.

— Ne t'en mêle pas ! insista Feliks en le rattrapant par le bras.

Le voleur s'immobilisa une seconde avant de se dégager.

— Ne me touche pas, s'il te plaît.

— Excuse-moi.

Tous les deux se tournèrent vers l'estrade où l'on faisait monter la sorcière. Elle fut adossée à la poutre. Ses lèvres remuaient, articulant ce qui ressemblait à une prière. Quelqu'un dans la foule s'écria qu'elle tentait de jeter un sort. L'un des bourreaux ensanglanta la bouche de la femme d'un puissant coup de poing. Feliks vit nettement une dent cassée tracer une arabesque dans les airs. Kazan fit un pas en avant.

— Ne sois pas idiot, lui murmura Feliks. Qu'est-ce que tu veux faire ? Il y a au moins deux cents personnes autour de nous.

— Je sais, admit Kazan entre ses dents serrées.

Le bourreau passa la corde autour du cou de la condamnée tandis que les deux hommes qui l'avaient conduite à l'échafaud haranguaient la foule :

— La sorcière a sacrifié les âmes de nos femmes, de nos maris et de nos enfants pour acheter des faveurs à Satan, son maître !

La place éclata en huées vengeresses. Feliks enfonça ses poings dans ses poches.

— Ça pourrait tourner à l'émeute, jugea Kazan.

Le médecin acquiesça.

Mais le bourreau commençait déjà son office. Tirant de toutes ses forces sur la corde, il hissa la malheureuse qui rua et battit en vain des jambes.

Il ne s'agissait pas d'une exécution propre et rapide où les vertèbres de la victime, en cassant, abrégeaient l'agonie, mais d'une longue et lente strangulation. Avec son regard de médecin, Feliks pouvait deviner l'ampleur des souffrances de la jeune femme : la pression du chanvre sur sa gorge lui fit exorbiter les yeux. Sa langue enflée jaillit de sa bouche et commença à bleuir. Son nez saignait. Ses globes oculaires se teintaient de rouge eux aussi comme les vaisseaux de la cornée éclataient à la chaîne. Ses traits déformés par l'asphyxie lui faisaient comme un masque grimaçant et des spectateurs en appelèrent au démon. Satan tentait, selon eux, de s'extirper de son hôte. Plusieurs personnes au premier rang reculèrent, saisies de panique. Une brève bousculade agita la foule. Au bout de la corde, la femme vivait toujours. Sourde et aveugle, elle n'émettait plus que de faibles gargouillis. Dans son crâne, le cerveau soumis lui aussi à une pression inexorable devait bouillir. Feliks ne put en supporter davantage ; il détourna les yeux. Enfin, les cartilages du larynx craquèrent, libérant la martyre de sa terrible agonie. La foule salua la bruyante chute du cadavre quand le bourreau la détacha.

— Elle était innocente, commenta une voix à côté d'eux.

Feliks releva la tête. Un homme observait l'échafaud d'un air sombre.

— Ce n'est pas comme ça qu'on lutte contre le mal.

— Qu'est-ce que vous voulez dire ? s'enquit Feliks.

L'homme se tourna lentement vers eux. Il avait un regard étrange, sans que Feliks puisse déterminer exactement pourquoi. L'homme étudia Kazan, puis le médecin, avant de déclarer avec sérieux :

— Je condamne les criminels. Je les mets à l'écart de la société dans un endroit où ils ne pourront plus jamais nuire.

— Où ça ?

Kazan se plaça entre eux et lança un regard appuyé à son compagnon.

— Mieux vaut partir, maintenant.

Autour d'eux, la foule continuait de vociférer et une nouvelle bousculade gondola la marée humaine rassemblée devant l'échafaud.

— Mais ce type vient de nous dire qu'il enfermait des gens quelque part… murmura Feliks pour n'être entendu que de Kazan.

— Ne fais pas attention. C'est juste un dingue de plus.

— Où ça ? insista quand même le médecin.

L'homme se tapota la tempe avec deux doigts.

— Dans ma tête, révéla-t-il en souriant largement.

— D'accord, on a compris, dit Kazan d'un ton ferme.

Et à Feliks :

— Foutons le camp d'ici.

— Très bien, concéda Feliks.

Ils se frayèrent un passage pour quitter la place alors que, derrière eux, le fou répétait en riant :

— Je les enferme dans ma tête ! Ma tête est une oubliette à brutes, à violeurs, à voleurs ! Et ils parlent ! Ils parlent !

— Complètement tapé, grommela Kazan.

— Si le sanatorium n'était pas plein de coquilles, je pourrais l'y amener. Il a besoin d'aide.

— C’est sûr. Il a besoin de se faire soigner…

Ils débouchèrent dans une rue plus calme. Kazan s’adossa au mur et ferma les yeux.

— Ça va ? s’inquiéta Feliks.

— Oui. T’en fais pas.

Il rouvrit les paupières, souffla vers le haut, comme s’il voulait repousser une mèche de cheveux. Ce geste anodin pinça le cœur du médecin. Nadja faisait cela, parfois, avant. Ça ou les mâchonner quand elle était anxieuse. Désormais, elle ne faisait plus rien, toutes ses mimiques, ses petits tocs étaient partis pour toujours, disparus dans le puits sans fond qu’était devenu son être… Cette pensée attrista Feliks et il éprouva une bouffée de reconnaissance pour Kazan, qui restait avec lui malgré tout, qui continuait de croire en lui en dépit de ses échecs.

— Viens, je t’offre un café, proposa-t-il.

Ils s’installèrent dans une échoppe minuscule où le tenancier cuisinait l’après-midi des beignets aux amandes, des gâteaux au miel et des galettes tartinées de compote de prune. Kazan regardait les spirales de vapeur qui montaient de sa tasse comme s’il s’agissait d’un esprit. Feliks avait remarqué que, parfois, il semblait totalement ailleurs, enfoncé très profondément dans son monde intérieur. Il se racla la gorge pour attirer son attention et en une seconde, le regard de son interlocuteur redevint présent, avant de se colorer d’une once plus tendre et un sourire fugitif éclaira son visage. Ce rapide changement d’expression lui fit soudain saisir ce qui l’avait étonné dans les yeux du fou, tout à l’heure sur la place : l’aliéné semblait posséder les yeux de différentes personnes. Pendant les quelques minutes de leur échange, Feliks avait vu ses iris noircir puis pétiller, un peu comme Kazan maintenant. Le médecin fit tourner pensivement le café au fond de sa tasse. Est-ce que c'était parce que tous les deux…

— Je sais que tu te drogues, déclara-t-il tout à coup.

— Quoi ?

— Écoute. Je voudrais t'aider.

— Pourquoi ? Non.

— Ne me dis pas que tu n'as aucun problème avec ça.

— J'ai des problèmes d'argent, oui, concéda Kazan avec un rire forcé.

— Qu'est-ce que tu prends ? De la sirène ?

— Oui. Je ne fume pas tant que ça, ajouta-t-il.

— Parfois, tu es complètement ailleurs.

— Je réfléchis, c'est tout. Désolé. J'essaierai d'être plus concentré si tu penses que ça nuit à mon travail.

— Ne me fais pas dire ce que je n'ai pas dit. Je ne te reproche rien. Ça m'inquiète, c'est tout. Tu risques de t'intoxiquer.

— Je ne sais pas… Je ne crois pas.

Il rêvassait encore, la tête légèrement inclinée comme s'il écoutait quelqu'un qui lui parlait par-dessus l'épaule. Puis de nouveau, son attention se fixa et il eut ce même sourire, un sourire si lumineux qu'il était communicatif. Feliks ne put s'empêcher de le lui rendre.

— Qu'est-ce qui t'amuse ? demanda-t-il quand même.

— Rien. Tu t'inquiètes pour moi. Je trouve ça mignon.

— Mignon ? releva Feliks avec étonnement.

— Oui, oui…

Il plongea le nez dans sa tasse.

— Excuse-moi, je dis n'importe quoi.

— T'es bizarre, Kazan. Tu es sûr que ça va ?

Il répondit par une onomatopée presque inaudible, quelque chose comme « hu-hum ». Puis reposa sèchement sa tasse, qui cliqueta sur la table, et appuya sa tête dans sa main droite. Ses doigts se crispaient dans ses cheveux – pour empêcher sa main de trembler, nota Feliks.

— Je pourrais t'aider à arrêter la drogue, insista le médecin.

— Non, tu ne peux pas.

Il était très sombre tout à coup et son regard avait noirci jusqu'à devenir presque métallique – des yeux de doberman.

— J'en ai vraiment besoin.

— Kazan, je suis médecin. Peut-être pas le meilleur et je sais que je ne t'impressionne guère avec mon absence de résultat, mais si je peux faire quelque chose pour toi…

— Merci.

Il reposa lentement les bras sur la table, redressa le dos, fit rouler ses épaules et craquer sa nuque pour assouplir ses muscles et se détendre. Pendant un long moment, il ne dit rien, puis il ajouta brusquement :

— Si j'étais malade, tu m'aiderais ?

— Bien sûr. Nous sommes amis, non ?

— Tu ne me jugerais pas, tu es sûr ?

— Mais non. Sois-en certain.

Kazan hésita, manifestement tourmenté, et Feliks patienta avec bienveillance pour l'encourager à s'exprimer. C'était étrange. Il avait le sentiment paradoxal de tout savoir de cet homme et en même temps de tout en ignorer. Même s'il le connaissait depuis peu, il avait l'impression d'avoir passé plusieurs années avec lui. Peut-être était-ce à cause du climat si particulier de la quarantaine ou bien la tragédie qui l'avait frappé les avait-elle réellement rapprochés. Il lui rappelait Nadja, à sa façon. Ça n'avait pas beaucoup de sens, mais souvent, Feliks se faisait cette réflexion amère, à une parole que prononçait Kazan, une plaisanterie qu'il partageait ou plus étrange encore, ses petits gestes anodins du quotidien.

— Ma mère est morte de la syphilis, révéla brutalement son ami. Aux yeux de mon père, elle a payé de sa vie une faute. Et moi, je lui ressemble beaucoup. Ma famille a toujours pensé que j'avais hérité de sa malédiction.

— Je suis désolé. Tu as dû souffrir de la situation. Mais si cela peut te rassurer, il n'y a aucun caractère héréditaire à…

— J'ai une maladie qui m'a été transmise sexuellement, l'interrompit-il.

Il avait parlé assez fort et il regarda autour de lui avec embarras pour voir si quelqu'un d'autre avait entendu, mais les clients du café étaient absorbés par leurs propres conversations. Kazan hésita et reprit sa tasse pour se donner une contenance.

— Une femme me l'a transmise. Elle est morte depuis, conclut-il.

— Quelle maladie ?

— Excuse-moi, je ne voulais pas vraiment en parler. Oublie ça.

— D'accord. Mais si tu veux, je pourrais essayer de t'aider. Poser au moins un diagnostic. Il existe de nombreux remèdes. Qu'est-ce qui te fait croire qu'on ne pourrait pas te guérir ?

Kazan fut sur le point de dire quelque chose, avant de se raviser.

— Désolé. C'est compliqué pour moi.

— J'ai l'impression qu'on devrait se changer les idées, tous les deux ! décréta soudain Feliks.

— Comment ?

— Tu te souviens de cette famille à qui on a rendu visite et qui ne tarissait pas d'éloges sur le théâtre de Ville-Nouvelle ? Il paraît qu'ils ont une troupe formidable où l'un des acteurs joue plusieurs rôles à lui tout seul. Les critiques sont dithyrambiques et la salle est comble tous les soirs. Le bonhomme peut jouer des pièces très différentes selon les jours de la semaine et dans une ville close comme Yardam, c'est une vraie aubaine ! Nous pourrions y passer une soirée.

Kazan réfléchit quelques secondes, inclinant de nouveau la tête de façon presque imperceptible. Feliks se demandait s'il avait conscience de ce geste. Le silence se prolongea un peu trop pour être normal et Feliks, le pensant gêné par son offre, allait la retirer, mais l'expression de son ami changea une nouvelle fois. De sombre et tendu, il redevint ouvert, comme si un coup de vent avait chassé des nuages dans sa tête.

— Ça me ferait plaisir ! dit-il en souriant.

Et ce sourire, de nouveau, sans qu'il arrive à savoir vraiment pourquoi, remplit Feliks d'une nostalgie douce-amère pour sa femme. Nadja aurait pu le regarder comme ça. Elle aurait pu lui dire ça. Elle aurait pu être là, juste à la place de Kazan.

Exactement comme ça.

25

Kazan avait besoin de sirène. Les voix jacassaient dans sa tête, Nadja au premier plan. Il aurait dû refuser l'invitation de Feliks. Il aurait même dû arrêter de le voir. Mais il ne pouvait pas. Quelque chose en lui le poussait à continuer de le fréquenter et, chose étrange, il n'était pas certain que ce fût la volonté de son démon. Rarement il avait été aussi intimement lié à une de ses victimes. En rêve, surtout. Ses fantasmes nocturnes débordaient sur sa vie éveillée et à plusieurs reprises il s'était pris à étudier Feliks entre ses cils, avec bien trop de plaisir et même, un brin d'excitation. Voilà pourquoi il restait avec lui, s'acharnait à le guider dans cette quête inutile.

Ce soir, il s'était trop livré. Il s'était dangereusement approché de la vérité, même s'il savait que parfois, pour mieux habiller ses mensonges, il devait y mêler du vrai. Par ailleurs, que le médecin l'imagine syphilitique ou autre lui ferait éprouver de la compassion. Jamais il ne devinerait que Kazan était un monstre.

La rencontre avec l'autre voleur d'esprits, devant l'échafaud, l'avait cependant perturbé. Il détestait ce genre d'imprévu qui lui donnait l'impression d'être brutalement mis à nu. Depuis des années, il évoluait caché dans la foule. Qu'un autre voleur le démasque lui procurait un vertigineux sentiment d'effondrement, comme s'il allait être dénoncé et révélé au grand jour. Les propos de l'homme l'avaient également décontenancé ; il avait dit qu'il emprisonnait des criminels. Kazan s'imaginait choisir ses victimes selon leurs crimes, n'aspirer que des tueurs, des violeurs… Comment pouvait-on vivre avec des démons assoiffés de sang, avec le souvenir de leurs meurtres, des tortures infligées, toute cette jouissance et toute cette souffrance ? La résistance psychique de cet homme était surprenante.

— On arrive, lui dit Feliks, le tirant de ses rêveries.

Il s'était mis à pleuvoir, une petite bruine qui assombrissait le crépuscule. Des couples patientaient sous des parapluies noirs devant l'entrée du théâtre. Les dames lissaient leurs boucles humides ; les hommes s'ébrouaient dans leurs redingotes. Kazan observa les affiches. Nombreuses, elles présentaient des spectacles très différents, des comédies, des drames, des opéras, et partout était dessiné le même acteur, qui incarnait donc plusieurs rôles selon les soirs. Cette performance faisait beaucoup parler. Manifestement, l'homme était merveilleux, du jamais-vu au théâtre.

— Sa carrière a explosé il y a un an à peine, expliquait une dame à son compagnon, juste devant eux. Il a été touché par la grâce. Je ne me lasse pas de le regarder jouer.

Enfin, ils purent franchir le contrôle d'un caissier qui empocha deux couronnes : une somme exagérée aux yeux de Kazan, et même Feliks tiqua un peu.

— Désolé, lui dit Kazan, on est en train de dilapider la tirelire pour ton cabinet.

— Ah, ça ? réagit le médecin en comptant sa monnaie. C'était surtout le vœu de Nadja, tu sais ? Je me vois mal l'accomplir tout seul à présent. J'ignorais qu'elle t'en avait parlé, ajouta-t-il alors qu'ils pénétraient dans le hall bondé.

— C'est sûr, approuva Kazan avec une gravité forcée. Il faut dire que ça lui tenait tellement à cœur…

Feliks ne rebondit pas et le voleur se sentit soulagé. Il était passé à deux doigts de la catastrophe à lâcher aussi étourdiment une information qu'il n'était pas censé connaître.

Tous les deux se mêlèrent à la foule. Le murmure des conversations formait un bourdonnement sourd. La salle sentait le parfum et la laine mouillée, mais la température était agréable et des centaines de bougies projetaient une clarté dorée, très vive, sur les têtes des spectateurs. Les voix de Kazan se perdaient dans les discussions alentour. Il avait presque l'impression d'être normal.

— Tu dors ? demanda Feliks d'un ton amusé.

— Non.

Il avait grogné sa réponse.

— Je me sens bien. Il fait chaud ici.

— C'est bien, c'est bien, commenta le médecin d'un ton apaisant qui trahissait en réalité l'inquiétude qu'il se faisait pour lui.

Il est en train de penser à ma maladie, se dit Kazan, *et à toute cette drogue dont je m'emplis les poumons.*

Il le laissa aux prises avec ses mauvais diagnostics et, enfin, ils purent pénétrer dans la salle de théâtre.

Kazan n'y était jamais venu, mais d'emblée cela lui plut. Des balcons à balustrades ouvragés surplombaient un parterre de chaises recouvertes de soie. Les bijoux des femmes, à leur gorge, à leurs poignets et sur leurs doigts, scintillaient dans les lumières. Un groupe de musiciens accordait leurs instruments dans la fosse.

Une fois que tout le monde fut installé, les lumières s'éteignirent et sur scène, devant un grand rideau de velours rouge, une rampe de feu s'alluma en tremblotant. Les conversations se turent. Seul un toussotement résonna, en entraînant d'autres dont les échos persistèrent quelques secondes. Puis, ce fut le silence.

Dans la fosse, les violons jouèrent leurs premiers accords. Le rideau se leva en bruissant pour révéler un décor de ville peint sur une fine toile de soie. Le prodige surgit sur la scène et une rafale d'applaudissements salua son apparition. Parmi le public captif de la quarantaine, nombre d'entre eux avaient déjà assisté à ses performances. Kazan se rencogna dans son siège pour apprécier l'histoire. Cela le distrairait de ses voix. Pendant tout le premier acte, il suivit les amourettes des personnages avec curiosité, mais son intérêt se nuança de perplexité quand il se rendit compte de la maîtrise avec laquelle l'acteur phare interprétait tous les rôles. Amant ou bien maîtresse, il incarnait avec une facilité étourdissante les hommes et les femmes, réussissant à altérer sa voix qui montait et descendait sur plusieurs octaves.

— *Il est comme toi*, lui asséna Nadja, haineuse. *Combien de gens a-t-il bouffés pour améliorer son répertoire ?*

Les démons huèrent le comédien. Kazan, discrètement, s'appuya sur son coude droit pour se tenir la tête.

Le deuxième acte commença. L'acteur enchaînait les rôles à une cadence folle. Il disparaissait une minute en coulisse pour revenir grimé en une nouvelle personne, son expression transformée, sa voix et ses gestes métamorphosés.

— Il est spectaculaire ! murmura Feliks, admiratif.

Kazan grommela une réponse évasive. Était-il le seul à remarquer les roulements hagards des yeux de l'homme ou bien le tremblement de ses jambes quand il se tenait droit et immobile ? Combien de démons s'agitaient en ce moment même sous son crâne ? Avait-il vraiment réussi à les discipliner suffisamment pour pouvoir faire appel à l'un ou à l'autre selon le rôle qu'il jouait ou devait-il faire l'effort d'ignorer tous les autres ?

À un moment, l'acteur effectua une volte-face peu naturelle, comme un pantin dont on tire les fils. Kazan se crispa légèrement, mais autour de lui, on commentait la saccade comme un formidable effet de style embellissant l'interprétation de l'artiste.

— Tu ne le trouves pas bizarre ? chuchota le voleur à l'oreille de Feliks.

— Qu'est-ce que tu veux dire ?

— Je ne sais pas…

Kazan se mordilla la lèvre, pensif. Il imaginait assez facilement ce qui était en train de se passer dans la tête de l'acteur. Des filets de sueur diluaient progressivement la poudre sur son visage. Son air devenait de plus en plus tourmenté, sans que cela ait à voir avec le contenu de ses répliques. Même dans le public conquis à sa cause, on commençait à s'en apercevoir.

Lors du troisième et dernier acte, son comportement devint si erratique que les autres acteurs peinaient à rebondir sur ses tirades décousues. Le public tâchait de saisir le génie sous l'apparente folie, quand tout à coup, le prodige tituba sur le devant des planches, les yeux exorbités. Les lumières de la rampe de feu, en l'éclairant par en dessous, lui faisaient un masque de mort.

— Je ne sais plus…, gémit-il. Je ne sais plus qui je suis !

L'orchestre se tut avec un grotesque couac d'instruments désaccordés. Autour de Kazan, plusieurs personnes se levèrent.

— Je ne sais plus qui je suis ! continuait de hurler l'acteur. Je ne sais plus qui je suis !

Il se frappa la tête à coups de poing. Son arcade sourcilière éclata. Le sang éclaboussa son costume rutilant.

Dans un silence lugubre, le parterre évacua lentement la salle, les mains des femmes crispées sur leurs jupes, les hommes les guidant par le bras.

Au même moment, l'acteur ramassa une arme factice et titubant par-dessus la rampe, s'écroula dans la fosse. Les musiciens s'éparpillèrent en criant et la panique saisit le théâtre. La foule afflua vers les sorties ; les gens se bousculèrent dans le goulot d'étranglement.

— Je vais l'aider, déclara Feliks en remontant vers la fosse.

Kazan n'en avait aucune envie. Il savait parfaitement ce qui allait se passer – un déluge de violence juste avant que le fou se fasse exploser la tête –, mais il répugnait à laisser Feliks seul face au danger. Il le retint par le coude. Ce contact lui envoya une décharge dans tout le corps et de façon absurde, les souvenirs érotiques de Nadja affluèrent en lui. Une vague de chaleur le noya. La jeune femme bondit au premier plan, écrasant tout. Kazan ne put étouffer une bouffée de tendresse, qui vint éclore en lui, devant tant de courage et d'empathie.

— N'y va pas, *kationak*, dit-il sans même s'en rendre compte. C'est dangereux !

— Quoi ?

Feliks battit des cils. Est-ce qu'il avait bien entendu ? « *Kationak* » était le surnom affectueux dont l'affublait Nadja.

Le vacarme de l'acteur, empêtré dans les chaises cassées et les instruments abandonnés, l'empêcha d'y réfléchir davantage. L'homme titubait et chutait sans cesse au fond de la fosse en poussant des hurlements de bête sauvage. Prudemment, le médecin se rapprocha de lui. L'atmosphère était étrange. Ils n'étaient plus que trois dans le théâtre vide, entre la demi-pénombre et la vive clarté de la rampe. Le décor fastueux, coloré, les éventails et les chapeaux oubliés sur les sièges s'étendaient en silence autour d'eux. Comme le jour du marché, il y a plusieurs mois de cela, quand le voleur d'esprits s'était donné la mort devant lui, Kazan eut la vision terrifiante de son avenir : un histrion désarticulé par ses voix qui s'agitait en bavant de rage, animé d'une fureur de tuer aussi absolue que pathétique. Cette image rejeta Nadja à l'arrière-plan. Il reprit le contrôle de lui-même, encore un peu étourdi par son assaut.

— Laisse-moi faire, commanda-t-il avant que Feliks descende dans la fosse.

Il y sauta et crocheta habilement l'acteur par le cou, l'immobilisant d'une clé de bras. Le comédien se débattit, mais contre Kazan, il ne pouvait rien faire. Le voleur avait une vue privilégiée sur la veine violette qui palpitait à sa tempe luisante de sueur. Avec dégoût, il imagina le cerveau dilaté par les voix presser contre la boîte crânienne, prête à exploser. L'acteur faiblissait. Feliks tendit des mains apaisantes.

— Doucement, je suis médecin. Dis-moi ce qui t'arrive.

Kazan réfléchit en une poignée de secondes. Il pouvait tuer l'homme avant qu'il n'avoue, lui broyer le larynx, lui casser les vertèbres… ou bien le laisser parler. Après tout, n'était-ce pas ce qu'il avait toujours voulu ? Que Feliks comprenne. Que Feliks fasse enfin le lien. Qu'il trouve un remède. Il desserra légèrement sa prise pour permettre à l'acteur de répondre.

— Je ne les supporte plus, souffla-t-il. Je n'y arrive plus. Avant, je pouvais les utiliser, les sortir de ma tête comme on sort un manteau de sa penderie et les enfiler, m'en faire un masque. J'étais eux tous, je les mettais sur scène. Je pensais… Je pensais que ça leur ferait plaisir. Leur existence merdique soudain transfigurée sur les planches… Mais non… Ils sont toujours furieux. Ils m'accusent… Tout le temps.

Il gémit et s'affaissa dans les bras de Kazan. Sans le voleur, il se serait sans doute écroulé par terre. Délicatement, Kazan l'accompagna jusqu'au sol et lui permit de s'asseoir. La crise semblait passée. Il le lâcha et recula d'un pas. Feliks s'accroupit face au comédien.

— Qu’est-ce que tu veux dire ? l’encouragea-t-il. Qui t’accuse ?

— Mes voix. Mes démons.

— Tu entends des voix ?

En tant qu’aliéniste, cela ne le surprenait pas. Kazan, de façon nihiliste, avait envie de précipiter les révélations, d’obliger l’homme à expliquer comment ces voix étaient apparues dans sa tête. Mais l’autre débita soudain :

— Je les ai bouffés. Tous. Je les choisissais dans la rue et après les avoir observés pendant une semaine ou deux, je les prenais.

— Tu les prenais ? releva Feliks sans comprendre.

— En les embrassant.

— En les embrassant ? Comment ça ?

— J’aspirais leur âme, leur vie, leurs souvenirs et je m’en faisais un masque, un nouveau costume pour les pièces. Tu as vu comme le public m’aime ? Comme je suis talentueux ? Je n’incarne pas des personnages. Je suis ces gens ! Je suis chacun d’entre eux, jusqu’au bout des ongles. Et eux aussi devraient m’aimer au lieu de me tourmenter ! Je leur offre la célébrité, le succès, les applaudissements ! Mais non, ils veulent juste retrouver leurs corps de merde, blancs et chauves.

Il se mit à sangloter en oscillant d’avant en arrière.

— Je ne sais même pas où ils sont ! Peut-être sur le pont à regarder la lune… Je ne peux pas les rendre. Je peux rien faire.

Feliks avait pâli et Kazan devina quels rouages s’enclenchaient dans sa tête.

— Je pourrais te prendre, toi aussi, poursuivit l’homme avec fiel. Mais tu ne me servirais à rien !

À rien ! Je ne veux que des esprits exceptionnels qui reflètent la vie dans toute sa variété. Mon répertoire est vaste, si vaste…

Sa voix s'enraya en un gémissement aigu. Kazan perçut la menace avant même qu'il se mette en mouvement. Il bloqua la main qui tentait de saisir un archet pour s'en servir d'arme. Avec un feulement, le fou se rejeta en arrière. Il y mit une telle force que son poignet humide de sueur glissa entre les doigts de Kazan et il réussit à lui échapper avant de retomber à quatre pattes en tremblant.

— Toi ! rugit-il en fixant le voleur de son regard halluciné. Toi ! Toi ! Toi ! Pourquoi tu m'emmerdes ? Tu ne seras jamais mon égal. Tu viens me voir. Tu viens m'admirer. Tu serais bien infoutu de faire la même chose que moi malgré tous les gens que tu as…

Kazan lui cogna de toutes ses forces dans les gencives et son pied entra presque entièrement dans la bouche de l'homme, lui démolissant les dents de devant et étranglant tout au fond de sa gorge la révélation qu'il allait faire.

— Kazan ! s'écria Feliks, choqué. T'es dingue ?

— Ne bougez plus ! ordonna une nouvelle voix.

Trois gardes venaient de faire irruption dans la salle et ils dévalaient l'allée dans une lourde cavalcade. L'acteur, le visage en sang, se rejeta en arrière et avec un rugissement, bavant une salive rougeâtre, les chargea. La milice le foudroya d'une balle alors qu'il les attaquait, sa voix déraillant du grave à l'aigu, comme si tous les rôles qu'il avait incarnés se déversaient hors de lui en flot continu.

Le comédien bascula en arrière et s'écrasa, bras et jambes écartés, parmi les strapontins.

— Vous l'avez tué ! s'écria Feliks, outré.

Kazan remonta à sa hauteur et lui posa la main sur l'épaule, déclenchant de nouveau de petits frissons en lui, insensés dans ce contexte. Nadja remontait en lui avec la puissance d'une éruption volcanique.

— Tais-toi, dit-il s'adressant autant à elle qu'à lui.

L'un des gardes poussait le corps du bout du pied, tandis que le chef de brigade étudiait froidement les deux hommes.

— Il savait des choses ! s'exclama Feliks, hors de lui. Des informations très importantes sur la maladie des coquilles !

— Tais-toi ! répéta Kazan plus impérieusement.

Et au garde :

— Excusez-nous. On rentre.

— Dépêchez-vous. Le couvre-feu commence dans une heure.

— Oui. Merci.

Il entraîna Feliks, qui fulminait, en le remorquant fermement par le bras.

— Qu'est-ce que tu voulais faire ? lui demanda-t-il une fois dehors.

Une certaine agitation régnait sous l'averse. Des retardataires hélaient des cochers. Les voitures filaient au trot, les sabots des chevaux claquant sur les pavés. Des gens évoquaient ce qui venait de se passer. C'étaient eux qui avaient alerté les gardes.

— On l'a échappé belle, dit l'un d'eux en les prenant à témoin. Ils nous auraient tous tués. J'ai déjà vu ça, des gens qui deviennent fous et font des carnages…

Kazan hocha la tête. Feliks s'était arrêté. Appuyé contre un mur, il réfléchissait, l'air lugubre. La mort de l'acteur l'avait visiblement secoué.

— Ça va ? demanda le voleur avec sollicitude.

Le médecin le considéra quelques secondes avec une attention soutenue.

— Je te raccompagne ? insista Kazan.

— Non, répondit finalement le jeune homme d'une voix rauque.

Il s'éclaircit la gorge, hésita, puis déclara tout à coup :

— Je veux aller au Klementinum.

— Pour quoi faire ?

Et il osa demander :

— Tu as eu une idée ?

— Oui, répondit son ami d'un air sombre. Si tu veux, viens avec moi et je t'expliquerai là-bas. Je dois juste faire une expérience sur l'une des coquilles.

Il eut un sourire un peu triste.

— Je crois que j'ai compris ce qui se passe dans cette ville.

26

La nuit tombait quand ils atteignirent le Klementinum. Le couvre-feu commencerait dans quelques minutes. Feliks redoutait que Kazan ne flanche et décide de rentrer chez lui, mais l'homme l'escorta à l'intérieur sans poser de questions. Le médecin luttait pour rester calme. Déjà cette remarque étrange au sujet de leur tirelire secrète et ensuite ce surnom affectueux, « *kationak* ». Seule Nadja l'appelait comme ça. Ce mot *à elle* n'aurait pas dû se trouver dans sa bouche *à lui*. C'était terrible. Impossible. Mais les éléments s'emboîtaient les uns après les autres dans sa tête. Plusieurs fois, sur le trajet, il avait senti une boule se former dans sa gorge et les sanglots l'étrangler. Il ne pouvait pas craquer, pas encore. Il évitait de regarder Kazan. L'autre homme était intelligent et surtout, il était dangereux. Il vivait avec son secret depuis des années. Au moindre doute, il lui filerait entre les doigts ou bien il le tuerait. Feliks ne redoutait pas l'affrontement. Il l'attendait. Plus que ça, il le désirait. Mais il ne pouvait pas se permettre de le perdre. Le pire à ce stade aurait été que Kazan s'évanouisse dans la nature, l'emportant elle. De nouveau, sa vue se brouilla et il crut que les digues fragiles qui bridaient son désespoir allaient rompre et qu'il allait s'écrouler là, en pleurant.

Non. Il ne pouvait pas. Il devait tenir. Tenir juste encore un peu.

Reconnaissant Feliks, le médecin de garde les laissa entrer tous les deux. Les infirmiers avaient rassemblé les coquilles dans les dortoirs. Des gémissements montaient dans l'obscurité, des mélopées indistinctes, sans mot, comme le chant des baleines. Kazan écoutait avec curiosité. Feliks se demanda ce qu'il éprouvait en ce moment. Il n'avait pas l'air de ressentir la moindre once de culpabilité... Ses dents grincèrent et il dut faire un violent effort pour s'astreindre au calme. Il y était presque...

Ils descendirent l'escalier qui menait jusqu'aux cellules d'isolement. Elles étaient toutes occupées. Quelque part, une coquille hurlait en continu. Kazan ne fit aucun commentaire. Il était responsable de tout cela, mais à le voir progresser dans ce cauchemar avec sa nonchalance habituelle, il ne semblait pas se sentir concerné. Avant d'entrer dans la dernière cellule du couloir, Feliks ramassa la barre en acier qui était appuyée contre la porte.

— Ce sont donc des bêtes fauves ? s'enquit Kazan.

Son sourire moqueur était atroce. Un voile rouge descendit sur les yeux de Feliks. Il battit des cils, prit une courte inspiration.

— Je peux te défendre si une coquille t'attaque, poursuivit le salaud.

— Je sais...

Il avait réussi à parler naturellement sans qu'aucune émotion n'altère sa voix – un miracle.

— Passe devant, s'il te plaît, je t'ouvre.

Il déverrouilla la cellule. À l'intérieur, une coquille hagarde, les yeux levés vers le plafond, était sanglée par les poignets et les chevilles à une chaise percée. Certaines y restaient parfois pendant des jours.

— Il n'est pas très dangereux, dit Kazan en se retournant vers Feliks.

Le médecin était cramponné à sa barre de fer, les jointures blanches tant il serrait. Dans le regard de Kazan, il vit passer une étincelle de compréhension. Il réagit avec une célérité foudroyante, peut-être même sans penser clairement, mais Feliks fut plus rapide. Il frappa de toutes ses forces, en pleine tête.

Et ce fut tout.

Kazan s'écrasa à ses pieds.

La scène avait duré le temps d'un battement de cœur.

— Tu as compris, maintenant, hein ? grinça Feliks en l'enjambant. Tu sais que je sais ?

Il n'avait pas beaucoup de temps devant lui. Kazan pouvait reprendre conscience n'importe quand et alors, Feliks aurait le dessous.

Il détacha la coquille et la poussa gentiment jusque dans la cellule voisine où il l'enferma, puis il revint à Kazan. Il le souleva avec effort sur ses épaules, chancela et faillit tomber sous le poids mort de son ennemi. La force brute lui manquait, mais la haine, en cet instant, suffit. Il tituba sur deux mètres pour rejoindre la chaise, parvint à l'asseoir dessus et arrima les sangles. Il serra à fond, tendit les attaches à bloc, forçant sur les muscles, les tendons et les os jusqu'au point de rupture. La corde marquait déjà la peau de Kazan de rayures livides. Feliks lui écartela les bras et les chevilles afin qu'il ne puisse plus bouger d'un centimètre. Un homme éveillé pouvait se contracter suffisamment, comme un cheval qui gonfle le ventre au moment où on le selle, pour conserver quelques centimètres de jeu, permettant une décontraction ultérieure, mais là, Kazan n'avait aucune chance. Feliks avait beaucoup critiqué ces méthodes qui faisaient passer les patients de l'invective aux supplications aiguës. Il les jugeait inhumaines. Mais après tout, Kazan n'était pas humain. C'était un monstre.

Il se recula, observa son ennemi des pieds à la tête et quand il fut sûr de lui, il s'avança et le gifla à toute volée.

— Réveille-toi, bâtard ! ordonna-t-il.

27

Kazan émergea de l'inconscience dans un sursaut de bête captive. La brûlure sur sa joue laissa place à une souffrance plus générale et insidieuse. Les yeux encore mi-clos, il prit le temps de faire l'inventaire de ses blessures. Son crâne le lançait atrocement. Des ondes concentriques de douleur se diffusaient dans toute sa tête. Plus localement, il percevait une contusion chaude et humide sur sa tempe gauche. Il bougea par réflexe. La pression des liens le surprit. Des cordes le maintenaient assis, l'échine plaquée à une structure métallique. La peur, tout doucement, se mêla à la douleur. Les muscles de ses épaules le tiraillaient et ses bras étaient rassemblés dans son dos dans une position inconfortable. Il tenta de bouger les jambes et là encore, la morsure de la corde l'en empêcha.

— Bien dormi ?

Kazan cligna des yeux pour ajuster sa vue. La lumière chiche d'une lanterne sourdait sur sa droite, découpant grossièrement la silhouette du médecin. Feliks se tenait debout face à lui. Dans son poing, la barre de fer était maculée de sang et de cheveux collés. Kazan tressaillit des pieds à la tête ; il sentit derechef la résistance des liens autour de ses poignets, ses coudes, ses cuisses et ses chevilles.

— Merde…, souffla-t-il.

— Comme tu dis, l'approuva Feliks en riant.

Un rire sans aucune gaieté.

Les pensées de Kazan se muèrent en acide. Il n'avait aucun moyen de riposter, de se défendre. Il se rappelait le chemin parcouru pour arriver à ces oubliettes. Il n'y avait personne, juste des coquilles dont les cris couvriraient les siens. Aucun infirmier ne descendrait jusqu'ici. Il était seul avec Feliks. Une peur affreuse, froide comme un serpent, rampa en lui. Le médecin allait le tuer, le mutiler peut-être, lui crever les yeux ou lui arracher les dents…

Arrête !

C'étaient ses voix qui lui inspiraient ces images atroces. Il souffla profondément par le nez. Tâcha de se décontracter, mais les liens étaient trop serrés.

Ça va. Tu es vivant. Ça va. Du calme. C'est Feliks. C'est juste Feliks.

Il le connaissait, le médecin empathique qui, encore une heure auparavant, voulait sauver un voleur d'esprits.

Mais maintenant, il a compris.

Il l'avait vu dans ses yeux, juste avant de se faire démolir le crâne : la terrible certitude du jeune homme. Pourtant, il n'avait pas d'autre choix que de nier, d'en appeler à l'humanité du médecin, de le faire douter… Est-ce qu'il était vraiment capable de torturer et de tuer un autre humain ?

Bien sûr qu'il l'était…

La respiration de Kazan s'accéléra tandis qu'une vague de terreur enflait en lui.

Tu vas mourir. C'est comme ça. Tu savais que tu mourrais de toute façon. Tu n'en avais plus pour très longtemps.

Oui… Mais pas comme ça. Pas démoli à la barre de fer, attaché à une chaise dans l'obscurité.

— Qu'est-ce qui te prend ? demanda-t-il.

Feliks se contracta. Tout ce qui faisait son charme, sa beauté, s'était évanoui. La mauvaise lumière faisait ressortir ses pommettes, les trous de ses orbites ; elle accentuait la ressemblance avec un crâne.

— Ne pose pas de questions, l'avertit-il d'une voix sourde. Ne fais pas semblant. Tu vas me répondre. Tu vas tout me dire. Et ensuite, je te délivrerai.

Kazan laissa l'air qu'il avait retenu dans ses poumons s'échapper doucement, mais Feliks précisa :

— Je te tuerai.

Kazan tenta de nouveau de bouger, pour soulager ne serait-ce qu'une fraction de la tension des cordes qui lui écartelaient les os. C'était impossible. Il sentait que ses bras s'engourdissaient. Les crampes menaçaient déjà, lui tordant les muscles.

— Tu es bon comédien, reprit Feliks. Ce sont tes victimes qui t'aident à jouer ce rôle ? Comme ce type au théâtre ?

Sa main droite se mit à trembler et la barre de fer cliqueta en heurtant le sol.

— C'est ma Nadja ?

— Je ne sais pas de quoi tu parles.

C'était mal dit, trop froid, un véritable aveu de culpabilité. Il se hâta d'injecter une nuance de supplication dans sa voix :

— S'il te plaît… À quoi tu joues ?

— Arrête ! l'interrompit Feliks. Ne me mens pas. Tu m'as suffisamment menti comme ça. Pendant plus de deux mois ! Comment tu as pu faire ça ? Rester avec moi, m'écouter te parler de Nadja en pleurant et faire semblant d'y compatir alors que toi… toi…

Avec un grondement de bête, il lui asséna un coup de poing en plein visage. La douleur transperça le crâne de Kazan comme son nez cassait. Le choc le fit bouger et une décharge de souffrance lui traversa les épaules. Il ravala un grognement, voulut respirer, sentit l'odeur fade du sang emplir ses cartilages écrasés, l'écoulement chaud dans ses narines, puis sur ses lèvres. Il dut ouvrir la bouche pour continuer à respirer ; le goût métallique se répandit sur sa langue. Ses yeux se mouillèrent de larmes et Feliks devint flou. Le médecin secouait son poing endolori, projetant des gouttelettes rouges. Il avait frappé très fort.

— Je ne sais pas comment je vais faire pour ne pas te massacrer, là, tout de suite, déclara-t-il.

Kazan était nauséeux de douleur et de peur. Il s'entendait haleter. Son cerveau acculé ne trouvait aucune solution. Seule petite satisfaction, les voix se taisaient. Il cligna des yeux pour chasser les larmes, baissa la tête pour que le sang coule plus facilement de son nez et observa les taches rouges lui consteller les cuisses. La tension dans ses épaules le tuait. Et c'était juste le commencement… Il releva la tête pour regarder Feliks. Celui-ci le considérait froidement, sans manifester la moindre émotion devant le sang.

Respire, se commanda Kazan. *Doucement. Doucement.*

Son nez lui faisait mal, mais moins que ses bras. Il ressentait chaque fibre de son corps avec une acuité surnaturelle. Proche de la mort, le moindre détail semblait s'illuminer et la peur lui envoyait des jets d'adrénaline dans les veines. Son cœur lui battait dans la tête, dans la gorge. Il frissonna violemment.

— Pourquoi tu as fait ça ? lui demanda Feliks. Pourquoi elle ? Tu l'as désirée dès que tu l'as vue, c'est ça ? Le premier jour, devant les portes. Tu t'es dit que tu allais la chasser et la prendre ?

— Je comprends pas…

Il mentait si mal, il était si peu convaincant. Il n'arrivait pas à réfléchir. Pour une fois, il n'aurait pas refusé l'aide anarchique de ses voix, mais toutes se taisaient, tendues dans l'attente, comme si elles espéraient que Feliks les sauve. Ou peut-être tout simplement attendaient-elles d'être vengées ?

— Je veux des réponses ! aboya le médecin. Arrête de mentir. Dis la vérité. Je veux savoir ce qui s'est passé. Si tu l'as prémédité.

— Mais de quoi tu parles ?

De nouveau, Feliks craqua, s'embrasant dans une rage aveugle. Il le saisit à la gorge et l'obligea à renverser la tête en arrière, lui comprimant la trachée. Kazan ne pouvait plus respirer ni déglutir, il commença à s'étouffer avec son sang. Son esprit s'embruma. Feliks devait sentir son pouls affolé sous ses doigts. Kazan suspendit sa respiration, mais son cœur battait si vite qu'il consumait ses réserves d'oxygène et chaque fibre de son corps dévoré par la peur. Plus rien ne passait dans son nez, sa gorge. Il essaya d'avaler son sang. S'étrangla, émit un gémissement pathétique. Il aurait été incapable de crier même s'il l'avait voulu. De nouveau ses yeux s'emplirent de larmes – réaction purement mécanique de son corps à bout, mais qui l'humiliait.

— Je veux une réponse maintenant, exigea Feliks. Une vraie.

Il le lâcha. Kazan prit une inspiration difficile. Sa gorge le brûlait, la peur incendiait ses synapses, la douleur lui ravageait les épaules et les bras. Le sang lui coula le long de la trachée et la nausée le reprit, si violente que sa tête bascula vers l'avant. Les liens le retinrent, sans eux il serait tombé de la chaise. Il s'efforça de respirer par petites goulées prudentes. La bile refoula. Il ferma les yeux.

Respire. Ça va. Tu es vivant.

— Je n'ai rien fait à Nadja, répondit-il enfin. Je ne sais pas de quoi tu m'accuses.

— Tu l'as prise ! Tu as aspiré son âme ! hurla Feliks d'une voix démente.

Il s'interrompit pour marcher de long en large dans la cellule en murmurant en boucle :

— Je n'avais pas compris. Pendant tout ce temps, je t'avais juste à côté de moi et je n'ai pas compris. Pas compris.

Pendant qu'il soliloquait, Kazan tenta désespérément de rassembler ses esprits. Il devait trouver une faille pour au moins le faire douter. Ironiquement, ce furent les connaissances médicales de Nadja qui lui suggérèrent une piste.

— Tu l'as embrassée, souffla Feliks en revenant se planter devant lui. Comment tu as pu lui faire ça ? Me faire ça ?

— Feliks, je comprends ce que tu ressens. Ta femme est devenue une coquille. Je suis ton seul ami à Yardam. On est proches, toi et moi. Tu es en deuil et tu subis un stress terrible. Alors, tu l'entrevois en moi. C'est normal, Feliks. Tu fais un transfert, d'accord ? Juste un transfert.

Le coup de poing sous le menton aurait sûrement renversé la chaise si elle n'avait pas été rivée au sol par des vis. La vision de Kazan explosa tandis qu'un gigantesque éclair de douleur lui traversait la mâchoire. Heureusement que le médecin manquait de force sans quoi il l'aurait fracturée.

— Tu te fous de ma gueule ? rugit Feliks. Comment un abruti comme toi peut savoir ce qu'est un transfert ? T'es aliéniste ? Putain…

Il gémit de désespoir, de frustration et de rage mêlés.

— Tu détiens ses connaissances. Tu les lui as volées…

Même s'il l'avait voulu, Kazan aurait été incapable de répondre. La douleur lui paralysait les dents. Il releva péniblement la tête, mais c'était comme essayer de soulever un âne mort. Du rouge étoilé de taches de lumière éblouissantes traversait sa vision. Il tremblait des pieds à la tête. Feliks était flou, une simple présence mouvante.

— Je vais te laisser réfléchir, lui annonça-t-il. Quand je reviendrai, si tu t'obstines dans tes mensonges, on troquera mes poings contre la barre de fer.

Il le planta là, emportant la lanterne.

Kazan crut d'abord que ce serait plus facile ainsi, mais dans l'obscurité, sa souffrance prit toute la place. Les muscles de ses épaules se tétanisèrent et une crampe s'y forma. Les larmes aux yeux, il se contorsionna pour soulager la douleur. Chacune de ses pénibles inspirations semblait resserrer les liens.

Pourquoi ne perdait-il pas conscience ? Le désespoir qui monta en lui manqua le faire craquer. Il se focalisa sur sa respiration difficile, l'air lui envoyant des ondes de souffrance chaque fois qu'il inspirait par le nez, à travers ses narines obstruées par le sang. En plus, la soif devenait de minute en minute plus impérieuse et obsédante. Il tenta d'humecter ses lèvres. Un élancement traversa sa mâchoire endolorie. Très vite, il n'arriva plus du tout à penser et son monde se réduisit à des sensations immédiates : les cordes qui lui comprimaient les membres et crispaient ses muscles, cette soif gigantesque qui lui battait les tempes et le rendait fou. Des tremblements le saisirent, irrépressibles. Chaque seconde s'étirait, paraissait durer une heure.

— Feliks !

Sa voix se fêla. Ses dents lui faisaient mal.

— Feliks !

Un spasme lui secoua la poitrine. Il lutta pour ne pas vomir. La tension sur les cordes augmenta encore. Il renonça à appeler et le plus doucement possible, baissa sa tête consumée par la souffrance.

*

Combien de temps s'était-il écoulé ? À son échelle, il lui semblait que cela faisait une semaine qu'il croupissait dans ce cachot quand la porte se rouvrit.

Le halo de la lanterne fit danser des ombres sur le plafond et les murs avant que Feliks ne la pose sur le sol. Voir le médecin ne lui apporta aucun réconfort. Kazan était ravagé par les contractures et les crampes et la tension le rinçait. Même si Feliks l'avait détaché maintenant, il n'aurait pas pu l'affronter et serait tombé par terre, sans aucune force. Le médecin ne le libéra pas. Il se repositionna devant lui, l'examinant froidement comme s'il était en train de disséquer un insecte.

— Tu as réfléchi ? demanda-t-il finalement.

— À quoi ?

Kazan ne reconnut pas sa propre voix. Est-ce qu'il parlait avec la voix d'un autre ? C'était possible, cela lui arrivait parfois.

— À tout me raconter. Tu as compris que tu n'allais pas t'en sortir, non ?

Pendant l'éternité où il s'était trouvé seul dans le noir, Kazan avait voulu mourir, mais maintenant, cela lui paraissait insupportable.

— S'il te plaît, desserre mes liens… Je te dirai tout.

Il implorait, ne reconnaissait toujours pas sa voix.

— Pitié…

Feliks hésita. Il redoutait un piège.

— Non, trancha-t-il. Mais plus vite tu parleras et plus vite tu arrêteras de souffrir.

Quelque chose céda en Kazan. Cela craqua avec un bruit presque physique. Il ne voulait plus souffrir. Seuls les liens le maintenaient droit. Ses os grincèrent dans leurs cavités quand il tenta pour la énième fois de bouger.

— Elle vit toujours en moi, murmura-t-il.

— Quoi ?

Feliks le saisit par le cou, son visage si proche du sien que Kazan aurait pu le mordre. Le médecin dut le sentir, car il recula.

— Qu'est-ce que tu as dit ?

— Tu as raison. Je suis comme ce type dans le théâtre, un voleur d'esprits. J'absorbe les gens. Je les aspire. Leur âme. Leur essence. Je ne sais pas. C'est une sorte de virus qui se transmet d'une personne à l'autre et qui creuse un vide en nous... On doit combler ce vide, ce manque. Alors, on aspire les autres, pour se remplir, tu comprends ? Je ne voulais pas faire ça à Nadja. Je n'ai rien prémédité. C'est arrivé. Je suis désolé.

— Tu es désolé ?

— Oui. Je voudrais revenir en arrière, mais je ne peux pas.

— Nadja vit en toi, tu as dit ? Elle est vivante ? En toi ? Comment ?

— Je ne sais pas. Sa voix. Ses pensées... sont dans ma tête.

Et au même moment, elle s'éveilla comme si elle sortait d'une longue stase.

— *Feliks !* s'écria-t-elle. *Je suis là !*

Kazan plissa les yeux sous le coup de la douleur. Feliks s'en rendit compte.

— Quoi ? Qu'est-ce que tu as ?

— Elle te parle... Elle t'appelle...

— Non...

Les yeux du médecin se remplirent de larmes. Il se rejeta en arrière, fit les cent pas dans la cellule, les mains crispées en poing dans ses cheveux.

— C'est pas vrai, murmurait-il. C'est pas possible.

Il revint droit à lui, l'attrapa par le menton, lui broyant les mâchoires entre les doigts. Les élancements remontèrent jusqu'aux oreilles de Kazan qui ravala un sanglot de douleur.

— Prouve-le ! ordonna-t-il.

— Lâche-moi, articula Kazan avec difficulté.

Et quand Feliks l'eut libéré :

— Vous vous êtes rencontrés à l'école de médecine. Tu as remarqué qu'elle avait une ancienne édition d'un livre d'anatomie et tu l'as abordée pour le lui signaler. Elle a sursauté, t'a regardé plus attentivement. Je me suis senti…

Il s'interrompit, se concentra pour reprendre :

— Elle s'est sentie dénudée par ton regard, un peu paumée. Et le lendemain, j'ai compris… Elle a compris que c'était inéluctable. Ce sentiment, elle n'y pouvait rien, d'ailleurs je n'ai pas eu à me poser de questions… Le bonheur absolu, une sensation inexplicable, inénarrable, une fusion, une complicité innée… Tu m'as communiqué la foudre. J'étais hypnotisée.

— Arrête ! rugit Feliks.

Il le gifla à toute volée.

— Ne parle pas pour elle !

Kazan prit le temps d'absorber la douleur cuisante. Dans sa tête, la confusion régnait. Troisième et première personne se brouillaient. Il poussa dans les souvenirs de Nadja.

— Tu voulais l'emmener à Sygos, reprit-il. Nous marier là-bas.

— Merde ! vociféra Feliks. Merde, merde, merde !

Il refit un tour complet de cellule, frappa du poing dans un mur avec une force absurde, exagérée, mais ne parut même pas ressentir la douleur. De nouveau il revint vers Kazan, mais cette fois ne le toucha pas et le voleur devina que, d'une certaine façon, il voulait préserver sa femme prisonnière dans son corps. C'était sa seule chance de s'en sortir.

— Comment je la libère ? demanda-t-il. Comment tu me la rends ?

— Je ne sais pas.

— On doit pouvoir refaire passer son âme dans son corps, non ?

— Je ne sais pas…

— Si tu…

Il s'étrangla sur le mot, ferma les yeux pour se redonner une contenance et reprit :

— Si tu l'embrasses de nouveau ?

— Ça ne marche pas, mais nous pouvons transmettre les voix à quelqu'un d'autre.

— Comment ?

— Par voie sexuelle. Une fois. Alors la personne devient un voleur d'esprits et elle reçoit une voix. C'est aléatoire. On ne choisit pas la voix qu'on transmet.

— C'est pas possible…

Feliks marchait de nouveau de long en large.

— C'est impossible… Nadja.

Il se retourna vers lui.

— Nadja, je t'aime.

Kazan frissonna. À l'intérieur de lui, la jeune femme se tendit, désespérée.

— *Je t'aime aussi*, sanglotait-elle, *mon* kationak, jizn' maïa[1].

Et c'était vraiment étrange, car Kazan, en dépit de la douleur et de la peur, se mit à ressentir l'amour qu'elle éprouvait. Ses sentiments s'émoussèrent et son regard changea. Il le sentit. Feliks écarquilla les yeux.

— Je la vois, balbutia-t-il. Je la vois en toi.

— Elle dit qu'elle t'aime.

— Quoi ? Elle me parle ?

— Oui.

1. « Mon petit chat, ma vie. »

— Que dit-elle d'autre ?

— Elle t'aime, elle t'a toujours aimé, elle t'aime encore. Elle voudrait tant pouvoir te toucher, t'embrasser…

Et comme il répétait mécaniquement ses mots, le désir s'éveillait en lui, un désir trouble qui rampait dans son corps et l'excitait. Il se sentait durcir. C'était complètement fou.

— Feliks, libère-moi, s'il te plaît, reprit-il. Maintenant que tu sais ce qui se passe. Tu pourrais trouver une solution, tu pourrais…

— Ta gueule !

Feliks était fou.

— Ferme ta gueule, toi, c'est à elle que je veux parler.

Kazan se concentra, appelant Nadja pour lui laisser le plus d'espace possible. Ce n'était pas désagréable. La chaleur du démon atténuait la souffrance. Il avait l'impression d'être elle, une femme plus menue, une femme dont les muscles n'étaient pas écartelés par les cordes, une femme qui aimait cet homme.

Feliks lui caressa le visage. Le contact était doux, érotique. Kazan pencha la tête, abandonnant sa joue tachée de sang au creux de sa paume.

— Je ne peux pas, murmura Feliks, troublé. C'est trop… Je n'y arrive pas.

Il recula, prit une profonde inspiration.

— Je vais te faire sortir, ma chérie. Quoi qu'il arrive, je vais te libérer. J'ai une idée. Tu ne resteras pas plus longtemps enfermée dans ce monstre.

Il ressortit de la cellule. Kazan attendit, hésitant entre angoisse et soulagement. Quand un bruit de conversation remonta à travers le couloir dans sa direction, il cessa enfin de trembler. L'espoir lui faisait mal.

Feliks fit entrer un autre homme dans la cellule. Kazan reconnut le médecin de garde qui les avait accueillis dans le hall. Celui-ci agrandit les yeux de stupeur.

— Mais qu'est-ce qu'il s'est passé ici ? s'exclama-t-il. Ce n'est pas une coquille !

— Non. Ils se font appeler les « voleurs d'esprits » et ce sont eux qui sont responsables de l'épidémie des coquilles, expliqua Feliks avec un débit rapide. Ils peuvent aspirer l'âme des gens, les vider de leur substance et ne laisser que des corps vides.

— Mais qu'est-ce que tu racontes ?

Il étrécit les yeux.

— Tu l'as torturé ? s'indigna-t-il.

— S'il vous plaît, intervint Kazan. Sortez-moi de là…

— Tais-toi ! aboya Feliks.

— Mais tu es complètement fou ! s'exclama le médecin. Et s'il te dénonce au maréchal de la garde ?

— Je ne dirai rien, promit Kazan. Je vous en prie, aidez-moi.

— Il ne sortira pas d'ici, coupa Feliks. Je veux que tu pratiques une leucotomie sur lui.

Kazan se remit à trembler violemment. Il savait ce dont il s'agissait puisque Nadja le savait. Dans la mémoire de la jeune femme surnageait l'image odieuse d'une pointe acérée en train de s'enfoncer dans le lobe orbitaire des patients après avoir soulevé la paupière. La lame allait sectionner les fibres nerveuses de la substance blanche du cerveau.

— Ce n'est pas une coquille, protesta le médecin.

— Non, mais c'est lui qui retient les âmes de nos malades ! Ma femme est en lui, dans son crâne.

— Ta femme…

L'autre se radoucit et Kazan déglutit difficilement.

— C'est donc ça, murmura l'aliéniste. Écoute, Feliks, je comprends ta douleur, mais tu es surmené. Ta femme est devenue une coquille, vraiment, je comprends. Mais ce que tu as fait, là, c'est mal. Tu entends ? C'est mal.

— Non, c'est la vérité.

Il rejoignit Kazan d'une grande enjambée et le prit par les cheveux.

— Dis-le-lui. Répète ce que tu m'as avoué.

— S'il vous plaît, docteur, aidez-moi. Il est fou. Je vous en prie. Il veut me tuer.

— Lâche-le, Feliks, ordonna le médecin, rouge de colère et de honte.

Il imaginait certainement que la réputation du Klementinum, déjà ternie par leurs échecs, était en train de se noircir au-delà de l'acceptable.

— Ça suffit maintenant, poursuivit-il. Tu as fait assez de mal comme ça. Je vais libérer cet homme et je vais prévenir le maréchal de la garde.

Feliks hésitait, prêt à attaquer son collègue à présent.

— Mais tu ne comprends rien ! insista-t-il. C'est moi qui ai raison. Je viens de découvrir ce qui se passe dans cette ville maudite ! Ils sont plusieurs ! Ils volent les âmes de leurs victimes.

— Tu as perdu l'esprit !

Le médecin repoussa Feliks violemment et passa derrière Kazan pour le détacher. Enfin, les bras de celui-ci retombèrent le long de son corps. Il ne pouvait pas les bouger, juste les laisser pendre comme deux blocs de chair inerte. Jamais ses jambes ne supporteraient son poids. Pourtant, il fallait qu'il parte, quitte à ramper. S'il restait et que l'autre change d'avis, il était perdu. Il se leva en s'appuyant lourdement sur la chaise de métal. Il avait l'impression d'être brisé en mille morceaux. Cependant, ses tendons, ses os, ses muscles se réalignèrent. Il était debout, suant, tremblant. Son estomac se contractait par spasmes. Il redoutait de vomir d'une seconde à l'autre. Au moment où il fit un pas en avant, une crampe lui mordit le mollet. Il perdit l'équilibre et se reçut lourdement contre le mur. Son sang, fouetté par le choc, se remit à fourmiller dans ses bras. La porte était à quelques centimètres de lui, le couloir, la liberté. Il allait s'en sortir…

Feliks posa la main sur sa nuque, serra. Kazan s'immobilisa tandis qu'à ce contact, Nadja gémissait en lui. De nouveau, la douleur et le plaisir se mêlèrent dans la chimie de son corps torturé.

— Je te retrouverai, tu sais, murmura Feliks.

— J'y compte bien, répliqua Kazan d'une voix rauque, cassée par la souffrance.

Enfin, il s'arracha à l'emprise du médecin et pas après pas, remonta le couloir.

28

Kazan clopina jusqu'à l'extérieur. Le sang circulait de nouveau dans ses bras, faisant courir dans ses veines une douloureuse brûlure. Une seconde crampe s'était logée dans sa cuisse droite. Avec celle au mollet, il peinait à marcher, mais la peur lui donnait l'énergie nécessaire. Il voulait s'éloigner le plus vite possible du Klementinum.

Sur le seuil de l'établissement, l'air froid de la nuit se porta brusquement à son visage et le changement de température lui souleva l'estomac. Il vomit derrière la rambarde de l'escalier, cramponné comme un ivrogne à la balustrade de pierre. Des frissons irrépressibles couraient sur sa chair. Son nez pulsait, l'obligeant à respirer par la bouche pour combattre la nausée. Le sang séché se craquelait sur sa peau. Cependant, il éprouvait un immense soulagement. Il était vivant. Dans sa tête, Nadja pleurait, bouleversée.

— *Il sait*, sanglota-t-elle. *Il sait. Il va me sauver.*

— *Il ne peut pas te sauver*, répondit-il méchamment. *Il allait me tuer et il t'aurait tuée avec moi.*

Les pleurs continuèrent tandis qu'il s'aventurait sur le pont des Suicidés afin de passer sur l'autre rive de la Fulda. Sur les parapets, à droite et à gauche, les statues des anges se cachaient le visage dans les mains comme si elles ne supportaient pas sa vue. Kazan se sentait très visible et très vulnérable à claudiquer dans la lumière des lampadaires. Il pouvait tomber sur une brigade à tout moment, jamais il ne parviendrait à leur échapper dans cet état, mais au moins pour l'instant, il s'éloignait de Feliks… et une part de lui s'en désolait.

Merde, pensa-t-il en versant contre un mur. *Je deviens vraiment dingue.*

Il n'arrivait plus à savoir où commençaient et finissaient ses sentiments. En fait, il n'arrivait plus vraiment à réfléchir. Alors qu'il faisait mine de redescendre vers la rue des Tsiganes où il habitait, il se rendit compte que c'était le premier endroit où Feliks viendrait le chercher. Kazan s'arrêta, tremblant de froid et de rage. Il avait besoin de reprendre des forces pour l'affronter. Il ne se laisserait plus avoir par surprise. Dès qu'il aurait retrouvé son énergie, il retournerait le voir et alors, ils s'expliqueraient d'homme à homme et on verrait bien qui tuerait l'autre.

— *Tu ne le tueras pas !* glapit Nadja. *Je t'en empêcherai !*

— *J'aimerais bien voir ça…*

Il réfléchit où il pouvait aller et à part la fumerie, une option aussi absurde que son domicile, il ne vit qu'une solution : demander asile à son amie la cartomancienne qui vivait près de la ruelle Dorée. À pas lourds, il remonta les pentes sinueuses de Karolinenthal. Le quartier du château était silencieux, sombre et désert. Comme il ne savait pas exactement où elle habitait, il se blottit dans la niche étroite d'un porche pour attendre le lever du jour. Le froid l'engourdissait. À cause de sa mâchoire endolorie, il devait se contrôler pour ne pas claquer des dents. La migraine lui taraudait encore le côté du crâne, là où avait porté la barre de fer, mais le pire, c'étaient les images. Nadja murmurait sans discontinuer à ses oreilles, et alors que Kazan aurait dû penser à son mari avec haine, l'image qui s'imposait à lui était celle d'un Feliks séduisant, sa silhouette mince et féline dans le contrejour des rues de Yardam, ses cheveux si blonds qu'ils semblaient presque blancs dans le soleil, ses yeux bleu pâle comme de la glace, son sourire éblouissant…

Le voleur jura entre ses dents. Que des souvenirs s'imposent à lui, il avait l'habitude, mais jamais ils n'avaient été aussi imprégnés par les fantasmes. Il encercla de ses bras ses jambes repliées. Par faiblesse et bêtise, il s'était laissé déborder par elle, se liant à sa si jolie mémoire et croyant pouvoir faire sienne sa belle histoire d'amour.

Le froid de la nuit s'insinuait en lui, mais il avait besoin de cela, de sentir son propre corps dans toutes ses particularités, de s'y ancrer. Il était normal. Il était lui, tout simplement. Nadja finirait par se dissoudre dans la masse de ses démons. Il suffisait d'être patient. Pourtant, il sentait s'agiter dans ses entrailles ce reliquat de désir fou. Il le voulait, *lui*. Feliks.

— Quel putain de bordel…

Empli d'une frustration et d'une rage impuissante, il en appela à ses autres voix, uniquement pour repousser le couple de médecins. Sa stratégie ne marcha que trop bien. Les démons se battirent pour passer au premier plan et, en un instant, sa psyché bascula en un chaos de souvenirs incohérents qui voletaient dans sa tête comme les feuilles mortes d'un arbre secoué par la tempête. Kazan tenta de dompter le flux. Celui-ci s'aggrava, prit la force d'un torrent. Les images se réduisirent à une succession d'émotions incontrôlées, remontant du fin fond de sa mémoire collective, et son esprit se changea en un patchwork de couleurs et de sensations. Il réalisa alors qu'il était incapable de se rappeler son nom. Cette absence terrifiante ouvrit le trou dans sa poitrine. Le manque enfla en lui, lui hurlant de le remplir, de prendre quelqu'un, tout de suite. Kazan se replia sur lui-même pour s'interdire de bouger et de partir en chasse au hasard. Les maisons se déformaient. Il inspirait la lumière rose de l'aube naissante. Il se sentait très amoureux, puis sans transition, vieux et amer.

Il était sur le point d'exploser.

— Kazan ?

Les voix discordantes se turent, dominées par la voix bien réelle de Jiri. Elle le secoua par l'épaule. Il grogna, incapable de répondre.

— Tu saignes ? s'affola la diseuse de bonne aventure. Quelqu'un t'a agressé ?

Elle le souleva péniblement pour le hisser sur ses pieds. Il était bien plus lourd qu'elle, mais elle avait la force sèche qui s'acquiert dans la rue. Il s'accrocha à sa réalité et, peu à peu, l'environnement reprit des dimensions normales autour de lui.

— Je ne savais pas… où aller, réussit-il à prononcer.

— Tu voulais que je le lise dans les cartes ? le taquina-t-elle.

Il sourit intérieurement, mais ses lèvres refusèrent de frémir.

— Viens chez moi, conclut-elle. T'es dans un état pas possible.

Il traîna la jambe jusqu'à sa petite maison. Une crampe continuait de lui tirailler la cuisse, mais dans l'ensemble, physiquement, il allait mieux. Sa tête, c'était une autre chose… Les démons rôdaient, tout proches. La crise avait été si violente qu'elle reviendrait peut-être dans la journée.

Soudain, il réalisa pourquoi il l'avait choisie, elle. Jiri. Il ne pouvait plus attendre. Il fallait qu'il transmette une voix.

Celle de Nadja, si possible, pensa-t-il, provoquant le rire de ses démons.

Située dans la continuité de la ruelle Dorée, construite à même le rempart du château de Yardam, la maison de Jiri était constituée d'une seule pièce minuscule et tordue. La jeune femme y faisait tout : cuisiner, dormir, se laver. Pourtant, en dépit de la foule d'objets hétéroclites amassés dans l'espace réduit, la décoration était plaisante et colorée. La cartomancienne aida Kazan à s'asseoir sur le lit. Avec des gestes doux, elle nettoya ses blessures. La dernière femme qui s'était occupée de lui de cette façon avait plutôt mal fini. Pour ce qu'il prévoyait de faire, Jiri n'échapperait pas à la règle.

— Tu as le nez cassé, constata-t-elle.

— T'es observatrice, dis donc.

— Qui a osé s'en prendre à toi ? J'espère qu'il est dans un sale état.

— Je crois, oui, admit Kazan après une brève et morne réflexion.

— Tant mieux, approuva Jiri.

Elle lui remit le nez en place brusquement, sans prévenir. Des larmes revinrent lui emplir les yeux. Décidément, il chialait beaucoup depuis quelques heures. Du bout des doigts, il tâta les dégâts, les mains tremblantes d'appréhension et de faiblesse. Chaque inspiration lui enfonçait des pointes brûlantes dans les sinus. Il prit garde de respirer par la bouche. Au moins, aucune dent ne branlait sur ses gencives. Grâce soit rendue aux petits muscles de Feliks. Si Kazan avait asséné le même type de coup, l'autre type aurait eu la mâchoire fracturée et plusieurs dents brisées.

— Mon pauvre Kazan, murmura Jiri en lui passant délicatement la main dans les cheveux.

Sur le côté gauche de son crâne, ils étaient encore collés par le sang. Elle nettoya cela aussi. Pendant qu'elle le soignait, elle lui raconta ses dernières semaines.

— Je ne peux sortir qu'à l'aube, maintenant, lui expliqua-t-elle. C'est devenu trop dangereux pour moi. Les gens sont dingues. Tu sais qu'ils ont tué les lions ?

— Les lions du duc ? Ceux du Fossé aux cerfs ? Mais pourquoi ?

— Ils sont blancs, Kazan, blancs comme des coquilles. Quelqu'un est allé dire que c'étaient eux qui avaient ramené la maladie depuis le lointain continent où ils ont été capturés.

— Je vois, dit tristement le voleur.

Les félins étaient liés aux jours heureux, avec sa mère. Leur mort la tuait un peu plus.

— Des gens m'ont insultée, poursuivit Jiri. Ils m'ont traitée de sorcière. Leur expression était…

effrayante. J'ai vu une autre fille qu'ils ont brûlée, tout près d'ici. Je dois me faire discrète et je ne peux plus tirer les cartes. Honnêtement, je ne pourrai pas te nourrir, Kazan, je n'ai déjà plus assez pour moi-même.

— Je pourrai t'aider, déclara-t-il tout d'un coup.

— Tu as de l'argent ?

— J'ai un pouvoir.

— Un pouvoir magique ? s'amusa-t-elle. Tu n'as pas entendu ce que j'ai dit au sujet des accusations de sorcellerie ?

— C'est un pouvoir qu'il faut garder secret.

Jiri, en bonne cartomancienne, savait lire les gens. Elle cessa ses petites attentions caressantes et s'assit en face de lui, silencieuse et sérieuse.

Il avoua tout, ne dissimula rien. Jiri l'écouta sans l'interrompre. Quand il se tut, elle resta longtemps pensive et Kazan commença à avoir peur.

— Un instant, lui intima-t-elle comme il rouvrait la bouche.

Elle s'en fut dans un coin de la pièce et, sur sa robe étalée en corolle de velours, elle tira les cartes. Une à une, elle retourna les lames de tarot. Kazan tentait de voir les illustrations par-dessus son épaule, mais le peu qu'il aperçut ne lui dit rien. Finalement, elle rangea soigneusement les cartes et se releva.

— D'accord, dit-elle en souriant. Fais-le. Change-moi en monstre.

Elle se déshabilla et vint se lover à côté de lui. Il étrangla un gémissement de douleur.

— Tu n'es pas en état, commenta Jiri.

— Si. Bien sûr. Bien sûr que si.

— On va y aller doucement. Tu en as envie, j'espère ?

— Oui.

Il était temps de ravaler Feliks aux tréfonds de son esprit, de l'enfermer avec sa fichue femme dans les oubliettes de son crâne, et de profiter de sa vie. De sa vie à lui.

Son désir monta, désir pour cette femme, ses cheveux noirs qui coulaient sur ses épaules, ses deux seins ronds, avec leurs mamelons plus sombres qui s'érigeaient sous ses doigts. Jiri renversa la tête en arrière en gémissant, découvrant la ligne douce de sa gorge… et l'absence de pomme d'Adam.

Merde.

Il se concentra pour repousser Nadja. Il essaya même d'appeler un autre démon, un homme. En vain. De nouveau, il ne savait plus qui était là, avec lui, qui regardait à travers ses yeux. Elle, sûrement.

Dégage, pensa-t-il à son attention. *Fous-moi la paix dix minutes dans ta vie. Tu ne comprends pas que je dois le faire ? Si je ne m'allège pas d'une voix, vous allez me faire exploser !*

Elle l'ignorait comme lui tâchait de l'ignorer. Ou alors, elle ne l'entendait pas.

— Ça va ? lui demanda Jiri. Tu es là ? Avec moi ?

— Oui. Excuse-moi. J'ai mal partout.

— Normal. On va faire ça autrement, ne bouge pas.

Elle se redressa et l'enfourcha. Ses seins épousèrent les mains de Kazan. Il en caressa la rondeur ferme – l'image d'un torse musclé le traversa.

Fait chier !

Il avait eu un tel spasme que Jiri recula de quelques centimètres.

— Tu me fais un peu peur, tu sais ? murmura-t-elle avec indulgence.

— Ne t'inquiète pas. Tout va bien.

— Tu veux qu'on fasse ça plus tard ?

— Non !

Il sourit, l'attrapa par les hanches, la fit basculer de nouveau et l'incita à se mettre à quatre pattes. Au moins, comme ça, il pourrait dissimuler ce qui l'agitait, son maudit combat intérieur.

— Tu es prête ?

Il glissa sa main dans son entrejambe humide. Elle se cabra contre lui. Il se fraya un chemin, s'enfonça en elle, dans la chaleur de son corps. La sensation n'était pas aussi plaisante que d'habitude. Tant pis. C'était le seul moyen de repousser Nadja, de la combattre. Mais rien n'allait. Les images qui se bousculaient dans sa tête lui opposaient la puissance d'un corps dur et non les tissus souples et les courbes de la jeune femme. Jiri couinait sous lui, peut-être pour l'encourager. Il empoigna ses hanches, regarda ses cheveux noirs onduler sur son dos blanc et fragile, où saillaient les vertèbres délicates. Elle miaulait sous lui, mais cela l'agaçait plus qu'autre chose : ce n'était pas cela qu'il attendait. Il accéléra, ses mouvements devinrent plus impérieux, plus brutaux. Même ainsi, la jouissance restait inaccessible. Il se sentait loin, très loin du point de bascule qui l'aurait délivré et la colère commençait à monter en lui, nourrie par une intense frustration. Il n'avait pas le choix. Il *devait* le faire. La transmission de voix ne marchait que comme ça. Il finit par fermer les yeux, n'écouta plus les sons aigus et féminins et se laissa envahir par Nadja, Feliks, leurs images, leurs souvenirs, leurs odeurs. Les cheveux blonds. Les épaules larges. Un corps comme le sien. Moins massif, mais solidement musclé, ferme.

La jouissance le traversa.
Une voix s'envola.

*

Nadja rouvrit les paupières et réintégra sa prison rouge. Elle avait senti le changement. La lumière n'avait pas varié – dans cet univers mental, le soleil restait toujours à la même place, mais un vent froid balayait la plage. Six démons étaient debout sur le sable et regardaient la mer. Même la peintre avait abandonné sa toile pour les rejoindre, attentive. Quelques monstres alanguis secouaient le bec d'un mouvement répétitif. L'un d'eux se tenait si proche de Nadja qu'elle aurait pu l'enlacer. Ils devenaient de plus en plus familiers avec elle.

À son tour, Nadja sonda l'étendue obscure. L'eau n'avait jamais aucune brillance ni éclat. Les vagues mêmes, en explosant sur le sable, ne provoquaient guère plus qu'un discret remous sur la surface lourde, pareille à de la lave basaltique. Enfoncé jusqu'à la taille, l'un des démons avançait dans l'eau. C'était celle que Nadja avait baptisée « l'insulaire », toujours belle, sa peau laiteuse tranchant sur la mer noire, ses cheveux rouges se balançant dans son dos. Pour Kazan : « l'étrangère des îles du Vent ».

— Qu'est-ce qu'elle fait ? demanda-t-elle au plus proche démon – le soldat.

— Elle disparaît.

— Un jour, ce sera ton tour, lui annonça l'acrobate.

— Elle va changer de corps, comprit la jeune femme.

Les autres ne répondirent pas.

La femme rousse continuait d'avancer dans la mer. Elle ne nageait pas ; elle s'enfonçait. L'eau noire rampait le long de son dos, de ses épaules. Puis, centimètre par centimètre, elle engloutit la tête. Ses cheveux ne flottaient pas sur la surface. Eux aussi coulaient. Il y eut une dernière vaguelette, peut-être des bulles, puis plus rien, juste la pâte sombre de l'océan surnaturel.

L'insulaire avait disparu.

29

— Tu vas rester ici jusqu'à l'arrivée du doyen, dit l'autre médecin à Feliks.

Le jeune homme n'avait plus d'énergie. Ce qu'il avait fait l'écœurait. Il se sentait las, les jambes sciées par le contrecoup du choc émotionnel. Pourtant, il lui fallait encore se défendre, produire un dernier effort sans quoi il serait trop tard.

Je voulais juste sauver ma femme, pensa-t-il avec douleur. *Je ne suis coupable de rien. Ils se trompent tous de cible.*

Ses doigts s'enroulèrent autour de la barre de fer, toujours posée contre le mur. Son simple contact le répugnait, avec le sang et les cheveux qui y adhéraient encore. Le souvenir de ses gestes le hantait, les coups qu'il avait assénés avec ses propres mains, ses phalanges cassant les cartilages fragiles, le sang sur le visage de Kazan, son regard implorant, la façon qu'il avait – encore ! – d'incliner la tête comme Nadja, la troublante ressemblance qu'il entretenait avec elle.

— Qu'est-ce que tu fais ? demanda le médecin avec nervosité.

Feliks souleva la barre de fer et l'autre recula en gémissant de peur.

— Je m'en vais.

Personne ne chercha à le retenir. Après ce qu'il avait vu, l'état dans lequel se trouvait Kazan, l'autre médecin le considérait comme un dangereux psychopathe. Nul doute qu'on le chargerait de plusieurs blâmes ainsi que de l'interdiction absolue de revenir au Klementinum. Peu lui importait. Il devait agir autrement, non plus par la violence, mais dans le respect de ses valeurs, en convainquant les autorités. La garde traquerait Kazan et les siens. Puis, il lui faudrait trouver un moyen de délivrer sa femme.

Perturbé, choqué, Feliks retourna chez la tante de Nadja. Malgré sa nuit épouvantable, il était affamé. La femme remarqua le sang séché sur ses doigts, mais ne fit aucun commentaire. Elle l'écouta attentivement, puis, à la fin, lui prit la main et lui dit avec douceur :

— Je crois que tu es fatigué.

Il ne trouva rien à répliquer ; il n'avait plus la force de s'expliquer.

— Je vais voir le maréchal des armées, déclara-t-il en claquant la porte.

Il traversa la ville à grands pas, l'esprit encore embrumé par ses réflexions. Peut-être ses souvenirs exagéraient-ils la ressemblance de Kazan et Nadja. Plus exactement, elle était comme une moire, un reflet fugace qui passait sur ses traits, dans ses yeux, dans un geste. Il prenait des risques en dénonçant Kazan à la brigade, mais ne voyait pas d'autre solution. Il ne pouvait pas agir seul, d'autant plus qu'il ne bénéficierait plus de l'appui du Klementinum. Il pourrait toujours exercer la médecine pour gagner de quoi vivre en attendant la fin de la quarantaine, mais comment se concentrer sur des maladies classiques alors qu'il détenait une information capitale sur la cause de l'épidémie de coquilles ?

Il traversa la place de Gros-Horloge. Un homme y avait été mis au pilori. Ses haillons dissimulaient mal son corps couvert d'hématomes. Son visage était tuméfié et des gens plus lâches l'avaient bombardé de fruits et de légumes pourris. Une flaque puante s'étalait à ses pieds. Feliks s'approcha avec méfiance. L'homme releva craintivement les yeux et voulut reculer pour se soustraire aux coups qu'il anticipait ; le pilori le maintint en place.

— Es-tu un voleur d'esprits ? demanda le médecin.

— Un quoi ?

— Est-ce que tu aspires les âmes des gens ? Est-ce que tu te nourris de leur esprit ?

— Hein ? Mais non !

L'homme tremblait de peur. Feliks eut l'impression de revoir Kazan sanglé à la chaise et il recula. Il avait torturé un homme, tout comme les citoyens de Yardam suppliciaient celui-là. Lui qui dénonçait les expériences absurdes de ses collègues au Klementinum était en train de devenir le pire d'entre eux.

— D'accord, marmonna-t-il avant de tourner les talons.

— Espèce de malade ! l'insulta le prisonnier.

Feliks se fit violence pour ne pas revenir sur ses pas. Il toussota derrière son poing fermé. Il devait se calmer, ralentir, réfléchir. Devant le chef de brigade, il allait devoir se montrer très convaincant s'il ne voulait pas passer pour un fou et être rejeté à la rue comme un malpropre.

Enfin, il arriva devant la tour Pointue, cet édifice noir crénelé de gargouilles, qui étendait deux ailes noires de geôles à sa droite et sa gauche. L'endroit était animé par un va-et-vient de laquais, de messagers, d'officiers à cheval. Des hallebardiers impériaux étaient en faction devant les portes. Feliks passa les heures suivantes à remonter la chaîne administrative, insistant pour parler au maréchal. Un greffier l'interrogea, puis un lieutenant. Il se présentait invariablement comme un médecin étranger, commandité par l'empereur pour aider la ville à faire face au fléau. Personne ne vérifia dans les registres. Feliks employait à dessein un vocabulaire suffisamment technique pour crédibiliser son rôle et il portait encore sur son manteau l'insigne du Klementinum : deux rapières en argent croisées.

En début d'après-midi, après s'être ennuyé pendant plusieurs heures sur un banc dans un couloir, il fut convoqué par le maréchal. Le cœur battant, il grimpa les deux cents marches d'un escalier en colimaçon pour se retrouver dans un minuscule bureau sous le toit pointu de la tour. Un homme leva les yeux à son entrée et lui indiqua une chaise d'un air distrait. C'était une vraie force de la nature, cintrée dans du cuir noir, les cheveux de la même couleur, taillés court. Il sentait l'acier et le cheval.

— Je n'ai pas beaucoup de temps, l'informa-t-il sèchement. Vous avez harcelé mes hommes toute la matinée avec vos histoires délirantes.

— Je sais ce qui transforme les gens en coquilles.

Le chef se rencogna dans son siège, un sourire amusé aux lèvres.

— Vraiment ? Je suis curieux de l'entendre.

Il ne le prenait pas au sérieux.

— Si votre explication me plaît, je ne vous jetterai peut-être pas par la fenêtre de cette tour, ajouta-t-il en souriant plus largement.

— Je ne plaisante pas.

— Les centaines d'autres personnes qui ont défilé ici pour me livrer leurs explications ne plaisantaient pas non plus. Malheureusement pour elles, je n'aime pas qu'on me fasse perdre mon temps.

— Vous voulez voir la quarantaine levée, oui ou non ? se révolta Feliks, nullement impressionné par les menaces de son interlocuteur.

— Évidemment.

— Toute information est précieuse. Cette épidémie est le fruit d'un secret bien caché.

— Continuez… soupira l'homme.

Feliks se mit alors à raconter ce que Kazan lui avait appris. Il parlait avec conviction et clarté, mais ses paumes étaient moites. Il savait qu'il partait de très loin. Pourtant, au fur et à mesure de son récit, le maréchal se fit plus attentif. Son regard amusé noircit, devint inquisiteur. Ses lèvres minces se pincèrent en une ligne blanche. Il se tenait maintenant légèrement penché en avant et sa main, posée sur le bureau devant lui, s'était refermée en poing. Feliks notait ces changements avec appréhension, n'arrivant pas à savoir si l'homme le croyait ou, au contraire, s'il se sentait insulté par ce qu'il pensait être une plaisanterie.

— Décrivez-moi très précisément l'homme que vous accusez, demanda-t-il.

— Sans vouloir vous offenser, il est un peu dans votre genre : grand, musculeux, les cheveux noirs, courts.

Pendant qu'il le décrivait, il repensa à Nadja et cela le gêna.

— Des cils assez longs, ajouta-t-il, incertain.

— Des cils assez longs, répéta le commandant. Les yeux marron foncé ?

— Oui. C'est un voleur, un cambrioleur. Il vit de ça.

— Je vois…

L'homme se renfonça dans son fauteuil, appuyant le bout de ses doigts l'un contre l'autre.

— Vous le connaissez ? demanda Feliks, surpris par son air pensif.

— Oui, je l'ai déjà rencontré.

Il tapa dans ses mains et se leva.

— Bien ! s'exclama-t-il. Je vous donne congé.

— Est-ce que vous me croyez ?

L'homme sourit de toutes ses dents, un sourire carnassier, le même que pouvait avoir Kazan parfois. De nouveau, ce brusque changement de physionomie alarma Feliks… Un doute atroce se glissa en lui, le gelant de l'intérieur. C'était comme si le maréchal cachait plusieurs personnalités sous son masque d'honnête homme. Le médecin recula prudemment vers la sortie.

— Vous ne voulez pas entendre la réponse ? se moqua le soldat.

— Laissez-moi partir…, murmura Feliks en une prière désespérée.

— Certainement pas.

Il siffla entre ses dents et deux gardes surgirent dans la pièce.

— Vous allez rester avec moi, ajouta le maréchal. Très longtemps.

30

Kazan guérissait de ses blessures. Il dormait mieux, ne se réveillait plus en sursaut au milieu de la nuit, se croyant de nouveau sanglé à la chaise en métal du sanatorium. Jiri l'hébergeait et son minuscule appartement était comme une niche sécurisante. Grâce à sa nouvelle compagne, il se détendait progressivement, même s'il sentait encore les cauchemars affleurer au bord de sa conscience. Ce qu'il avait vécu, il ne l'effacerait jamais tout à fait. La torture elle-même était un démon supplémentaire qui lui murmurait ses menaces à l'oreille.

De son côté, Jiri, reconnaissante, parlait de don, de cadeau et Kazan n'avait pas le cœur à doucher son enthousiasme.

— Regarde-moi ! Grâce à toi, je suis une autre personne !

— Je sais. Vous êtes deux personnes. Tu as ma petite insulaire des îles du Vent.

— J'ai presque l'impression d'être devenue rousse ! Et elle me donne le sentiment d'être plus libre, plus courageuse !

Jiri tourna sur elle-même, vive et épanouie. Kazan ne put s'empêcher de sourire. Il se rappelait ses propres sensations, cette exaltation des débuts, l'absurde conviction que le monde lui appartenait. La maladie fortifiait, embellissait, effaçait la fatigue et diffusait sa magie dans toute l'existence du sujet. Avec son premier démon, le voleur avait d'abord le sentiment que ses pensées s'accéléraient. Cela le poussait à jouir, à courir les fêtes, les plaisirs, à jouer, danser, baiser et contaminer d'autres personnes dans cette espèce d'euphorie qui incitait à partager son mal. Vite, vite, vite, avant que la migraine apparaisse, que l'excitation ne s'engourdisse et que le creux, au centre de son être, ne se mette à tout aspirer…

— Je t'ai parlé du vide ?

— Oui.

Elle balaya son inquiétude d'un geste aérien de la main.

— Beaucoup.

Elle virevoltait dans le petit appartement, volant de la cafetière à la fenêtre, ne se posant jamais. Finalement, elle revint à lui et l'embrassa délicatement sur la joue pour ne pas lui faire mal.

— Tu crois que je préférais ma vie d'avant ?

— Je sais ce que tu ressens, admit-il, amusé.

Ils dormaient ensemble. Elle se blottissait contre ses côtes et il passait son bras sur ses épaules, plus fraternel qu'amant.

— Je ne peux coucher qu'avec toi, lui dit-elle. C'est frustrant.

— Tu peux choisir un autre partenaire. Lui transmettre ton démon.

— Je veux le garder ! s'exclama-t-elle avec un accent farouche et possessif.

— Excuse-moi, je me suis mal expliqué. Tu ne lui transmettras pas. Si tu n'en as qu'un, tu le garderas. En revanche, tu contamineras ton partenaire et il se retrouvera immédiatement en manque au point qu'il devra aspirer quelqu'un très vite, n'importe qui.

— Du travail de cochon, en somme.

— Je n'appellerais pas ça un travail. Mais oui, c'est l'idée.

— Alors, il faut que j'aspire d'autres démons ?

— Tu peux…

Il fit une pause, un peu choqué par la désinvolture avec laquelle ils s'exprimaient. C'était de vies dont ils parlaient, l'existence de personnes avec une famille, des enfants, des animaux, qu'ils menaçaient de réduire à néant.

Ne sois pas hypocrite.

Bien sûr qu'il avait brisé des vies, des dizaines de vies, le plus souvent sur un coup de tête ou parce que le vide le rongeait, mais parfois aussi par calcul, comme le gardien de musée qu'il avait absorbé afin de commettre un vol. Un vol raté, qui plus est.

— Je ne te le conseille pas, reprit-il. C'est trop tôt. Fais-le uniquement quand tu en ressentiras vraiment le besoin.

Comme le voulait le credo transmis par sa propre créatrice, il lui expliquait tout, partageait son expérience, répondait à ses questions.

— Toi, tu es resté longtemps avec elle ? Avec Lara ?

— Oui, pendant un an.

Elle se fit songeuse, sa tête posée sur sa poitrine. Il pleuvait dehors. On entendait les gouttes crépiter sur le toit. Que faisait Feliks en ce moment ? Est-ce qu'il le cherchait ? L'idée le remplissait d'un mélange d'anxiété et d'envie. Nadja murmurait le nom de son amour dans sa tête, égrenait ses petits surnoms dans sa langue. Elle n'aspirait qu'à lui et elle était forte, sans doute plus forte que ses autres démons.

Même sa propre famille ne l'avait pas hanté à ce point.

— Et comment vous êtes-vous quittés ? reprit Jiri.

— Avec Lara ? s'enquit Kazan. Elle est morte.

— Je suis désolée.

— Ne le sois pas. C'est notre lot à tous.

— Elle a perdu la tête et elle a commis un massacre ?

Kazan garda le silence quelques secondes. C'était difficile de mobiliser ces souvenirs.

— Non, expliqua-t-il finalement. Elle s'est suicidée.

Comment mettre des mots sur ce qu'il avait ressenti alors ?

Comment partager son effroi, sa douleur ? La déchéance de Lara lui avait causé un tel choc… Avant cela, les menaces quant à la maladie restaient abstraites. Kazan jouissait de sa force, de son art. Ses démons le soutenaient. Il avait du mal à imaginer que la folie puisse faire dérailler son étourdissante trajectoire vers le succès.

Il s'était cru immortel.

Puis Lara avait commencé à perdre pied. Ils marchaient ensemble dans les rues de Ville-Nouvelle lorsqu'elle s'était brusquement arrêtée, livide, les

yeux rivés sur une apparition qu'elle seule pouvait voir. Kazan avait bien essayé de l'aider, de la faire revenir, mais la vision de sa compagne, désemparée, choquée, l'avait impressionné. Il avait alors compris que leur monde venait de basculer et que plus rien ne serait comme avant. Une part de Lara resterait pour toujours là-bas, sur ce trottoir qui n'en finissait plus de se fissurer sous ses pieds.

Kazan ne la quitta pas. Peut-être que, naïvement, il imaginait la sauver. Il vécut à ses côtés la douloureuse transition d'une période de déni lénifiante à la brutale pleine conscience de la maladie. Les visions de Lara se multiplièrent. Elle parlait toute seule, se mettait à hurler sans raison et pleurait la nuit. Sa psyché ébréchée continuait de se fracturer ; dix, puis cent, puis mille morceaux irréparables. Kazan prenait sur lui. Il affirmait qu'il n'avait pas peur, mais ne pouvait s'empêcher de voir en elle l'homme qu'il allait forcément devenir.

Ils firent l'amour une dernière fois ; ce fut d'une tristesse intolérable. Kazan n'oublierait jamais le regard hanté de Lara, son expression déchirante, pleine de terreur et de regret, dans lequel passaient comme des ombres les fantômes de tous ses démons, et la litanie qu'elle lui répéta, lui crevant le cœur : « Je suis désolée, je suis désolée, je suis désolée. »

Le lendemain, il la trouvait pendue et ramassait sur le plancher un papier taché de larmes avec ces quelques mots :

« Pardonne-moi.

Je t'ai assassiné. »

*

Du temps passa. Dans la rue, Kazan se montrait toujours très prudent. Feliks l'avait certainement dénoncé. Il redoutait qu'on lui tombe dessus pour le capturer et le traîner sur un échafaud. Rien ne lui arriva. La chasse aux sorcières s'emballait autour de lui sans le concerner. Plusieurs fois, il assista à des lynchages. Il n'intervenait pas, de peur de se trahir. Les rumeurs qui circulaient restaient cependant brouillonnes et idiotes, percluses de superstitions : on ne parlait pas de voleurs d'esprits, mais de l'œuvre du Malin. Le diable s'incarnait prétendument dans les citoyens pour transformer les innocents en coquilles. Bientôt, on prétendit que la mort ne suffisait pas et que le seul moyen de chasser le démon était de brûler les suppôts de Satan. Les bûchers remplacèrent les échafauds. Yardam se remplit de cris, de poursuites, de cavalcades insensées. Les façades noircissaient sous la fumée et les odeurs de chair carbonisée emplissaient les ruelles, portées par le vent chaud du mois de juin. La Fulda charriait des cadavres.

La quarantaine faisait également des ravages. La faim s'installait. Les affaires stagnaient et les prix augmentaient. Les marchés n'étaient plus approvisionnés. La valeur de la monnaie se dépréciait de semaine en semaine. Ce que l'on payait autrefois avec un denier de cuivre coûtait désormais deux couronnes. Un marchand qu'on soupçonnait de rationner volontairement ses clients afin de faire grimper les enchères fut accusé de sorcellerie. Il finit sa vie en hurlant sur un bûcher. Kazan allait encore à la fumerie, mais il attendait d'être vraiment à bout avant d'éteindre les voix et les fantasmes dans la sirène. Bientôt, les stocks seraient vides.

Pour se nourrir, il passait son temps à voler, mais même les bourses des bourgeois commençaient à s'alléger. Ses receleurs ne lui rachetaient plus grand-chose : les bijoux et les œuvres d'art ne se mangeaient pas. La situation devenait chaque jour plus pénible et Nadja continuait de se débattre dans sa tête.

Coucher avec Jiri ne le soulageait pas. Même s'il avait cessé de fouiller dans la mémoire de Nadja, il rêvait de Feliks toutes les nuits, se réveillait en sueur, en proie à des fantasmes étrangers. Jamais il n'avait vécu ça. Pourtant, il avait porté en lui de nombreuses femmes et autant d'hommes, mais jamais il ne s'était autant perdu lui-même. Pour ne pas sombrer, il s'accrochait à la certitude d'être lui. Bien que subjectif, ce sentiment lui permettait de ne pas se déliter dans le chaos de ses voix. Il envisageait aussi de transmettre tous ses démons, espérant ainsi se débarrasser de Nadja, mais il était convaincu qu'elle ne partirait pas. C'était inéluctable, le virus conduisait invariablement à la mort du porteur. Un malade ne pouvait jamais évacuer l'ensemble des voix. L'une d'elles restait forcément et c'était cette malédiction qui le tuait. Et même en les donnant au fur et à mesure, les voix effritaient la résistance psychique du sujet. On pouvait exploser avec un seul démon dans le crâne. D'abord indécelable, la folie se faisait plus perceptible alors que l'esprit se fractionnait. Parfois, Kazan avait le sentiment de chuter dans le néant, son propre vide ouvert dans sa poitrine. Il était entraîné irrésistiblement par un gouffre. Chasser une voix lui permettait de reculer de quelques pas, mais il savait que très vite, de plus en plus vite, les démons le ramèneraient au bord. Jamais il n'échapperait à l'attraction du vortex. Encore moins maintenant, avec Nadja accrochée à son cerveau comme un chien de combat.

Un jour, la fumerie resta close malgré ses coups de poing sur la porte, et là, il sut qu'il ne pouvait plus faire semblant. Feliks ne l'avait toujours pas retrouvé, en dépit de ses menaces. L'angoisse de Nadja, son désespoir le minaient. Lui aussi voulait savoir.

Il se rendit chez la tante de Nadja et gravit l'escalier, d'abord quatre à quatre puis ralentissant comme il arrivait. Il appuya l'oreille contre la porte. Aucune conversation ne rompait le silence. Il toqua de l'index. Au bout de quelques instants, des pas firent grincer le plancher. Il suspendit sa respiration et ne la relâcha que lorsque le visage de la femme parut dans l'embrasure.

— Oh, c'est vous, murmura Alenka.

Il n'aurait su dire si elle était soulagée ou déçue. Peut-être un peu des deux.

— Feliks est là ?

— Entrez, proposa-t-elle.

— Feliks est là ? insista-t-il sans bouger, tendu comme un arc.

Elle secoua la tête d'un air las.

— Je suis désolée. Cela fait un mois que je ne l'ai pas vu.

Elle s'effaça complètement et il se décida à entrer, regardant prudemment autour de lui comme si le médecin avait pu se cacher quelque part en dépit des dires de la femme.

— Vous voulez la voir ?

Kazan secoua la tête, tandis qu'en lui-même Nadja se révulsait. Elle non plus ne voulait pas affronter la décrépitude de son enveloppe physique, qui avait encore dû s'aggraver.

— Pardon, dit-il. Je n'en ai pas le courage.

— Le courage, oui, releva-t-elle, maussade. J'en ai, du courage, pour m'occuper de ma fille et de ma nièce toute seule.

Elle se laissa tomber dans un fauteuil. Elle paraissait avoir vieilli de plusieurs années.

— Vous ne savez pas où il est, n'est-ce pas ? demanda-t-elle.

— Feliks ?

— Il s'est enfui, sans doute. Il aura obtenu un laissez-passer. En tant que médecin étranger, ça ne devait pas être difficile.

— Qu'est-ce qui vous fait dire ça ? demanda Kazan en s'adossant au mur.

Nadja rugissait sa désapprobation. Impossible que Feliks les abandonne. Il lui était forcément arrivé quelque chose. Folle d'inquiétude, la médecin volait partout dans la tête de Kazan, se heurtant douloureusement aux parois de son crâne comme un oiseau en cage.

— Il m'a dit qu'il allait voir le maréchal de la garde, répondit la femme. Au début, j'ai cru qu'il avait trouvé quelque chose, mais c'était probablement pour demander son autorisation de sortie.

— Le maréchal de la garde…, répéta Kazan, atterré. Feliks était allé le dénoncer à la plus haute instance possible ; il ne plaisantait pas. Alors, qu'est-ce qui lui était arrivé ? Est-ce qu'il avait eu un accident sur la route ? Ou est-ce qu'on l'avait retenu là-bas ?

— Vous y êtes allée, vous, voir le maréchal ?

— Je lui dirais quoi ? Qu'est-ce que ça peut lui faire que je sois seule avec deux coquilles et que le mari de ma nièce se soit volatilisé ? Il n'y a rien de mystérieux là-dedans. Les hommes décampent et ils laissent les femmes gérer. Vous, vous étiez où pendant tout ce temps ?

— Feliks et moi avons eu… un désaccord. Je voulais m'excuser.

— Eh bien, vous arrivez trop tard. Il est parti.

— Je n'en suis pas sûr. Son statut d'étranger ne le place pas au-dessus des autres, bien au contraire. La quarantaine est stricte.

— C'est ce que vous croyez. Beaucoup de gens sont sortis en échange de pots-de-vin.

Kazan dut admettre que c'était possible, mais Feliks, lui, n'avait pas ce recours et, surtout, il n'avait aucun désir d'abandonner sa femme. Il lui était forcément arrivé quelque chose et la piste commençait – ou finissait – à la tour Pointue.

— Je vais me renseigner auprès du maréchal.

— Je ne vous reverrai jamais, alors, ironisa-t-elle.

Il dévala les marches sans dire au revoir. Nadja l'incitait à courir. L'inquiétude qui la dévorait lui faisait cogner le cœur. Devant la tour, il hésita. Comment découvrir ce qui était arrivé au médecin ? Finalement, il choisit de signaler une disparition préoccupante. Comme à son habitude, il se couvrait avec des demi-vérités. Il patienta plusieurs heures avant d'être reçu par un greffier fatigué qui nota ces éléments d'un air las.

— C'est la quatre-vingt-troisième déposition aujourd'hui, expliqua-t-il. Et vous avez perdu la trace de votre ami il y a plus d'un mois. Il a pu devenir une coquille, être pendu, lynché, brûlé, jeté dans le fleuve.

Nadja hoquetait dans sa tête, bouleversée.

— C'était un médecin, insista Kazan.

Le greffier fit la moue, haussa les épaules et se figea dans cette posture grotesque, les yeux soudain écarquillés.

— Un médecin, répéta-t-il. Très blond. Il parle avec un accent ?

— Oui, ce n'est quand même pas commun ! Vous vous souvenez de quelque chose ?

— Peut-être, répondit l'homme évasivement.

— *Il sait !* hurla Nadja. *Mon Dieu, il sait ! Fais-lui dire ! Fais-lui dire tout de suite !*

Elle lui envoyait des vrilles de colère dans le ventre et la poitrine. Kazan contrôla sa respiration pour se calmer et hasarda :

— Je peux voir votre chef, peut-être ?

L'homme le lui accorda. Les choses tournaient vraiment mal.

31

Kazan redoutait d'avoir commis une erreur, mais il ne pouvait plus faire marche arrière. Reculer maintenant serait considéré comme un aveu de culpabilité. Aussi grimpa-t-il l'escalier en colimaçon d'un pas alerte, ravalant son appréhension et se nourrissant de la colère de Nadja pour combattre sa peur. Mais à peine croisa-t-il le regard du maréchal que la stupeur le cloua sur place.

— Je vois que tu me reconnais, susurra l'homme.

Il lui indiqua le seul siège disponible. Kazan se força à s'asseoir au fond de la chaise, le dos nonchalamment appuyé sur le dossier alors qu'il brûlait de bondir hors de la pièce. Bien sûr qu'il reconnaissait cet homme, c'était lui qui avait mené la descente à la fumerie, juste après le cambriolage du musée. C'était lui qui l'avait laissé repartir avec un tableau volé, alors qu'il gardait à vue les autres clients de l'établissement.

— Je ne m'attendais pas à te revoir, déclara l'homme en souriant. Et encore moins dans ces circonstances. Tu t'inquiètes pour celui qui voulait te faire condamner ?

Kazan se contrôla pour ne pas ciller, ne pas déglutir. Ses mains restèrent entre ses cuisses, ses épaules détendues, mais en lui-même une alarme s'était mise à piailler. « Il sait, il sait, il sait ! »

— Comment tu t'appelles ?

— Kazan.

L'autre sourit plus largement, dévoilant ses canines.

— Tu as oublié ton patronyme ? Tu n'arrives plus à te le rappeler avec tous les noms qui chahutent dans ta tête ?

Kazan garda un silence prudent.

— Tu peux me parler, tu sais. Tu comprends pourquoi ?

— Vous en êtes un, c'est ça ?

— Évidemment.

Feliks s'était jeté droit dans la gueule du loup.

— Merci de m'avoir aidé la dernière fois.

— C'est normal.

Il plissa les yeux et son sourire s'évanouit.

— Je devrais te tuer.

Cette fois, Kazan ne put dissimuler une très légère crispation.

— Tu as attiré l'attention sur toi. Cet homme a compris ce que tu étais. Il est venu ici demander de l'aide. S'il était tombé sur quelqu'un d'autre, quelqu'un qui l'aurait écouté et pris au sérieux, nous aurions tous été en danger.

Il inspira à fond ; ses narines s'étrécirent. Une veine palpitait à sa tempe, trahissant la colère profonde qu'il tentait de masquer.

— Comment a-t-il deviné ? Tu lui as dit ?

— J'ai absorbé sa femme. Il l'a perçue à travers moi, expliqua-t-il, sincère.

— Je vois. Qu'est-ce que tu fais dans la vie ?

— Pas grand-chose.

— Qui as-tu absorbé ?

— Ma famille. La femme de ce médecin. Un acrobate dans un cirque. Un gamin des rues. Une autre gamine des rues. Un soldat en permission. Une peintre. Une étrangère des îles du vent. Un gardien de musée. Un type qui faisait des combats clandestins. Une…

Le maréchal le coupa d'un signe de main.

— Tu n'avais aucun plan de carrière ?

Kazan secoua la tête.

— Ta famille. Cette femme. Des étrangers de passage… Tu as agi dans l'impulsivité, c'est ça ?

— Oui…

— Cette maladie est un cadeau de Dieu ! s'emporta brusquement l'homme. Et toi, tu gâches cela, tu fais n'importe quoi ! Nous avons la possibilité de nous élever dans la société, prendre les postes les plus importants, gravir les échelons dans l'ombre. Comment crois-tu que je sois arrivé jusqu'ici ?

Kazan calcula ses chances de s'en sortir. Ils étaient seuls tous les deux. Il s'estimait plus fort que son adversaire. En sautant par-dessus le bureau, il le prendrait par surprise, frapperait de toutes ses forces, un coup de pied en plein visage qui étranglerait le cri d'alerte dans sa gorge, au milieu des dents cassées. La fenêtre était étroite et, bien sûr, très haute. Les gargouilles lui permettraient de redescendre les vingt mètres de hauteur sans trop de problèmes, mais en plein jour, il serait repéré par les passants. Un arbalétrier lui logerait facilement un carreau entre les omoplates.

— Tu as de la chance que j'aie intercepté ton ennemi.

— Vous l'avez tué ?

— Pas tué, non. On n'est pas dans la rue, ici. Je l'ai fait enfermer dans l'attente d'un procès. Il moisit dans une de nos cellules. Avec les milliers d'affaires qui s'accumulent, il n'est pas près d'être jugé.

— Vous allez m'enfermer aussi ?

— Pourquoi ? Non. Qu'est-ce que tu voulais en venant ici ? T'assurer qu'il était mort ? Finir le travail ?

— Oui, mentit-il.

— Eh bien considère que je m'en suis occupé pour toi.

— Je vous remercie.

— Tu peux, oui.

Il croisa les mains et le regarda par en dessous en souriant.

— J'ai un petit faible pour toi. Tu me ressembles. Sauf que tu as raté ta carrière. Tu es comme un reflet déformé de moi-même.

Kazan se demanda s'il devait se sentir flatté ou insulté.

— Nous devons faire preuve de solidarité entre nous, poursuivit le maréchal. Tu n'as peut-être pas choisi tes démons avec la plus grande sagacité, mais tu es un voleur d'esprits et tu as une sacrée carrure.

Son sourire s'élargit.

— Voudrais-tu travailler pour moi ?

— Quel genre de travail ? demanda Kazan.

Il allait dire « gardien de prison », car il pensait toujours à Feliks, prisonnier quelque part, mais il réussit à se taire. Il ne devait trahir aucune marque d'intérêt supplémentaire pour le médecin.

— Tu as peur de faire des choses illégales ? se moqua le maréchal.

— Ça dépend.

— Bien ! Pas si impulsif que ça, à ce que je vois ! Non, ce que je te propose, c'est de rejoindre ma brigade. Je suis sûr que nous pouvons collaborer dans un sens qui nous arrangerait tous les deux. Pas besoin de se mentir, tu comprends ?

— Merci, mais je préfère faire cavalier seul, affirma Kazan.

— Drôle d'expression quand on a des dizaines de personnes en permanence avec soi.

Le maréchal s'amusait beaucoup.

— Reviens me voir si tu changes d'avis.

— D'accord. Merci. Je vais y penser.

Il se leva un peu vite et salua l'autre homme d'un signe de tête avant de s'éclipser, furtif et silencieux comme un chat. Dans l'escalier, son pouls ralentit. Il se calmait, réfléchissait. Il avait le sentiment d'avoir échappé à un étrange et très dangereux prédateur. Feliks n'avait pas eu cette chance. Il était là, quelque part, dans les geôles de la garde, probablement à l'isolement pour ne pas ébruiter son secret.

— *Sors-le de là...*

Nadja, dévastée, ne l'invectivait plus. Elle suppliait.

— *Si tu l'aides, je me tairai. Je m'effacerai de toi. Je m'éteindrai dans les abysses de ton inconscient...*

Il l'ignora. Il n'avait aucune raison d'aider Feliks. Grâce au maréchal, il pouvait désormais parcourir les rues en toute tranquillité, certain de ne pas être accusé ou pris en chasse par des tueurs. Pourtant, il ressentait aussi de l'amertume. Il ne le verrait plus. Feliks croupirait dans son cachot, sa volonté émiettée par la captivité. Il mourrait ou bien deviendrait fou. C'était fini. Terminé. Cette histoire était derrière lui. Feliks continuerait de le hanter, chaque nuit, et le désir qu'il nourrissait pour lui lui brûlererait les entrailles.

Pas mon *désir, bordel.*

Mais il n'arrivait pas à se sortir cette idée de la tête. Il voulait délivrer Feliks, lui parler, s'expliquer. Peut-être qu'il l'écouterait, maintenant, et s'il ne le faisait pas, Kazan prendrait l'ascendant sur lui, il l'obligerait à considérer son point de vue. Ils régleraient leurs différends d'homme à homme.

Je vais le sortir de là, pensa-t-il à son attention et celle de Nadja. *Mais pour cela, je vais avoir besoin d'aide.*

Il s'engagea dans des ruelles anguleuses jusqu'à se trouver seul. Les façades tarabiscotées des maisons fournissaient de bonnes prises. Il se hissa sur les toits et revint s'installer entre deux cheminées, aux abords de la tour Pointue. Sa vue plongeante sur la place lui permettait de surveiller les nombreuses allées et venues. La lumière déclina. Sur le ciel rouge, les clochers des églises et les pignons des toits se découpaient en ombres dentelées. Il resta là toute la nuit, mémorisant les entrées et les sorties des gardes, devinant leurs grades et leurs rôles grâce aux insignes sur leurs uniformes. Il finit par identifier l'un des porte-clés qui quittaient son service à l'aube, comme le ciel noir se teintait de nuages bleus.

— *Tu sais ce qu'on va faire, n'est-ce pas ?* lança-t-il à Nadja.

Elle ne répondit pas. En arrière-plan, les autres voix bourdonnaient leur mécontentement en sourdine.

— *Tu seras complice de ça*, insista-t-il. *Tu seras comme moi.*

— *Je sais*, dit-elle enfin. *Fais-le.*

— *Que sont devenus tes grands principes ?*

Silence de nouveau.

Il suivit sans aucun bruit le porte-clés le long des rues désertées par le couvre-feu, marchant sur les toits. Avisant un angle encore obscurci par la nuit, il sauta sur un balcon inférieur, se percha sur la balustrade et bondit juste au moment où l'homme, inconscient de sa présence, passait sous lui. Le porte-clés tomba lourdement sur les pavés. Sa tête heurta le sol. Pas un gémissement ne lui échappa. Kazan craignit de lui avoir brisé le crâne, mais quand il le retourna délicatement, l'homme, le visage verni de sang, respirait encore.

— *Regarde-le*, ordonna-t-il à Nadja. *Nous allons prendre sa vie pour sauver ton Feliks.*

— *Tu le fais pour toi aussi*, répliqua-t-elle sauvagement.

Il se troubla. Était-ce la vérité ? Pour qui agissait-il exactement ? Pour Feliks, pour Nadja, pour lui ? Il n'avait pas de réponse claire à cette question.

— *Tu te saliras les mains avec moi. Je veux que tu le dises.*

— *Fais-le !* hurla-t-elle, lui vrillant le crâne. *Fais-le, espèce de salaud !*

— *Bien.*

Il se pencha sur l'homme inconscient.

32

Kazan embrassa sa victime, allongée sous lui. Ses lèvres écartèrent doucement les siennes et tout son corps se tendit dans l'attente fiévreuse de la décharge. Ses veines crépitèrent sous l'effet de l'adrénaline. Dans sa poitrine, le gouffre s'ouvrit, s'élargit, et le manque, horrible, lui vrilla les nerfs. Il commença à aspirer. Un peu de sang, coulé de la blessure au crâne de l'homme, vint électriser sa langue. Il passa la main sous la nuque du porte-clés pour le maintenir et s'enfoncer plus profondément. Tandis qu'il pompait la vie, les ressources, les souvenirs de sa victime, la fatigue de la nuit s'envola. Une puissante énergie lui irrigua les veines. Comme chaque fois, des images colorées affluèrent dans son esprit, se mêlant à sa propre mémoire, faisant éclater son être en un kaléidoscope d'histoires : il avait un frère, un père qui le battait, une femme qui le trompait, qu'il rouait de coups, qui était partie, emmenant avec elle un bébé qu'il n'aimait pas, qui lui cassait la tête avec ses cris, avec son visage laid, qui ressemblait à un couillon de la lune, son travail monotone, les couloirs sordides, le salpêtre sur les murs, les rangées de barreaux, piquetés de plus en plus de rouille au fur et à mesure qu'on descendait les étages, la lumière qui déclinait, l'humidité qui le faisait tousser, la mort qui se logeait peu à peu dans ses poumons… Kazan se recentra sur les couloirs de la prison, luttant contre le torrent mémoriel qui l'emportait. Il cartographiait les étages, fouillant dans les souvenirs du porte-clés à la recherche de Feliks. Enfin, il le trouva. Nadja hurla. Les autres voix se mirent à hurler en réaction. Sa nouvelle victime, terrifiée, se joignit au concert. La tête de Kazan devint une caisse de résonance monstrueuse, nourrie d'une épouvante si intense que la nausée le chavira. Plusieurs cœurs battaient dans sa cage thoracique. Ses côtes éclatèrent. Sa colonne rompit. Il eut l'impression de se disloquer, de s'émietter de l'intérieur et se concentra pour reprendre le contrôle, revenir à Feliks, entraperçu derrière un judas, une porte en bois renforcée de clous d'acier. Il devait noter tous les détails, le chemin exact qui menait à cette cellule et le trousseau qui correspondait à cette porte. Ce n'était que pour cette poignée d'informations qu'il acceptait de se charger d'une autre personnalité et de mettre son intégrité psychique en jeu. Rien ne garantissait la réussite de ce coup de dé. Il pouvait craquer dans la journée, son esprit se transformer en torche, ses voix comme un incendie dans tout son corps.

La lumière du soleil sur son visage le ramena au présent. Kazan avait perdu la notion du temps. Le couvre-feu était levé. Des gens n'allaient pas tarder à sortir des maisons alentour. Si on le découvrait à califourchon sur une coquille, il était bon pour le bûcher.

Il se releva péniblement et aida l'homme à se redresser. Sous le sang qui dégoulinait toujours, la peau pâlissait à vue d'œil. Il était cependant trop tôt pour l'abandonner. Les traits distinctifs de son visage restaient reconnaissables. Il l'incita à marcher, le soutenant comme s'il était ivre. La blessure spectaculaire au front accréditait la mise en scène. Ils finirent par croiser des gens qui se contentèrent de leur jeter des regards réprobateurs. Kazan et le porte-clés n'étaient que deux compagnons d'ivresse qui rentraient chez eux, et l'un d'eux s'était ouvert le front en tombant d'un trottoir.

À proximité du Klementinum, Kazan poussa sa victime dans l'angle d'un porche et le dépouilla de ses vêtements, qu'il cacha soigneusement. Puis il souleva la coquille qui s'était avachie sur les pavés et la força à reprendre sa marche vers le centre. Son apparence changeait à chaque pas. Son visage s'arrondissait. Ses yeux vacillaient vers le ciel comme s'il cherchait déjà la lune. Personne ne posa de questions quand ils poussèrent les portes du sanatorium. Kazan se composa une mine de circonstance, sollicitant ses voix pour puiser dans leur détresse, et s'avança vers un infirmier.

— C'est mon frère, expliqua-t-il avec un sanglot. Il s'est changé cette nuit. Sauvez-le, je vous en prie !

— On est déjà complets, tenta l'homme, embarrassé. On est obligés de parquer les gens dans la cantine, maintenant. Les conditions de séjour ne sont pas très bonnes, je dois dire…

— Je vous paierai.

Il lui tendit tout ce qu'il avait.

— Je ne pourrai pas le placer avec les pensionnaires de première classe, vous comprenez ? insista l'infirmier. Ça n'existe plus. Tout le monde est logé à l'enseigne des indigents.

Kazan s'étonna de cette honnêteté.

— Je vous en prie, supplia-t-il. Ça date de cette nuit. Vous pouvez encore faire quelque chose. Je signerai toutes les décharges que vous voulez pour vos essais cliniques.

Il réalisa qu'il venait de se trahir en employant des termes trop techniques, tirés de la mémoire de Nadja, mais l'infirmier épuisé par les mauvaises nuits soupira finalement son accord.

Débarrassé de sa victime, Kazan ressortit du sanatorium un peu plus tard. Dans sa tête, le porte-clés hurlait, pleurait, voulait retourner dans le Klementinum pour récupérer son corps. Il était fort, comme toutes ses nouvelles voix, et le voleur devait déployer des trésors de concentration pour l'ignorer. Le mieux qu'il pouvait faire, c'était dormir en attendant la nuit. Il remonta à Karolinenthal, chez Jiri, qui venait elle aussi de rentrer de pérégrinations nocturnes. Contrairement à lui, elle était fraîche et d'excellente humeur, mais s'aperçut tout de suite de son trouble.

— Ça va ? lui demanda-t-elle en lui caressant les tempes.

Il acquiesça de guerre lasse, pâle et fatigué.

— Combien de voix ?

— Je ne sais pas… Je ne sais plus du tout.

— Tu ne vas pas exploser ?

Elle s'assit à côté de lui et lui entoura les épaules d'un bras réconfortant. Il se laissa faire. C'était agréable d'avoir du soutien. Il vivait en permanence avec une foule dans le crâne et pourtant, il se sentait toujours si seul. Il savait que certains malades transmettaient le virus dans l'unique but de se créer des compagnons à qui se confier, avec qui partager le poids du secret, des joies et des souffrances provoquées par les démons.

— J'ai pris une voix supplémentaire, cette nuit, expliqua-t-il.

— Comment ça s'est passé ?

— J'en ai besoin. Juste pour un coup.

— Un cambriolage ?

Kazan esquissa un sourire, amusé malgré lui.

— Oui. Voilà. Un cambriolage. Un cambriolage très difficile.

— Pourquoi tu ne m'as pas demandé ? J'aurais pu prendre cette voix pour toi. Si cela peut te soulager…

Il secoua la tête.

— Ne fais jamais ça. Jamais. Choisis toujours tes démons avec soin. Ceux qui te permettront de vivre une vie meilleure. Je ne suis pas un exemple à suivre.

Il se frotta le visage, fit crisser un début de barbe sur son menton. Il se sentait tellement fatigué.

— J'ai fait n'importe quoi, avoua-t-il. J'avais la possibilité de devenir une meilleure personne. J'ai pris des dizaines de vies et la mienne ne sert à rien. Promets-moi de faire de meilleurs choix, dit-il en lui serrant la main.

— D'accord.

— Je ne sais pas ce qui va se passer… La quarantaine va empirer. Les prochaines semaines risquent d'être terribles. Ne révèle jamais que tu es une voleuse d'esprits, sauf à ceux à qui tu transmettras le virus.

Elle acquiesça docilement, mais l'inquiétude de Kazan s'accrut. Il s'apprêtait à délivrer un homme qui connaissait leur secret ; un homme qui pouvait leur faire beaucoup de mal. Jiri ne vivrait peut-être pas très longtemps. Dans quelques jours, il ramasserait son corps carbonisé par la foule vengeresse.

Une fois de plus, je vais me tromper, songea-t-il.

Pourtant, il le pensait sans conviction. La nécessité de libérer Feliks brûlait plus fortement en lui. Il voulait le revoir, lui parler, s'expliquer. Peut-être réussirait-il alors à faire ce qui avait été sa première idée : l'épauler dans sa quête d'un remède. Si seulement ils pouvaient annuler tout ça, revenir en arrière, à une époque où il n'était qu'un homme.

— Jiri, tu peux m'aider autrement, dit-il tout à coup.

*

Kazan dormit toute la journée. Il fit des dizaines de rêves qui ne lui appartenaient pas, mais l'image de Feliks, décharné au fond de sa cellule, revenait souvent, terriblement précise, empruntant aux souvenirs du gardien et à la terreur de Nadja. Il se réveilla épuisé, en fin d'après-midi. Les démons murmuraient dans sa tête. Plusieurs pleuraient. Une des voix le menaçait sans interruption. Et curieusement, dans ce capharnaüm psychique surnageait une furieuse envie de peindre. Au premier pas qu'il fit, la nausée le submergea. Une voix cria – un cri de pure épouvante, comme un homme qui va mourir. Il se rassit en soupirant.

La lumière déclinait dans le petit appartement. Il se força à manger. Grâce aux souvenirs du porte-clés, il savait que le service de nuit commençait dans une heure, avant le couvre-feu, afin de permettre aux hommes d'astreinte d'effectuer le trajet dans la ville.

— Sois prudent, lui dit Jiri avec anxiété en lui pressant la main.

— Ça ira, mentit-il. Tu as fait ce que je t'ai demandé ?

— Bien sûr. Le bonhomme était ravi.

— Tu es une vraie amie, la félicita Kazan en souriant avec tendresse.

Il revêtit les habits volés au garde. Ils le serraient un peu, mais donneraient avantageusement le change. En revanche, il ne put enfiler les chaussures et conserva les siennes. S'il avait besoin d'escalader une façade ou de se promener sur les toits, il ne pouvait pas se permettre un mauvais équipement.

Il sortit dans les rues de Yardam, marchant d'abord lentement, profitant de l'air plus frais de la soirée, de la lumière mourante du soleil, très douce sur la pierre. La nostalgie lui serrait le cœur. Il avait envie de se mêler aux passants, de participer à leurs conversations insouciantes. Eux, demain, seraient toujours vivants, toujours libres. Il ne pouvait pas certifier la même chose pour lui-même.

En lui, Nadja était tendue mais combative. Le porte-clés l'insultait en sourdine et Kazan se demanda si la jeune femme arrivait à contrôler le niveau de sa voix pour qu'elle le gêne le moins possible. Après tout, elle était aussi responsable de ce vol que lui. Cette fois, ils étaient complices.

— *Tout est ta faute*, lui rappela Nadja. *N'oublie pas ça.*

Il ne répondit pas. Sa nervosité croissait comme il se rapprochait de la tour Pointue. Il avait envie de revenir une heure en arrière, quand il était encore avec Jiri, dans la sécurité de son appartement. Il aurait pu refaire ce trajet pour l'éternité, encore et encore, juste pour ne pas avoir à agir maintenant : franchir le seuil de la tour et se jeter dans la gueule du loup.

Il déboucha sur la place et, malgré lui, son expérience de voleur reprit le dessus. Il analysa froidement ses possibilités. Deux gardes étaient en faction devant la prison. Leurs noms lui vinrent naturellement, remontés de la mémoire du porte-clés : Jens et Karl. Kazan s'avança d'un air dégagé et salua les deux hommes par leurs prénoms. Avant qu'ils aient pu dire quoi que ce soit, il ajouta :

— Matiáš est malade. Il a bouffé une saleté.

— Pute borgne, c'est pas possible ! Comme Ctibor. Mais qu'est-ce qu'ils ont branlé, ces cons !

Kazan réprima un sourire ; Jiri avait réussi. Cet après-midi, elle s'était rendue chez le dénommé Ctibor pour lui offrir un chausson aux pommes bourré de laxatifs.

— C'est peut-être la bouffe qu'on vous sert ici, qu'est-ce que j'en sais ? répliqua-t-il à voix haute. Le fait est qu'il se vide par les deux bouts. Il dégobille et il…

— Ça va, on veut pas les détails, le coupa le dénommé Jens. Qu'est-ce que tu fais avec ses habits de fonction ? Tu veux le remplacer ?

— Il m'a dit que ce serait possible. Il ne veut pas avoir de problème avec le maréchal. Il a promis de me verser la moitié de sa solde. Et ça c'est pour vous, ajouta-t-il en leur mettant dans les mains un *groschen* en argent chacun.

Les yeux des hommes s'agrandirent une seconde. Déjà, Karl avait refermé jalousement les doigts sur la grosse pièce.

— Mais t'es qui, toi ? demanda Jens, soupçonneux.

— Son cousin. Comment vous croyez que je connais vos noms ? Il m'a tout expliqué pour que ça se passe au mieux. Je suis sérieux. Je ne ferai pas de vagues. Je descends au troisième sous-sol et vous n'entendez plus parler de moi. Demain, Matiáš ira mieux et voilà.

— C'est vrai que ça va être compliqué sans Ctibor et Matiáš. Je vois même pas comment on peut faire. C'est le bordel toutes les nuits et on est déjà en sous-effectif. Le chef va être fou de rage si on lui annonce que les deux idiots ne peuvent pas travailler cette nuit.

— En même temps, on aura peut-être de la meilleure bouffe à l'avenir. Moi, je ne mange rien cette nuit !

— C'est plus raisonnable, oui, approuva Kazan avec un sourire.

Jens l'évalua des pieds à la tête.

— T'es un sacré animal, le cousin. Si on a des emmerdes cette nuit avec tous les dingos qui pullulent dans cette ville, tu pourras nous filer un coup de main.

— Si vous voulez.

— Tu sais quoi faire, alors ?

— Bien sûr. Matiáš m'a tout expliqué. Les cellules du troisième sous-sol. Le trousseau de clés marqué « C ». Quinze types à moitié morts à surveiller. Je devrais m'en tirer.

— Ouais, je veux bien te croire. Il a la vie facile, ce Matiáš. Nous qui allons voir un défilé de tarés en tous genres toute la nuit, on va pas rigoler.

— Je suis désolé.

— Bon, écoute, file. Tu sais quoi faire.

— Oui. Merci.

Il se glissa entre les deux hommes et entra dans le poste de garde qui grouillait déjà de monde. Il marcha droit vers la pièce où étaient enfermés les trousseaux de clés, classés par étages. Un greffier s'étonna de sa présence, mais il servit le même mensonge, prenant soin de nommer chacun par son prénom, détendu et confiant. Il prit quelques nouvelles de la femme du greffier, dont la fille était devenue une coquille et compatit à son sort, expliquant que sa propre épouse avait été transformée elle aussi. L'homme se décomposa. Ils se serrèrent la main, en une étreinte fraternelle, unis par le malheur. Dans son crâne, le porte-clés rugissait :

— *Ne l'écoute pas ! Il ment ! C'est lui qui nous tue ! Qui tue tout le monde !*

Kazan s'empara du trousseau. Le geste lui paraissait familier, de même que le poids de l'objet dans sa main, le tintement des clés les unes contre les autres, et cette légère odeur de métal qu'il dégageait.

— J'y vais, annonça-t-il.

L'autre le salua, les yeux toujours empreints de douleur, et Kazan descendit prendre son poste, au troisième sous-sol. Son pouls s'accélérait comme il dévalait les marches. Même si tout s'était bien passé, il n'avait fait que le plus facile. Les vraies difficultés commençaient…

33

Dans les profondeurs de la prison, Feliks avait perdu toute notion du temps. Au début, il avait bien tenté de lutter, mais sa combativité s'était finalement émoussée dans l'obscurité suintante de la cellule. Il était cerné de vieilles pierres couvertes de champignons. Un soupirail inaccessible laissait filtrer un peu de lumière ou bien des ruisseaux de pluie sale. Le tas de paille s'était depuis longtemps écrasé sous son poids et la tinette était nauséabonde. À force, Feliks n'en sentait plus l'odeur. Pourtant, dans son malheur, il avait eu de la chance. Emprisonné plus tôt dans l'année, il aurait probablement grelotté jusqu'à la pneumonie. La douceur printanière et la nourriture infecte lui permettaient de survivre. Mais même cela perdait son importance. *À quoi bon se battre encore ?* se demandait-il. La veille, le porte-clés s'était moqué de lui. Le lorgnant par le judas, il lui avait lancé un « toujours là ? » goguenard. Feliks n'avait pas réagi, alors que les premiers jours de son emprisonnement, il avait passé des heures entières à tambouriner contre la porte ou bien à tourner en rond dans sa cellule, la rage au ventre, ricochant d'un mur à l'autre. Parfois, il craquait et hurlait, appelait, dispersait la paille à coups de pied.

La nuit, incapable de dormir, il échafaudait d'invraisemblables plans d'évasion. Il avait bien tenté de se comporter de façon courtoise, les mâchoires refermées sur ses envies de meurtre, mais son attitude accommodante ne lui avait apporté aucun avantage notable. Peu à peu, la peur avait miné son indignation. Il allait moisir ici jusqu'à sa mort ou bien un jour, on le tirerait de prison pour le livrer à la vindicte populaire en l'accusant de sorcellerie. Le sort des autres captifs ne le rassurait guère. Dans les cellules voisines, il les entendait marmonner tout seuls ou cogner la porte, crier, hurler, gémir, se lamenter, en proie au désespoir ou à une rage incohérente. Cet étage était une oubliette. Aucun d'entre eux n'en ressortirait.

Et puis un état d'engourdissement avait fini par effriter l'angoisse et il s'était mis à éprouver une forme d'indifférence maussade pour tout. Il dormait le plus possible pour passer le temps. Ce à quoi il s'accrochait encore une semaine auparavant – le chant des pinsons à l'aube, les rayons du soleil sur le plafond l'après-midi, la fissure qui ressemblait à une tête de chien au-dessus de la porte – avait perdu son importance.

Pourtant, quand le judas de sa cellule s'ouvrit en pleine nuit, une excitation irraisonnée s'empara de lui. Il cligna des yeux pour chasser les bribes de sommeil entremêlées de cauchemars. L'humidité le fit tousser et frissonner. Entendant le cliquetis des clés dans la serrure, une brève poussée d'adrénaline le fit asseoir dans la paille, hésitant entre l'espoir et la peur.

Il se passait enfin quelque chose.

Un trait de lumière s'élargit dans l'interstice de la porte en train de s'ouvrir. Une silhouette familière se coula dans l'obscurité ; Feliks manqua s'étrangler et toussa de nouveau. Une bouffée de haine le traversa avant de se perdre comme de la fumée dans un abîme de perplexité. Pourquoi viendrait-il ?

L'ombre lui fit signe de se lever. Feliks éprouva un léger vertige en forçant sur ses jambes. Le premier pas rompit son équilibre. Il s'agrippa au bras de Kazan pour ne pas tomber.

— C'est bien toi ? murmura-t-il.

— Je vais te sortir de là. Tu peux marcher ?

— Pourquoi ?

— Je peux te porter, mais ça va vraiment me compliquer la tâche.

— Non, je voulais dire : pourquoi tu es là ? Pourquoi tu veux m'aider ?

Cela faisait des jours qu'il n'avait pas composé une phrase aussi longue. Il avait l'impression que sa langue s'était appesantie dans sa bouche et que sa diction était devenue plus lente, plus difficile.

— On discutera après, trancha Kazan. Viens.

Il rouvrit la porte. Le flot de lumière – quelques torches sur leurs appliques – aveugla Feliks. Un nouveau vertige manqua le terrasser. Il s'affaissa contre Kazan, frissonnant d'humiliation et de rage impuissante. Le front contre son uniforme noir, il réalisa que son ennemi était vêtu comme un garde. Un trousseau de clés suspendu à sa hanche tintait à chacun de ses pas.

— Tu t'es fait embaucher ? s'enquit-il d'une voix rauque.

— Seulement pour un remplacement. On va te trouver de quoi t'habiller toi aussi.

Il l'aida à sortir dans le couloir, patientant le temps que ses yeux s'acclimatent à la luminosité pourtant chiche du lieu, et qu'il dérouille les muscles de ses jambes.

— Qui est en train de m'aider ? demanda-t-il faiblement. Toi ou Nadja ?

Sa voix s'enraya sur le prénom de sa femme. Il scruta le visage de Kazan, cherchant une émotion, une mimique, quelque chose qui lui prouve qu'elle était là, toute proche de lui. La pénombre l'empêchait de vraiment distinguer ses expressions.

— Plus tard, asséna encore Kazan. On va devoir monter, ajouta-t-il en lui désignant les premières marches de l'escalier.

— Tu veux me faire traverser tout le poste de garde ? s'étrangla Feliks. On ne passera jamais !

— Pas le choix. Viens, juste un étage pour commencer.

Feliks se retrouva en sueur au bout de quelques marches. Kazan l'attendait patiemment. Au premier virage du colimaçon, il l'arrêta d'une pression sur le bras.

— Attends-moi un instant.

Le médecin le suivit des yeux comme il accélérait, avalant les degrés en trois grandes enjambées. Il le perdit de vue, mais entendit le son d'une conversation courtoise qui s'acheva en plein milieu d'une phrase. Il n'y eut pas de cri, pas de lutte. Juste le silence rompu par un froissement de vêtements et le cliquetis du trousseau de clés. Kazan revint le chercher et l'accompagna jusque dans un nouveau couloir, pareil à celui qu'il venait de quitter. Ils étaient seuls. Des portes de cellules s'alignaient à droite et à gauche, les judas fermés, aveuglant les prisonniers. La gorge de Feliks se serra d'angoisse et de pitié. Kazan lui tendit une pile de vêtements noirs.

— Mets ça.

Il obéit lentement, chaque mouvement déclenchant de petits frissons de faiblesse dans son corps. La vue de son torse décharné par la famine lui fit peur. Il flottait dans les vêtements du garde.

— Tu l'as tué ? voulut-il savoir. Tu l'as absorbé ?

— Arrête un peu. Je l'ai juste assommé et je l'ai enfermé dans une des cellules.

Feliks lissa ses vêtements noirs du plat de la main. Il se sentait déguisé, si peu crédible que c'en était risible. Entre deux doigts, il attrapa une mèche de ses cheveux.

— Et pour ça ? demanda-t-il.

— J'y ai pensé, ne t'inquiète pas.

Il déposa du suif dans sa main. Feliks frotta ses cheveux blonds avec la graisse, noircissant sa couleur naturelle en un brun inégal.

— Dans la demi-pénombre, ça passera, lui assura Kazan.

— Ils remarqueront bien mon visage, ma carrure, ma façon de marcher… Kazan, enfin, tu crois vraiment qu'on peut passer au nez et à la barbe de tous ces agents là-haut ?

— On n'a pas trop le choix. Reste bien derrière moi. Ne me lâche pas d'une semelle.

Ils gravirent un nouvel étage. Un homme était en faction devant les cellules, mais c'est à peine s'il leva les yeux sur eux. Dans les hauteurs du bâtiment, on commençait à entendre le brouhaha des conversations. Le poste de garde devait être plein à craquer. Feliks se mordilla la lèvre nerveusement. Il se heurta au bras tendu de Kazan.

— Attends, ordonna-t-il.

Feliks déglutit. Son compagnon écoutait attentivement quelque chose. Ses voix ? Il allait poser une nouvelle question lorsque Gros-Horloge, tout proche, sonna trois coups. Presque aussitôt, des cris résonnèrent à l'étage supérieur. Un sourire se dessina sur les lèvres de Kazan.

— C'est le moment, murmura-t-il.

Ils engloutirent les dernières marches alors que le niveau sonore montait encore. Certaines personnes riaient, d'autres s'exclamaient « Les couillons ! Ah, les sacrés couillons ! » et les gardes tentaient de ramener l'ordre en aboyant.

Ils émergèrent dans la salle principale de la garde, où une dizaine de coquilles tournoyaient, hagardes, se heurtant dans une prostituée hilare, rebondissant contre un homme ventripotent qui les repoussait d'un air dégoûté. Dès qu'on essayait de les attraper, elles se dérobaient et la scène rappela fortement à Feliks les désordres quotidiens du sanatorium. À la suite de Kazan, il s'avança dans la cohue. Personne ne faisait vraiment attention à eux. Son cœur accéléra comme il aperçut les doubles portes ouvertes sur un rectangle d'extérieur. L'air libre. L'espace. La liberté. Une coquille le bouscula. Il vacilla sous la charge. Kazan le rattrapa de justesse et le remit brutalement sur ses pieds, mais le mouvement avait attiré l'attention d'un greffier. Sur son visage d'abord courroucé par le désordre passèrent l'étonnement, puis la stupeur. Ses yeux s'écarquillèrent, sa bouche s'ouvrit sur un O parfait, un cri lui gonfla la gorge, prêt à jaillir…

34

Kazan frappa le greffier en plein visage, étranglant son cri d'avertissement en un couinement. L'homme s'écroula comme une marionnette dont on a coupé les fils. Une coquille buta sur lui, s'effondra à son tour. Tous les regards se tournèrent dans leur direction.

— On passe en force ! ordonna Kazan.

Il leur restait une vingtaine de mètres à parcourir, vingt foulées, vingt dalles de pierre au sol, puis l'air libre. Ce n'était rien ; c'était énorme.

— Évadé ! cria le greffier, par terre, d'une voix plaintive. Évadé !

Dix gardes marchèrent lourdement vers Kazan et Feliks. Le voleur porta la main à son col, arracha les premiers boutons qui le serraient, déplia ses épaules et échauffa les muscles de ses bras d'un mouvement souple. Il balança la tête de droite à gauche, comme un taureau, faisant craquer ses vertèbres. Son sang brûlait, pompé par les furieux battements de son cœur.

— Kazan ? dit Feliks d'une petite voix.

— Surtout, suis-moi, ne me lâche pas.

Ses adversaires le scrutaient, vaguement inquiets de ne voir aucune trace de peur sur son visage. Il referma ses doigts en poings et, légèrement voûté, il chargea. Le premier garde se jeta sur lui. Il porta un coup latéral avec sa matraque que Kazan esquiva d'un cheveu, se glissant dessous avant de frapper de toutes ses forces, à l'estomac. L'homme se plia en deux, les yeux exorbités. Son bâton tomba sur le sol. Déjà, le second attaquait. Kazan le repoussa du pied avec la même violence, visant l'aine. L'autre valsa en arrière en gémissant. Puis ses jointures s'écrasèrent sur la pommette du troisième. Quelque chose craqua sous ses doigts. Son coude vola vers le quatrième qui tentait de le prendre à revers. Il l'atteignit à la gorge, lui coupant la respiration. Il ne fut pas assez rapide pour esquiver le cinquième et le garde le ceintura maladroitement. D'un croc-en-jambe, Kazan le fit basculer devant lui. Il s'en servit comme bouclier humain pour gagner deux mètres, tournant sur lui-même, Feliks comme une ombre derrière lui. Il étranglait le garde de sa main gauche. De la droite, il fractura un nez. Il avançait au milieu des bruits secs des coups qu'il assénait et des cris de douleur qu'il provoquait, des inspirations sifflantes, de ses propres halètements et du son blanc dans ses oreilles. L'adrénaline le saturait. Il avait du sang sur les mains et laissait des traces rouges là où il frappait. Les gardes hésitaient à présent. Ils pantelaient devant lui comme des chiens, cherchant l'ouverture. Impossible de faire usage des armes à feu dans un si petit espace. Il y avait des gens partout, des coquilles, d'autres gardes. Et puis merde, ils étaient toute une équipe contre un seul homme ! Pendant quelques battements de cœur, ils se jaugèrent. Enfin, un homme s'avança en hurlant. Kazan le percuta au visage, deux fois. Le garde poursuivit malgré tout sa charge avec une opiniâtreté désespérée et chuta de tout son poids sur lui. Le voleur vacilla. Aussitôt, trois autres gardes le ceinturèrent. Submergé, Kazan sentit qu'il chancelait. S'il tombait, c'était terminé, il était mort. Il se raccrocha à une taille pour préserver son équilibre, la serra, la tête bien calée contre la hanche de son ennemi, inspirant l'odeur de ses vêtements noirs et il poussa. Son adversaire lui servit de bélier pour renverser les gardes comme des quilles. Il le lâcha avant de chuter à son tour. Redressa le dos en respirant très fort. Un petit cercle de vide s'était recréé autour de lui. Seul Feliks s'y tenait, éberlué.

— On avance ! rugit Kazan.

Ils gagnèrent cinq mètres supplémentaires, avant qu'un garde les charge. Kazan se baissa complètement pour esquiver. Venu de derrière, un coup de pied dans les reins le fit tomber à quatre pattes. Il se releva d'un bond, poussa sur ses genoux, sa tête atteignit un garde dans l'estomac. Il retomba sur lui, se redressa en le piétinant, chuta aux pieds du garde suivant. Il n'avait qu'une seconde pour réagir. Il asséna un coup de poing aux testicules de l'homme, qui poussa un râle de souffrance. Par-dessus son corps recroquevillé, secoué par les spasmes, Kazan distingua les pavés de la rue. Ils n'étaient plus qu'à deux mètres.

Il se releva une nouvelle fois, hors d'haleine, prêt à cogner encore, des poings, du front, des pieds, au visage, à la gorge, pour ravager ses adversaires.

Mais il n'y avait plus personne.

Il se retourna pour vérifier que Feliks était toujours là, derrière lui.

Quinze gardes gisaient sur le sol, certains entassés les uns sur les autres, gémissant, se tordant, rampant plus loin. Les spectateurs du combat s'étaient réfugiés contre les murs et regardaient Kazan avec de grands yeux effrayés. Les coquilles elles-mêmes ne bougeaient plus. Elles scrutaient le plafond en claquant des dents. Feliks, les bras croisés, s'étreignait les coudes, les genoux tremblant de faiblesse.

— On y va ! aboya Kazan d'une voix rauque.

Il le saisit par le poignet et d'une saccade l'incita à avancer.

— Cours !

Ils franchirent les portes. Après tout ce temps passé sous terre, dans la chaleur poisseuse des souterrains, l'air frais de l'aube les gifla. Feliks, livide, vomit de la bile, plié en deux. Kazan se frotta le visage, ne faisant qu'étaler du sang – le sien ? celui des autres ? Il n'en savait rien. Chose curieuse, pendant tout le combat, ses voix s'étaient tues. Dans cette explosion de violence, il avait enfin été lui-même.

— *Tu n'es bon qu'à ça. Faire le mal.*

Les démons rampaient de nouveau dans son cerveau. Le répit avait été bref.

— Il faut qu'on avance, murmura Kazan. Reprends-toi.

Feliks acquiesça. La mauvaise teinture partait déjà, lui faisant une chevelure noire, rayée de blond-blanc. Il trébucha sur les talons de Kazan et retomba lourdement, avec un gémissement de douleur.

— Je vais te porter, lui proposa le voleur.

Il le chargea sur son dos et traversa la place pour rejoindre les ruelles encore plongées dans la nuit. Il fallait faire vite. La garde était sûrement en train de se rassembler. Ils devaient disparaître, se cacher, sans doute plusieurs jours, et même ainsi il y aurait désormais un avis de recherche sur leurs têtes, probablement une récompense. Kazan ne comptait pas bénéficier de nouveau de la clémence du maréchal. S'ils n'avaient pas été piégés par la quarantaine, il aurait amené Feliks loin, très loin de Yardam. Les semaines à venir promettaient d'être compliquées.

Tout en longeant les murs des rues, il lorgnait les toits. Il avait envie d'y grimper, mais avec le poids mort de Feliks, c'était impossible.

— Je peux marcher, gémit le médecin. Pose-moi.

— Non. Tu n'es pas assez rapide. Il faut vraiment qu'on s'éloigne. Ils vont nous donner la chasse, tu comprends ?

Pas de réponse. La tête de Feliks appuyait contre la sienne, la cognait mollement si Kazan faisait des mouvements trop brusques. Nadja chuchotait doucement des encouragements à son intention. Ce n'était pas désagréable.

Ils pénétrèrent dans Ville-Vieille. Des barricades de fortune avaient été érigées par une poignée d'insurgés protestant contre la quarantaine, mais à cette heure, elles étaient désertes. La garde les avait peut-être évacuées plus tôt dans la nuit. Kazan les franchit sans peine, s'enfonçant dans les quartiers les plus pauvres. Quelques coquilles y erraient, désœuvrées. D'une fenêtre s'éleva un hurlement, vite interrompu. Les deux évadés traversèrent une place noire de cendres. Des formes carbonisées, à peine humaines, pendaient à un gibet. Une coquille se promenait lentement sous elles, nue, ses jambes pâles bottées de suie jusqu'aux genoux. L'odeur était atroce. Toutes les habitations donnant sur la place avaient des carreaux cassés, les façades noircies par les feux répétés. À part le froissement de leurs pas dans la cendre, il n'y avait aucun bruit.

Kazan poursuivit sa route jusqu'à trouver la maison qu'il avait repérée quelque temps auparavant, ravagée par un incendie. La porte ne tenait plus que sur un gond. Il l'ouvrit de l'épaule et fit entrer Feliks. À l'intérieur, derrière les meubles détruits par les flammes, il trouva le paquet que Jiri avait dissimulé pour lui, des vêtements de rechange. Son alliée avait été parfaite, cette nuit, empoisonnant d'abord le collègue du porte-clés, puis guidant un troupeau de coquilles déchaînées jusqu'au poste de garde aux trois coups de Gros-Horloge et, enfin, en lui prévoyant de quoi changer de tenue dans sa planque. Elle voulait le rejoindre à l'aube, mais Kazan le lui avait défendu. C'était lui qui reviendrait vers elle quand la situation se serait tassée – si elle se tassait. Elle s'était déjà mise suffisamment en danger pour lui.

Le voleur se débarrassa de sa tenue de garde déchirée, nettoya précautionneusement ses mains couvertes de plaies et de sang séché. Puis il jeta un paquet de frusques aux pieds de Feliks. Le médecin sursauta. Il s'était appuyé contre un mur et tremblait de froid et de faim.

— Tu as besoin de te reposer, dit Kazan.

— Non. Je ne veux plus jamais dormir… Tu ne te rends pas compte.

— Arrête tes conneries. Bouge pas de là, je vais nous chercher à manger. Il y a de l'eau à l'étage. Essaie de te laver si tu peux, tu schlingues vraiment. Ensuite, change de fringues. Fais gaffe dans l'escalier, tout peut s'effondrer, c'est fragile ici, mais c'est sûr. Je reviens tout à l'heure.

Sans attendre de réponse, il ressortit par la fenêtre, au grand désespoir de Nadja qui ne voulait plus abandonner son mari. Les autres voix jacassaient dans sa tête, chacune donnant son avis sur la situation. Kazan se faufila jusqu'à la rue des Tsiganes pour récupérer de l'argent puis repassa sur l'autre rive de la Fulda pour rejoindre Ville-Nouvelle et le dernier marché à peu près bien achalandé de Yardam, près de la cathédrale Notre-Dame-et-Charlemagne. Le jour s'était levé. Il croisa des gardes, mais qui ne lui prêtèrent aucune attention. Il était lavé de toute trace de son combat à quinze contre un et vêtu de façon sobre et sombre.

La place était bondée et il passa facilement d'étal en étal, se bourrant les poches de fruits volés et coupant quelques bourses pour finalement s'acheter des ailes de poulet, des œufs durs, du fromage, une part de gâteau au miel et des figues sèches. Il revint tranquillement dans le quartier brûlé sans être inquiété. Les ennuis viendraient plus tard, si un avis de recherche était placé sur sa tête.

Quand il rentra, Feliks dormait, recroquevillé en position fœtale sur le lit des anciens propriétaires. Sa respiration était profonde et régulière. Ses cheveux portaient encore quelques traces de suif, mais il s'était lavé. Une bonne chose. Kazan s'assit à côté de lui. Il n'avait pas vraiment prémédité son geste. Il envisageait seulement de manger en patientant. Pourtant, sans vraiment s'en rendre compte, il se retrouva avec l'autre homme serré contre lui. Nadja murmurait doucement – il n'écoutait pas. Il tenta de démêler ce qu'il ressentait… et c'était compliqué. Pourquoi était-il allé le chercher alors qu'il aurait été plus simple de le laisser mourir dans sa cellule ? Il n'avait pas la moindre idée de ce qu'était Feliks pour lui. Pas un ami. Pas un ennemi. Pas même un camarade ou un collègue. En fait, il n'y avait pas de concept pour qualifier leur relation.

Il mangea les ailes de poulet et un œuf dur pour se maintenir éveillé. Pour étouffer la voix de Nadja, il parla de Yardam, de ce quartier, se souvint d'une histoire, l'oiseau bleu, et il la raconta à mi-voix, sans savoir s'il s'agissait d'un conte qui appartenait à sa propre enfance ou à celle d'un de ses démons jusqu'à ce qu'à la fin il réalise qu'il parlait dans la langue d'origine des deux médecins.

35

Feliks revenait peu à peu à lui, bercé par cette voix connue, tranquille, douce et sombre comme une caresse. Il n'avait même pas conscience qu'il se réveillait. Il désirait juste rester dans ce cocon de chaleur. La lumière, le confort du lit, l'eau aussi qui avait lavé sa peau sale, ses cheveux gras… Tout cela lui avait tellement manqué. À présent, il redoutait de se réveiller, de découvrir que ce n'était qu'un rêve, qu'il était de retour dans sa geôle, dans les ombres, le froid et l'humidité. Certes, il avait beaucoup dormi lors de son emprisonnement, mais aujourd'hui il pouvait vraiment se reposer. Son corps cassé par les grelottements, la famine, se détendait enfin, bercé par cette voix monotone, mais aussi par la certitude qu'on le protégeait. Il y avait à la lisière de sa conscience, entre le rêve et la réalité, le souvenir incroyablement brutal de son évasion, cette traversée hallucinante au milieu des coups et des adversaires. Il le repoussa. Ce n'était pas encore le moment d'y penser. Des mains chaudes sur son corps le débarrassaient du froid et de la tension. Feliks ne cherchait pas à savoir à qui elles appartenaient. Il voulait seulement s'abandonner à ce sentiment de sécurité. Il était sauf. On s'occupait de lui.

Puis il revint à la surface. Ses yeux s'ouvrirent. Il se rendit compte qu'il était allongé contre le dos de son sauveur, les bras enroulés autour de lui. Sa joue le démangeait. Il frotta son visage contre l'épaule de Kazan.

Kazan.

Il en tomba presque du lit. Se releva, chancela, respirant plus vite. La pièce tournait autour de lui et il crut qu'il allait s'écrouler, à bout de forces.

— Qu'est-ce que tu m'as fait ? demanda-t-il.

— Quoi ?

Kazan s'assit lentement sur le lit. Feliks se souvint du nez cassé sous son poing, de ses pouces sur la carotide de l'homme, de ces heures démentes où il l'avait torturé dans le noir.

— Putain, je me suis endormi moi aussi, grommela le voleur.

— Pourquoi tu m'as aidé ?

L'espoir le traversa soudain.

— Nadja ?

— On peut garder ça pour plus tard ? Je suis crevé.

— Tu avais dit que tu répondrais à mes questions.

— J'ai dit ça ?

— Réponds, bordel !

— Mais je n'ai pas de réponse !

Puis plus doucement :

— Je ne sais pas. Vraiment, je n'en sais rien. La logique aurait voulu que je te laisse crever.

Il lui lança un regard noir.

— Après ce que tu m'as fait. Mais non. Je n'ai pas pu. Je t'ai sorti de là, et maintenant, je ne sais plus quoi faire.

— Où est Nadja ?

— Son corps est toujours chez sa tante, et sa voix est…

Il n'acheva pas, esquissa simplement un geste vague vers sa tête.

— Espèce de salaud…

Autant pour la conversation civilisée. Ils n'étaient que deux bêtes face à face, deux rivaux, deux ennemis, qui se battraient pour toujours jusqu'à la mort. Feliks avança d'un pas vers lui, bouffé par la haine, la rage, l'envie de le démolir, de casser cette gueule de doberman qui retenait sa femme prisonnière.

— Arrête, s'il te plaît, gronda Kazan. Fous-moi la paix.

— Pourquoi tu es là ? Qu'est-ce que tu attends ? Des remerciements ?

— Oui, des remerciements, ce serait bien pour commencer.

— Tu m'as plongé en enfer. Tu nous as fait ça, à nous, à elle. Comment tu peux te tenir là devant moi et me demander de te remercier ? Tu as détruit nos vies.

Kazan eut la décence de ne pas protester. Feliks n'arrivait pas à comprendre : pourquoi l'homme restait-il au juste ? Qu'est-ce qui le retenait ? Il l'avait tiré des geôles de la tour Pointue. Est-ce qu'il avait vraiment cru que cela rachèterait son crime ? Que Feliks lui pardonnerait ? Était-ce cela qu'il cherchait ? La rédemption ? L'absolution ?

Il l'observa attentivement, essayant de voir Nadja en lui, mais ne voyait que l'homme, cet homme qu'il haïssait, et qui persistait à l'empoisonner de sa présence. Il en étouffait de colère. Son cœur palpitait de haine. Il attaqua. C'était si brutal et inattendu qu'il réussit à toucher Kazan. Ses jointures serrées lui claquèrent les dents. Le coup lui endolorit les doigts, mais ce n'était rien face à la satisfaction de lui écraser les lèvres et de les fendre. Kazan se rejeta en arrière, les yeux plissés, sa main droite venant torcher le sang sur son menton.

— T'as un don pour me faire saigner, grogna-t-il.

Il bondit comme un chat sauvage. Ses mains le colletèrent et, d'un coup de pied, il lui faucha les chevilles. Feliks bascula sur le dos. Kazan accompagna sa chute et atterrit sur lui de tout son poids. Le plancher craqua. La maison se disloqua en un bruit d'enfer. Feliks traversa l'espace. Il heurta le sol deux mètres plus bas dans un déluge de bois brûlé, de cendres et de poussière. Le choc surpuissant arrêta sa respiration, son cœur, ses pensées. Kazan était toujours sur lui. Ils avaient crevé un étage pour tomber ensemble plus bas, mais le salaud ne l'avait pas lâché. Il lui enfonça le pouce dans la bouche, ses autres doigts à un centimètre de son œil, en une prise si douloureuse et dangereuse que Feliks s'immobilisa. Des débris pleuvaient sur eux. Des nuages de poussière âcre dérivaient dans la maison en ruine. Kazan en avait dans les cheveux, sur les épaules, mais ne semblait s'apercevoir de rien, investi tout entier dans la lutte à mort qui les opposait.

— Fini de jouer, sale con ! Ne bouge plus ou je t'ouvre en deux, ordonna-t-il d'une voix mauvaise.

Il s'était assis à califourchon sur sa poitrine.

La tête encore résonnante de l'impact – il était sûr d'avoir heurté une poutre en tombant –, Feliks était désorienté, aveuglé et étouffé à la fois par la poussière et par le pouce de Kazan qui appuyait sur son palais. Il s'étranglait en essayant de respirer. Proche de vomir, il toussa, gêné par la prise de son adversaire. Le manque d'oxygène l'empêchait de réfléchir. Il frissonnait des pieds à la tête. Ses yeux piquaient, pleuraient tout seuls à cause de la poussière. Des lumières noires vinrent consteller sa vision rendue floue par les larmes ; il était en train de s'évanouir.

Non !

Il se força à contrôler sa respiration. Kazan le fixait de ses yeux fous et, avec un vertige, Feliks pensa à tous les malheureux piégés derrière les barreaux de ces prunelles et qui le regardaient aussi. Parmi elles, Nadja.

— T'es calmé ? lança Kazan. Si je te lâche, tu te tiens tranquille ? Cligne des yeux si tu m'as compris.

À l'agonie, il obtempéra.

Le voleur se dégagea souplement. Il respirait vite et fort, debout dans les décombres. La poussière continuait de pleuvoir en silence. Une planche grinçait, quelque part.

Feliks se redressa à quatre pattes. Puis très lentement, se releva. Il titubait. Son oreille interne était peut-être touchée.

— T'es pas en état de te battre, lui lança Kazan. Et surtout pas contre moi. Alors, sois sage.

Feliks cligna des yeux. Ses inspirations mêlées de poussière parvenaient désormais à amener de l'air vicié au fond de ses poumons. Sa vue s'améliorait. Il s'essuya le visage du bras, étalant le sang, la sueur, les larmes et la cendre. Kazan ne lui faisait pas peur. S'il devait se battre avec ses dents, il le ferait. Il le ferait !

— Je vais te tuer, grogna-t-il.

Kazan avait sous-estimé la puissance de sa haine, pleine, entière et brûlante. Avec un cri rauque, Feliks envoya un coup de pied vers les côtes de son adversaire, plaçant tout son poids dans l'attaque. Il voulait le démolir. Kazan n'était pas un homme. C'était un récipient à briser pour libérer Nadja. Un pot en terre cuite qu'il allait casser en mille morceaux. Le besoin de détruire était si intense que le médecin en sentait le goût aigre dans sa gorge. L'impact de son talon dans la poitrine de Kazan lui procura un éclair de plaisir doublé de douleur. Le voleur tituba en arrière. Il heurta un tas de décombres, se raccrocha aux gravats pour ne pas tomber. Feliks profita de cette faiblesse. Il ramassa un bout de roche et s'en servant comme d'une arme, frappa avec furie. Il atteignit son ennemi à l'aveugle sur la rotule, perdu dans une brume de rage, et fut récompensé par des hurlements de douleur. Kazan rampait sur le dos pour lui échapper – trop lent ! Feliks posa son pied sur sa poitrine pour le clouer au sol. Cette fois, il le tenait à sa merci. Il pouvait lui fendre le crâne, le tuer.

— Arrête ! lui cria Nadja.

Il se figea, son poing armé en l'air, et derrière la brume de sang et de poussière, c'est sa femme qu'il vit, convulsant sous son pied, une main tendue, les doigts écartés, un rempart fragile, dérisoire contre la folie de ses coups.

— Nadja, balbutia-t-il.

Il tomba à genoux.

*

Kazan rassembla ses dernières forces pour se glisser à travers les décombres du mur. C'était comme si un monstre géant avait mordu dans la maison pour en prélever une bouchée. Ses mains ensanglantées agrippèrent les chevrons de bois. La rue était juste de l'autre côté. Il se propulsa dans l'ouverture. Il ne tenait que sur ses voix. Lui était aveuglé par la souffrance, les coups reçus, sa rotule pulsait au rythme de son cœur. Il espérait que ce bâtard de médecin ne lui avait pas cassé le genou. Il trébucha et hurla de douleur quand l'impact des pavés lui poignarda les articulations. Les dents serrées, les larmes aux yeux, il se releva péniblement. Sa jambe tint bon. Au moins ses os étaient intacts. Une chance. Nadja l'avait aidé. Il en était certain. Alors qu'il était sur le point de perdre connaissance, elle avait surgi au premier plan et avait réussi à interrompre Feliks.

Il tourna difficilement la tête pour voir si le jeune homme le prenait en chasse. Personne. Il avait dû renoncer, sûrement déstabilisé par sa propre femme. Il ne remerciait pourtant pas Nadja. S'il n'avait pu esquiver le coup, c'était également sa faute. Elle l'avait paralysé. Jamais un démon n'avait eu une telle influence sur lui, c'était affolant.

Il claudiqua à travers Ville-Vieille jusqu'à franchir le pont des Suicidés, vers Karolinenthal. Jiri l'aiderait à se cacher le temps que sa blessure au genou guérisse. Il n'avait pas imaginé la rejoindre si tôt et se félicitait de ne pas avoir amené Feliks à sa planque de la ruelle Dorée. Pris dans ses pensées orageuses, le voleur remarquait à peine l'effervescence autour de lui. Cependant, devant la cathédrale Saint-Fantôme, il ne put que voir le messager qui descendait d'une estrade improvisée et les gens qui murmuraient entre eux, l'air sombre et inquiet.

— Qu'est-ce qui se passe ? demanda Kazan à un badaud.

L'homme le scruta avec stupeur ; Kazan avait oublié la poussière et la cendre qui maculaient ses vêtements. Feliks l'avait également frappé au visage et du sang avait coulé de sa lèvre fendue.

— Tu verrais l'autre gars, lança-t-il, bravache.

La plaisanterie eut le mérite de détendre un peu son interlocuteur.

— C'est à peine croyable, expliqua-t-il. On a finalement trouvé ce qui transforme les gens en coquilles. Ce n'est pas une maladie ! Ce sont des vampires psychiques.

— Des vampires psychiques ? s'étrangla Kazan.

— Ils aspirent l'âme de leurs victimes. C'est pourquoi ils ne laissent que des corps derrière eux. L'âme de ces malheureux a été dévorée.

— Qui raconte ça ?

— C'est très sérieux. Tu as bien vu que c'était une annonce officielle. Les médecins de l'empereur ont dû découvrir ça, ou bien la garde. Peu importe.

— Et ces fameux vampires, ils ressemblent à quoi ?

— À toi…

Kazan frémit.

— Ou moi. À tout le monde. Ils sont fondus dans la population. Ils peuvent sortir de jour. Il y en a partout.

Une bousculade agita le groupe de gens qui discutaient.

— C'en est un ! beugla quelqu'un. C'est un vampire !

Des coups furent échangés, des cris. Un homme tomba lourdement, bourré de coups de pied par les autres. Kazan se recula avec prudence. Inutile d'attirer l'attention sur lui.

— Quelques-uns ont été repérés, reprit l'homme qui s'était éloigné lui aussi. Leurs portraits vont être affichés partout. Je n'aimerais pas être à leur place…

Kazan fronça les sourcils, étonné par cette empathie. Peut-être cet homme était-il un voleur d'esprits, lui aussi. Comme s'il avait lu dans ses pensées, l'autre esquissa un sourire énigmatique avant de se détourner pour disparaître dans la foule.

Troublé, Kazan se hâta de rejoindre la ruelle dorée. Dans le petit appartement, Jiri tournait en rond en se rongeant les ongles. Elle se figea quand il poussa la porte.

— Te voilà ! s'exclama-t-elle en se jetant dans ses bras.

Il gémit de douleur.

— J'ai cru que tu avais été arrêté ! J'ai entendu les cris des gardes.

Elle se recula et le dévisagea, anxieuse.

— Tu t'es fait bastonner ?

— Ouais. Par le gars que j'ai sauvé.

— Comment ça ?

— Laisse tomber…

Il l'écarta avec douceur et s'assit pour retrousser sa jambe de pantalon.

— Il m'a démoli la rotule, l'enfoiré.

— Fais voir.

Elle s'agenouilla à côté de lui et, du bout des doigts, palpa la peau sensible et enflée.

— Tu as mal ?

— Ben oui.

Elle le manipula prudemment.

— Ce n'est pas cassé, diagnostiqua-t-elle. Juste un gros hématome, je pense. On va mettre du froid.

Elle revint avec un linge mouillé qu'il appuya avec un grognement de satisfaction contre son genou.

— Je pensais que c'était un ami que tu délivrais ! s'indigna Jiri.

— C'est compliqué. Tu as entendu les rumeurs, dehors ? éluda-t-il.

— Oui, répondit-elle, sinistre. Il va falloir redoubler de prudence.

— Ça va virer à la guerre civile. Des tas d'innocents vont se faire lyncher.

— C'était déjà le cas avant.

Elle recommença à tourner en rond, en se rongeant l'ongle du pouce.

— Je vais devoir prendre d'autres voix, marmonna-t-elle.

— Quoi ? Je comprends rien à ce que tu dis. Sors tes doigts de ta bouche.

Elle se retourna vers lui, pâle et inquiète.

— Je ne survivrai pas, faible comme je suis. J'ai besoin d'accumuler les démons.

— Je ne sais pas…, murmura Kazan en se rencognant dans son siège. Tu peux encore passer inaperçue. Tu ne ressentiras pas le manque avant plusieurs mois. Tu peux vivre normalement.

— Je ne veux pas vivre normalement ! explosa-t-elle. Tu as regardé autour de toi ? Rien n'est normal ! On va tous finir par y passer. La quarantaine ne sera jamais levée ! Je ne serai pas une proie, Kazan, gronda-t-elle. Pas moi. Pas comme ça.

Elle inspira à fond.

— Je serai une prédatrice.

Il la regarda par en dessous, évalua sa motivation, la trouva tellement plus forte et intelligente que lui. Elle n'agissait pas par impulsion, mais par calcul. Comme le maréchal. Elle irait loin, peut-être aussi loin que le chef de la garde, raflant un poste à responsabilité qui la mettrait hors de portée des combats de rue. Mais il ne pouvait pas faire semblant d'ignorer les conséquences : la tête de Jiri pleine à craquer et le vide paradoxal qui s'agrandirait dans son cœur.

— Je sais ce que tu ressens, dit-il finalement, mais je pense que c'est une erreur.

— Arrête. Tu es dans le déni. Cette ville est en train de mourir. Tu l'as dit toi-même : c'est la guerre. Je veux pouvoir me défendre.

Kazan opina, de guerre lasse. Le froid avait endormi la douleur de sa rotule, mais elle pulsait encore doucement. Sa lèvre fendue le tiraillait et il était couvert de bleus. En se tenant immobile, cependant, ça allait. Il ferma les yeux, tâcha de se détendre malgré les voix qui l'accusaient et Nadja qui insistait pour rejoindre Feliks. Il avait envie de fumer.

— Fais comme tu le sens, ma belle, murmura-t-il. Je n'ai aucune leçon à te donner.

Elle s'assit sur l'accoudoir du fauteuil et prit sa tête douloureuse dans ses bras pour le bercer contre sa poitrine. Kazan s'y abandonna avec une satisfaction coupable. Il ne regrettait pas de l'avoir contaminée.

36

Les semaines passèrent. Les premières chaleurs s'installèrent. Le mois de juin finissait et l'été s'empara de Yardam dans un coup de vent brûlant. Les rues se desséchèrent. Le niveau de la Fulda baissa. Malgré la révélation des vampires psychiques, le nombre de coquilles continuait d'augmenter et de grands massacres survenaient partout dans la ville quand un voleur d'esprits perdait la tête. L'animation des rues décrut. Les volets restèrent clos même la journée, sans qu'on sache si les citoyens tentaient ainsi de se protéger de la chaleur ou des vampires.

Kazan sortait peu ; Jiri, beaucoup. L'homme soignait son genou et ses blessures. Son nez s'était remis. Les commotions sur son visage s'étaient presque toutes effacées. Ne subsistaient qu'une fine cicatrice sur sa lèvre inférieure, et le souvenir jaunâtre d'un hématome sur le menton. Il pouvait s'appuyer sur sa rotule sans problème et marchait avec une très légère claudication. Jiri ramenait de l'argent, de la nourriture, des beignets chauds aux amandes. Kazan la questionnait sur ses journées ; elle répondait évasivement, mais semblait n'avoir toujours qu'un seul démon. Kazan, lui, souffrait de la multiplication de ses voix. Paradoxalement, plus il guérissait physiquement et plus son état mental se dégradait. Quand Jiri s'absentait, il parlait à ses prisonniers. Hilares, les autres continuaient de le harceler nuit et jour. Il dormait de plus en plus mal.

Une nuit, réveillé par un cauchemar mémoriel, il se leva à tâtons dans le noir, la gorge sèche. Il cherchait de l'eau à la lumière chiche d'une diagonale de réverbère, perçant de biais par une fenêtre, lorsqu'une main se posa sur son épaule. Ce fut comme si quelqu'un le poussait dehors. Les murs de l'appartement se replièrent sur eux-mêmes. La bise le gifla, l'air humide, la puanteur des poubelles. Kazan se retrouva, plus petit, plus maigre, dans une ruelle tordue, jonchée d'ordures, la nuit.

Réagis !

Il pivota en un éclair et sa main vint bloquer par réflexe le coup qui descendait vers lui. Le couteau lui ouvrit la paume, traça une ligne de douleur que l'adrénaline fit aussitôt refluer. Son adversaire continua de charger, mais l'adolescent l'esquiva d'une torsion des reins et frappa du pied, visant le genou. La fille vacilla en hurlant. Il l'agrippa à la gorge avec sa main blessée et la projeta brutalement au sol. Le choc de son crâne sur les pavés l'étourdit suffisamment pour qu'il puisse l'enfourcher. Il cogna son bras armé contre le trottoir jusqu'à ce que le couteau tombe en toupillant. La fille se débattit, donna des coups de pied, des coups de griffes. Il la reconnut soudain et la déception lui pinça le cœur. Hana. Ils appartenaient à la même bande de mioches.

L'adolescent ramassa le couteau.

Son premier couteau.

Celui d'une longue lignée, qui allait tailler sa réputation dans la rue.

Et il arma son bras pour poignarder l'adolescente sous lui.

— Arrête, hurlait-elle. Arrête !

Et dans sa tête, une autre voix hurlait :

— *Arrête, Kazan !*

Nadja ?

Mais il ne pouvait pas écouter. Sa vie en dépendait. Il devait détruire son adversaire, perforer le cœur de la fille.

Sa prise s'affermit sur la gorge de Hana.

Sur la gorge de Jiri qui, couchée sous lui sur le sol de son petit appartement, le suppliait de reprendre ses esprits.

*

Nadja rouvrit les paupières pour sortir de la vision de Kazan. Elle se retrouva sur la plage rouge, où se tenaient les autres démons. Les yeux fermés, ils jouissaient du mal qu'ils faisaient à leur hôte.

Ils vont le tuer, pensa-t-elle.

Alors, ils disparaîtraient tous au fond de l'océan noir. Jamais elle ne reverrait Feliks.

Les lèvres pincées, elle observa froidement ses codétenus. Son regard s'arrêta finalement sur le porte-clés. Cet homme avait maintenu son mari en détention ; il l'avait réduit à un état de maigreur affolant en oubliant ses repas ; il s'était moqué de lui tous les jours et les humiliations qu'il lui avait infligées avaient contribué à le plonger dans le désespoir.

Au fond, le choix n'était pas si difficile…

Silencieusement, Nadja se rapprocha du démon, debout face aux vagues sombres.

Elle le frappa sauvagement au creux des genoux.

Le porte-clés tomba à quatre pattes en poussant un glapissement de douleur et de surprise. Déjà, Nadja se jetait sur lui. Ils roulèrent ensemble sur le sable, à la lisière de l'écume mousseuse et tiède. Les mains de la jeune femme saisirent son adversaire en une prise maladroite, hasardeuse : l'angle de la mâchoire, une oreille.

— Qu'est-ce que tu fais, salope ? rugit le porte-clés.

Les pouces de Nadja appuyèrent sur ses orbites, transformant l'insulte en un hurlement déchirant. Une partie d'elle nota la consistance visqueuse, le bruit d'éclatement discret. Rien d'autre. Sa conscience s'était éteinte, laissant place au plus pur instinct de combat.

Elle avait les doigts collants quand elle réussit à traîner sa victime, aveugle, jusqu'à la mer. L'homme s'agitait fort, battait l'air de ses bras, la frappait – en vain, elle avait déjà gagné.

Elle le noya dans vingt centimètres d'eau.

*

— Arrête !

Le cri fêlé d'épouvante expulsa Kazan de la réminiscence. Il se recula précipitamment, tomba en arrière sur le sol de l'appartement, libérant Jiri.

Ils s'entre-regardèrent dans le noir, aussi terrifiés l'un que l'autre.

— Qu'est-ce que j'ai fait ? balbutia Kazan. Jiri, je t'ai fait du mal ?

Il avait encore l'impression de sentir le sang ruisseler de sa blessure à la main.

Jiri se rapprocha de lui à quatre pattes et l'enlaça.

— J'ai eu si peur, gémit-elle.

— Excuse-moi… Est-ce que je…

— Non, mais… Tu n'étais plus toi-même. J'ai cru… que c'était la fin.

— Jiri, je suis tellement désolé.

Le souvenir de la ruelle et du combat à mort des deux adolescents s'effaçait, laissant place à la réalité, même si Kazan percevait les ultimes palpitations de douleur mémorielle au creux de sa main.

— Pardon, Jiri, pardon.

— Ce n'est rien. Ce n'est pas ta faute.

Ils s'étreignaient, s'accrochaient l'un à l'autre comme pour se convaincre de la réalité de l'appartement noir et calme.

— Est-ce que ça va mieux ? lui demanda enfin la jeune femme avec sollicitude.

Kazan sonda prudemment le contenu de sa tête malade. Toutes les voix se taisaient.

— Oui, répondit-il au bout d'un long examen. À vrai dire… Je me sens vraiment très bien.

Kazan ne réentendit jamais la voix du porte-clés. C'était comme si le démon s'était effacé de son esprit. Il ne questionna pas ses voix à son sujet et les autres prisonniers n'abordèrent jamais son cas. Le voleur d'esprits se sentait toutefois nettement mieux, comme s'il l'avait transmis à une autre personne, ce qui bien sûr était impossible. Finalement, le pourquoi perdit son importance, seul le résultat comptait.

*

Sur la plage rouge, Nadja devint une ennemie à abattre, au même titre que Kazan. S'ils avaient pu, les autres démons l'auraient noyée, elle aussi, mais elle était bien défendue. Les monstres caparaçonnés qu'elle avait apprivoisés avec tant de patience ne la quittaient plus. Ils la flanquaient où qu'elle aille, faisant claquer leurs becs tranchants si un détenu menaçait de s'en prendre à elle. Ils avaient aussi beaucoup grossi, comme si l'affection bizarre dont elle les abreuvait les nourrissait physiquement. L'un d'eux était même devenu plus grand qu'elle. Parfois, elle passait des jours entiers étendue sur la plage, la tête appuyée contre son flanc chitineux, à écouter les pattes grêles crisser dans le sable. Elle haïssait toujours Kazan, mais eux, c'était différent. Les monstres étaient la meilleure part de leur geôlier, les bribes de son enfance et de ses rêves perdus sur la grève.

37

Un soir à la fin de l'été, Jiri revint, triomphante, et jeta sur la table des paquets de vêtements.

— Nous sortons ! claironna-t-elle.

— Nous ? releva Kazan.

— Oui, tu t'es assez morfondu sur ta patte folle et ta tête en vrac. Il est temps de ressortir dans le monde !

— Est-ce vraiment prudent ? Avec toutes les rumeurs qui circulent sur les vampires psychiques ?

— Personne ne peut deviner ce qui se passe dans ton crâne.

D'une saccade du poignet, elle déplia une robe rouge et se déshabilla sans pudeur devant lui.

— Aide-moi, au lieu de rester planté là !

La robe avait un décolleté un peu trop profond pour ses petits seins, mais les tissus coulaient, fluides, sur son corps mince et les manches longues, arachnéennes, mettaient en valeur sa silhouette fine.

— Comment tu me trouves ?

— Ensorcelante. À tous les coups, tu vas finir sur le bûcher.

— Certainement pas, puisque tu seras là !

Elle lui tendit les vêtements qu'elle avait choisis pour lui, du noir évidemment, chemise et pantalon. Il s'habilla à son tour, content malgré lui de cette distraction qui lui rappelait les soirées mondaines passées avec Lara avant sa triste disparition.

— Je suis quoi, exactement ? Ton cavalier ?

— Mon garde du corps ! dit-elle en riant. Qu'est-ce que tu crois ? J'y vais pour draguer !

Dans la rue, elle héla une calèche et donna une adresse qui évoqua vaguement quelque chose à Kazan. Il marchait décidément sur les traces de son passé. Par les vitres, il vit défiler les rues des beaux quartiers de Ville-Nouvelle. Les avenues étaient larges et bien pavées. De somptueuses propriétés se dressaient à droite et à gauche, souvent dissimulées derrière de hauts murs couverts de vigne vierge ou des portails en fer forgé surmontés de piques acérées. Parfois, on discernait les grandes baies vitrées illuminées et entre les rideaux de velours, le luxe des intérieurs.

La nuit tombait quand la calèche s'arrêta devant un petit manoir. Ils ne pourraient pas facilement rebrousser chemin. Sur la présentation de l'invitation de Jiri, le valet à l'entrée leur ouvrit la porte. Ils traversèrent un beau jardin. Seules les plantes rabougries par le soleil de l'été indiquaient qu'ici aussi on rationnait l'eau. De la lumière filtrait par les nombreuses fenêtres, dessinant des rectangles jaunes sur les allées de graviers blancs, devant la façade.

— Comment tu t'es fait inviter, exactement ? voulut savoir Kazan.

— Je ne suis pas toute seule là-dedans, gloussa-t-elle en se tapotant la tête du bout des doigts.

— Combien ?

— Nous sommes trois.

— Je vois…

Elle le poussa d'une joyeuse bourrade.

— Arrête de t'en faire tout le temps pour moi ! Tu m'as dit que je pouvais gérer mon pouvoir comme je l'entendais.

— Ce n'est pas un pouvoir. C'est une maladie.

— Je ne le ressens pas comme tel.

Elle est toujours en lune de miel, songea Kazan avec amertume.

Ça changerait. Un jour ou l'autre.

Ils gravirent un escalier en pierre et se retrouvèrent à l'intérieur du manoir dans le bruissement des conversations. À l'aise dans son rôle de garde du corps, Kazan promena lentement son regard dans toute la pièce. Des douzaines de candélabres en argent éclairaient le salon. Les immenses fenêtres découpaient des rectangles de nuit entre des piliers en pierre richement sculptés. Le haut plafond était ponctué de clés de voûte. Une peinture s'y étalait, indistincte dans la demi-pénombre. Dans tout ce faste, les danseurs ne déparaient pas. Les couples tournoyaient gracieusement au son de la musique d'un orchestre. Des épaules blanches, découvertes par les robes, luisaient dans la lumière chaude des bougies. Des barrettes de saphir, des colliers de diamants et des bracelets en or scintillaient dans la lumière.

— On n'est pas là pour voler, lui rappela Jiri en souriant. Fais-toi discret, je dois pouvoir approcher tous ces gens sans qu'ils aient peur de toi, mais garde un œil sur moi, s'il te plaît.

— Très bien.

Il resta près des murs, se fondant dans les ombres pour observer Jiri évoluer au milieu des invités. De temps en temps, il piochait dans un plat, mais prit garde à ne pas s'enivrer. Son amie paraissait à son aise, acceptant les danses, riant gracieusement au bras de ses partenaires, faisant tinter sa coupe mais sans jamais faire plus que tremper ses lèvres dans l'alcool. Elle chassait, bien sûr. Kazan l'avait compris dès le début et il ne pouvait pas l'en empêcher. La décision appartenait à la jeune femme. Curieusement, plus la soirée avançait et plus l'ambiance se faisait étrange. Les convives semblaient tous attendre quelque chose. Kazan se demanda si Jiri était au courant. Après tout, c'était la première fois qu'elle aussi se rendait à cette fête.

— La voilà ! s'exclama quelqu'un.

Le voleur tourna la tête, comme les cent autres personnes, vers l'escalier situé au bout de la salle. Une jeune femme venait d'apparaître en haut des marches. Elle était vêtue d'une robe diaphane qui révélait plus qu'elle ne dissimulait son anatomie plantureuse. Un murmure réjoui parcourut le parterre des invités. Jiri croisa le regard de Kazan, interrogatif. Elle non plus ne comprenait pas.

La jeune fille descendit les marches et rejoignit les convives. Tous avaient cessé de danser. L'orchestre s'était tu. Elle s'avança au milieu de la foule immobile, comme figée par un sort, et Kazan la perdit de vue, n'apercevant plus que le sommet de son crâne : ses cheveux blonds relevés en une coiffure sophistiquée, faite de boucles et de tresses enroulées sur elles-mêmes. Les gens s'écartaient sur son passage, formant une haie d'honneur. Des serviteurs soufflaient les bougies dans son sillage et ainsi, on aurait dit qu'elle amenait les ténèbres. Son trajet la rapprocha de Kazan. Plus de la moitié du salon était plongée dans l'obscurité désormais, mais son visage à elle paraissait éclairé de l'intérieur et, avec une étonnante netteté, il distingua jusqu'aux taches de rousseur qui constellaient ses pommettes et les paillettes dorées dans ses yeux verts. Les courbes de son corps roulaient sous la robe, épaules, poitrine, hanches, fesses. Elle le dépassa, la lumière s'éteignit autour de Kazan. Il eut l'impression que les gens se déplaçaient, bougeaient contre lui. Une caresse délicate lui effleura le bras. Une autre main se posa sur son épaule et une troisième sur sa nuque. Il s'ébroua nerveusement. La fille poursuivit sa promenade avec une grâce indolente jusqu'à rejoindre un homme assez âgé, que Kazan avait identifié un peu plus tôt comme le propriétaire du manoir. L'homme prit délicatement son visage en coupe entre ses paumes et il l'embrassa à pleine bouche. Un silence de mort régnait dans la salle bondée. Les lumières se rallumaient, voilées de rouge. Les deux visages, pressés l'un contre l'autre, peau lisse contre peau ridée, ressortaient dans l'ombre, éclairés par une lanterne écarlate. Kazan était étrangement fasciné et, l'espace d'un instant, il se demanda si l'homme n'était pas un voleur d'esprits en train d'absorber sa proie. Mais le baiser se prolongeait et la fille était toujours là. Une main rampa sur la cuisse de Kazan, plus insistante que tout à l'heure. Elle se faufila jusqu'à son entrejambe, taquine. Il fit un pas en arrière pour s'y soustraire. Partout, des couples se formaient. Les gens s'embrassaient, se caressaient, gémissaient déjà. Avec stupeur, Kazan réalisa qu'il était tombé en pleine orgie. Jiri était-elle au courant ? Il la chercha du regard, mais c'était impossible de la retrouver dans ces ténèbres. Agacé, il écarta les hommes et les femmes qui rôdaient autour de lui et commença à se frayer un passage dans la foule alanguie. Il sentait des doigts courir sur lui, des respirations très proches, des regards qui s'attardaient sur sa musculature et l'évaluaient. On se moquait pas mal qu'il ne soit qu'un garde du corps et non un jeune seigneur. Les caresses se multipliaient. Il peinait à avancer et cela lui donnait l'impression languide de s'engluer dans un rêve. Deux bras entourèrent sa jambe, le bloquant, puis remontèrent le long de sa cuisse. Il dut forcer pour se dégager et son talon heurta sèchement quelque chose. Ce bref accès de force provoqua un soupir de désir à ses pieds. Il continua d'avancer, à la recherche de Jiri. Dans les ténèbres, tout juste soulignées de lumière pourpre, les gens sortaient de l'obscurité par flashs rouges : des visages, des épaules, des mains qui n'apparaissaient qu'un instant avant de disparaître. Une femme se matérialisa devant lui, la poitrine dénudée, pourpre dans l'éclairage de la lanterne qui oscillait doucement. Des traces de morsures humaines lui violaçaient la peau. Elle tenait un homme en laisse, avec une corde attachée à son cou, et le tirait comme un chien.

— Tu veux profiter de lui ? lui demanda-t-elle. Je te le prête, si tu veux.

— Peut-être une autre fois, répondit Kazan en s'éclipsant.

Il avait l'impression d'être la dernière personne habillée dans le salon. Où qu'il posât les yeux, il voyait des corps sur le sol dont les peaux ointes de sueur brillaient doucement dans les lumières sourdes. Kazan s'était rapproché de l'escalier. Une main passa dans ses cheveux. Surpris, il leva la tête. Une fille était penchée sur la balustrade et un homme, couché sur son dos lui pétrissait les seins et mordillait le creux de son cou, tout en la faisant osciller sous ses coups de reins. Kazan se rejeta hors de portée et lui demanda avec naturel :

— Je cherche mon amie. Jiri. Une fille aux cheveux noirs, diadème doré, robe rouge.

La jeune femme sourit et lui désigna de l'index le haut des marches, juste avant que les traits de son visage ne se déforment soudain sous l'effet de la jouissance qui explosait en elle.

Kazan enjamba les corps enchevêtrés, peut-être une dizaine d'hommes et de femmes, jambes et bras emmêlés, dont on entendait les soupirs, les murmures, les râles de plaisir. Faisant un faux pas, le voleur prit appui sur un dos en sueur, mais là encore, le cri étouffé de douleur qu'il provoqua jouxtait avec l'extase. Il ne put s'empêcher d'appuyer plus fort, assez vicieusement, et le gémissement qu'il tira de cet anonyme, sous son pied, lui procura une émotion assez vive.

— *Concentre-toi !*

La voix de Nadja le rappela à l'ordre. Les grommellements des autres voix l'aidèrent à se focaliser. Il gravit les marches de l'escalier et à l'étage, trouva de nombreuses chambres dont les portes étaient ouvertes. Il jeta un coup d'œil dans chacune, ici des femmes se caressaient, là deux hommes pénétraient la même partenaire… Chaque fois, on l'invitait à participer. Il se reculait tranquillement pour continuer sa route.

Dans la cinquième chambre, la seule dont on avait repoussé la porte, il trouva enfin Jiri.

Elle embrassait un homme.

Elle le dévorait.

Kazan s'appuya délicatement sur la porte pour la refermer en silence. Aucun des deux amants ne tressaillit, mais le regard vorace de Jiri le suivit quand il les contourna à pas lents et tira les rideaux.

— Tu n'es pas très prudente, commenta-t-il.

Elle poursuivit son baiser plusieurs secondes. On voyait les joues de l'homme s'enfler et se creuser comme elle le fouaillait, le vidait de sa substance. Sa chevelure pâlissait déjà. Ses yeux grisonnaient. Finalement, elle le lâcha et, d'une petite poussée, l'envoya chanceler au centre de la pièce. La coquille se rattrapa, titubante, et resta à sa place, le menton levé vers le plafond, absente.

— Qui est-ce ? s'enquit Kazan.

Jiri se caressait la gorge, les yeux mi-clos comme un chat repu.

— Le baron Procházková.

Kazan prit une courte inspiration.

— Rien que ça.

— Il va me susurrer tous ses petits secrets. Si tu es sage, je t'en répéterai un ou deux.

Elle se dirigea vers la porte et la rouvrit doucement pour jeter un coup d'œil dans le couloir.

— Quelle folie, cette fête, quand même ! glousse-t-elle. Je ne m'attendais pas à un truc pareil.

— Les gens deviennent dingues. C'est à cause de la quarantaine. Si ça se prolonge encore, je me demande jusqu'à quel genre d'extrémité on va arriver.

— Oh, que j'aime cette époque !

Galvanisée par son nouveau démon, Jiri baignait dans l'euphorie. Kazan lui posa la main sur l'épaule.

— Tu veux y retourner ?

— Je n'ai pas fini. Je veux dévorer le comte Němcová. C'est ma cible principale.

Elle se figea, à l'écoute de ses voix.

— Apparemment, il aime les hommes. Je peux compter sur toi ?

— Non. Il faut qu'on parte.

Il adoptait un ton calme pour ne pas la brusquer. Dans ces moments de griserie, il savait qu'un voleur était susceptible de réagir de façon abrupte, dangereuse, de courir de victime en victime, et finalement de se remplir jusqu'à la gueule, au bord de l'explosion. Lara lui avait raconté qu'elle avait vu un jeune homme se tuer comme ça au bout d'une seule journée. Mais Jiri n'était pas folle et il était là pour la guider. Pourtant, en cet instant, elle découvrait les crocs en un sourire gourmand.

— J'en veux encore, murmura-t-elle.

— Je sais.

Il l'entraîna à l'extérieur. Depuis le balcon qui dominait le salon, ils avaient une vue plongeante sur les centaines de corps nus, entrelacés dans la pénombre rousse et qui ondulaient comme des vagues. On n'arrivait plus à les distinguer les uns des autres et ils se confondaient en une seule créature qui respirait, gémissait, soupirait, luisante de sueur.

Kazan saisit sa compagne par le bras et l'invita à descendre, contournant gracieusement les couples qui s'ébattaient à même l'escalier, la tête renversée, les cheveux sur les marches.

— Il est là ! souffla Jiri.

Ses joues étaient empourprées ; ses yeux luisaient de fièvre. Kazan verrouilla sa prise, mais au même moment, des mains se refermèrent sur sa cheville et sur sa jambe. Les doigts rampèrent, le caressant. Il ne pouvait pas se dégager par la violence sans attirer l'attention sur eux. Tournant sur elle-même, Jiri lui tordit le bras ; il fut contraint de la lâcher. Avec un clin d'œil, elle s'éloigna, marchant sur les corps. Kazan avait l'impression de se noyer dans une marée humaine. Les mains ouvraient sa chemise.

— Viens, viens…

Les voix réelles se confondaient avec celles de ses démons devenus langoureux, transpirant de désir. La tête lui tournait. Il allait perdre le contrôle. Surtout, il allait perdre Jiri. Il tenta de se dégager, mais les mains, toujours plus nombreuses, le déséquilibrèrent. Il tomba sur le tapis tiède et doux des corps. Une femme rampa sur lui, le clouant au sol. Ses seins s'écrasaient sur son dos. Des doigts jouaient dans ses cheveux, lui caressaient les lèvres, une main adroite le débraguetta et s'empara de son sexe, puis une bouche l'engloutit et il en eut le souffle coupé. Il fallait absolument qu'il se dégage ; il risquait de contaminer une ou plusieurs personnes, semer ses démons dans tout le salon, perdre Nadja.

— Jiri ! tenta-t-il d'appeler.

Il ne la voyait plus.

Et soudain, un grand cri résonna depuis l'étage. Les corps autour de Kazan s'immobilisèrent dans un mouvement souple, sans brusquerie, et même la bouche qui allait et venait sur son membre le libéra avec délicatesse.

— Le baron Procházková a été changé en coquille ! avertit une voix. Un mangeur d'âmes est parmi nous !

Kazan s'était attendu à une réaction de panique, mais à la place, des gloussements cruels résonnèrent çà et là.

— Qui est le mangeur d'âmes ? lança quelqu'un avec une joie malsaine. Qu'il lève la main !

Des rires répondirent. Et soudain, un mouvement agita la masse humaine à quelques mètres de Kazan. Un homme se redressa, soulevant Jiri par la gorge. Des hommes et des femmes vêtus de noir convergèrent vers eux en silence, leurs ombres immenses tournoyant sur les murs. L'assaut était si fluide et coordonné que Kazan comprit que tout avait été orchestré depuis leur arrivée. Jiri avait dû commettre une erreur. Elle avait absorbé quelqu'un pour s'ouvrir les portes de ce manoir et avait peut-être été identifiée dès ce moment-là. Mais alors pourquoi avaient-ils tant attendu avant d'attaquer ? Et cette absence de peur, cette réjouissance que Kazan sentait frémir partout autour de lui, comme si chacun d'entre eux jouait avec la mort, sachant qu'il y aurait une victime ce soir tout en ignorant l'aspect du prédateur… Un jeu pervers, cruel, la prise de risque ultime dans un monde en déliquescence. C'était un suicide masqué derrière une motivation courageuse. Ou plus exactement, c'était une ordalie, un défi lancé à Dieu. En plus des fantasmes que chacun assouvissait cette nuit, les convives s'exaltaient dans le fétichisme du danger face à la castration de la mort. Ceux qui survivraient à l'orgie se sentiraient dès le lendemain enivrés de volupté et délicieusement exceptionnels : Dieu les aurait choisis et distingués. Ils gagneraient le droit de vivre jusqu'à la prochaine fête et cette certitude revitaliserait leur existence grignotée par la quarantaine et ses mesures sécuritaires.

— Jiri…, murmura Kazan, au désespoir.

La jeune fille se débattait farouchement. Ses agresseurs l'avaient empoignée aux chevilles, aux bras, à la tête. Ils l'écartelèrent dans les airs, impuissante, rugissante. À aucun moment, elle n'appela Kazan ; elle l'aurait condamné avec elle. Pourtant, malgré le risque, le voleur refusait de l'abandonner. Son instinct de protection domina la peur qu'il éprouvait pour lui-même. Il se souleva, renversant les femmes et les hommes à demi couchés sur lui. Les autres le rattrapèrent, se collèrent à lui, lascifs. D'une secousse, Kazan les repoussa. Il dut même désarçonner quelqu'un qui s'était installé à califourchon sur ses reins. Puis il se battit avec une femme souple et puissante qui lui griffait le visage, tandis qu'un troisième agresseur lui passait son bras sur la gorge et commençait à serrer. Kazan rua pour se dégager ; il envoya un coup de coude au hasard. Son talon heurta de la viande, mais il n'avait pas la latitude habituelle pour se battre. Il croulait sous le nombre et ne pouvait pas se mouvoir, esquiver, frapper comme il l'entendait. Il retomba à plat ventre, fut immobilisé de nouveau, entouré par une dizaine de convives. Aucun d'eux ne s'était plaint ni n'avait manifesté de colère. La situation semblait leur plaire, comme si tout cela n'était qu'une inoffensive mise en scène. Des doigts s'enroulèrent dans ses cheveux et on lui tira la tête en arrière avec juste ce qu'il fallait d'exigence pour que le geste relève davantage du jeu sexuel que de la brutalité.

— C'est trop tard, murmura une voix au creux de son oreille.

— Elle a joué, elle a perdu.

— Pas toi.

— Toi, tu restes là.

— Tu te tais.

— Tu te soumets.

— Tu ne bouges pas.

Les voix ressemblaient à celles qui chuchotaient en permanence dans sa tête. Cela lui procura un léger vertige. Il avait l'impression d'être environné de démons.

Alors qu'on le maintenait fermement au sol, il assista à la condamnation de Jiri, son amie, celle qu'il avait contaminée. Au début, il s'était imaginé qu'ils la lyncheraient, mais ils avaient d'autres projets. Tous savaient parfaitement qui elle était, ou plutôt ce qu'elle était. Des poignards étincelèrent dans la lumière tamisée. Deux hommes, de part et d'autre de son corps écartelé, lui entaillèrent les poignets et commencèrent à boire le sang qui s'en écoulait. Kazan frissonna, d'horreur, de stupeur. Ils allaient se contaminer. Mais sans doute était-ce ce qu'ils souhaitaient… Pire encore, peut-être l'avaient-ils attendu, prémédité, la maladie de Jiri ayant été leur véritable sauf-conduit pour cette soirée.

Et moi ? songea-t-il.

On le prenait certainement pour un simple garde du corps, qui escortait un voleur d'esprits sans rien en savoir. Depuis des semaines, c'était Jiri qui s'était exposée, alors que lui ruminait dans l'appartement. Il se sentit lâche. Il devait agir, tenter quelque chose, n'importe quoi…

Il essaya encore de se libérer, en vain.

— Shhh, lui murmura une voix de femme à l'oreille. Sage !

Et une autre, plus impérative :

— Couché, chien !

Dix personnes étaient regroupées autour de Jiri. Ils se la transmettaient de l'un à l'autre sans qu'elle touche le sol. La perte de sang embrumait la jeune fille. Sa tête roula sur l'épaule d'un des hommes. Il se dégagea avec délicatesse et d'un geste très propre, lui ouvrit la gorge pour la boire. Les yeux de Jiri se réveillèrent un instant, papillonnèrent, puis se refermèrent de nouveau, prise de langueur, et elle gémit. Puis son corps disparut sous les prédateurs et, d'un coup, les bougies s'éteignirent, plongeant le salon dans les ténèbres.

Kazan sentit que le poids qui le clouait au sol s'allégeait, mais les mains restèrent farouchement cramponnées à lui. Il fut tiré dehors, forcé de marcher de nouveau sur des corps étendus partout. Il dut suivre un couloir, dévaler un escalier, poussé par des dizaines de mains. Quelqu'un le frappa au creux des omoplates et il entendit très distinctement une voix lui ordonner :

— Toi, le chien de garde, ne reviens plus jamais ici.

La porte claqua dans son dos et il se retrouva soudain seul, libre, dans le jardin de la propriété, sous la pluie qui se glissait dans son col ouvert et avivait la brûlure de ses contusions.

Jiri était morte.

Il l'avait perdue.

Il n'avait pas su la protéger.

38

La tante de Nadja avait accueilli Feliks avec stupéfaction, mais sa colère était retombée à la vue de sa mine affreuse. Elle l'avait fait asseoir, lui avait placé de force une tasse de thé entre les mains et, au fur et à mesure qu'il déroulait son récit, l'encourageait à manger des beignets.

— C'est ce jeune homme qui t'a aidé ! s'exclama-t-elle avant même qu'il en arrive à l'étape de son évasion. Il est venu ici. Que Dieu le bénisse !

— C'est lui qui a mis Nadja dans cet état ! explosa Feliks. Il a dévoré son âme.

— Les hommes ne mangent pas les âmes…

Elle lui parlait avec une réserve indulgente, comme à un enfant ou à un insensé. Les jointures de Feliks blanchissaient autour de la tasse à thé.

— Je le tuerai, dit-il. Je lui ferai payer.

— Tu veux retourner en prison ? Ou pire ?

— Nadja est devenue un zombie. Qu'est-ce qui peut m'arriver de pire exactement ?

Grâce aux bons soins d'Alenka, il reprit du poids et des forces. Il s'était imaginé qu'il s'emploierait à se venger de Kazan, mais ses accès de violence le culpabilisaient. S'il pouvait réagir avec brutalité dans le feu de l'action, préméditer un meurtre était en réalité au-dessus de ses forces. Sa vocation de médecin lui interdisait les sanglantes solutions que le mari en lui suggérait. Finalement il passait beaucoup de temps avec le corps de Nadja, allongé à ses côtés, les yeux fixés sur le plafond, la tête aussi vide qu'elle… L'état de sa femme le plongeait dans une profonde mélancolie. Il ne la reconnaissait plus. Comment aurait-il pu ? Elle n'était plus qu'une enveloppe de chair, sans désir ni envie. Une coquille vide. S'il l'avait abandonnée là pour ne plus jamais revenir, elle n'en aurait éprouvé ni colère ni déception. Nadja – ou plutôt le corps de Nadja – attendait la mort. Et celle-ci viendrait inéluctablement, dans quelques mois ou dans quelques années. Elle la fera passer d'un état à un autre, sans un bruit, sans éclat.

*

Un après-midi qu'il était là à somnoler près de l'enveloppe creuse de sa femme, un bruit venu de la rue fit sursauter Feliks. Il se frotta le visage, s'assit sur le lit, épuisé. Dans sa cellule, il avait beaucoup dormi ; aujourd'hui, il n'y arrivait plus. Il avait peur de se réveiller dans sa geôle, que ces jours de liberté ne soient qu'un rêve fugitif. Le bruit reprit : des cris excités.

Feliks se leva et gagna la fenêtre. Il écarta le rideau. La rue était déserte, mais il entendait encore des rires, ponctués de bris de verre. Un hurlement de douleur lui noua l'estomac.

— Qu'est-ce qui se passe ? demanda Alenka en le rejoignant.

— Je ne sais pas. Une rixe sans doute…

Cela arrivait de plus en plus souvent. Les gens mouraient de faim.

Un cri déchirant les fit frémir tous les deux. Feliks ouvrit les battants de la fenêtre pour se pencher à l'extérieur. Une légère pluie faisait luire les pavés. La rue était toujours déserte.

— Il n'y a rien, commença-t-il.

Mais au même moment, un homme surgit en zigzaguant sur le trottoir, la tête en sang. Dix poursuivants le traquaient en criant et riant.

— C'est Ambrož ! s'exclama Alenka.

— Qui ?

— Le boulanger !

Feliks le reconnaissait maintenant. L'homme était hors d'haleine et ralentissait devant ses adversaires.

— Qu'est-ce qu'on va faire ? gémit la tante en se tordant les mains. Mon Dieu, qu'est-ce qu'on peut faire ?

Feliks était prêt à descendre aider l'homme lorsqu'un deuxième groupe surgit à l'autre bout de la rue, prenant Ambrož en tenaille. Ceux-là étaient armés de bâtons et Feliks eut l'impression de discerner des taches de sang sur leurs vêtements. À leur vue, le boulanger poussa un hululement de désespoir. Il se réfugia sous un porche, à quelques mètres seulement de la maison de la tante, tambourina et appela à se déchirer la gorge. La porte resta close. Derrière les carreaux, des visages terrifiés se pressaient, à peine visibles, pour le regarder.

— Il va se pisser dessus ! se gaussa l'un des hommes en se rapprochant.

Ambrož fit volte-face comme un animal traqué, les yeux exorbités.

Feliks passa son bras autour de la taille d'Alenka. Elle se raccrocha à lui. Les hommes en bas étaient vingt. Le médecin se sentait affreusement impuissant. Il redoutait même, s'il criait, que la meute monte ici et le massacre, lui ainsi que les trois femmes.

— Mangeur d'âmes ! vociféra l'un des hommes en frappant le boulanger à l'estomac.

— On sait que c'est toi qui as bouffé Kašpar !

— Espèce de salaud !

Ambrož s'était plié en deux sous la violence du choc. Un coup de pied dans les tibias le fit tomber à genoux. Le troisième coup l'atteignit à la tempe. Il bascula entre les jambes de ses agresseurs et ce fut la curée. La horde le frappait. Les bruits sourds des coups masquaient les geignements étouffés du boulanger. Un filet de sang coula sur le trottoir, se diluant dans l'eau de pluie. Entre les pieds des hommes, une main tressautait. Puis elle s'immobilisa. Les hommes se dispersèrent bien après, abandonnant le corps derrière eux. Une minute plus tard, la rue était de nouveau déserte. On n'entendait plus que le discret crépitement des gouttes de pluie sur l'asphalte. Le sang formait un ruisseau rouge dans le caniveau.

Feliks attendit d'être sûr que la horde ne reviendrait pas pour rejoindre Ambrož. Au coin des carreaux, partout dans la rue, il discernait des visages, pâles, épouvantés. Le médecin s'accroupit à côté du corps, plaça deux doigts sur sa jugulaire pour prendre son pouls, ne trouva rien. Il était mort, lynché en plein après-midi devant des dizaines de témoins silencieux. Ne sachant quoi faire, il remonta la rue vers la boulangerie. Sans surprise, il la découvrit pillée, la vitrine fracassée. Il entra dans la boutique en enjambant le cadre fracturé de la fenêtre et appela, sans trouver personne.

Finalement, il revint chercher le corps et le transporta péniblement sur son dos jusqu'à la cathédrale Vieille-Nouvelle. Ses vêtements s'imbibaient lentement d'eau de pluie et du sang du malheureux. Le cadavre pesait une tonne. Il ahanait sous l'effort, encore mal rétabli de son séjour en prison. Un homme vint l'aider. Ils n'échangèrent pas une parole. Tout le monde paraissait abasourdi par les événements, la violence incontrôlable dans laquelle était en train de sombrer la ville.

À la cathédrale, ils furent accueillis par un prêtre à l'air fatigué. Quelques coquilles traînaient dans la nef, se déplaçant à petits pas dans les travées, se cognant les jambes dans les bancs et les prie-Dieu. L'homme n'avait sans doute pas le cœur de les chasser.

Il conduisit Feliks et son camarade anonyme dans le cimetière, derrière la cathédrale. La végétation envahissait les tombes enchevêtrées. Des milliers de pierres gravées de différentes époques se blottissaient pêle-mêle dans l'espace resserré, se montant parfois les unes sur les autres. Sous la terre, le nombre de corps ensevelis était plus important encore, empilés en strates successives. Des fosses humides béaient sous la pluie.

— Il n'y a pas de service funèbre ? s'étonna Feliks.

Arrivé au bord de la fosse, il aperçut les cadavres jetés les uns sur les autres, coquilles comprises, et dut réprimer un haut-le-cœur.

— La famille ? insista-t-il quand même.

Le prêtre haussa les épaules. L'autre homme poussa le corps du bout du pied pour qu'il bascule dans le trou. Le prêtre agita distraitement son goupillon. Ils restèrent quelques secondes immobiles sous la pluie. Puis sans se dire un mot, tous les trois se séparèrent.

Passablement déprimé, Feliks retournait chez Alenka quand un avis de recherche, collé sur le mur, attira son attention. Un mauvais pressentiment le traversa. Il se rapprocha, son pouls s'accélérant au fur et à mesure qu'il découvrait les détails du portrait : les tons sépia ne permettaient pas de rendre compte de sa blondeur et de ses yeux bleus, mais la chevelure et les prunelles claires le rendaient très identifiable. Son nom, recopié à partir des registres de la garde, était écrit sans faute d'orthographe. Il n'y avait pas de récompense, juste son chef d'accusation : « Mangeur d'âmes ». C'était une condamnation à mort. Les gens allaient le traquer d'un bout à l'autre de la ville, trop heureux d'exorciser leurs peurs et leur colère en se baignant dans son sang. L'injustice lui serra la gorge, mais il inspira à fond, et d'un mouvement sec arracha l'affiche. Le papier trempé se désagrégea entre ses doigts. Il le réduisit en pulpe avant de le jeter dans le caniveau où bouillonnait la pluie. C'était un geste absurde. Il y avait certainement plus d'une affiche à son effigie placardée dans Yardam. L'urgence de détruire les autres avis de recherche lui martela le crâne. S'il circonscrivait la propagation de l'information, il s'en sortirait peut-être.

Un passant lui jeta un regard prolongé et Feliks sentit la peur ramper sous sa peau. La paranoïa le gagnait. En réalité, cet homme était sans doute intrigué par son immobilité imbécile, face au mur, mais Feliks avait la certitude affreuse que dans une seconde la horde de tout à l'heure reviendrait lui faire subir le même sort qu'au boulanger. Il serait roué de coups et perdrait la vie sur des pavés, pour une fausse accusation, un crime qu'il n'avait pas commis. On jetterait son corps dans un trou avec d'autres anonymes, sans messe, sans même une prière ou une oraison. Et Kazan, lui, serait toujours en vie.

Dans sa gorge serrée, la colère dénoua le sanglot qui l'obstruait.

Il ne se laisserait pas faire ; il ne se laisserait pas conduire à l'abattoir sans se défendre.

S'il n'avait pu sauver les gens de cette ville, il sauverait au moins sa peau.

39

Après avoir été jeté hors du manoir, Kazan erra dans la rue, comme assommé. Il laissait le corps de Jiri derrière lui. Pire, il l'abandonnait à ces monstres.

— *C'est toi, le monstre*, chuchotèrent les voix. *C'est toi qui l'as tuée.*

Bien sûr, c'était exact. Jiri avait quoi ? Vingt ans ? Et il l'avait infectée avec ce virus. Sa psyché n'avait certes pas éclaté comme la sienne, mais l'appel du pouvoir l'avait tout aussi sûrement rendue folle. C'était sa faute. À côté du fardeau que représentait la mort de Jiri, la menace de sa propre mort ne l'affectait même plus. Il ne méritait que ça de toute façon. Ce dernier crime achevait de l'enfoncer.

*

Les jours passèrent. Il ne dormait pas et son état se dégradait, cernes bleutés, nerfs à vif, la tête farcie de voix. Les brefs instants où il s'endormait, il rêvait qu'il se tenait sur un bouchon de terre, au milieu du vide, et son refuge s'effritait, rongé par le néant. Il avait l'impression de se voir de haut, debout sur un soleil noir, Geminga. Il devenait tout petit, microscopique, un virus à pointes que l'astre mort allait engloutir. Et il se réveillait en sursaut, tremblant d'épuisement, des chuchotis plein la tête.

Déprimé, Kazan sortit pour que la pluie rafraîchisse sa peau brûlante et que le crépitement de l'averse sur les pavés couvre un peu le grondement des voix. On était en septembre. Le ciel gris pesait sur lui comme un couvercle en fonte et il avait la sensation qu'on lui appuyait sur les épaules pour l'enfoncer davantage, le faire disparaître.

— *Tu sombres.*

— *Tu vas mourir.*

Pour une fois, il répondit :

— *Je ne sais plus quoi faire.*

Il avait besoin de parler à quelqu'un, mais il était seul. Toutes les personnes qui avaient traversé sa vie étaient mortes à cause de lui. Le seul qui lui restait, c'était Feliks, et Feliks n'écouterait rien, aveuglé par la haine. Alors, il se souvint qu'un autre homme lui avait un jour proposé son aide.

*

Devant la tour Pointue, Kazan hésita. S'il entrait, il pouvait ne jamais ressortir. La proposition que lui avait faite le maréchal tenait-elle encore après qu'il avait démoli une quinzaine de ses hommes et fait évader un prisonnier ?

Le voleur haussa les épaules. Objectivement, au point où il en était, il n'avait plus rien à perdre.

Il se jeta dans la gueule du loup.

Un brouhaha assourdissant régnait dans cette salle qu'il avait traversée à la force des poings il y avait une éternité de cela. Les civils se mêlaient aux gardes noirs et il fallait jouer des coudes pour atteindre les greffiers, harcelés par les désespérés. Pourtant, au fur et à mesure que Kazan se frayait un chemin, l'atmosphère gelait autour de lui. L'image qui l'avait traversé en entrant – se jeter dans la gueule du loup – se modifia : il était le loup dans la bergerie. Puis tout à coup, ce fut l'effervescence. Les gardes aboyèrent des ordres, les menaces fusèrent, à son encontre, à celle de la foule. Personne n'y comprenait rien. Il y eut un coup de feu et l'odeur de la poudre. Des hurlements de panique. La cohue. Des gens se bousculèrent pour sortir. On referma les portes. Quelqu'un étouffa. Et brusquement, Kazan se retrouva au milieu d'un cercle de vide, la gueule de vingt fusils braquée dans sa direction, et le silence, peu à peu, recouvrit tout. L'agitation qui régnait encore un instant auparavant se calma, comme l'eau d'un lac redevient immobile après avoir été ridée d'ondes concentriques créées par le jet d'un caillou.

— Je viens me rendre, déclara Kazan. Je veux parler au maréchal.

— Mets-toi à genoux.

L'envie d'avancer, de crever ce cercle d'hommes armés le traversa, et cela lui fit du bien, comme s'il pouvait venger Jiri en laissant tout à coup éclater sa violence. Peut-être était-ce cela qu'il était venu chercher après tout ? Ou pas.

Il s'agenouilla lentement. Quelqu'un fonça sur lui, dans son dos, lui tordit les bras en arrière pour les attacher. Il se laissa faire plutôt mollement, son désir de meurtre déjà douché. Les gardes face à lui paraissaient soulagés. Les civils retenaient leur souffle. Kazan comprit soudain que tous avaient cru qu'il était en proie à la folie destructrice des vampires psychiques. Le fantôme du carnage avorté flottait dans l'atmosphère tendue.

— Lève-toi.

Il obéit, allumant une étincelle de plaisir dans le regard du garde qui l'avait ainsi commandé. Bien entendu, le gringalet n'aurait jamais pu contraindre Kazan par la force, et le pouvoir que lui conférait la situation l'exaltait.

On le conduisit dans la plus proche cellule. Vingt personnes s'entassaient dans dix mètres carrés : la foule hétéroclite ramassée par la milice pendant le couvre-feu, du monsieur distingué qui se plaquait un mouchoir de soie sur le nez au clochard ivre mort, étendu dans ses vomissures. Les murs étaient couverts de noms et d'insultes. Kazan eut l'impression de voir incarnée dans la réalité une version de sa psyché.

— Dégagez tous, ordonna le garde qui tenait Kazan par le bras.

Les prisonniers déguerpirent. Au moins faisait-il des heureux…

Il attendit un long moment, seul, les mains toujours attachées. Quand on vint enfin le chercher, il espérait voir le maréchal en personne, mais c'étaient d'autres gardes, dix d'entre eux qui se gênaient les uns les autres en se bousculant dans le couloir trop étroit. Kazan se mit à rire. S'il avait été un détenu lambda, on lui aurait sûrement fait ravaler son hilarité à coups de poing, mais son histoire avait dû circuler et même s'exagérer dans les salles de garde. Kazan était un monstre. Qu'il vienne se livrer de lui-même achevait de terrifier ses geôliers. On le remorqua prudemment jusqu'à l'escalier en colimaçon. Au bout de deux cents marches, il le retrouva enfin, dans son bureau circulaire.

— Je m'en veux d'avoir raté ton entrée ! s'esclaffa le maréchal.

Il chassa ses hommes d'un geste négligent de la main, avant d'en rappeler un pour qu'il détache Kazan.

— Vous êtes sûr ? s'enquit le garde, les yeux écarquillés.

— Tu doutes de moi ? s'agaça le maréchal.

Et quand il fut enfin parti :

— Ces petits moutons effrayés !

— Nous sommes les loups dans la bergerie, commenta Kazan.

— C'est exact. Assieds-toi. Excuse-moi de t'avoir fait attendre. Je suis assez occupé.

Le voleur s'assit en faisant rouler ses épaules endolories et en massant ses poignets mis à mal par les fers. Il ne savait pas par où commencer. Le maréchal l'observait entre ses cils, un demi-sourire amusé aux lèvres.

— Tu as mis un beau bordel dans mon service, l'autre jour.

— Je suis désolé, s'excusa Kazan de façon automatique.

— Tu es désolé ? Ce que tu as fait, ça n'en valait pas la peine ? Où est ton ami le blondinet ?

— Aucune idée. Il m'a démoli une rotule et il a disparu dans la nature. C'était quelques heures après l'évasion.

Le maréchal éclata de rire.

— Tu es vraiment plein de surprises !

— C'est bien que ça vous amuse. Il sait tout sur nous.

— Peu importe. La donne a changé. Les gens connaissent l'existence des voleurs d'esprits désormais, mais…

Il agita les doigts.

— Les choses avancent dans le bon sens.

— Dans le bon sens ?

Son aplomb ahurissait Kazan et il se rendit compte que c'était exactement pour cela qu'il était venu. Alors qu'il se sentait totalement perdu, l'autre homme paraissait détenir toutes les réponses. Il avait atteint ce poste en dévorant des gens, mais ne s'interrogeait nullement sur ce qu'il avait fait, ne ressentait aucune culpabilité, se plaçant dans un rapport à une loi qu'il faisait fonctionner, que lui-même avait peut-être inventée.

— Je ne sais plus où j'en suis, avoua-t-il. Je ne sais plus à quoi je sers. J'ai pris toutes ces vies… pour rien.

— Qu'est-ce qui t'est arrivé ? demanda le maréchal.

Son intérêt était si sincère que Kazan eut brusquement envie de pleurer.

— Une amie à moi est morte. C'était moi qui l'avais contaminée. La maladie l'a tuée.

— Elle s'est suicidée ?

— Non. Elle en a trop fait. Je n'ai pas réussi à la protéger et aujourd'hui, elle est morte.

Il lui raconta tout, le manoir, l'orgie, l'homme qu'elle avait absorbé et de quelle façon elle avait été saignée. Le maréchal l'écoutait attentivement, le relançait par des questions s'il se taisait trop longtemps.

Kazan continua de se livrer, au-delà de son histoire avec Jiri, il relata sa rencontre avec les médecins, et la relation étrange, si intense et dévastatrice, qui l'unissait à Feliks et Nadja. Au fur et à mesure, il se voûtait, fixait le sol entre ses pieds, les coudes sur les cuisses, les mains pendant entre les genoux, le dos rond. Parler lui faisait du bien et, en même temps, il mesurait ce qu'il était en train de faire, l'allégeance implicite qu'il prêtait au maréchal, alors qu'il déballait sans fard tout ce qui aurait dû rester secret. Cela aussi, il l'exprima.

— Je sais, lui confia l'homme. Moi aussi, j'ai connu des moments où je n'arrivais plus à supporter un tel secret tout seul. J'avais envie de le hurler dans la rue, que tout le monde sache que j'étais celui qui transformait leurs femmes, leurs maris, leurs enfants en coquilles…

— Et maintenant ?

— J'ai évolué. Je me suis bien entouré et j'ai travaillé sur moi. Toi aussi tu peux y arriver.

— Comment ?

— Je te l'ai déjà dit. Enrôle-toi à mes côtés. Je te montrerai.

Kazan garda le silence quelques instants.

— C'est pour ça que tu es venu, non ? insista le maréchal.

— Oui, lâcha-t-il enfin. Mais je dois savoir… la contrepartie que vous attendez.

L'autre réfléchit, pianotant des ongles sur le bureau, puis il lui sourit et proposa gaiement :

— Venger Jiri, ça ira ?

40

Retourner au manoir en plein jour lui fit bizarre. Kazan n'était plus très sûr de ce qu'il y avait vu. Fatigué par ses voix et par les dernières semaines, il pouvait très bien avoir rêvé tout ça, cette orgie géante terminée dans le sang de sa compagne. Le froid d'automne le fit frissonner. La pluie battait encore les feuilles jaunissantes des arbres. Elles se détachaient en voletant pour joncher l'herbe du jardin désert. Tout était calme. Personne n'aurait pu deviner quelle drôle de cérémonie il s'y déroulait la nuit.

L'homme qui gardait l'entrée n'avait pas résisté plus de dix secondes à la demande polie du maréchal d'ouvrir la grille. Il avait bien tenté de prévenir ses employeurs, mais le chef de la garde l'avait repoussé avec juste ce qu'il fallait de brutalité pour qu'il reste, tétanisé, à l'extérieur. Ils déambulaient à présent comme une horde de chiens ou de loups, à dix sur l'allée de graviers blancs qui crissaient sous leurs bottes. Kazan éprouvait une désagréable sensation d'imposture dans son uniforme de la garde noire, et même le poids des armes à sa ceinture ne le satisfaisait pas. Quant à ce qu'ils allaient faire maintenant, il s'en rongeait les ongles.

— Ça va aller, lui dit le maréchal.

Kazan grogna une réponse inaudible, mordillant les peaux de son pouce, le regard un peu fixe.

— Laisse-moi faire, d'accord ?

— Oui, chef.

Ils avaient convenu que devant les autres ils s'en tiendraient aux codes hiérarchiques de la brigade, mais seuls tous les deux, le maréchal l'autorisait à l'appeler par son prénom : Elijáš.

Ils gravirent les marches que Kazan avait dévalées, débraillé et seul, il y a quelques nuits de cela, et se retrouvèrent enfin dans le grand salon luxueux où ils se déployèrent comme des voleurs. Les autres hommes avisaient déjà ce qu'ils pourraient emporter et le maréchal les laissa faire.

— C'est notre cible ? s'enquit-il en désignant d'un mouvement de tête l'homme qui descendait lentement l'escalier.

— Qu'est-ce que vous faites ? s'écria ce dernier.

Sa voix tremblait.

— Perquisition, répondit le maréchal.

— Vous savez qui je suis ?

— Comte Němcová. Voleur d'esprits et opportuniste.

Kazan tressaillit devant tant de franchise et l'autre homme, tout aussi décontenancé, n'eut même pas le réflexe de nier.

— Et lui, vous le reconnaissez ? demanda le maréchal en indiquant Kazan du pouce.

Le comte secoua la tête.

— Je suis sûr que si. Ça va vous revenir, ajouta aimablement Elijáš. Surtout quand il vous parlera de sa copine, la jolie voleuse en robe rouge que vous avez saignée il y a neuf jours.

— Quoi ?

L'homme était livide.

— Rassemblez toutes les personnes présentes ce soir-là. On va discuter.

Il laissa sa brigade au rez-de-chaussée et seul Kazan l'accompagna à l'étage, dans la pièce où Jiri avait dévoré le baron Procházková. Des hommes en livrée de serviteur les rejoignirent, mais s'ils étaient présents ce soir-là, Kazan n'en savait rien. Pendant l'orgie, l'obscurité et la densité de la foule avaient rendu tout le monde anonyme.

— Il n'y a que vous qui êtes infecté, déclara le maréchal après une rapide observation.

Kazan se demanda comment il faisait et à son tour, scruta attentivement le comte pour tenter de voir les âmes prisonnières dans son crâne. Il se heurta aux prunelles marron, banales, de son interlocuteur. Ses pupilles étaient juste légèrement dilatées par la peur.

— Vous ne pouvez rien faire contre moi, dit l'homme d'une voix mal assurée.

— Vous croyez ça ?

— Vous servez l'empereur. L'empereur ne tolérerait pas qu'on me fasse le moindre mal. Ni qu'on m'intimide de la sorte, ajouta-t-il.

Puis après une brève hésitation :

— Ni qu'on me calomnie.

— Arrête un peu ! le coupa le maréchal. L'empereur n'est pas là. Je te conseille de coopérer si tu veux continuer tes petites soirées.

L'indignation suscitée par le tutoiement laissa aussitôt place à une expression plus mielleuse et calculatrice.

— Vous transformez vos amis en voleurs lors de vos orgies ? demanda le maréchal. Et vous vous débarrassez du porteur ?

Kazan, les bras croisés, s'accrocha à ses coudes. La confirmation du comte lui envoya une décharge de haine au creux de l'estomac.

— On ne peut pas se permettre que les voleurs d'esprits se multiplient sans contrôle dans Yardam, expliqua le noble. C'est déjà l'anarchie à cause de la quarantaine. Ce pouvoir ne devrait être l'apanage que des élites.

— Je suis d'accord, approuva tranquillement le maréchal. Et donc, vous qui appartenez à l'élite, pouvez-vous me lister qui vit dans votre tête actuellement, s'il vous plaît ?

Kazan crut que sa mâchoire allait se décrocher au fur et à mesure que les noms célèbres tombaient, un à un, des lèvres rouges du meurtrier.

— Joli palmarès, commenta Elijáš. Très avisé.

Il se tourna vers Kazan.

— Tu vois ? C'est comme ça qu'on fait.

— Oui, dit le voleur d'une voix faible et enrouée.

Le maréchal se rapprocha de lui, passa dans son dos et le saisit par les épaules pour l'inciter à faire un pas en avant, vers le cercle anxieux des serviteurs du comte.

— Aucun de ces types n'est porteur, mais ils ont participé au meurtre de ta copine.

— Comment le savez-vous ?

La trouille qui suintait de leurs visages blêmes était pourtant un aveu limpide.

— Choisis-en un et prends-le. Transmets une de tes voix. Ça te fera du bien.

— Que je le prenne… Vous voulez dire, que je le viole ? C'est…

Il s'éclaircit la gorge.

— C'est contraire à notre ligne de conduite.

— Kazan, mon ami, la donne a changé. La situation est merdique et la ville est foutue. Ces gens vont crever de toute façon, alors mieux vaut qu'ils t'aident à avancer un peu plus loin, tu ne crois pas ? Attends, je vais te faciliter la chose.

Il s'adressa aux serviteurs terrifiés :

— J'épargnerai celui qui accepte de se laisser contaminer par mon ami ici présent. Avantage non négligeable, vous recevrez le même pouvoir que votre maître. N'est-ce pas gratifiant ? Tous les autres, je les zigouille.

— Non, arrêtez ! dit Kazan.

Mais sa voix fut recouverte par les hommes qui levaient précipitamment leurs mains tremblantes.

— Moi !

— Moi, choisissez-moi !

— Non, moi, s'il vous plaît !

Kazan se sentait nauséeux d'angoisse.

— Je ne le ferai pas.

— Tu es sûr ? Tu n'as pas besoin de transmettre une voix ?

— Je vous assure, ça va.

— Tu es possessif. Tu veux les garder toutes pour toi.

Il lui tapota l'épaule.

— Je comprends ça.

Puis il dégaina avec sa main droite et foudroya les cinq serviteurs qui s'affaissèrent, un trou fumant entre les yeux. Le comte se mit à hurler, mais son cri d'horreur cessa vite lorsque le maréchal scella ses lèvres d'un baiser. Kazan, les pieds rivés au sol, n'arrivait plus à bouger, plus à réfléchir. Le maréchal était en train d'aspirer un voleur d'esprits. Il allait siphonner l'ensemble de ses voix, et d'après la liste que l'homme avait avouée tout à l'heure, elles étaient nombreuses. Le comte blanchit. Quelques cheveux tombèrent comme de la neige filasse sur les cadavres de ses serviteurs. Elijáš repoussa enfin la coquille.

— Un bon cru ! s'exclama-t-il avec ce ravissement forcené des voleurs d'esprits.

— Vous êtes dingue ? réussit à exhaler Kazan. Vous avez pris au moins dix personnalités d'un coup. Vous allez éclater !

— Non, mon cher.

Il y avait une telle assurance en lui que Kazan se tut, le cœur battant. À part cette extase brutale qu'on lisait encore dans ses prunelles très dilatées, Elijáš paraissait parfaitement maître de lui-même.

— Veux-tu savoir combien nous sommes à l'intérieur ?

Kazan acquiesça, la gorge sèche.

— Cent vingt-huit.

— Quoi ? Mais c'est impossible !

— Bien sûr que si, ça l'est. Mais toi, tu es trop dans l'émotionnel. Bouffer ta famille pour commencer n'était vraiment pas le meilleur départ possible.

— Et je peux encore apprendre ? demanda Kazan, au bord du vertige.

— Pourquoi pas ? Tu veux ?

Le voleur déglutit, inspira et reprit fermement :

— Oui. S'il vous plaît.

— Viens chez moi ce soir. Je t'expliquerai tout.

41

Avantage non négligeable de son nouvel uniforme, Kazan défiait sans vergogne les lois du couvre-feu. Il marchait en pleine rue, à la lumière des réverbères, et quand on le sifflait il se réjouissait des plates excuses que lui présentaient les différents officiers des milices. Le blason argenté qu'il portait à l'épaule signifiait son appartenance à la troupe d'élite de la garde noire. Son enrôlement le protégeait plus efficacement que n'importe quel démon influent. Pourtant, il avait du mal à s'y faire et la tuerie de l'après-midi lui laissait un goût amer. S'il avait d'abord imaginé que le maréchal se servait du chaos, il le soupçonnait désormais d'en être l'un des principaux instigateurs. C'est avec un brin d'appréhension qu'il frappa à sa porte.

Sans surprise, Elijáš vivait dans l'un des manoirs de Ville-Nouvelle, bien placé entre les dômes bleutés du musée et les flèches gothiques de Notre-Dame-et-Charlemagne. L'œil jaune de Gros-Horloge ressortait dans le noir, par-dessus les toits pointus et les pinacles. Il était minuit et demi.

La porte s'ouvrit sur une femme inconnue.

— Oh, c'est toi, dit-elle. Tu es encore plus beau que je l'imaginais.

Pour la première fois, alors que Kazan la dévisageait, il fut certain d'avoir affaire à une voleuse d'esprits. Il y avait quelque chose de vague dans ses manières, de presque contradictoire, et son déplacement d'une fluidité inhumaine lorsqu'elle le guida dans le couloir renforça cette curieuse impression. Le maréchal les attendait dans un splendide salon, assis sur une banquette recouverte de velours noir. Le regard de Kazan monta sur le lustre en cristal d'une taille démesurée, puis passa sur les grandes fenêtres, les bibliothèques chargées de livres avant de s'attacher aux peintures monumentales exposées sur les murs, toutes très sombres et abstraites.

— C'est vous qui les avez peintes ? demanda-t-il avec intérêt.

— Ma femme. Elle est comme toi, une dévoreuse d'artistes.

— Tu aimes ? s'enquit la jeune femme.

— Oui, beaucoup.

— Tant mieux.

Elle se coula aux pieds de son mari avec une élégance aristocratique et posa sa tête sur ses genoux. Les doigts d'Elijáš s'enroulèrent dans la chevelure brune qui cascadait le long de sa jambe. Ils ressemblaient à un couple de panthères, dégageant une aura torride et dangereuse. Kazan avala sa salive, ne sachant vraiment où se mettre. Le maréchal l'aida d'un signe de main.

— Viens. Assieds-toi.

Il obtempéra, se plaçant quand même à bonne distance.

— Tu as fait la connaissance de Radka ?

— Vous chassez ensemble ? éluda Kazan, pressé d’en arriver au fait.

— Non, nous évoluons chacun de notre côté pour ne pas éveiller les soupçons, répondit Elijáš. Mais bien sûr, nous nous coordonnons tous les soirs pour progresser de concert vers les plus hautes strates du pouvoir.

— C’est quoi votre but ultime ? Le palais du duc d’Hiver ?

— Pas mal, gloussa Radka.

— Autre chose ? s’ébahit Kazan.

— Oui et non, expliqua Elijáš. Cette ville ne sera jamais rouverte. Elle deviendra un îlot de mystère dans l’empire. Les gens de l’extérieur se demanderont pendant les siècles à venir ce qui se trame derrière nos murs.

— Un trou noir dans le monde, murmura Kazan. Comme Geminga.

Il s’ébroua pour ne pas dériver dans sa rêverie astrologique.

— Et donc ? Vous ?

— Nous régnerons sur ce royaume déchu. Elle et moi. Les voleurs d’esprits les plus faibles seront abattus, tout comme les plus dangereux. Nous serons très attentifs à cela.

— Et moi ?

— Quoi, toi ? Tu vas me trahir ?

— Non.

— Alors, la réponse est dans ta question. Tu n’as rien à craindre si tu es avec moi.

— Et la folie, les voix ?

— Nous maîtrisons notre pouvoir tous les deux.

— Comment faites-vous ?

— Qu'est-ce que tu as dans la tête, Kazan ? lui lança Radka. Ton paysage mental ? Tu le connais ?

— Je ne comprends pas.

— Bien sûr que tu ne comprends pas, dit Elijáš. Tu n'en sais rien et c'est ta plus grande erreur. Tes anciennes victimes sont libres dans ta tête. Tu les laisses régner sur ton inconscient, laminer tes souvenirs, tout détruire.

D'un mouvement fluide, la femme remonta sur ses genoux et lui caressa le torse. Le maréchal continua de parler à Kazan en le regardant par-dessus l'épaule de sa femme, sans la toucher, les bras posés avec décontraction sur le dossier de la banquette.

— Tu dois réussir à compartimenter ton esprit, poursuivit-il. « Classer » tes proies pour ne les sortir de leurs étagères que lorsque tu en as besoin.

— Vous parlez comme si votre tête était une sorte de bibliothèque.

— Oui, c'est mon truc, tu as remarqué ? dit-il en désignant du menton les centaines d'ouvrages rangés le long des murs. Pour conserver mon gibier, je me suis entraîné à visualiser un très grand livre. C'est un livre-prison et chacune de mes proies est épinglée à l'une de ses pages. Quand je ne me sers pas d'elles, je le referme et leurs voix s'étouffent. Certaines s'y dessèchent depuis des années. Je n'en ai plus besoin.

— Vous ne les transmettez pas ?

— Assez peu. Je suis fidèle à mon épouse.

Radka rit comme s'il avait fait une plaisanterie et il ajouta :

— Honnêtement, je ne suis pas particulièrement favorable à l'extension de l'épidémie.

— Vous m’aviez dit qu’on devait être solidaires entre nous.

— Oui, entre nous. Toi, moi, Radka. Pas toute la ville, non plus.

Tout en l’écoutant et cherchant à comprendre, Kazan tenta de visualiser son propre monde mental, mais il ne savait pas par où commencer. Il n’avait jamais imaginé qu’il puisse de lui-même construire la geôle de ses prisonniers.

— Je pourrais y arriver moi aussi ? À faire ce que vous faites ?

— Sans doute, répondit Elijáš.

Il se servait enfin de ses mains et était en train de déshabiller sa femme. La peau blanche apparut sous la robe noire qu’il dégrafait. Le tissu tomba, dévoilant jusqu’à la chute de ses reins. Radka tourna la tête pour regarder Kazan par-dessus son épaule.

— Viens. Tu comprendras mieux.

Kazan se leva. Son corps avait doublé sa raison. Radka le prit par la main et l’attira à son tour sur la banquette. Il se retrouva plaqué contre son dos. La tête toujours renversée en arrière, déployant sa gorge blanche où palpitait la jugulaire, elle chercha ses lèvres. Kazan était tellement enfiévré, pris du désir de la posséder, qu’il manqua se laisser embrasser. Il se déroba au dernier moment.

— Pas comme ça, gronda-t-il.

— Ne t’inquiète pas, intervint Elijáš. On ne va pas te manger. Tes prises ridicules ne nous intéressent pas. Mais toi, oui. Il est temps que tu t’endurcisses. Ton potentiel est énorme et tu le gâches dans ce triangle toxique que tu entretiens avec tes amis-ennemis, les deux médecins. Radka et moi allons te montrer autre chose. De plus intense.

Radka s'était retournée vers lui. Elle acheva de se déshabiller, en se contorsionnant souplement alors qu'elle était toujours à califourchon sur son mari et que Kazan la gênait en lui pétrissant les seins. C'était une sensation curieuse que de sentir le corps d'un autre homme si proche, séparé de lui simplement par le rempart féminin de Radka. Dans sa tête, tout se mélangeait de nouveau. Nadja, à fleur de peau, le plongeait dans une confusion qui, à ce stade, n'avait rien de désagréable. Elijáš avait raison. Il ne maîtrisait rien. À côté de ces deux prédateurs qui épinglaient leurs victimes dans des livres mentaux, lui se faisait comme toujours submerger par ses démons. Le vide caractéristique qui le ponctionnait depuis des années se rouvrit. L'espace d'un instant, il crut qu'il allait perdre pied et peut-être même dévorer ses protecteurs, mais Radka, retournée à présent vers lui, le guida habilement en elle et il se perdit dans sa chaleur humide, tandis que son âme en pièces s'enfonçait dans l'abîme de son esprit. Alors qu'il allait et venait, frottant son bassin contre le sien, il sentit les mouvements coordonnés d'Elijáš dans l'anus de la fille, séparés de son sexe par un mince fourreau de chair. Il fit mine de se retirer mais, comme s'il avait deviné son intention, le maréchal referma son bras autour de son cou. Kazan aurait pu se sentir encore plus gêné, mais au contraire, il saisit le poignet de l'autre homme pour resserrer le nœud humain qu'ils formaient. Radka, écrasée entre eux, gémissait de plaisir au creux de son oreille. L'esprit de Kazan vacilla. C'était comme s'il était poussé en avant, centimètre par centimètre, vers le gouffre ouvert au centre de son être, cet astre noir et dévoreur d'énergie. Mais il n'était pas seul. Ils étaient trois. Non, en fait, beaucoup plus que cela : dix, vingt, des centaines, comme lors de l'orgie où avait péri Jiri. Tous leurs démons étaient là avec eux, embrasés dans ce brasier de sensations immense, se tordant de douleur et de plaisir. Kazan entendait toutes leurs voix ensemble, leurs gémissements étouffés. Leurs peaux devenues insupportablement sensibles, ils partageaient ce moment d'extase, hommes et femmes mêlant leurs jouissances dans le néant étoilé de leurs propres ténèbres, hors du temps et perdus à tout jamais.

Vidé, Kazan gisait sans forces sur un fauteuil, respirant lentement, profondément, quand Elijáš se rapprocha de lui. Les doigts du milicien glissèrent avec douceur dans ses cheveux, avant de se refermer en poing. Il lui tira la tête en arrière pour le contraindre à le regarder. Kazan se crispa, puis força les muscles de sa nuque à se relâcher et à s'abandonner à la poigne du maréchal. Satisfait par cette marque de soumission, l'autre homme le libéra.

— Tu me serviras, n'est-ce pas ? lui demanda-t-il suavement. Tu t'es livré à moi. Maintenant, tu m'appartiens. Si tu me trahis, je te tue.

— Ma loyauté vous est acquise, assura Kazan.

— C'est bien. J'en suis heureux, crois-moi. Quand je serai arrivé tout en haut, dans le château d'hiver, je te promets que tu auras une place à mes côtés, à ma droite.

Il lui sourit, dévoilant lentement ses crocs.

— On va faire ça ensemble, tous autant que nous sommes.

42

Depuis sa relation avec Radka et Elijáš, Kazan se sentait bizarre. Il avait l'impression d'entendre ses voix avec une nouvelle acuité, mais que ses autres sens s'étaient également développés, lui conférant des capacités quasi animales. Un peu gêné, il s'en ouvrit auprès de son mentor. Bien qu'ils soient seuls tous les deux, le maréchal l'entraîna encore plus à l'écart.

— C'est une forme de surcontamination, lui expliqua-t-il en chuchotant. Cela arrive quand tu couches avec d'autres voleurs d'esprits. Tu peux être contaminé par une autre souche, un peu différente du virus. Cela peut le rendre plus virulent.

— Je vais mourir plus vite ? s'alarma Kazan.

— Tu as écouté ce que je t'ai dit la dernière fois ? Radka et moi vivons avec des centaines de voix. Nous les maîtrisons. Tu y arriveras toi aussi. Nous sommes avec toi. Nous n'allons pas te laisser tomber. Nous t'aiderons et tu deviendras comme nous. Tu dois abandonner certaines choses, ces boulets que tu te traînes au pied.

Parlait-il de Feliks et de Nadja ? Le discours d'Elijáš revenait souvent sur eux, assez insidieusement, au point que Kazan commençait à se demander s'il n'était pas jaloux des liens exclusifs qui l'attachaient à ses deux tourmenteurs.

— Tu devrais en parler à Radka, conclut le maréchal. Vous avez une sensibilité commune. Et puis, ajouta-t-il en souriant, cette nouvelle souche, c'est elle qui t'en a fait cadeau.

Kazan n'était pas vraiment rassuré. Il réfléchit toute la journée aux dangereuses conséquences de la surcontamination et ses voix s'en amusèrent.

— *Nous sommes plus fortes.*

— *C'est grâce à toi.*

— *À ta perversité.*

— *Tu ne peux pas t'en empêcher.*

— *Comme ta mère !*

— *Tu aimes tellement ça.*

— *Elle est morte à cause de ça. Toi, tu mourras à cause de ça ! C'est dans l'ordre des choses.*

Il ne tint pas la journée et quitta même son service plus tôt avec la bénédiction bienveillante de son nouveau chef pour rejoindre Radka. La jeune femme peignait dans son atelier baigné de lumière, à l'étage de leur somptueux palais. Sa toile monumentale et elle, plus petite, mais irradiant d'énergie, se découpaient dans le soleil qui entrait par les grandes verrières. L'odeur de térébenthine et de peinture ramena Kazan des années en arrière, dans l'atelier maudit de sa belle-mère. Si elle avait été encore dans sa tête, elle aurait probablement éclaté en sanglots. À la place, c'est le démon qu'il surnommait tout simplement « la peintre » qui s'éveilla et l'envahit jusqu'au vertige. Il déambula dans la pièce en attendant que Radka sorte de sa transe et s'intéresse à lui. Les œuvres récentes de la jeune femme, alignées contre les murs, étaient saisissantes, mais de façon assez dérangeante on y percevait deux ou trois influences différentes qui se mêlaient sans cohérence. Kazan imagina les mains esclaves qui avaient tenu le pinceau sous ses ordres. Elle avait dû avaler de nombreux artistes. Son malaise augmenta. Après tout, il avait fait la même chose, s'adjuvant le génie d'une autre pour compenser son manque de talent.

Je suis désolé, pensa-t-il à l'intention de la démone.

Bien qu'elle fût présente, elle ne répondit rien. Elle frissonnait d'extase dans ce lieu qui lui rappelait tant de souvenirs. Des fragments de toiles défilaient dans l'esprit de Kazan comme une symphonie de couleurs et de portraits.

Il s'arrêta devant un tableau particulièrement dérangeant. Pendant quelques instants, il ne sut dire ce qu'il représentait puis, peu à peu, les formes s'organisèrent sous ses yeux pour laisser deviner des centaines d'êtres entremêlés. L'entrelacement, dessiné autrement, aurait pu être harmonieux. Là, il évoquait plutôt l'enchevêtrement des morts sur un champ de bataille. Kazan fronça le nez comme s'il était physiquement incommodé par une odeur de cadavre.

— Tu ferais un bon modèle.

Kazan sursauta et se retourna vers Radka, qui l'observait, un œil fermé, son pinceau en l'air, appréciatrice.

— Tu pourrais poser pour moi, une fois ?

— Pourquoi pas ? répondit le voleur, décontenancé.

— Ce serait même intéressant pour toi.

— Comment cela ?

— Je vois au-delà de ton enveloppe, tu comprends ? Je vois ce qui t'agite.

— Les démons ?

— C'est comme ça que tu les appelles ?

— Pas vous ?

— Non. Ce ne sont que des personnages. Des formes peintes dans ma tête. Une galerie de portraits, rien de plus. Ils ne peuvent pas me nuire, vu qu'ils sont seulement peints. Toi, c'est sûr qu'en les affublant d'un nom infernal, tu les autorises à te tourmenter.

— Vous pensez que mon paysage mental ressemble aux enfers ?

— Je ne sais pas. C'est toi qui dois le découvrir, mais je peux t'aider.

Elle le rejoignit en étirant les muscles de ses bras et en se haussant sur la pointe des pieds pour se détendre les cuisses et les mollets.

— Vous exposez dans des galeries ? demanda Kazan en se retournant vers les toiles posées aux murs.

— Bien sûr. Elijáš et moi, on aime l'argent, tu vois ? Mais ces derniers temps, les affaires sont en berne. On se demande pourquoi.

Elle rit.

— Tous ces petits moutons qui s'interrogent sur l'origine de l'épidémie alors que mes toiles racontent tout !

Kazan observa les peintures sous un jour nouveau et s'arrêta devant l'étrange portrait qui entrelaçait une centaine de corps.

— C'est un autoportrait, comprit-il, sous le choc.

— Non, c'est Elijáš. Tu ne le reconnais pas ? Tu n'as pas l'œil encore.

Kazan l'étudia sans discrétion ; elle se laissa faire. Elle paraissait même ravie.

— C'est vrai, conclut-il. Vous êtes différente. Ce portrait, là, exprime davantage… de douleurs.

Le mot lui avait échappé, mais il n'en trouvait pas d'autres. Il craignit que cela paraisse insultant pour le mari de Radka, mais elle opina sérieusement.

— Elijáš n'est pas un tendre, c'est vrai, admit-elle.

— Vous connaissez bien les arts ? reprit Kazan, alors qu'une idée déferlait en lui, renversant tout sur son passage.

— Eh bien, un peu, répondit-elle modestement tandis que l'expression enflammée et arrogante de ses yeux disait le contraire.

— J'aimerais vous montrer une toile, chez moi.

Radka s'amusa de sa proposition et plaisanta sur ses sous-entendus. Kazan se demandait comment elle réagirait à la vue de son quartier misérable et de son appartement sous les toits, mais elle ne fit aucune remarque désobligeante. En fait, il eut même l'impression qu'elle connaissait très bien les lieux. Soit la chasse l'avait déjà amenée ici, soit elle était née dans ce genre d'endroit et c'était le virus qui l'en avait extraite pour l'élever avec ses voix jusqu'au palace où elle vivait désormais.

— Alors, c'est chez toi ici ? demanda-t-elle quand même sans énoncer aucun jugement.

— Plus maintenant. Feliks connaît cette adresse.

— Ton compagnon.

— Ce n'est pas mon compagnon.

— Pourtant, c'est lui que tu as délivré de la tour Pointue. Personne n'avait réussi avant toi, Elijáš était impressionné.

— Oui, merci… Dites-le à Feliks parce que lui n'a pas été très reconnaissant. Bref, je n'habite plus ici. J'occupe l'appartement de Jiri, près de la ruelle dorée. C'est encore plus petit, soupira-t-il.

— Parles-en à Elijáš, recommanda-t-elle en souriant tranquillement. Il y remédiera. Qu'est-ce que tu voulais me montrer dans ce charmant petit nid ?

Kazan, le cœur battant d'exaltation, sortit ses toiles du cagibi. Radka, aussi excitée que lui, applaudit avec ravissement. Elle les étala toutes, les posant contre les murs pour mieux les examiner.

— C'est Katuška ! s'exclama-t-elle.

Une onde de plaisir parcourut Kazan, provoquée par l'épanouissement de la peintre dans son esprit. Lui ne l'appelait jamais par son nom, mais simplement par son métier. Il lui avait décidément tout pris.

— Oui, concéda-t-il. C'est bien elle.

— Tu l'as toujours ?

— Oui.

— Et tu ne peins plus ?

Elle paraissait indignée.

— J'ai arrêté.

— Mais pourquoi, Kazan ? Tu dois continuer ! Cela pourrait même t'aider.

Elle passait d'une toile à l'autre en hochant la tête comme si elle discutait avec ses propres voix, mais si ce qu'elle prétendait était vrai sur ses démons transformés en peintures dans son esprit, elle parlait peut-être toute seule, comme n'importe quel quidam.

— J'adorais le style de Katuška. Elle était très connue fut un temps. C'est toi qui l'as mangée ?

Son enthousiasme était tel que Kazan redouta qu'elle lui reproche son crime, mais non, elle paraissait sincèrement curieuse.

— On me l'a transmise. C'était ma première voix.

— Quelle chance !

Elle s'arrêta devant la toile qui représentait l'un de ses monstres marins, avec sa lourde tête casquée, et elle se tapota les lèvres avec deux doigts, pensive.

— C'est très beau, Kazan, murmura-t-elle. Très intéressant.

Elle le regarda par en dessous puis reporta son attention sur la toile.

— C'est un autoportrait, n'est-ce pas ?

— Quoi ? Je ne sais pas...

— Kazan dans son armure. Kazan qui se cache dans l'ombre. Kazan qui avance masqué...

Elle passa au tableau suivant, celui qui représentait la plage rouge, avec les mêmes monstres alanguis sur le sable. Le tableau par lequel tout avait commencé, celui dont il était le plus fier. Radka resta longuement silencieuse, les yeux mi-clos. Puis enfin, elle se retourna vers lui, souriante, et lui dit :

— Maintenant, je te connais mieux.

Elle arrivait finalement à ce que Kazan voulait lui montrer : le tableau noir, l'éclipse. *Geminga*. Il ne dit rien. Il la laissa le découvrir et agrandir les yeux, bouleversée.

— *Geminga*, murmura-t-elle.

— Vous le connaissez ?

— De quoi tu parles ?

— Celui qui a peint ce tableau.

Il se rapprocha d'elle et ils contemplèrent le paysage, épaule contre épaule. Ils avaient l'impression qu'ils allaient se noyer dans le sombre lac, étendu comme une flaque de mercure dans cette nuit étrange.

— C'est un autoportrait, non ? insista Kazan. Celui qui a peint cette toile a représenté notre maladie.

— Oui. C'est ce qu'il y a en nous. Personne ne connaît le nom de cet artiste, mais on pense qu'il était le premier. Tu sais, celui qu'on surnomme le « patient zéro ».

— Qu'est-ce que ça veut dire ?

— Qu'il était le premier. Le tout premier voleur d'esprits. Et il a peint cela pour nous tous. Elle était à la galerie du musée… C'est toi qui l'as dérobée ?

Il acquiesça, gêné.

— Je ne savais pas. Je n'étais pas venu pour elle, mais quand je l'ai vue…

— Elle t'a aspiré.

Elle n'avait pas dit « attiré » ; elle avait bien dit « aspiré » et c'était le mot le plus exact qu'elle puisse trouver. Là encore, il acquiesça.

— Tu es vraiment un garçon étonnant. Elijáš t'a bien choisi.

— Vous savez comment la maladie est apparue ? Ce patient zéro, qu'est-ce qui lui est arrivé ?

— Je ne sais pas grand-chose. Je ne connais de lui que cette toile et la rumeur : il était le premier, cette peinture était un message, une prophétie pour nous tous, ses descendants. Nous sommes un peu ses enfants.

— C'est bizarre comme concept, grommela Kazan, mal à l'aise avec cette théorie.

Après tout, on parlait d'un virus qui décimait ses victimes et non d'une heureuse filiation. Mais la famille, Kazan était bien placé pour savoir que c'était compliqué.

— Il y a plusieurs hypothèses, reprit Radka. Tu en connais sans doute quelques-unes.

— Le virus vient des étoiles ? demanda Kazan, plein d'espoir. À cause du trou noir dans le ciel. *Gh'è minga ?*

— J'ai entendu quelque chose d'approchant. Connais-tu la théorie de la lune des fous ?

— Regarder la pleine lune vous change en coquille ? C'est absurde.

— Oui, bien sûr que ça l'est. Mais on dit aussi que les rassemblements de coquilles, la nuit, et leur chant bizarre, dans ces moments-là, sont une prière à la lune des fous. Quand elle apparaîtra…

Elle désigna la toile.

— La lune noire, celle de l'éclipse, ce sera trop tard. Tout le monde deviendra fou, voleurs d'esprits et personnes saines. Ce sera la fin. Ses rayons noirs nous hypnotiseront.

Kazan se sentit étrangement séduit.

— D'autres théories sont encore plus sottes, reprit sèchement Radka. Celle qui accuse les lions blancs du château d'hiver, par exemple.

— Ils ont tué ces malheureuses bêtes.

— Je sais. Je les aurais bien tuées à mon tour !

— Et vous n'avez pas d'autres idées ? Sur la provenance du virus ?

— Comme quoi ? Celle qui raconte qu'il est arrivé cristallisé dans un flocon de neige ? Celle qui soutient qu'il a été amené par un chasseur de baleines qui l'a attrapé lors de la fonte des glaciers, dans le Nord lointain ?

— S'il vous plaît, quelque chose qui soit plausible ? insista le voleur.

— Kazan, mon cher, c'est toi qui fréquentes des médecins. Que t'ont-ils appris ?

— Qu'ils ne savent pas, répondit Kazan, dépité.

— Alors, la réponse est là. C'est triste, mais c'est ainsi. Les maladies surgissent et elles fauchent les gens. La peste, la tuberculose, la syphilis ou la lèpre, et maintenant... ça. Laisse les questions aux médecins. Tu t'égares dans ces mystères. Trouve plutôt la solution en toi.

Elle l'embrassa au coin des lèvres, à la fois séductrice et menaçante.

— Je pourrais aspirer la talentueuse Katuška que tu portes en toi, le provoqua-t-elle.

Il ne put retenir un léger mouvement de recul.

— Je plaisante. Je ne te ferais jamais ça. Elijáš tient trop à toi de toute façon. Tu reviens ce soir ?

— Je ne sais pas encore, mentit-il.

43

Kazan n'avait pas envie de les rejoindre. Pourtant, il revenait, nuit après nuit. La peur de la surcontamination continuait de lui vriller les tripes. Il s'était promis de ne pas coucher directement avec Elijáš, seulement avec Radka. Une promesse que le maréchal lui avait rapidement fait renier. Kazan s'en voulait et en même temps, il avait cruellement conscience de l'impériosité de son désir, ce désir profond, violent, viscéral, qui les enflammait, les possédait, les renversait. Dans la pleine obscurité de ses nuits, avec ce couple de fauves, il se révélait, comme si leur feu et leur sauvagerie annihilaient ses inhibitions, ses défenses. Il avait le sentiment de progresser. La triangulation maudite dans laquelle il s'était enferré avec Nadja et Feliks commençait à se déliter au profit de celle qui l'unissait à Radka et Elijáš.

Il pensait moins aux deux médecins. Même la voix de la jeune femme devenait plus rare et plus discrète.

Le jour, Kazan travaillait pour la garde noire. Il remplissait docilement les missions que le maréchal lui assignait. La nuit, il se glissait contre la peau de ses deux mentors et s'oubliait dans leur aura sombre et veloutée.

Si la ville continuait de s'enfoncer dans la crise que provoquait la quarantaine, Kazan, lui, s'enrichissait. L'argent irriguait ses poches : celui de sa solde, celui des pots-de-vin, celui des primes qu'Elijáš lui versait généreusement… Culpabilisé par son nouveau statut, Kazan déposait des *groschens* en argent dans les mains des mendiants qui, de plus en plus nombreux, tremblaient de terreur en le voyant apparaître dans son uniforme noir. Les malheureux avaient la gorge tellement nouée qu'ils n'arrivaient pas à articuler le moindre remerciement. Kazan savait l'effet qu'il provoquait ; lui-même le ressentait face à Elijáš.

Toujours aussi prodigue, le maréchal lui offrit un luxueux appartement, dans le quartier de Ville-Nouvelle, et quand évasivement, Kazan parla de se remettre à la peinture, il lui acheta tout le matériel nécessaire, y compris la fameuse couleur pourpre, dont le prix atteignait désormais les sommets.

Kazan se retrouva alors, nerveux, le pinceau à la main, face à la toile vierge. Pour se rassurer, il convoqua l'esprit de sa peintre, mais elle resta distante en dépit de ses sollicitations.

Prenant une profonde inspiration, il appuya les poils de martre contre le papier.

— Eh bien, j'y vais, dit-il bêtement.

Dès qu'il se lança, il fut immédiatement enveloppé, emporté. Plongé dans une transe créative, il perdit la notion du temps. Une énergie nouvelle faisait bouillir son sang, quelque chose qu'il n'avait jamais ressenti auparavant. Il se sentait libéré, ou plutôt, il avait libéré quelque chose en lui, une source puissante qui ne demandait qu'à jaillir. L'inspiration coulait de son cœur à sa main, et sa main n'avait qu'à suivre le mouvement. Le pinceau accélérait, ralentissait, se suspendait un instant avant de repartir en glissant. Kazan avait voulu appeler la peintre ; il se retrouvait à présent avec tous ses démons, unis comme s'ils partageaient un même cœur. Le paysage qui apparaissait sous les poils du pinceau semblait naître de leurs murmures. Jamais il ne s'était senti aussi *rassemblé* et heureux. Ils étaient tous ensemble, reliés, et tant que le pinceau poursuivrait sa course, il n'aurait plus peur.

Elijáš rompit sa transe en entrant, à la nuit tombée. Il surgissait toujours ainsi, à l'improviste. Il avait les clés de son appartement. Rien de choquant à cela, c'était lui qui le lui avait offert, après tout.

— C'était là que tu te cachais, lança-t-il joyeusement.

Kazan reposa le pinceau et s'arracha à son œuvre, les muscles rompus, mais heureux.

— Je peux regarder ? demanda Elijáš.

Kazan donna son assentiment assez fraîchement, mais il ne voyait pas comment le lui refuser. À vrai dire, il ne lui refusait pas grand-chose. Le maréchal, à force de présence et de cadeaux, s'était arrogé bien des droits sur sa vie.

— C'est très beau, commenta l'homme. Dommage que tu les aies représentés eux aussi.

Kazan cligna des yeux. Sur la plage rouge, sous le soleil rouge, ses monstres se prélassaient, mais des silhouettes humaines, de simples contours évanescents, se tenaient debout au milieu de la horde cuirassée, pareilles à des flammes blanches. Pour la première fois, Kazan avait représenté ses démons. Il en resta ébahi.

— Continue comme ça, le félicita le maréchal en lui pressant l'épaule.

Puis il alla s'installer dans un fauteuil. Kazan, machinalement, lui servit un verre et se trouvant soudain bien obséquieux, se versa le double d'alcool avant de s'asseoir sur un accoudoir afin de se grandir un peu. C'était, à vrai dire, assez mesquin.

— Tu as entendu parler du Miracle ? lui demanda Elijáš après qu'ils eurent trinqué.

— Non. Qu'est-ce que c'est ?

— « Qui c'est », tu veux dire. On raconte qu'une gamine a le pouvoir de guérir les coquilles.

— Quoi ?

Toutes ses voix s'étaient exclamées avec lui.

— Je ne sais pas si c'est vrai, tempéra Elijáš. Ce sont des rumeurs. Je veux que tu enquêtes pour moi. D'après la rue, c'est une enfant qui ressemble à une coquille, visage lunaire, cheveux blancs. Cherche-la. Amène-la-moi. Sois discret bien sûr.

— À vos ordres, répondit trop vite Kazan.

Et il passa cette nouvelle bassesse avec une rasade brûlante d'alcool.

*

Kazan se mit donc en quête de l'enfant, ce fameux Miracle dont la rumeur commençait à se répandre en ville. Il rassemblait les renseignements, recoupait les bruits, les témoignages, pour finalement, au détour d'une nuit, la trouver sur un pont.

En réalité, il n'était pas sûr que ce soit elle, mais il n'avait jamais vu une telle chose : une petite fille se mêlait à un groupe de coquilles et elle tenait l'une d'elles par la main. L'enfant était très pâle – à moins que ce ne fût l'éclairage du réverbère, juste au-dessus d'eux. Toutes les coquilles levaient la tête vers le globe de lumière, comme s'il s'agissait de la lune elle-même.

— Petite, comment tu t'appelles ? lui demanda-t-il.

Elle ne répondit pas. Elle le regardait avec ses grands yeux bleus, dont la couleur tirait vers le mimosa. Cela lui rappela Feliks. Nadja poussa un douloureux soupir en lui. Agacé, Kazan repoussa le souvenir du médecin et se dirigea vers l'enfant. Il lui détacha les doigts de la main molle de la coquille, soulevant phalange après phalange. Puis il serra la main de l'enfant, doucement d'abord, puis plus fermement quand elle tenta de s'enfuir, puis franchement brutalement, avant de changer sa prise et de la saisir par le poignet, et de la traîner, et de l'assommer, quand elle se mit à hurler…

Il arriva, malade de honte, sur le seuil de la maison d'Elijáš, en pleine nuit, avec le corps de la fillette sur l'épaule. Qu'était-il en train de faire ? Il ignorait tout des intentions du maréchal. Il ne savait même pas s'il avait trouvé la bonne enfant. S'il se trompait… Il avait l'impression de livrer la petite fille à un ogre. Ses voix hurlaient dans sa tête. Il avait envie de sirène – ce que Elijáš lui refusait avec beaucoup d'autorité. Il était en sevrage depuis des semaines ; il n'en pouvait plus. Tout se brouillait. La main tremblante, il sonna. Pendant qu'il attendait, mille fois il pensa à fuir, à relâcher l'enfant, à la reconduire sur le pont où il l'avait trouvée… mais il resta là, sur le seuil, comme paralysé, et quand Elijáš lui ouvrit, il se sentit tout petit face à cet homme si impressionnant.

— C'est elle ? lui demanda-t-il.

Kazan n'arriva à rien dire, juste à acquiescer, et quand le maréchal lui fit signe, il transféra docilement le poids de l'enfant vers les bras tendus de l'autre homme. Encore une fois, l'image d'un ogre le traversa. Kazan était fort, il en avait terrassé de plus puissants. Il pouvait encore agir. Résister.

— Merci, Kazan, je n'ai plus besoin de toi. Reviens demain, d'accord ?

Sa dernière chance de s'opposer. Il voulut parler, mais ses lèvres étaient comme scellées. Il avala sa salive et baissa les yeux.

La porte lui claqua au nez.

44

Feliks était arrêté devant une énième barricade. Depuis plusieurs minutes, il parlementait avec des hommes agressifs et terrifiés, debout sur leur barrière de péage, qui lui réclamaient des pots-de-vin. L'un d'eux agitait un drapeau en lambeaux au-dessus de sa tête, criant des noms inconnus et insultant l'empereur.

— Tu vas à la soupe populaire ? lui demanda l'un d'eux.

— Oui, répéta Feliks pour la dixième fois.

— Regardez ses yeux ! Regardez ses yeux ! C'est peut-être un vampire !

Le médecin contrôla son envie de prendre ses jambes à son cou. Des avis de recherche avec son portrait étaient peut-être entre les mains de ces hommes. Il se força à les regarder dans les yeux, dévoilant ses iris clairs d'étranger, et baissa légèrement l'écharpe qui lui couvrait le bas du visage. Il conserva cependant son chapeau enfoncé sur ses cheveux blonds.

— Je le reconnais ! s'exclama le type au drapeau.

Feliks banda les muscles. Il pouvait encore fuir, mais une balle de fusil ou une grenade artisanale le coucherait probablement sur les pavés sales.

— C'est lui qui a soigné Alexandre de sa foutue blessure à la jambe, il y a cinq jours.

Le médecin poussa un soupir de soulagement et confirma d'un signe de tête.

— Tu pouvais pas le dire plus tôt, le toubib, le réprimanda celui qui l'interrogeait. La prochaine fois, découvre ton putain de visage. On dirait vraiment que t'as des choses à cacher.

— Désolé, maugréa-t-il. C'est à cause des cendres et…

— Ouais, c'est ça, arrête de me baratiner et passe, abruti !

Feliks franchit péniblement la barrière de bric et de broc et se retrouva dans une nouvelle rue, très marquée par la guerre civile et les incendies. Des noms de culte inconnus étaient écrits sur les murs calcinés, avec du charbon et de la suie. Un autel dressé en l'honneur des dieux anciens s'érigeait dans les décombres. Le médecin croisa une famille épuisée, qui déplaçait leurs maigres possessions d'un immeuble démantibulé à l'autre. La mère portait un bandage crasseux sur l'œil. Le père boitait bas. Les enfants se précipitèrent dans les jambes de Feliks pour réclamer des pièces de cuivre. Il dut les écarter sans douceur pour ne pas tomber et poursuivit sa route sans se retourner. Son égoïsme lui crevait le cœur, mais il devait avant tout protéger Alenka, Nina et bien sûr l'enveloppe physique de Nadja.

Un graffiti réclamant la mort de l'empereur lui arracha un demi-sourire féroce. Lui aussi le haïssait. Maintenir la quarantaine était une folie. Toute la ville se mourait de faim et la criminalité explosait. Quant aux coquilles, elles étaient toujours plus nombreuses et déambulaient dans le chaos avec une indifférence presque obscène. Manifestement, les voleurs d'esprits prospéraient dans l'ombre, discrètement et en silence.

Feliks arriva enfin sur la place Saint-Fantôme où avait lieu l'une des dernières distributions de nourriture de Yardam. Les chats et les chiens, chassés pour leur viande, se faisaient rares ; les cochers défendaient leurs chevaux à coups de fouet. Feliks se demandait si les petits morceaux de prétendu porc qu'on trouvait dans la soupe populaire n'étaient pas de la viande de coquille.

Il se plaça dans la queue. Elle était déjà énorme en dépit de l'heure matinale. Ces imbéciles de la barricade l'avaient décidément retardé. Il remonta son écharpe sur son nez et, comme tout le monde, patienta. L'ambiance était cependant plus lourde que d'habitude. Les gens parlaient beaucoup en piétinant et blâmaient l'empereur, la garde, le Klementinum…

Feliks laissa son esprit dériver. Une fois de plus, il se surprit à regretter l'absence de Kazan. Tout aurait été plus facile s'il ne s'était pas agi d'un enfoiré de voleur d'esprits, d'un tueur vicieux… Feliks se remémorait avec une certaine nostalgie les jours passés en sa compagnie. Pourquoi Kazan était-il resté avec lui, d'ailleurs ? Nadja le lui avait-il imposé ou avait-il réellement voulu l'aider ? Au moins, à ses côtés, personne ne lui avait jamais manqué de respect. Il imagina Kazan aux prises avec les imbéciles de la barricade et un sourire fit frémir ses lèvres gercées.

Puis le médecin chassa cela. Il se passa la main sur les yeux. Il s'en voulait tellement, de sa faiblesse, de ses regrets. L'ambiguïté de ses sentiments était grotesque et ridicule.

Nadja lui manquait. Pas Kazan.

Feliks était encore loin dans la file quand le préposé à la louche racla le fond de sa marmite. Les gardes qui l'encadraient répercutèrent la nouvelle de la fin de la distribution. Pour une fois, tout le monde se rassembla en une solidarité haineuse. Feliks fut pressé à gauche à droite, devant et derrière par la foule qui hurlait sa rancœur. Puis soudain, une voix éclata comme un coup de tonnerre :

— À manger, putain de bâtard !

Un garde s'élança pour punir celui qui avait crié, mais c'était trop tard, les gens se bousculaient et chargeaient dans un ouragan de colère. Les invectives fusaient. « Bâtard ! », « Pleutre ! » « On a faim ! », « On veut pas crever ! », « À bas la quarantaine ! », « À bas l'empereur ! » Les accusations, les cris de vengeance et de désolation étaient assourdissants. Les gardes frappaient au hasard avec les manches de leurs piques, puis le premier coup de feu tonna et ce fut l'escalade. Le tireur fut agrippé par vingt mains et jeté au sol. Feliks vit clairement que les agresseurs lui écrabouillaient le crâne à coups de pavé. Quand ils s'écartèrent de nouveau, il ne restait de leur victime qu'un corps démantibulé, un sac de peau crevée contenant des os cassés. Le pistolet avait disparu.

— À manger ! cria quelqu'un.

— Meurs ! vociféra un autre.

Des pierres se mirent à voler. Mille voix scandèrent : « Du pain ! Du pain ! Du pain ! »

Les gardes, vaille que vaille, éventrèrent la foule en colère pour s'échapper. De nouveaux coups de feu éclatèrent. Des corps s'effondrèrent dans leur sillage ensanglanté. Feliks prit la fuite, marchant parfois sur des malheureux tombés à terre, mais le chaos se déplaçait avec lui. Comme un incendie, l'émeute se propagea à l'ensemble du Nouveau-Monde. Tandis qu'il se frayait un chemin dans le carnage, des citoyens se firent agresser, détrousser. Feliks fut certain de voir une femme violée par une dizaine de gueulards sous un porche. Mais au fond, ce qui lui fit le plus mal tenait dans un geste tout simple. Alors qu'il courait pour échapper au bain de sang, il vit un garçon et une fille qui fuyaient devant lui, s'étreignant la main pour se tirer l'un l'autre, pour ne pas se perdre. Ce geste lui brisa le cœur. Les doigts entrelacés de ces deux jeunes résumaient de façon poignante ce qui lui était désormais défendu, ce que la maladie de Nadja lui interdisait et que la jeune femme, prisonnière de Kazan, lui réclamait en pleurant.

C'est sans doute à cet instant précis qu'il prit une décision qui allait se révéler fatale.

En fait, Feliks réalisait à quel point il était las, las d'avoir si peur, las de se terrer chez lui, de subir la quarantaine et la maladie incompréhensible de son épouse. Il voulut sortir avec elle, comme avant. Il avait la certitude que cela lui ferait plaisir. Que même dépourvue de son âme, quelque chose de leur passé commun resurgirait. Le soir, il la vêtit d'une robe et, la prenant par la main, lui fit descendre les marches de l'escalier tordu. Elle frémit en se retrouvant à l'air libre et poussa un gémissement, entre ravissement et plainte. Elle tendit le cou vers la bande de ciel étoilé entre les toits. La lune n'était pas encore visible.

— Viens, l'encouragea-t-il. On va au fleuve.

Il l'entraîna par les ruelles, la tirant doucement par la main. Elle suivait, les yeux vitreux. Feliks avait vaguement conscience de commettre une folie. Il pouvait tomber sur une milice de quartier ou sur la garde noire, mais il avait également envie de faire comme si rien de ces horreurs n'existait : pas de quarantaine, pas de couvre-feu, pas d'épidémie, de milice, de tueurs. Ils se promenaient simplement la nuit, à Yardam, deux amoureux ordinaires.

Ils traversèrent le boulevard de la Voile-Blanche, silencieux et désert. Au-delà, il n'y avait plus d'éclairage public. Les maisons étaient plongées dans l'ombre. Seules quelques fenêtres encore illuminées laissaient voir de vagues silhouettes qui se déplaçaient derrière les fins rideaux. Feliks et Nadja s'enfoncèrent dans le noir. Sous l'abri d'un porche, le jeune homme alluma une lanterne. C'était prendre le risque d'être repéré de loin, mais il ne voulait pas trébucher sur les obstacles et, au fond, quelque chose en lui était très détaché. Ce soir, il ne croyait pas à la menace. Ce soir, il était amoureux. Il se promenait.

Tu sais que tu deviens fou ? suggéra une voix très calme en lui.

Il l'ignora, se demandant si c'était cela que vivait Kazan, des conversations permanentes avec ses contradicteurs ? Mais lui n'avait qu'une seule voix, la sienne.

Sa lanterne allumée, il reprit sa marche, faisant voltiger de grandes ombres, jusque sur les murs de brique. Ils avançaient bien.

Feliks s'était imaginé rejoindre la Fulda, s'accouder à la balustrade d'un pont et laisser Nadja profiter de la nuit et de la lune, mais en débouchant sur la place de la Liberté, il s'arrêta net. Sa femme se cogna contre lui. Ses dents claquèrent sous le choc, mais elle n'émit aucun son. D'un geste vif, Feliks éteignit la lampe.

Une foule silencieuse se pressait sur la place autour d'une statue d'ange dont on avait brisé les ailes et la tête. Ainsi amputée, elle ressemblait à un monolithe gris et le drapé qui descendait jusqu'au socle prenait un aspect étrange et dérangeant. Quelqu'un avait allumé un feu à son pied. La lumière découpait en ombres chinoises les silhouettes de l'assemblée. Ils étaient accoutrés de guenilles et de fourrures. Lentement, ils formèrent un cercle autour de la statue et, s'agenouillant, entonnèrent une mélopée. Feliks sentit sa gorge se serrer. Jamais il n'avait entendu un tel chant, archaïque, prononcé dans une langue oubliée. Puis ils se mirent à bouger, de façon synchronisée. Les bras en l'air, ils agitaient le torse en rythme. Un tambour vint rajouter ses battements, lents et sourds d'abord, puis de plus en plus rapides. Les corps se balancèrent plus vite. Au pied de la statue, une masse sombre était en train de se déplier. Le feu en éclaira les détails et le médecin ravala son air. Humaine, la forme était nue jusqu'à la taille, mais surtout, elle était coiffée d'une énorme tête de bouc. Les cornes se déployaient, majestueuses sur son front. Les yeux morts de la bête luisaient comme des billes dans les flammes. Du sang noir avait séché sur son torse en longues rigoles qui coulaient jusqu'au creux de son ventre. Une peau de chèvre était nouée autour de ses hanches. Comme la créature se relevait centimètre par centimètre, les participants à cette étrange cérémonie secouèrent les bras avec violence. La mélopée gagna en force. On devait les entendre dans tout le Nouveau-Monde. Feliks scruta les fenêtres des maisons autour de la place : elles restèrent éteintes, comme abandonnées. Le médecin avait l'impression d'avoir traversé l'espace et le temps pour se retrouver projeté dans un Moyen Âge barbare.

L'homme à tête de bouc se tourna vers ses fidèles et prononça un mot, bientôt repris en chœur par toutes les gorges :

— Veiove ! Veiove ! Veiove !

Peut-être était-ce une formule magique ou bien le nom d'un dieu ancien. Leurs voix se mêlaient, se fondaient comme s'ils ne faisaient qu'un. Ils agitaient le buste dans des mouvements saccadés, entrelaçaient leurs bras avant de se séparer brusquement. On aurait dit qu'ils convulsaient, en transe. Aucun d'entre eux ne s'était relevé. Ils dansaient à genoux devant leur maître, qui commençait à se balancer à son tour, plus gauchement, plus lourdement, sans doute gêné par son affreux masque. Les cris, les « Veiove », ressemblaient à des aboiements, mais ils étaient aussi comme les pulsations d'un cœur en train de ramener à la vie une entité démoniaque. En cet instant, malgré sa rationalité de médecin qui lui soufflait qu'il ne s'agissait que d'un rassemblement de fanatiques superstitieux, une part de Feliks s'attendait presque à voir la statue se désagréger pour livrer passage à un monstre ailé.

Le prêtre à tête de bouc entama une danse sauvage, faite de bonds et de cabrioles. Feliks avala péniblement sa salive. Il savait qu'il aurait dû bouger, fuir, mais le spectacle, dans toute son hérésie, provoquait sur lui une fascination étrange. Ainsi, les gens en étaient arrivés là : rendus fous par la quarantaine, ils cherchaient leur salut dans les pratiques occultes…

L'homme-bouc virevoltait toujours autour de la statue et sa danse devenait de plus en plus extravagante. L'invocation, sortie des dizaines de gorges, se mua en cri primal, tandis que le tambour s'emballait. On aurait dit que le monde entier tremblait. Une femme se détacha de ses congénères. Elle approcha en rampant de la statue, ses seins nus se balançant lourdement dans le mouvement. Pantelante, elle encercla le socle de ses bras et embrassa la pierre de baisers passionnés en une adoration délirante. Le prêtre l'attrapa par l'épaule et la projeta dans la foule où les autres, saisis d'une furie bestiale, l'attaquèrent avec les ongles et les dents, lui déchirant la chair, hurlant, écumant. Le prêtre plongea dans la curée avant de se rejeter en arrière, les mains brandies vers le ciel, paumes ouvertes, dégoulinantes de sang. Il rugit le nom de Veiove. Les autres fous hurlèrent avec lui. Puis brusquement, tous tombèrent prostrés sur les pavés et s'y contorsionnèrent en gémissant. La femme qui avait embrassé le socle de la statue gisait parmi eux, morte ou inconsciente, dans une flaque de sang. Le feu et la fumée se tordaient vers le ciel et, en agitant les bras, le prêtre y égouttait une pluie cramoisie.

Le silence se fit.

Feliks cligna plusieurs fois des yeux, comme s'il sortait de transe lui aussi. Il était temps de partir d'ici. Il se recula, chercha la main de Nadja mais ne rencontra que le vide. Lentement, il pivota sur ses talons, une main de glace lui broyant les entrailles, de plus en plus fort, et il crut en vomir d'épouvante.

Il était seul. Sa femme avait disparu.

45

Feliks quitta la place sans se soucier du bruit qu'il faisait. Il avança d'abord dans le noir, trébuchant sur les pavés, appelant Nadja. Son cri se répercutait sur les façades, se perdait en échos dans les rues vides. Enfin, il s'arrêta, prit le temps de rallumer sa lampe, et se remit à courir, la lanterne à la main, sa propre ombre se démultipliant dans la lumière vacillante, dansant et se tordant sur les murs comme les fidèles de Veiove. Nadja n'avait pu aller que dans cette direction, puisqu'elle n'avait pas traversé la place. Mais bientôt, il arriva à un carrefour en étoile et son regard tourna sur les rues désertes. Il tendit l'oreille, sans rien entendre. Il était déjà hors d'haleine et la peur lui labourait les entrailles. Il pensa mourir, là, foudroyé par le désespoir. Quelle folie avait-il commise ? Qu'est-ce qui lui avait pris ? Il tenta de suivre son instinct : que lui disait son cœur ? Mais son cœur affolé ne faisait que taper stupidement contre la cage de ses côtes comme un oiseau fou. Il ne ressentait rien, pas la moindre petite intuition… Finalement, il bifurqua à gauche et recommença à courir. Soudain, il surgit dans une rue où un seul lampadaire brillait.

Une horde de coquilles étaient rassemblées devant le montant en bronze délicatement ouvragé, la tête levée vers la flamme de gaz. Toutes étaient nues, mais cela ne voulait rien dire. Nadja avait très bien pu se débarrasser de ses vêtements. Il courut vers le groupe et s'insinua parmi eux, passant d'un être à l'autre, les dévisageant attentivement. La peur se muait en terreur. Pouvait-il la reconnaître ? Pouvait-il vraiment la reconnaître alors que ces visages se ressemblaient, les traits fondus en un masque inexpressif, la bouche entrouverte, le crâne lisse ?

— Nadja, Nadja, fais-moi signe… Je t'en supplie…

Les coquilles se laissaient pousser docilement, reprenant leur place initiale dès qu'il était passé.

Elle n'est pas là, décida-t-il.

Mais le doute, amer, lui pinçait le cœur. S'il se trompait ? S'il l'abandonnait là, au milieu de ses semblables ? Si on la raflait pour l'emmener au Klementinum où elle subirait les expériences de ses collègues dégénérés ?

Il repartit en courant vers l'obscurité, enfila les rues, les avenues, passant d'un quartier à l'autre en se jouant des barricades désertées. Quand il aperçut les chevaux de la milice, il hésita à se jeter dans leurs jambes pour supplier les gardes de l'aider à chercher sa femme, mais il n'avait pas tout à fait perdu l'esprit.

Sur le pont des Suicidés, il trouva un nouveau groupe de coquilles, têtes dressées vers un croissant de lune. Là encore, il s'enfonça dans la masse des corps blêmes, sans provoquer la moindre plainte lorsqu'il écartait un peu brusquement tel ou tel individu qui le gênait. Arrivé sur l'autre rive, il repartit en arrière et examina de nouveau les visages, les corps, cherchant un signe distinctif ; aucun d'entre eux n'en portait.

Le soleil se leva. Les pieds en sang, sa lanterne éteinte posée à côté de lui, Feliks était assis sur un trottoir, perclus de douleurs. Ce n'était rien à côté de son état psychologique : il était dévasté, prêt à sauter dans le fleuve. Par acquit de conscience, il retourna chez la tante de Nadja, marmonnant des prières à tous les dieux pour que sa femme soit rentrée. L'angoisse le rendait nauséeux. Il entra dans l'appartement vide, fouilla le salon, la chambre, regarda même sous le lit… C'était absurde. Il éclata en sanglots, roulé en boule sur le plancher. Cette fois, il n'en pouvait plus. Vraiment plus. C'était trop dur… Jamais il n'arriverait à la retrouver. Il l'avait perdue. Finalement, alors qu'il gisait sans force à même le sol, une idée lui vint. Cela lui faisait mal, mais il devait essayer.

Il se releva et claudiqua dehors sur ses pieds douloureux. Il devait mettre la main sur Kazan. Si lui-même ne pouvait pas identifier sa femme parmi les coquilles, Nadja elle, depuis sa prison d'os, pourrait peut-être reconnaître son propre corps. Restait à trouver Kazan. S'il était toujours vivant… Il n'avait vu aucun avis de recherche avec son portrait. Comme le parasite qu'il était, Kazan devait se cacher quelque part et vivre sa petite vie insignifiante tandis que Yardam s'écroulait autour de lui. Le voleur serait probablement l'ultime survivant de la quarantaine, debout au milieu des ruines et des corps de ses victimes, morts par sa faute. Comment pouvait-il supporter le poids de cette culpabilité ? Feliks se rappela qu'il se droguait et en éprouva un pincement d'empathie avant de se ressaisir et d'assécher sa sensibilité. Au fond, c'était devenu la seule défense possible dans cette ville bondée de malades et de mendiants : fermer les yeux et les oreilles, resserrer plus étroitement le nœud qui lui comprimait le cœur et l'estomac.

Il s'en fut en quête de renseignements. Cela lui prit des jours. Petit à petit, de confidence en confidence, il parvint à remonter la trace de Kazan, arrivant jusqu'à l'appartement de Jiri, dans la ruelle dorée. Les voisins lui apprirent toutefois qu'il était vide depuis plusieurs semaines. Retour à la case départ. Feliks chercha les fumeries clandestines, se fit passer pour un acheteur de sirène. Les prix étaient exorbitants et les informations toujours fausses. Le médecin finit par penser que son ennemi avait réussi à se désintoxiquer.

Il continua pourtant de chercher dans les bouges les plus sordides du Petit-Côté, là où toute la misère du quartier se rassemblait pour consommer de l'herbe du diable. De nombreux fumeurs se cachaient sous le pont Judith et l'eau du fleuve ajoutait à la sensation de froid. L'automne rafraîchissait les températures et les hommes avaient allumé des braseros. La lumière rousse éclairait les pierres luisantes d'humidité de la voûte du pont. L'eau clapotait contre le quai, gonflée par les pluies récentes. Quand il dépassa le premier brasero, quelqu'un fouilla vigoureusement les braises pour les raviver. Il y eut un sursaut de lumière rouge et Feliks se rapprocha d'un groupe qui fumait en silence. Il posa les questions habituelles et, pour la première fois, l'un d'eux parut savoir exactement de qui il parlait. Ils comparèrent leurs souvenirs, mais quand le médecin accusa Kazan d'être un voleur d'esprits, l'autre éclata de rire et sa réponse le laissa sans voix :

— Ton vampire, il est dans la troupe d'élite de la garde noire, et les vampires, il en massacre à la pelle. C'est sa mission, tu comprends ?

Les autres hommes hochèrent la tête, appréciateurs.

— Ouais, dirent-ils. C'est sûr. Ce gars, c'est un putain de héros.

46

Kazan fumait sur la terrasse somptueuse de son appartement, écoutant les chuchotements de ses voix dans le calme de la nuit montante. Il s'était assis sur la rambarde de pierre, les pieds dans le vide. Le ciel était dégagé malgré les frimas d'octobre et on voyait très distinctement les flammes d'un incendie s'élever quelque part dans le nord de Yardam, vers le Nouveau-Monde.

Tout en tirant sur son joint, Kazan pensait aux gens qui allaient se transformer en coquilles cette nuit, à la peur dans la tête des survivants et à la folie qui croissait dans celles des voleurs. Elijáš lui avait prédit cela au début de leur relation : bientôt Yardam ne serait plus qu'un trou sur la carte, le reflet terrestre de la Geminga cosmique et personne ne saurait jamais ce qu'il était advenu dans ces murs.

Or, si Yardam n'allait décidément pas bien, lui-même recommençait à se dégrader. Après le rapt de l'enfant, sur le pont aux coquilles, il s'était jeté à corps perdu dans les missions qu'on lui attribuait, courant de nouveau les rues, les toits, sur les talons de voleurs d'esprits. L'adrénaline lui fouettait le sang et l'aidait à surmonter la culpabilité. Il se remplissait d'action jusqu'à la gueule, dormait peu, et rejetait à la fois son statut de victime et de coupable dans la furie des combats.

Bien sûr, il avait demandé des nouvelles de l'enfant à Elijáš, mais le maréchal lui avait répondu en haussant les épaules qu'il ne s'agissait pas du Miracle. En l'absence de précision, l'imagination de Kazan avait fait le reste. Sa motivation s'était délitée, plusieurs cibles lui avaient échappé et rongé par le manque de sirène, il s'était rabattu sur l'herbe du diable qu'il fumait en s'hypnotisant dans ses volutes et spirales grises, comme cette nuit. Même la peinture, qui l'aidait à dominer ses voix, ne l'intéressait plus comme avant. Le murmure sourd de ses démons était devenu une rumeur continue à ses oreilles, comme le bruit du vent. Il se sentait épuisé, arrivé au bout de quelque chose sans savoir quoi exactement.

— Toujours à jouer les chats sur les corniches.

La voix moqueuse du maréchal le surprit. Il était encore entré chez lui par surprise, sans s'annoncer.

Elijáš s'accouda à la rambarde. Kazan lui proposa le joint, mais l'autre refusa d'un signe de main.

— Comment tu te sens ? demanda le maréchal, affable.

— Ça va, merci.

— Tu as manqué ton dernier objectif.

— Je sais. Je suis désolé. Ça n'arrivera plus.

— J'espère, mais tu multiplies les échecs, maintenant. Tu es distrait. Quelque chose te tracasse ?

— Non. Rien.

— Vraiment ? Parce que j'ai quelque chose d'important à te demander. Quelque chose qui pourrait te bouleverser encore plus.

Kazan hocha la tête, les yeux rivés aux toits crénelés de Yardam et à son croissant de lune.

— Dites-moi, proposa-t-il simplement.

— Ton ami te cherche.

— Feliks ?

La voix de Nadja avait résonné en écho dans sa tête. Ce nom qu'il n'avait plus prononcé depuis bien longtemps. Son pouls s'accéléra, sans doute influencé par la jeune femme.

— Il sait que tu travailles sous mes ordres. Honnêtement, ça m'embête.

Kazan garda le silence tandis que Nadja protestait de plus en plus fort. Ses dénégations lui emplissaient le crâne. Il dut très légèrement marquer sa douleur, car Elijáš lui jeta un regard réprobateur.

— Tu vois, ça aussi, c'est un problème, commenta-t-il. Je pensais que tu avais réussi à te contrôler. Ce n'est pas faute d'avoir cherché à t'aider, mais tout est lié : cet homme, ta démone de médecin, tes voix anarchiques, ton manque d'efficacité au travail…

— Elijáš, je m'excuse si je…

— Non, écoute-moi, le coupa sèchement le maréchal. Il est temps que tu tires un trait sur tout ça. Ça t'aidera à garder le contrôle et à survivre. Tu comprends ?

— D'accord. Qu'est-ce que vous attendez de moi ?

— Retrouve ton ami.

Il lui tapota l'épaule amicalement et d'un ton très doux, précisa en souriant :

— Rapporte-moi sa tête.

*

« Oui, chef. »

Tout en remontant les rues de Ville-Nouvelle, Kazan, dépité, repensait à sa réaction pathétique lorsque le maréchal lui avait ordonné de tuer Feliks. Il s'était levé et avait simplement accepté. « Oui, chef. » Et pourquoi pas « Oui, maître » ? Elijáš l'avait réduit en esclavage. Ou bien il l'avait acheté avec ses cadeaux, l'appartement, la peinture… ce qui d'une certaine façon, était pire.

— *Tu es sa pute*, ricanèrent ses voix. *Une pute comme ta mère !*

Kazan les ignora. Évoquer sa mère le ramenait vers des souvenirs plus heureux et le détournait favorablement de sa terrible mission.

Quand la jeune femme avait fui son père, le petit garçon lui avait inventé d'autres vies : elle était devenue pirate, hussarde, aventurière… Il se demandait aujourd'hui si, d'une certaine manière, absorber tous ces étrangers, ces vies si différentes n'avait pas été une manière de renouer avec ses anciennes rêveries : il était chef de guerre, insulaire, acrobate…

Il achevait de traverser le pont Judith et ne savait toujours pas ce qu'il allait faire. Tuer Feliks était peut-être la solution, et si le médecin le cherchait, c'était probablement pour finir ce qu'il avait commencé… Mais quand même. Il n'arrivait pas à démêler ses sentiments, entre l'urgence de le revoir et le besoin de le tuer. Pour se stimuler, il repensa aux tortures que Feliks lui avait infligées au sanatorium sans que cela n'allume la plus petite étincelle de revanche en lui-même. Il toucha la crosse de son arme, s'imagina en train de la pointer sur le médecin, de presser la détente… Dans sa tête, Nadja éclata en imprécations. Il tenta de visualiser un livre où l'enfermer et échoua une fois de plus. Avec curiosité, il se demanda de nouveau à quoi ressemblait la geôle de ses démons. En dépit de ses efforts, il n'en avait pas percé le secret et même Elijáš, avec ses airs supérieurs, n'avait pu résoudre ce mystère.

*

Retrouver Feliks était facile. Il voulut entrer chez la tante de Nadja comme la première fois, en passant par la fenêtre. La vitre n'avait pas été réparée. Il s'apprêtait à attraper la poignée lorsque le médecin lui ouvrit, pâle et cerné. À sa vue, Nadja se tendit avec une telle violence, hurlant son nom, que Kazan aurait pu tomber dans l'appartement, marcher sur lui, le serrer dans ses bras…

Il se cramponna au rebord de la fenêtre pour ne pas perdre l'équilibre. Feliks avait changé, blême, presque cadavérique. Pendant une seconde, le voleur craignit que le médecin se soit transformé en coquille et qu'il l'ait surpris en train d'observer la lune. Un clignement de cils chassa cette image. Ils se dévisagèrent un long instant, Kazan accroupi sur le rebord de la fenêtre et Feliks face à lui. Il aurait suffi que le médecin le pousse pour qu'il s'éclate la tête en contrebas.

— Te voilà enfin, dit finalement Feliks. T'es vraiment effrayant avec cet uniforme.

— Tu me cherchais, paraît-il.

— Parle moins fort. Les filles sont à côté.

— Où est son corps ? demanda Kazan en tentant de regarder par-dessus son épaule dans la chambre obscure.

Dans sa tête, Nadja sanglotait d'émotion, mais c'était de joie. Elle ne pensait même plus à son enveloppe physique.

— Allons en bas, s'il te plaît.

Feliks parlait avec une telle lassitude que Kazan se sentit désarmé.

— Qu'est-ce qui se passe ?

— Rejoins-moi au bas de l'immeuble. Il y a une cave.

— C'est charmant.

— Kazan… Juste… Fais-le, d'accord ?

Le voleur capitula et redescendit avec agilité le long du mur.

— *Qu'est-ce qui lui arrive ?* répétait Nadja, affolée. *Il va très mal. Très mal ! Je ne l'ai jamais vu comme ça.*

Feliks lui ouvrit la porte d'entrée et s'effaça pour le laisser passer le premier. Kazan se crispa, il n'aimait pas cela. Quand il descendit l'escalier qui menait au sous-sol, Feliks dans son dos, il anticipa le choc, le coup de pied dans le creux des genoux, à moins qu'il ne le frappe encore avec un objet, en pleine tête, pour être sûr de bien lui défoncer le crâne cette fois… Son objectif était de libérer Nadja après tout. Mais Kazan atteignit le bas des marches sans encombre. Il se glissa dans la cave vide. Feliks entra avec lui et referma doucement la porte, s'appuyant dessus. La lumière d'un réverbère, à la surface, traversait le soupirail et projetait sur le mur l'ombre des barreaux. Cela donnait la curieuse impression que le médecin se tenait dans une cage d'ombre et de lumière. Il aurait été vraiment facile de le tuer et d'abandonner là son corps. On ne le trouverait que bien plus tard, lorsque l'odeur remonterait dans les appartements.

— *Arrête !* hurla Nadja. *Ne fais pas ça !*

Mais il n'en avait pas envie. Comme un chien bien dressé, la consigne donnée par le maréchal continuait de l'ennuyer, mais au fond de lui, il savait déjà qu'il n'exécuterait pas cet ordre. Elijáš l'avait aidé, lui tendant la main dans un moment de crise aigüe et il lui en était sincèrement reconnaissant. Au-delà de ce soutien, Kazan avait admiré la désinhibition de cet homme, son absence de culpabilité, sa terrible liberté. Il s'y était raccroché pour surmonter le deuil de Jiri. Puis il s'était égaré dans leur relation à trois. Il pensait que Radka et Elijáš lui faisaient une place entre eux, pour l'accueillir et lui permettre de se reconstruire. Aujourd'hui, il comprenait qu'il n'avait été qu'un jouet entre leurs mains. Pire, un esclave qui s'était plié à leurs volontés. Elijáš l'avait abîmé, écartelé. Comme le voleur d'esprits qu'il était, il lui avait ravi son âme. Pendant le temps de leur relation, dans son intensité absolue, Kazan avait échappé à la mort, mais le maréchal s'était approprié son cœur saignant, gluant. À vif. Il lui avait tout pris. Pareil à Geminga, il l'avait aspiré et s'était nourri de lui. Peut-être n'était-ce pas sa faute. Lui aussi s'était mué en dévoreur en réaction à sa maladie. Kazan ne doutait pas qu'à la base Elijáš était un gentil garçon, épris de justice, qui aurait voulu que Yardam devienne un monde meilleur.

Alors, il prit sa décision.

En fait, il l'avait prise au moment même où le maréchal lui avait ordonné de ramener la tête du médecin. Jamais il ne tuerait Feliks, car Feliks, dans sa brutalité et son désir de vengeance, ne lui avait pas fait autant de mal que son soi-disant protecteur et mentor. Revoir le jeune homme lui avait subitement fait prendre conscience de son aliénation.

— Elle est là ? demanda Feliks, l'arrachant au fil de ses pensées.

— *Oui !* répondit Nadja.

— Oui, répéta Kazan.

— Tu me mens ?

— Non. Je suis désolé. Il vaudrait mieux que je te mente, n'est-ce pas ?

Le médecin ferma les yeux et expira à fond. On aurait dit qu'il rassemblait ses pauvres forces. Finalement, il rouvrit les paupières et déclara :

— J'ai perdu Nadja.

— Comment ça ?

— Son corps.

— Comment ?

— Je l'ai perdue sur la place de la Liberté. Elle s'est enfuie. Je l'ai cherchée partout. Je n'arrive pas à la retrouver.

— Je suis désolé.

— *Je ne me suis rendu compte de rien*, murmura Nadja, ébahie.

— Si elle est morte… gémit Feliks en se laissant aller contre le mur, se tapant doucement la tête contre la paroi.

— *Je ne suis pas morte ! Je le sentirais si c'était le cas !*

Kazan répéta ces paroles. Feliks se raidit comme si l'énergie traversait de nouveau son corps brisé par le chagrin.

— Je ne sais pas si c'est vrai, ajouta Kazan.

— Quand le corps meurt, l'âme reste dans vos têtes ?

— Oui, je crois… Sinon les voleurs d'esprits assassineraient les coquilles pour faire taire les voix.

Feliks fronça les sourcils, choqué par le détachement avec lequel il s'exprimait. Kazan poursuivit avec la même impassibilité :

— Même si je meurs et que les démons s'éteignent avec moi, je pense que la coquille reste en vie. Nous ne sommes pas liés, tu comprends ?

— Justement, Kazan ! Est-ce que tu crois que tu pourrais reconnaître ma femme parmi les coquilles ?

— Moi ? Non.

— Mais elle ? Nadja ! Est-ce qu'elle le peut ?

— Je ne sais pas.

— Je m'en fous de ton avis, demande-le-lui ! s'emporta-t-il.

— *Je ne sais pas*… répondit la jeune femme, manifestement déstabilisée.

— Elle dit qu'elle ne sait pas.

— Tu inventes ! Je suis sûr qu'elle le peut.

— D'accord, d'accord. Si tu le dis…

— Arrête de t'en foutre !

Il le bouscula. Kazan encaissa l'assaut sans broncher, vacillant seulement sur ses appuis avant de rétablir son équilibre. Puis soudain, les mouvements de Feliks ralentirent et son regard furieux s'adoucit. Il se rapprocha pour l'examiner avec une attention intense. Kazan comprit qu'il cherchait sa femme dans ses yeux. Le médecin avait vraiment changé. Les épreuves l'avaient affecté. Il paraissait plus vieux. Son sourire s'était définitivement évanoui et un pli amer commençait à marquer le coin de ses lèvres. Ses cheveux étaient emmêlés et sales. Des cernes lui violaçaient les yeux. Pourtant, le voir ainsi, si proche, réveilla son désir. Cela le contraria, mais c'était plus fort que lui.

Feliks leva tout doucement la main et la posa délicatement sur la joue de Kazan.

— Ne bouge pas, dit-il en un murmure rauque. Je la vois.

Kazan s'était totalement immobilisé, aussi sûrement que si l'autre l'avait menacé avec un couteau. Il était proche. Bien trop proche. Dans sa tête, Nadja gémit et il s'en fallut de peu que ce son franchisse ses propres lèvres. Les mois passés auprès d'Elijáš et de Radka n'avaient rien effacé. Il tenta de masquer son trouble, mais n'arrivait pas à se détendre.

Feliks plissa les yeux, se demandant probablement comment continuer. Ses doigts parcoururent l'angle de sa mâchoire.

— Non, murmura-t-il, apparemment pour lui-même.

Il avait l'air endormi, pareil à un somnambule.

Ses mains remontèrent survoler ses cheveux. Il le touchait à peine. C'était le volume des cheveux de Nadja qu'il palpait, les dessinant en creux dans le vide. Kazan expira. Les mouvements agiles et doux de Feliks le libéraient de sa tension intérieure. Les autres voix s'étaient tues. Ne restait que Nadja, qui chuchotait. Il ne l'écoutait pas. Il se concentrait sur Feliks, sur la glace rétrécie de ses yeux, et se relaxait.

— Je voudrais te serrer dans mes bras, dit le jeune homme.

— Alors, fais-le.

— Qui parle ? Elle ou toi ?

Il s'était très légèrement reculé.

— C'est ta voix que j'entends, tu comprends ? précisa Feliks.

Kazan ferma les yeux, laissa le démon l'envahir. Ce n'était pas désagréable. Il avait chaud. Il se sentait détendu, à l'aise.

— Feliks, murmura-t-il pour s'exercer.

Et la voix qui monta à leurs oreilles avait tout à fait les accents de la jeune femme.

— C'est toi.

Feliks craqua. Des larmes brillèrent au coin de ses yeux.

— Je t'aime tellement. Je voudrais tellement t'aider, te sauver. Qu'est-ce que je peux faire ? Tu le sais ?

— Je crois que c'est impossible, répondit Kazan avec la voix de la jeune femme. Mais tant que je le pourrai, je serai là, je resterai pour toi.

Feliks ferma les yeux. Kazan crut qu'il cassait, mais l'autre exhala en un murmure farouche :

— Je te hais.

La seule vérité, intense et pure. Il fit mine de le frapper à l'estomac. Kazan le bloqua avant d'être touché en lui immobilisant le poignet. L'envie de l'assommer le traversa, de le projeter contre le mur et lui ouvrir le crâne. Il détestait se défendre ; il préférait attaquer. Il se força à respirer lentement, profondément, à ne rien faire d'autre que de maintenir ce poing serré à quelques centimètres de son ventre.

Son cœur galopait dans sa poitrine. Il voulait détruire son adversaire, le mordre, le toucher, lui faire mal, l'embrasser…

D'une poussée, il obligea Feliks à reculer. Le médecin vacilla, mais tint bon. Ils étaient toujours face à face, Kazan avec sa main autour de son poignet, sentant son pouls qui pulsait au creux de ses veines, son odeur et son souffle accéléré qui revenait en bouffées sur son visage.

— Tu vas pas recommencer, hein ? lui lança-t-il en souriant.

Mais il aimait bien ça au fond. Il pantelait entre l'amour et la haine, respirant par petites inspirations rapides, les narines frémissantes comme un animal, les muscles tendus. En apparence, il maintenait Feliks, l'empêchant de se battre et de se rapprocher ; en réalité, il se combattait lui-même, ce désir qui enflait en lui, l'urgence de le toucher, de le goûter. S'il gardait son adversaire à distance, c'était pour ne pas craquer, ne pas céder… Il se sentait pris au piège, de Feliks, de Nadja, de lui-même. C'était pourtant lui le prédateur, alors qu'est-ce qui lui arrivait ? Pourquoi se tenait-il là, acculé, quand il aurait pu facilement se débarrasser du jeune homme ? Mais bien sûr, ce n'était pas ce qu'il désirait. Il ne voulait pas le repousser. Au contraire. Il retourna le problème :

— Qu'est-ce que tu veux exactement ?

Même si la seule question qui l'intéressait était « Qu'est-ce que je veux ? ».

Feliks l'étudiait de nouveau, avec cette concentration animale.

— Nadja, répondit-il.

— Je suis là, tout près, dit Kazan avec sa voix.

Il ne l'avait pas prémédité ; il jouait avec le feu. Les yeux du médecin s'écarquillèrent une microseconde. Kazan sentait sa chaleur, sa proximité envahissante.

Non, pensa-t-il, opposant sa volonté à lui-même et aux démons qui le hantaient.

— *Si. Si, si, si !*

Il perdait du terrain. Nadja le possédait de nouveau, comme avant.

D'une saccade, il ramena Feliks contre lui. Ils se heurtèrent, poitrine contre poitrine. De sa main libre, Kazan l'attrapa par la nuque. Sa main descendit par son col, griffa ses omoplates. Le médecin se rapprocha encore de lui. Les doigts de Feliks se glissèrent dans ses cheveux et se refermèrent en poing. Il lui tira la tête en avant et ils se retrouvèrent front contre front.

Ne l'embrasse pas ! ordonna la seule partie raisonnable qui restait à Kazan.

Il réussit à se dégager et à rejeter la tête en arrière, mais il savait que, tôt ou tard, il allait craquer. Alors, il plongea le visage au creux du cou de Feliks et le mordit. De frustration. Avec passion. Ses dents attaquèrent la peau, à la base de l'épaule, et il serra, gémissant avec la montée fulgurante du désir. Bien sûr qu'il le voulait. Ce corps, cet homme.

La main de Feliks abandonna ses cheveux pour se poser sur la nuque de Kazan et le maintenir en place, sa bouche autour de sa peau.

— Putain, haleta le voleur entre ses dents, mordant plus fort dans le muscle, étourdi par le goût de la sueur.

Il lui lâcha le poignet et sa main se glissa entre leurs deux corps, défit sa ceinture et empoigna son membre déjà raide. Les hanches de Feliks se contractèrent.

Il hoqueta et se crispa à ce contact. Kazan aurait voulu qu'il le repousse, qu'il s'en aille, qu'il le frappe même, juste pour mettre fin à ça, à cette folie.

— Merde, merde, merde, grogna-t-il.

Feliks avait gagné, Nadja avait gagné, mais à ce stade il s'en fichait. Il aurait dû lutter, mais s'en trouvait incapable. Son corps avait pris le dessus, le torrent de ses sensations. Il était en manque comme jamais. Le trou en train de se rouvrir en lui siphonnait tout son être. S'il ne prenait pas Feliks maintenant, il allait mourir.

Il mordit avec férocité dans la peau lisse et les muscles. Feliks aurait une marque le lendemain, la marque de toutes ses dents bleuie dans son cou.

Les épaules de Kazan heurtèrent brusquement le mur. Il ne comprit même pas comment il s'était retrouvé là. Peut-être une absence. Feliks le coinçait de tout son poids. Kazan gémit, grogna dans la chair. Sa main sur son dos le griffa avec une brutalité renouvelée. La chaleur entre eux, sa main glissant autour de son sexe, cette luxure qui lui brûlait les veines, lui labourait le ventre, jusqu'à la moelle de ses os. S'il ne s'était pas muselé lui-même, verrouillant ses mâchoires aux muscles de Feliks, il ne savait pas ce qu'il aurait fait. Il ferma les yeux. Feliks était tendu, complètement à lui désormais, totalement dans sa main. Ses doigts allaient et venaient sur le velours de son sexe, l'amenant centimètre par centimètre vers le point de bascule. Son cœur battait à toute vitesse entre les dents de Kazan.

— Embrasse-moi, murmura Feliks.

— Non.

Il parlait entre ses dents serrées.

— Laisse-moi te prendre.
— Non.
— S'il te plaît.
— Non, non, non.

Le brasier les ravageait tous les deux à présent, embrasait leurs sensations jusqu'à la rupture, les va-et-vient, l'accélération, cette force affamée et vorace. Son sexe raide pulsait, au bord de l'orgasme. Kazan allait craquer. Il cessa de mordre et se tapa l'arrière de la tête contre le mur, pour que la douleur lui remette les idées en place, lui rappelle qu'il était une arme chargée qui pouvait détruire la vie de Feliks, le changeant en vampire ou en coquille. La douleur l'aida à garder le contrôle.

La main de Feliks vint à son tour chercher son sexe, le délivrant enfin de sa pulsion sauvage et si dangereuse. Kazan en voulait plus. Ne pouvait surtout pas l'avoir, à cause de sa foutue maladie. Le sexe de Feliks sursauta dans sa main et il jouit à sa suite, comme en réponse, le plaisir le traversant en rafales, à lui briser la colonne vertébrale. Kazan sentit les spasmes qui le secouaient et la soudaine moiteur sur son poignet et sa main. Des ondes de chaleur remontèrent en lui, avec l'odeur de la sueur, de la luxure, du sperme. Feliks s'écroula sur lui, haletant, et posa son front sur son épaule.

Kazan se sentait à bout de nerfs. Il voulait fuir. Mais fuir où ? Ils se retrouvaient toujours. Ils étaient maudits depuis le début, enchaînés l'un à l'autre.

Ils se dévisagèrent d'un air lugubre et Feliks résuma d'un ton las :

— On ne peut pas continuer comme ça.

47

— Tu ne peux pas te débarrasser de tes voix par la masturbation ? s'enquit Feliks.

Son air sombre et méfiant parut très cocasse à Kazan qui ne put réprimer un sourire.

— J'aimerais bien ! s'esclaffa-t-il. Mais non, il faut une relation à deux. C'est un transfert de personne à personne. T'imagines ? Pouvoir semer tous ces casse-pieds comme ça. Quel soulagement ce serait !

— Ça te fait rire ? s'indigna Feliks.

— Eh bien, un peu.

Il souriait toujours et c'était incroyable. Il n'arrivait plus à se rappeler quand il avait souri comme ça pour la dernière fois. Elijáš l'avait plongé dans ses ténèbres. Il était allé si loin… Revoir Feliks le délivrait de toute cette période de noirceur, sous le joug du maréchal. Il se sentait libre et c'était merveilleux.

— T'es un vrai salaud, c'est pas possible ! explosa le médecin, à mille lieues de son bonheur. Tu parles de gens, là. De personnes dont tu as détruit la vie. De vraies personnes ! De Nadja !

— Arrête, s'il te plaît, juste une minute.

Mais Feliks ne l'entendait pas ainsi. Le tranchant de sa main vola vers le visage de Kazan ; le voleur le bloqua à dix centimètres de sa joue d'une prise parfaitement ferme.

— T'avise pas de me frapper, gronda-t-il, sa gaieté soudain bien refroidie. Je peux te démolir.

— C'est sûr, t'étais tout à fait en état de me démolir quand t'étais sanglé à la chaise, au sanatorium, ou quand je te tenais sous mon pied dans les ruines de la baraque incendiée. Si j'ai épargné ta vie, c'est uniquement pour Nadja. Lâche mon poignet maintenant.

Kazan obtempéra en rejetant le bras de Feliks avec une force exagérée. Ses yeux bruns fulminaient. Le médecin s'éloigna de lui d'un pas rageur et manqua trébucher sur un tabouret oublié par les propriétaires de la cave. Il lui décocha un coup de pied qui l'envoya se disloquer contre le mur.

— Merde ! rugit-il.

— Calme-toi, maugréa Kazan.

— Je suis calme. Tu m'as déjà vu énervé.

Il se retourna vers lui.

— Tu crois que ce qui vient de se passer change quoi que ce soit entre nous ?

— Tu sais pourquoi je suis venu te trouver aujourd'hui ? éluda sèchement Kazan. Le maréchal m'a demandé de te tuer et de lui ramener ta tête.

— Et donc ? Tu attends quoi pour t'y mettre ?

— Je ne vais pas le faire ! Tu crois quoi ?

— Je n'en sais rien. Vraiment, je n'en sais rien ! Tu débarques après des mois d'absence, dans un uniforme de la milice. Apparemment, tu as choisi ton camp et ça ne m'étonne pas. Ça te ressemble tout à fait. Tu passes ton existence de merde à te dissimuler et à mentir, caché dans la foule et maintenant, tu vas jusqu'à t'infiltrer dans la garde noire. C'est d'une logique implacable. Ça correspond tout à fait à ce que tu es : un parasite, un poison. Et tu survis à tout ! C'est tellement injuste, bordel !

— Tu n'as pas compris ce que je viens de te dire ? Je ne vais pas te tuer. Je m'en fiche des autres, de la milice et même d'Elijáš. Je reste avec toi.

— Et alors ? Qu'est-ce que tu essaies de me dire ? Je te hais, Kazan. Tu es mon ennemi. Il n'y a rien entre nous.

— Merci d'éclaircir notre relation, grinça Kazan.

— Elle est très claire !

*

Elle ne l'était pas du tout.

Kazan tint sa promesse. Il déserta les rangs de la garde noire pour se retrancher dans l'appartement d'Alenka. Il ne quittait plus le Nouveau-Monde et se faisait discret pour ne pas retomber entre les griffes d'Elijáš. Plusieurs fois, il eut l'impression qu'on le suivait. Il parvenait toujours à se dérober, sautant un muret ou s'échappant sur un toit, mais sa paranoïa grandissante n'arrangeait pas son rapport avec ses démons. Les stratégies de défense qu'il avait péniblement échafaudées pendant les semaines passées sous l'autorité du maréchal s'étaient effondrées en même temps que sa désertion. Il n'arrivait plus à peindre. Libéré de l'emprise psychique de Radka et Elijáš, il ployait de nouveau sous le joug de ses voix. Elles l'envahissaient nuit et jour. Elles le menaçaient et se moquaient même de lui en l'avertissant de la présence d'Elijáš sur ses talons alors qu'il n'y avait personne.

Pour tenir, Kazan se raccrochait à Feliks, et aussi à Nadja. La médecin parvenait à prendre le pas sur les autres démons et de façon paradoxale elle lui octroyait un répit. En ouvrant plus grand son esprit à Nadja, et sans doute à cause de son rapprochement physique avec Feliks, la jeune femme s'incarnait de plus en plus en lui. Même le caractère de Kazan évoluait. Son côté sombre et taciturne laissait place à une humeur plus légère et, malgré lui, Feliks se surprenait à lui sourire ou à plaisanter quand sa femme revenait ainsi.

Ce n'était pas désagréable.

Dans la ville, rien ne changeait. La quarantaine gardait bourreaux et victimes repliés sous sa coupe et chacun se doutait à présent que l'empereur ne les sauverait pas. Peut-être même déciderait-il un jour de précipiter la chute de Yardam en l'incendiant. Certains appelaient la fin de leurs vœux, mais la plupart continuaient de survivre, patientant des heures sur les places des différentes cathédrales pour un fond de soupe. Les brumes et les averses d'automne se succédaient, balayant les rues. Des bandes d'oiseaux migrateurs survolaient les toits sans s'y poser, comme s'ils sentaient le danger qui émanait du cœur malade de la cité.

Feliks et Kazan cherchaient l'enveloppe physique de Nadja. Le voleur examinait les coquilles, à l'écoute de ses voix, de celle de la jeune femme surtout, mais jusqu'à présent, ils n'avaient obtenu aucun résultat. Et puis, un jour, il se passa quelque chose. Près de Sainte-Marie-sous-la-Chaîne, ils considéraient une coquille abandonnée dans la rue lorsque se rapprocha un groupe de nonnes grises, escortées par plusieurs membres d'une milice privée, probablement engagée par le clergé. Les religieuses ne sortaient que rarement des cathédrales, aussi leur présence attirait-elle l'attention. D'une certaine façon, elles ressemblaient aux coquilles : rien ne les différenciait les unes des autres. Elles portaient une robe grise, droite, qui dissimulait leurs formes et cachait même leurs pieds et leurs mains. Sur leur tête, un curieux voile se dressait en un chapeau pointu. Un trou parfaitement circulaire, comme un œil de cyclope, leur permettait sans doute de voir, mais les passants, eux, ne distinguaient de leurs visages qu'une ombre noire. À côté d'elles, les miliciens paraissaient presque rassurants… Kazan, toutefois, toujours sujet à la crainte d'être retrouvé par Elijáš, se rencogna dans l'ombre pour observer la scène.

— Celle-là ? demanda l'un des hommes.

— Oui, confirma une nonne.

La coquille fut ceinte par deux gardes qui la saisirent par les bras. Ils commencèrent à s'éloigner sous les yeux stupéfaits de Kazan et Feliks.

— Qu'est-ce que vous faites ? lança le médecin. Vous l'arrêtez ?

— On la sauve, répliqua la nonne depuis l'ombre de son voile pointu.

Kazan s'extirpa prudemment de la pénombre.

— On les suit ? proposa-t-il.

— Je ne sais pas si ça en vaut la peine, maugréa Feliks. Ces grenouilles de bénitier doivent s'imaginer qu'elles peuvent soigner les coquilles par la prière. Elles organisent sûrement un pèlerinage vers les saints guérisseurs de la folie. J'ai déjà vu ça. C'est n'importe quoi.

— Et s'il s'agit d'autre chose ?

Feliks haussa les épaules avec mépris, mais lui emboîta le pas lorsqu'il prit le groupe en filature. Au fur et à mesure qu'ils avançaient, les gens affluaient dans la rue. Kazan prêtait l'oreille aux rumeurs. Mille histoires couraient de bouche à oreille, mais l'idée qu'une cérémonie allait se dérouler à Sainte-Marie-sous-la-Chaîne revenait tout le temps. Feliks avait probablement raison. Il s'agissait sans doute d'un pèlerinage organisé pour calmer la foule.

L'immense cathédrale gothique était bondée. Pourtant, la hauteur de l'édifice donnait l'impression que les gens pressés au coude à coude n'étaient que des insectes dans une forêt de colonnes et de fenêtres s'élevant du sol au plafond. Kazan se fraya un chemin à coups d'épaule parmi les curieux. Des hommes avaient escaladé les piliers pour mieux voir. Les travées étaient surchargées. Une mère appelait son enfant égaré dans la foule. Le voleur se dit que c'était un bon endroit pour exercer. En abandonnant son poste auprès d'Elijáš, il avait également perdu toute sa fortune. Il remonta vers les premiers rangs. Ses mains soulagèrent quelques fidèles de leurs maigres bourses et c'est avec un grand sourire qu'il arriva près de l'autel. Dans sa tête, les voix tempêtaient, scandalisées :

— *Dans la maison de Dieu !*

Feliks ne s'était rendu compte de rien. Il l'avait suivi à la trace et se plaça à ses côtés. Des protestations s'élevèrent derrière eux :

— On voit rien !

— Le grand, coupe-toi la tête !

— Baisse-toi !

Kazan leur jeta un regard noir. Les invectives s'éteignirent aussitôt et les râleurs se trouvèrent d'autres sujets d'intérêt. Puis les cloches se mirent à sonner à la volée. Des voix excitées commentèrent :

— Ça commence !

— C'est elle !

— C'est un spectacle ou quoi ? s'amusa Kazan.

Le poids de l'argent volé dans ses poches le mettait d'excellente humeur.

— Tu vois quelque chose ? lui demanda le médecin.

— Oui, oui. Attends, je te décris.

Grâce à sa taille, il pouvait voir ce qui se passait au niveau des portes de l'église en se dressant sur la pointe des pieds. Des nonnes grises, avec leurs chapeaux en pointe, entraient en procession en agitant des encensoirs. La fumée odorante montait sous les voûtes et formait une brume légère devant la splendide rosace. Au milieu des religieuses s'avançait une silhouette plus petite, vêtue de blanc.

— Il y a une fille, expliqua-t-il à Feliks. Une gamine, on dirait.

— C'est Espérance ! le rabroua-t-on.

— La divine.

— La miraculeuse !

Kazan fronça les sourcils. Il éprouvait toujours une sourde culpabilité au souvenir de la petite fille qu'il avait livrée à Elijáš. Se pouvait-il qu'il ait enfin sous les yeux le fameux prodige que le maréchal avait tant cherché à s'approprier ?

La procession passa devant eux dans un tourbillon d'encens pour monter au niveau de l'autel. Les nonnes s'écartèrent et la fille apparut. Elle devait avoir environ seize ans. Elle n'était pas voilée comme les religieuses. Des boucles auburn entouraient son visage et retombaient librement sur ses épaules. Ses grands yeux marron regardaient la foule massée dans l'église avec calme.

Les cloches s'arrêtèrent enfin de carillonner. Les nonnes, mains jointes sous leurs amples manches, se mirent à prier à mi-voix tandis que la jeune fille, les bras levés, déclamait de toutes ses forces :

— Je convoque Veselý Bláha !

La foule retint son souffle alors qu'une coquille était entraînée vers l'autel. C'était sans doute celle dont Kazan et Feliks avaient assisté à la capture tout à l'heure, mais ils ne pouvaient en être certains. La créature fut poussée juste devant la fille et forcée à s'agenouiller.

— Veselý Bláha, reviens, dit-elle si doucement que seules les personnes au premier rang purent l'entendre.

Espérance saisit la tête de la coquille et, se penchant sur son visage, l'embrassa sur la bouche. Kazan tressaillit. Ce n'était pas un chaste baiser ; les joues de la coquille ondulaient sous la pression de la langue qui s'enfonçait dans sa bouche.

— C'est un voleur d'esprits ? chuchota Feliks.

— Probablement… répondit Kazan, troublé.

Le baiser s'éternisait. Espérance continuait de faire rouler sa langue dans sa bouche. C'était un spectacle assez dérangeant, mais Kazan n'arrivait pas à détourner les yeux. Les nonnes récitaient des cantiques, de plus en plus fort. Les voiles pointus oscillaient comme des mâts dans la tempête. Un frémissement agita soudain la foule.

— Elle revient ! cria quelqu'un.

Kazan plissa les yeux. La coquille reprenait effectivement des couleurs et un fin duvet roux recouvrait son crâne lisse. Elle battit des paupières et chaque clignement effaça un peu plus la taie grise sur ses prunelles. Son âme reprenait possession de son corps, l'habitait de nouveau.

— Elle fait un transfert de démon, chuchota Kazan.

— Comment est-ce possible ?

— Je n'en sais rien…

— Chut ! sifflèrent les plus proches spectateurs.

Les cheveux de la coquille poussaient à vue d'œil. Les nonnes criaient leurs prières à tue-tête. La fumée d'encens enveloppait les deux protagonistes de cette scène de folie. Enfin, à la place de la coquille, c'est un homme qui se sépara d'Espérance. Il toisa la foule massée dans la cathédrale avec ébahissement. Et tout à coup, un énorme sanglot lui secoua la poitrine. Les larmes jaillirent.

— Je suis revenu ! s'écria-t-il d'une voix étranglée. Je suis Veselý Bláha et je suis revenu d'entre les morts !

Un mouvement de foule traversa toute l'église. Certaines personnes tombèrent à genoux, les mains jointes, d'autres à plat ventre, une femme chuta, prise de convulsions, quelqu'un arracha les boutons de son gilet comme s'il ne pouvait plus respirer. Une bousculade gigantesque secoua la nef. On s'écrasait, se poussait. Beaucoup montèrent sur l'autel et Kazan crut que la jeune fille allait se faire tailler en pièces, mais au contraire, arrivés près d'elle, les gens se mettaient à ramper, à tendre les mains pour être bénis par elle et, surtout, ils lui soumettaient une avalanche de noms, en larmes, suppliant qu'elle ramène l'un de leurs proches transformé en coquille. À ses côtés, Veselý Bláha ressuscité riait et pleurait à la fois. Espérance ne réagissait pas. Elle fixait un point au-dessus de la foule prosternée, l'air absent, indifférente au chaos et aux gens qui se traînaient à ses pieds. Enfin, les nonnes l'emportèrent à l'écart. Elles la drapèrent dans une de leurs robes grises. Capuchon levé sur la tête, la jeune fille redevenait anonyme.

— Il y aura une autre cérémonie demain ! clama l'une des religieuses.

Bousculés de toutes parts, Kazan et Feliks remontèrent le flux à contre-courant pour sortir de la cathédrale.

— C'était quoi, ça ? explosa le médecin quand ils furent dehors.

— Elijáš m'avait parlé d'une fille. Un « Miracle ». À l'époque, ce n'était qu'une rumeur et je n'ai jamais réussi à la trouver, mais on dirait qu'elle…

— Je ne te parle pas de ça ! l'interrompit Feliks. Je veux dire : vous pouvez rendre les âmes en embrassant les coquilles ? Tu ne le savais pas ?

— Je n'ai jamais essayé.

— Quelle buse ! jura Feliks. On n'y a jamais pensé, putain !

Il l'attrapa par le bras et le secoua.

— Tu vas le faire ! Tout de suite !

— D'accord, d'accord, concéda Kazan d'un ton apaisant. Je veux bien essayer.

— Tu n'as pas le choix ! Tu vas le faire !

— Calme-toi. Franchement, je ne pense pas que ça marche comme ça.

— Mais tu n'en sais rien !

Kazan se laissa entraîner docilement dans les ruelles. À vrai dire, il était curieux. Et si c'était vraiment possible ? Si on pouvait rendre leur âme à leur propriétaire de la même façon qu'on la leur avait prise ?

Feliks s'arrêta brusquement et Kazan lui rentra dedans.

— Qu'est-ce qui t'arrive ? demanda le voleur.

— On doit avoir le corps original de Nadja. Sinon ça ne marchera pas.

Sa lèvre inférieure tremblait. Il paraissait sur le point de s'effondrer. Kazan le prit par les épaules, serra doucement.

— Tu as vu comme moi, lui dit-il. Ils ont ramassé n'importe quelle coquille au hasard ! Elle était abandonnée. C'est justement pour ça qu'ils l'ont prise, elle.

— C'est vrai, balbutia Feliks. C'est vrai. Tu as raison. Il faut qu'on essaie. Il faut qu'on essaie tout de suite !

Ils marchèrent jusqu'à trouver une coquille debout face à un mur, qui fixait la pierre d'un air absent. Feliks l'examina rapidement. Elle semblait en bonne santé. Peut-être s'était-elle fait absorber récemment. Il la saisit par les épaules et la manipula pour l'amener face à Kazan.

— Vas-y, lui ordonna-t-il.

— Tu es tellement romantique.

— Tais-toi et fais-le.

— À vos ordres, docteur…

Par jeu, ses doigts s'entrelacèrent à ceux de Feliks, sur les épaules de la coquille, et le jeune homme ne fit pas mine de se dégager. Tendu, il le regardait anxieusement.

— Concentre-toi, lui recommanda-t-il. Essaie d'appeler Nadja.

— Oui, oui.

— Est-ce qu'elle a compris ce que nous allons faire ?

— Oui.

Pourtant, placé soudain face à ce qui était peut-être le remède à sa maladie, Kazan n'était plus très sûr d'en avoir envie. Il vivait avec Nadja depuis des mois, avec d'autres voix depuis des années. Même la menace de l'explosion lui semblait lointaine en cet instant. Il n'imaginait pas s'en séparer ainsi, aussi simplement. Avec un soupir, il inclina la tête sur le visage de la coquille. Leurs lèvres se touchèrent. Il les écarta et glissa sa langue dans la bouche, lui renversant un peu la tête en poussant, de telle sorte que le visage de la coquille et celui de Feliks soient l'un à côté de l'autre. Il sentait la chaleur de Feliks, son souffle. Cela l'excita. Son baiser se fit plus profond. Il agrippa plus fermement les doigts du médecin, imagina que c'était lui qu'il embrassait, mais la peau de la coquille était froide et elle ne répondait pas à son baiser. Sa langue était inerte. Elle aurait pu se débarrasser de lui, claquer des dents – mais non, elle ne faisait rien. Et rien ne se passait.

— Continue, lui ordonna Feliks comme il faisait mine de se reculer.

Et cette fois, c'étaient ses doigts à lui qui piégeaient les siens. Kazan sentit son excitation croître. Comme il aurait voulu que ce soit lui, chaud, bouillant, à la place de cette coquille vide… Mais au bout d'un moment, ne percevant absolument aucune réaction, il se dégagea.

— Désolé, ça ne marche pas.

— C'est toi ! l'accusa Feliks. Tu le fais exprès ! J'ai bien vu que tu n'étais pas motivé.

— Pas du tout. J'ai essayé. Simplement, ça ne marche pas. Cette gamine a peut-être une forme mutée du virus ou bien elle est spéciale, touchée par Dieu ou je ne sais quoi. Tu as bien vu qu'elle était sous la coupe des nonnes grises.

Feliks allait et venait de long en large, frustré, désespéré.

— On va lui parler.

— À qui ? Espérance ? Elle doit être bien protégée.

Feliks le foudroya du regard.

— Comme si ça t'arrêtait !

— On ne sait pas où ils la planquent. Même Elijáš ne l'a pas trouvée.

— Arrête un peu avec ce type. On la prendra en filature. Il y aura une autre cérémonie demain.

— D'accord. Comme tu veux.

Si une part de lui avait envie de l'envoyer balader, l'autre était totalement subjuguée par le médecin et avait envie de le contenter.

Le problème, c'est qu'il n'était plus du tout certain que cette dernière part appartenait à Nadja.

48

Le lendemain, ils se postèrent à l'arrière de la cathédrale Sainte-Marie-sous-la-Chaîne. Celle-ci était si pleine que des gens se pressaient sur le parvis sans pouvoir entrer. Kazan avait repéré une calèche qui stationnait juste devant les grilles en fer forgé entourant l'édifice. Des hommes en armes la gardaient et repoussaient quiconque s'approchait. Feliks resta à proximité tandis que Kazan, perché sur le pignon d'un toit, observait depuis les hauteurs.

Le médecin suivit la cérémonie à l'oreille à travers les murs : les chants, les cantiques, puis le brouhaha saluant le miracle, les acclamations et les alléluias. Revêtue de sa robe grise à capuchon, la jeune fille fut sortie de l'église au pas de course par les nonnes et confiée aux gardes qui flanquaient la calèche. Au moment où la portière claquait, les deux chevaux s'élancèrent. Feliks courut à pied, mais le cocher menait bon train et rapidement, il fut distancé. Il espéra que Kazan, en se déplaçant sur les toits, arriverait à remonter sa trace.

Le voleur le retrouva deux heures plus tard. Il lui offrit des boulettes de massepain enrobées de sucre. Sans doute avait-il fait des poches sur la route.

— Cadeau ! s'exclama-t-il gaiement.

Et le cœur de Feliks fondit de tendresse, car c'est Nadja qu'il voyait en lui, joyeuse, fraîche et gourmande. Ils s'assirent sur un banc pour manger. Plusieurs personnes s'arrêtèrent près d'eux pour mendier. Feliks partagea une partie de sa nourriture tandis que Kazan se léchait les doigts avec application, ignorant tout le monde. Il était redevenu le salaud habituel.

— Alors, tu as trouvé où elle habitait ? demanda le médecin.

Vu la mine triomphante de Kazan quand il était revenu, il n'en doutait pas.

— On ira cette nuit, confirma-t-il en hochant la tête.

— Il y a des gardes ?

Kazan haussa les épaules.

— Tu es motivé, oui ou non ?

Bien sûr, il l'était.

*

Le brouillard de début novembre se collait à eux, humide et glacé. Chaque expiration de Feliks se changeait en un petit nuage blanc qui allait se perdre dans la poix qui dérivait autour de lui. Les réverbères formaient des ronds de lumière floue comme des dizaines de lunes. Ils dépassaient des formes fantastiques : des statues brisées, décapitées, des arbres tordus, des maisons bancales, les flèches pointues et les pinacles des cathédrales qui saillaient de la mer de brume vers le ciel noir. Le bruit de leurs pas sonnait de façon curieuse, parfois proche, parfois lointain. Kazan paraissait nerveux.

— Les sons sont bizarres, non ? voulut-il savoir.

— Oui, pourquoi ? C'est à cause de la brume.

Sa réponse tranquillisa son camarade.

— Qu'est-ce qui t'arrive ? insista Feliks.

— J'ai cru que je perdais le contrôle. Ça commence toujours comme ça. Les sons changent.

Le médecin eut un frisson, de froid ou d'inquiétude. Si Kazan explosait maintenant, Nadja serait définitivement perdue. Libre certes, mais perdue.

— Et là, ça va ? demanda-t-il.

— Oui, oui. On arrive…

De l'index, il désigna une masse qui émergeait de la grisaille. Feliks la confondit d'abord avec une colline ou un rocher colossal, mais au fur et à mesure qu'ils approchaient, la forme se précisa. C'était un grand manoir, encerclé par de hautes grilles en fer forgé.

— Il y a des gardes devant l'entrée, avertit Kazan.

Feliks ne les voyait même pas.

— J'ai repéré où on pourrait entrer. Suis-moi.

Il lui fit longer la grille. De l'autre côté s'étendait un jardin mal entretenu, envahi par la végétation. Quelques arbres nus saillaient au milieu des fougères et des feuilles mortes pourries, des lambeaux de brume accrochés aux branches. Une odeur doucereuse de terre en décomposition flottait dans l'air humide. Les yeux de Feliks se promenaient sur les murs de la demeure. Le brouillard en voilait les trois quarts, mais ce qu'il apercevait était déjà colossal : des tours apparaissaient et disparaissaient dans la brume, des colonnes, des arches, des arcs-boutants, des dizaines de pinacles où germaient des fleurons. Derrière les fenêtres à croisillons, on devinait des salons et des galeries. C'était une demeure splendide, mais qui aujourd'hui paraissait à l'abandon. Est-ce que les propriétaires s'étaient changés en coquilles ? Feliks commençait à douter de retrouver la jeune prodige dans cet endroit lugubre. Pourtant, on y vivait : les gardes à l'entrée trahissaient la nature riche et noble des propriétaires et certaines fenêtres étaient illuminées. Alors qu'il regardait mieux, Feliks frissonna violemment. Des silhouettes se découpaient dans le rectangle jaune, le visage collé à la vitre, parfaitement immobiles. Des coquilles.

— Il y a une brèche ici, annonça Kazan, le sortant de ses pensées angoissées.

Malgré sa taille, il se glissa en souplesse entre deux barreaux rouillés. Feliks le suivit avec moins d'agilité. La végétation humide lui monta jusqu'aux genoux. Il resserra les pans de son manteau sans parvenir à se réchauffer. À la suite de Kazan, il traversa cette jungle jusqu'à rejoindre les murs couverts de mousse grise du palais.

— Je passe le premier, expliqua Kazan. Je te lancerai une corde depuis là-haut pour t'aider à monter.

— C'est haut ?

— Un peu. Courage.

Il commença à grimper, trouvant facilement ses prises dans les pierres à moitié descellées de la paroi. Par moments, il s'aidait des gargouilles décoratives ou bien des grandes lianes qui pendaient des balcons. Les tours en étaient drapées. Des barbes de mousse grise proliféraient partout. Si les propriétaires étaient toujours en vie, nul doute que les jardiniers avaient été changés en coquilles au tout début de l'épidémie…

Feliks souffla sur ses doigts gourds. Il pensait avec nostalgie à son pays, les vergers, les champs de blé mûrissant au soleil, les jardins remplis de fleurs jaunes, rouges, bleues, blanches, les fontaines en marbre, l'eau qui scintillait dans la lumière, les vins doux…

La corde que lui lança Kazan se déroula en chuintant. Il la saisit et en testa la résistance avant de commencer à s'élever. L'exercice, bien que physique, le réchauffa. Il passa à proximité de plusieurs fenêtres éclairées. Dans la clarté, il distinguait des coquilles qui se mouvaient en ombres chinoises. Elles évoluaient comme de gros papillons de nuit autour d'une lanterne. Certaines étaient nues, d'autres enveloppées de robes grises qui ressemblaient à des linceuls. Beaucoup pressaient leur visage imbécile contre le carreau, cherchant la lune invisible dans le brouillard. Un peu plus haut, Feliks dut passer à côté d'un balcon où se massaient cinq coquilles, qui marmottaient et claquaient des dents, les unes contre les autres, leur peau blême cloquée de chair de poule.

Aucune ne s'intéressa à lui.

— Encore un effort, l'encouragea Kazan, accroupi sur la balustrade d'un balcon, vingt pieds au-dessus.

Feliks le rejoignit, les mains chauffées par la corde, et enjamba maladroitement la balustrade, toute grasse de champignons et tachée de salpêtre. Une double fenêtre illuminée lui faisait face. Les rideaux étaient tirés mais on voyait un bout de chambre dans un interstice de quelques centimètres au milieu.

— Elle est là, confirma Kazan.

— Seule ?

— Oui. Je vais ouvrir.

Il sortit de sa manche une petite lame très fine qu'il inséra délicatement entre les deux pans de la fenêtre pour pouvoir soulever le loquet à l'intérieur. Mais soudain, il s'arrêta.

— Qu'est-ce qui se passe ? chuchota Feliks.

— Des gens viennent d'entrer. Regarde.

Le médecin colla l'œil à la vitre. Il ne voyait qu'une partie de la chambre, mais la jeune fille s'y tenait, debout dans sa robe de cérémonie, les mains jointes sur la poitrine, l'air sérieux. Deux hommes étaient avec elle, l'un était âgé et de la sueur luisait sur ses tempes, à la lueur de la bougie, en dépit du froid automnal. L'autre était d'âge moyen.

— Voici le duc Ševčík, le présenta le plus jeune. C'est lui que tu vas transférer demain.

La fille hocha la tête.

— Le transférer ? répéta Feliks, interloqué.

— On dirait bien qu'elle va le bouffer pour le recracher dans une coquille demain.

— Mais pour quoi faire ?

— Je ne sais pas, je ne suis pas sûr, mais… Ce type a l'air d'être volontaire et ce qu'on a vu hier…

Il laissa sa voix en suspens. À l'intérieur, le vieil homme avait pris la tête d'Espérance entre ses mains et se penchait sur elle. Feliks nota la crispation de la jeune fille, la cambrure de son dos, sa tête légèrement rejetée en arrière, les paupières serrées formaient des rides au coin de ses yeux.

— Ils sont en train de la contraindre, chuchota Kazan.

Une voleuse d'esprits qu'on forçait à absorber une âme, c'était le monde à l'envers.

Le vieil homme fourra sa langue visqueuse dans la bouche de la jeune fille.

— Fais-le ! l'encouragea l'autre homme.

Espérance parut finalement répondre au baiser et la métamorphose s'amorça. Le vieillard perdit ses cheveux par poignées. Ses rides s'effacèrent laissant place au masque lisse des coquilles. Il se sépara d'elle en chancelant, l'air égaré, les yeux déjà gris. L'autre homme le saisit par le poignet pour l'entraîner dehors. Il ne dit pas un mot à la fille et la porte claqua. Feliks vit les verrous tourner. Espérance était enfermée.

— Un voleur d'esprits prisonnier, maugréa le médecin, de mieux en mieux.

— Je pense que la gamine sert de plate-forme pour transférer l'âme de ces vieux dégueulasses dans des corps plus jeunes.

— Ça se tient.

Feliks soupira.

— Les gens sont vraiment devenus dingues.

— Je ne te le fais pas dire. Ça ne doit pas être simple pour la fille si elle fait ça tous les jours. Elle a déjà dû partager son corps avec des dizaines de vieux bourgeois.

Sa voix vibrait de colère contenue.

— Bon, on y va. On va la récupérer.

— Je suis d'accord, approuva Feliks.

Le voleur fit sauter le loquet de la fenêtre et ils se glissèrent dans la chambre en silence. Espérance gisait sur son lit, en position fœtale, entortillée dans les draps, le regard fixe. Que lui murmurait le vieux barbon dans sa tête ? En sanglotant, elle faufila sa main entre ses cuisses, tandis que l'autre venait toucher ses seins. Ses larmes contrastaient avec sa posture érotique.

— Arrête ! s'exclama Feliks.

Elle se redressa d'un bond, paniquée, prête à hurler. Kazan bondit comme un fauve et la renversa sur le lit, la bâillonnant de la main. Espérance se débattit, le frappa faiblement de ses poings.

— Tu lui fais peur, abruti !

Feliks remonta à leur hauteur. Les yeux épouvantés de la jeune fille tournèrent sur lui.

— Ne crie pas. On est venus t'aider, dit-il.

Elle battit des paupières.

— Tu as compris ? Tu ne vas pas crier ?

Elle secoua difficilement la tête sous la main de Kazan. Le voleur la libéra et se recula, mais à la tension de son corps, on le devinait prêt à lui sauter dessus de nouveau au moindre mouvement suspect. Espérance s'assit sur le lit, ramena le drap sur elle. Son regard cillait tout le temps et, plusieurs fois, elle inclina la tête comme si elle voulait faire sortir de l'eau de son oreille. Une ou plusieurs voix tempêtaient sous son crâne et appelaient certainement au secours.

— Je suis comme toi, dit Kazan. J'ai sept démons en moi. Et toi ?

Elle le dévisagea longtemps puis soupira, les cheveux dans les yeux.

— Une. Je ne suis qu'un vase.

— Un vase ? s'indigna Feliks.

— Oui, j'accueille l'âme d'un seigneur et je la transfère le lendemain.

— Tu tiens le coup ? demanda gentiment Kazan.

Elle le lorgna du coin de l'œil, méfiante et réprobatrice. Elle n'oubliait pas la violence de la prise précédente.

— Comment tu as acquis ce pouvoir ?

— Ma mère.

— Comment ça, ta mère ? s'exclama Kazan. C'est ta mère qui t'a contaminée ?

— Oui. Mais elle est morte. Elle a explosé.

— Pourquoi elle a fait ça ?

— Pour que je vive mieux qu'elle. Nous étions servantes ici et moi, j'avais cette maladie.

— De quelle maladie tu parles ? demanda Feliks.

— Ça.

Elle porta les mains à ses joues rondes et pâles.

— Je ressemblais à une coquille bien avant qu'elles apparaissent partout en ville. Les enfants se moquaient de moi. Ils m'appelaient « face de lune ».

— Tu connais cette maladie ? voulut savoir Kazan.

— Je ne sais pas..., commença Feliks.

Le voleur se mit à glousser et s'attira un regard noir.

— Arrête de rire, ordonna Feliks.

— Mais quel médecin tu fais, c'est pas possible ! Je dois chercher dans Nadja ?

— Ne t'avise pas de faire ça.

Le jeune homme se retourna vers Espérance.

— Continue, s'il te plaît. Quels sont tes autres symptômes ?

— Je ne peux pas sortir le jour. Si le soleil me touche directement, il me brûle, ma peau se couvre de cloques.

— D'accord, je vois. La *xeroderma pigmentosum.*

— Quoi ? fit Kazan.

— C'est le nom de sa maladie. C'est très rare. Les personnes doivent se protéger du soleil, sinon elles sont victimes d'affections de la peau très graves. Les yeux sont touchés aussi. Les patients sont souvent surnommés « les enfants de la lune »...

— Du coup, il y avait de nombreuses tâches que je ne pouvais pas accomplir, reprit Espérance. Ma mère avait peur pour moi. Elle craignait que je sois jetée à la rue. Et puis…

Elle s'interrompit, les regarda tous les deux avec douleur.

— Continue, l'encouragea doucement Kazan. Qu'est-ce qui s'est passé ensuite ?

— Un homme est venu ici. Un étranger de passage, très riche. Au début, je le trouvais beau, parce qu'il était grand et élégant avec un manteau rouge brodé d'or, et beaucoup de cheveux ondulés blonds et des yeux comme vous…

Signe du menton vers Feliks.

— Violets.

— Un gars de chez toi, commenta Kazan.

— Tu veux dire un gars comme toi, rectifia Feliks, un voleur d'esprits.

— Il a tout de suite été séduit par ma mère, poursuivit Espérance, et moi, je trouvais ça romantique, je n'avais pas compris.

Elle baissa la tête et conclut d'une petite voix :

— Il l'a violée.

— Il l'a contaminée, reprit Kazan, et elle t'a transmis le virus ensuite.

Il siffla entre ses dents.

— C'est sordide…

— Elle a fait ça pour me protéger ! s'écria Espérance. Elle disait que c'était un cadeau, un don de Dieu, que ça allait me sauver. Elle voulait que je mange le seigneur du manoir.

— Tu as réussi ?

Elle opina du menton.

— On m'a capturée. On m'a traitée de monstre. Un prêtre est venu pour m'exorciser. Il disait que le diable était en moi. Je pouvais parler avec la voix du seigneur et c'est ça qui m'a sauvée. J'ai voulu annuler ce que j'avais fait. J'ai embrassé la coquille du maître et je lui ai rendu son âme.

— Mais comment tu as réussi ça ? insista Kazan. J'ai essayé, je n'y arrive pas.

— Je ne sais pas. C'est arrivé comme ça. J'avais très peur. Ils m'avaient amenée dans une cellule et ils voulaient me mettre dans un sarcophage rempli de pointes en acier. Ils disaient que j'allais libérer l'âme du prince quand les piquants me troueraient le corps. Que son âme glisserait avec mon sang. Alors j'ai juré que j'allais le rendre. Et je l'ai fait.

— La peur…, répéta Kazan.

Il paraissait dubitatif. Feliks le considéra d'un air lugubre. Il l'avait déjà torturé, sans aucun résultat. Est-ce qu'il devait recommencer ? Le menacer de l'enfermer dans une vierge de fer comme cette pauvre gosse ?

— Un autre peut-il faire ce que tu fais ? demanda-t-il.

Il désigna Kazan du pouce.

— Lui, par exemple ?

— Je ne sais pas.

La fille avait l'air paniquée, désespérée de donner la mauvaise réponse.

— On ne va pas y arriver, soupira Feliks. Cela n'a rien à voir avec la peur ou quoi que ce soit, c'est peut-être une conséquence de la fusion des souches virales, entre celle de la *xeroderma pigmentosum* et la vôtre.

— C'est curieux, dit rêveusement Kazan, la rencontre entre deux maladies de la lune. Peut-être est-ce encore l'influence de Geminga ?

— Ne mêle pas l'astrologie à tout ça, c'est ridicule !

Au même moment, quelqu'un tapa à la porte.

— Espérance ? Qu'est-ce que vous faites ? interrogea une voix féminine. Vous parlez avec quelqu'un ?

— Réponds, chuchota Kazan comme la jeune fille restait tétanisée par la peur.

— Je… Je chante ! répondit-elle d'une voix nerveuse.

— Tout va bien ?

— Oui, oui…

— Il faut partir, dit le voleur. On t'emmène, d'accord ? On va te tirer de là. Ce n'est pas comme ça que doit vivre un voleur d'esprits. Ta mère n'aurait pas accepté ça.

Espérance acquiesça. Des larmes roulaient en silence sur ses joues.

— On va ressortir par la fenêtre, dit Kazan. Je passe le premier, avec la gamine sur le dos. Prends sa robe de nonne, on en aura besoin quand le soleil se lèvera.

— D'accord. Je te suis.

Les paumes de Feliks étaient moites. Ses muscles tremblaient encore à la suite du violent effort de l'ascension, mais la descente serait forcément plus facile. Il aida Espérance à s'installer sur le dos de Kazan.

— Serre bien, recommanda-t-il.

— Pas trop. M'étrangle pas, non plus !

— Tu veux qu'elle tombe ?

— Et si moi je tombe, parce que je ne respire plus, t'y as pensé ? rétorqua Kazan.

De nouveau, cette repartie enjouée, décochée avec un sourire, lui rappela Nadja. Il ne put s'empêcher de lui rendre son sourire. Le regard de la jeune fille passa lentement sur les deux hommes, tâchant de comprendre.

Ils ressortirent dans la brume. Feliks en était à la moitié du chemin lorsque résonnèrent les premiers cris. Il baissa la tête pour fouiller les ténèbres du jardin sous lui. Des lampes oscillaient dans le noir, accourant vers eux. Il en compta douze. Ses entrailles se liquéfièrent de terreur. Ils étaient perdus.

Kazan avait sauté dans l'herbe, faisant fi des trois ou quatre mètres qui lui restaient à parcourir. La gamine sur son dos hurla.

— Il a l'enfant ! rugit quelqu'un. Protégez l'enfant !

— Elle a le duc Ševčík en elle, glapit une autre voix altérée par la peur.

Feliks mit pied à terre à son tour. Le feu des lanternes l'éblouissait un peu, l'empêchant de distinguer ses adversaires au-delà de simples contours. Sans ménagement, Kazan repoussa Espérance derrière lui. Il secoua les épaules, déplia ses bras, les poings fermés.

— Tu ne vas quand même pas…, commença Feliks.

— Tu as un autre plan ?

— Ils sont douze !

— Et nous, on est dos au mur !

— Tuez-le ! ordonna l'un des hommes.

Le vent froid fit frémir la flamme des lanternes. Les ombres dansèrent sur l'herbe grasse. Le couteau de Kazan apparut dans sa main, un éclair de métal dans la brume. Il était déjà en mouvement, se coulant en souplesse sous un glaive qui lui frôla le dos, puis il se redressa, pivota sur sa hanche pour se donner plus d'élan et de toutes ses forces frappa le premier garde sous le menton. La lame referma la bouche de l'homme avec un claquement sec. Ses yeux se révulsèrent tandis que le couteau continuait sa trajectoire sur plusieurs centimètres. Le sang gicla à travers ses dents, lui inondant le visage. Kazan s'était déjà esquivé, abandonnant son couteau coincé. Feliks se jeta sur Espérance, lui couvrit les yeux, mais la jeune fille ne manifestait aucune émotion particulière, comme si elle avait déjà assisté à de pareilles scènes. Quant au vieux vicelard qui logeait dans son crâne, il n'allait pas s'émouvoir d'une telle boucherie…

Kazan écarta le cadavre et ramassa son épée. D'une rotation du poignet, il la fit tournoyer en un moulinet sifflant. Deux hommes reculèrent.

— Tu m'aides, Feliks, oui ou merde ? lança-t-il.

Les mains du médecin se crispèrent sur le visage de la jeune fille. Avec douceur, Espérance lui prit les doigts et l'incita à baisser les bras.

Kazan para un coup avec sa nouvelle arme et frappa fort au poignet. Une main tranchée s'envola en une parabole sanglante. Feliks n'arrivait toujours pas à bouger. Ses pieds étaient rivés au sol. Il avait l'impression de revivre son évasion, ne sachant pas ce qui l'effrayait le plus, entre la horde des gardes ou son camarade.

Le cri de l'homme à la main tranchée s'interrompit comme Kazan le cognait à la gorge de son poing libre. Il se plia de nouveau avec grâce sous l'arc gris d'un coup d'épée, feinta sur la gauche et tailla dans les jarrets, puis il fusa vers son troisième adversaire et l'ouvrit de bas en haut en un mouvement rapide.

Le quatrième se prit les pieds dans le cadavre. Kazan écrasa la poitrine du mort sous son talon pour sauter plus haut et fracturer le crâne du garde qui chancelait encore.

Feliks ne vit pas la suite. Deux hommes marchaient sur lui, toujours désarmé. Il recula, protégeant Espérance de son corps, les bras écartés.

— Kazan ! appela-t-il d'une voix étranglée par la peur.

Le voleur revint comme un ouragan d'acier et faucha les gardes dans les jambes avant de détourner d'un coup quasi réflexe l'attaque d'un nouvel adversaire. D'un pas chassé, il s'éloigna de Feliks et d'Espérance, entraînant les combattants à sa suite. Les hommes l'attaquèrent en même temps pour le faire ployer sous le nombre, mais ils se gênèrent. Une parade rejeta l'un d'eux dans les jambes d'un compagnon. Kazan percuta un troisième de l'épaule, l'envoyant bouler dans le tas humain. Le dernier encore debout reçut un coup au visage et il rejoignit à son tour l'entremêlement de bras et de jambes vagissant dans l'herbe sanglante. Des cris discordants montaient de partout. Des blessés geignaient, rampaient. Les lampes gisaient par terre et les ombres des hommes à quatre pattes ressemblaient à des monstres.

Puis un coup de tonnerre éclata.

Kazan se figea alors que le tronc de l'arbre juste à sa droite explosait en esquilles d'écorce.

— C'est pas bientôt fini ces conneries ? rugit l'homme armé du fusil en surgissant dans la lumière.

Feliks le reconnut immédiatement. C'était celui qui avait conduit le vieux duc dans la chambre d'Espérance.

— Je vais te faire sauter la tête ! menaça-t-il.

— Non.

Une sueur froide dévala l'échine de Feliks. La voix était montée juste à côté de lui. Une grosse voix masculine dans la bouche de la jeune fille. Il tourna lentement la tête et horrifié, regarda ce visage si peu enfantin, les cils emperlés de sang, du rouge dégoulinant sur ses joues blanches comme la craie.

— Garde-les pour les chasses. Celui-là est un gibier exceptionnel.

— Bien, monsieur.

D'autres hommes arrivaient prudemment, lorgnant avec terreur les corps allongés partout. Kazan ne bougeait plus, le souffle court. Contre une arme à feu, il n'avait aucune chance.

— Espérance ? murmura Feliks.

La jeune fille releva son visage lunaire vers lui et lui sourit largement. Le sang lui crénelait les dents en rouge et son regard était celui d'un vieillard.

49

— Merci pour ton aide, grogna Kazan.

— Oh, je t'en prie ! Qu'est-ce que tu voulais que je fasse ? Contrairement à toi, je n'ai pas bouffé de vétéran de guerre, de spécialiste du combat clandestin ou de lanceur de couteaux.

Le jour se levait et la grisaille de l'aube entrait par un soupirail découpé en haut du mur. Feliks espérait que la température se réchauffe un peu. Il grelottait, assis par terre. La végétation qui colonisait les murs du manoir proliférait également dans la cellule. De la mousse et du salpêtre verdissaient les pierres humides et des gouttes clapotaient à intervalles réguliers, quelque part. Le jeune homme se sentait oppressé. L'enfermement lui rappelait les jours passés à la tour Pointue. Il était content, en réalité, que Kazan soit avec lui. Sans sa sombre présence, il aurait probablement craqué. Dans d'autres caves transformées en geôles, on entendait parfois des gens pleurer, geindre ou tousser.

Kazan, qui faisait les cent pas, finit par se rasseoir et se cala le dos contre le mur.

— Ah, c'est humide, c'est dégueulasse ! s'écria-t-il en se penchant en avant.

Feliks éclata de rire. Il avait reconnu Nadja.

— Qu'est-ce qu'il y a de drôle ?

Là encore, c'était elle, quand elle se fâchait, se drapant dans sa dignité offensée, l'œil allumé par la colère.

— Rien. Je vois ma femme.

— Ah…

Le silence retomba entre eux. Le temps s'écoulait lentement. Finalement, Kazan s'allongea sur le dos, les bras sous la nuque.

— Qu'est-ce que tu fous ? demanda Feliks.

— Ça se voit pas ? Je dors.

— Tu vas arriver à dormir, toi ?

— Si les voix me fichent la paix, peut-être.

— Ah, les voix. Au moins, tu n'es jamais seul. Ce n'est pas si mal. Moi, j'ai passé un mois entier à l'isolement, sans personne à qui parler. Toi, tu avais Nadja.

Kazan ne répondit pas.

— Qu'est-ce qu'ils vont nous faire ? reprit le médecin au bout de quelques minutes.

— Je dors, grommela Kazan.

— Il a parlé de chasse. Il a dit que tu étais du gibier.

— Et qu'est-ce que tu ne comprends pas là-dedans ? Ils vont nous chasser, c'est évident.

— Ça n'a pas l'air de t'inquiéter.

— Non.

— Je peux savoir pourquoi ? s'énerva Feliks.

Kazan se redressa sur un coude et le regarda en souriant.

— Je suis un voleur d'esprits. C'est moi, le prédateur ici.

— Tu as drôlement confiance en toi.

Mais le calme et l'assurance de son camarade l'aidaient à canaliser l'angoisse.

— Je préfère participer à leur petit jeu tordu plutôt que de me retrouver transféré à la tour Pointue, concéda Kazan. J'imagine que c'est pareil pour toi.

— Je n'en garde pas un très bon souvenir, en effet.

— Qu'ils fassent donc leurs petites affaires illégales, c'est préférable. Elijáš ne nous ratera pas, lui, et il est bien plus fort que moi. Ces vieux barjots, en revanche, même s'ils sont en surnombre, je peux les affronter.

— J'avoue que j'ai du mal à comprendre. Ces gens envisagent de nous tuer en toute impunité et de l'autre côté, ils se pavanent dans une cathédrale avec leur prétendu enfant miracle.

— Je trouve ça plutôt avisé de leur part. Cette mise en scène les protège. Personne ne prendrait le risque d'encourir le déplaisir d'hommes et de femmes manifestement bénis de Dieu. Ils se sont assuré la soumission de la populace qui doit fermer les yeux sur leurs parties de chasse à courre.

— Ne me parle pas de chasse, s'il te plaît.

— Alors, tais-toi et laisse-moi dormir, d'accord ?

— Attends ! Je voudrais entendre Nadja.

— Mais t'es pire que mes démons ! Quand on nous fera sortir d'ici, on devra se battre de toutes nos forces. J'ai besoin de récupérer.

— Juste un peu. Elle est là, n'est-ce pas ?

— Bien sûr qu'elle est là.

— Alors, laisse-la me parler, d'accord ?

Kazan se tut pendant si longtemps que Feliks crut qu'il s'était réellement endormi, mais tout à coup, la voix de la jeune femme fut là.

— Mon amour…

Il ferma les yeux pour ne pas voir les lèvres de Kazan remuer et exhaler ces mots, comme venus d'outre-tombe. À la place, il imagina qu'elle était assise en face de lui.

— Tu es tellement courageux, dit-elle avec tendresse. *Kationak*… Tu te bats avec une telle détermination.

— Je suis désolé. Je n'arrive pas à te sauver.

— Mais tu essaies. Je te suis vraiment reconnaissante. Je ne veux pas que tu te mettes en danger pour moi. Regarde où ça t'amène… Si tu meurs…

— Je me battrai.

La peur refluait, laissant place à une détermination inflexible. Il effleura le pavé humide du bout des doigts.

— Je voudrais pouvoir te toucher, murmura-t-il. Te prendre de nouveau dans mes bras. Tu me manques tellement.

La réponse ne vint pas, mais à la place, une main saisit la sienne et la caressa, traçant de petits cercles doux avec le pouce. Feliks la recouvrit, la serra fort. Il avait l'impression de sentir le parfum de Nadja. Sa présence était si réelle. S'il se penchait en avant, ses lèvres trouveraient les siennes… Il rouvrit les yeux. Kazan était assis en face de lui et le regardait d'un air sombre.

— On ne devrait pas jouer à ça, dit-il.

— Parce que c'est un jeu ? releva Feliks, maussade.

*

Du temps passa. Le jour restait froid même si le brouillard semblait s'être éclairci. On ne leur apporta ni eau ni nourriture. Kazan dormait ou bien insultait ses voix en marchant de long en large. Puis, des bruits étouffés leur parvinrent de l'extérieur. Des graviers crissèrent sous les roues d'une calèche. Espérance revenait de son office quotidien, vide à présent. Le duc Ševčík avait dû réintégrer un corps plus jeune et plus vigoureux. Feliks se rongea les ongles. Bientôt, on leur donnerait la chasse. Il devrait courir devant des chevaux. Des flèches le traverseraient de part en part et il finirait sa triste vie sur les pavés d'une ville étrangère, gisant dans son sang, dévoré par les chiens ou empalé sur une pique. Il mettrait peut-être des heures à mourir en geignant faiblement. Sa tête empaillée serait clouée au-dessus d'une cheminée…

L'obscurité de la nuit les enveloppa. Feliks tremblait et claquait des dents dans le froid. Il se frictionnait les bras, n'arrivait plus à se réchauffer.

— Lève-toi. Marche un peu, lui conseilla Kazan.

— Peux pas. J'ai plus de force. Est-ce que c'est pour ce soir ?

— Je n'en sais rien.

— J'en peux plus d'attendre. Je veux en finir maintenant.

— Je comprends, dit Kazan très sérieusement.

Au bout d'une éternité, ils furent exaucés. Les bruits métalliques d'hommes en armes résonnèrent dans le couloir. Le halo des lanternes rampa sur les pavés, déployant les ombres des barreaux comme un éventail.

— Prêts à courir ? leur demanda celui qui semblait être le chef du groupe.

Kazan, décontracté, les étudiait entre ses cils. Feliks était sûr qu'il analysait qui était gaucher, droitier, leurs armes, leur gabarit. Le chef tapota les barreaux avec le canon de son fusil. Les autres pointèrent des arbalètes sur eux.

— N'y pense même pas, dit l'homme en souriant.

— Comment tu peux savoir à quoi je pense alors qu'il y a dix putains de personnes qui pensent en même temps dans ma tête ? répliqua Kazan, bravache.

Il était si convaincu qu'il allait les tuer qu'il ne dissimulait même plus son secret.

— Viens là, mon grand, lui ordonna le garde.

Le voleur se releva en souplesse et une lueur d'inquiétude brilla dans le regard des autres hommes. La rumeur du combat qui avait opposé Kazan, seul, face à douze adversaires, devait avoir fait plusieurs fois le tour de la salle de garde.

— Tourne-toi, le dos aux barreaux.

Il lui entrava les poignets avec des fers.

— Tes seigneurs chassent du gibier diminué ? demanda Kazan d'un ton innocent.

— Ça t'étonne ? Ils veulent juste s'amuser. Personne n'a prétendu que les dés ne seraient pas pipés.

— Et pour lui ?

Il désigna Feliks du menton.

— Non, ça ira. Monsieur Ševčík l'a vu à l'œuvre. Mieux vaut qu'il soit libre de ses mouvements pour leur proposer un semblant de résistance et de divertissement.

— Je comprends. C'est pas con.

— Tu es drôlement bavard.

— Pas moi, répondit énigmatiquement Kazan, et il adressa un clin d'œil à Feliks qui frissonna de la tête aux pieds.

« Je t'aime », articula muettement le médecin à sa femme, comme s'il pouvait communiquer avec elle, de pensée à pensée.

L'un des gardes ouvrit la porte. Aussitôt, trois lames vinrent piquer la poitrine de Kazan. Feliks se contracta, se demandant s'il allait tout à coup passer à l'attaque et se débarrasser de toute la brigade avec ses mains attachées. Il l'en croyait vraiment capable. Mais Kazan devait avoir d'autres plans, car il se laissa docilement conduire à travers le couloir. Feliks suivit, les entrailles nouées. Comme promis, les gardes ne l'entravèrent pas. La pointe d'une lame vint simplement lui appuyer sur les reins pour l'inciter à avancer.

— Tu ne vas pas tenir longtemps, mon pauvre, compatit l'un des hommes.

Après une longue montée de marches qui causa des éblouissements au jeune médecin, ils se retrouvèrent à l'air libre. Il faisait toujours nuit. Un froid vif lui mordit le visage.

— Au moins, cavaler va nous réchauffer, plaisanta Kazan.

Ils s'engagèrent dans le jardin. Feliks leva machinalement les yeux vers les fenêtres illuminées. Des coquilles pressaient leurs visages blancs contre les vitres. Tout en haut, la silhouette menue d'Espérance était accoudée à la balustrade de son balcon. Se sentant observée, elle leur adressa un signe de la main, sans que Feliks arrive à savoir si c'était amical ou moqueur.

Quelle drôle d'enfant, pensa-t-il.

Des aboiements le sortirent de ses pensées. Au bout de l'allée, deux hommes tenaient en laisse une meute de dix chiens. C'étaient des animaux robustes, les oreilles tombantes, à la robe blanche tachetée de noir et de brun. Ils s'agitaient, excités par la perspective de la chasse.

— Ils vont nous retrouver où qu'on aille, murmura Feliks. On n'a aucune chance.

Kazan ne répondit pas. Il paraissait très concentré, retiré en lui-même. Peut-être discutait-il avec ses voix.

Derrière la meute de chiens bondissante se tenaient quatre pur-sang noirs, aux jambes longues et fines, le cou arqué, l'arrière-train musclé. Des montures taillées pour la vitesse. Rendus nerveux par les chiens, ils piaffaient et leurs sabots claquaient bruyamment sur les graviers. L'un d'eux, ses larges naseaux dilatés, projeta de la bave sur son encolure ; son cavalier dut raccourcir la bride pour le maîtriser.

Les chasseurs, trois hommes et une femme, étaient vêtus de noir : longue redingote à boutons d'argent, gilet de velours, pantalon enfoncé dans des bottes en cuir. Ils se confondaient ainsi avec la robe de leur monture et en paraissaient les prolongements. La pâleur de leurs visages n'en ressortait que davantage. Feliks ressentit d'abord une gêne incertaine avant de comprendre ce qui le dérangeait : aucune ride d'expression ne creusait leur peau lisse et blême. Tous les quatre étaient de vieux seigneurs qu'Espérance avait absorbés avant de les recracher dans le corps juvénile d'une coquille. Cependant, ils en avaient gardé par certains côtés l'apparence.

Les gardes les poussèrent dans leur direction. Les chiens surexcités sautaient sur place. Kazan ne desserrait plus les dents. Peut-être avait-il peur des chiens ? Le médecin déglutit. Il ne s'en sortirait jamais sans l'aide de son terrible camarade.

— Vous êtes prêts ? leur lança l'un des hommes.

Le vacarme des aboiements couvrit son ton moqueur. Kazan ne le regardait pas, l'air complètement ailleurs.

Il s'est réfugié dans sa tête avec ses voix, pensa Feliks, de plus en plus angoissé.

Le chasseur claqua des doigts.

— Que les chiens les reniflent, ordonna-t-il.

Les bêtes se précipitèrent sur eux. Kazan fit alors quelque chose de totalement inattendu : il tomba accroupi. Les chiens, ravis, fourrèrent leurs truffes dans ses cheveux, au creux de ses épaules et le flairèrent avec ostentation comme s'ils s'enivraient de son odeur. Resté debout, Feliks ne reçut au contraire que quelques petits coups de museau sur les tibias. Le valet tira la meute en arrière et le médecin comprit que son compagnon avait tenté de détourner au maximum l'attention des limiers sur lui. Une gratitude trouble l'émut.

— Regarde, ça te concerne, s'exclama l'un des chasseurs en agitant une clé sous le nez de Kazan.

— Les clés des fers ? nota le voleur, goguenard. Merci pour l'information !

— Tu oseras venir les chercher ? s'amusa l'homme en passant le cordon des clés autour de son cou. Je vais te montrer avec quoi nous allons vous massacrer.

Un fusil était fixé au troussequin des selles ; un arc et un carquois leur barraient le dos ; le manche d'un poignard dépassait de leurs bottes et ils portaient une longue épée à la hanche.

— Bien. Ce couteau clouera ta langue à ton palais, l'informa Kazan d'un ton aimable.

— Bien sûr, nous vous laisserons de l'avance, reprit l'homme sans relever l'impertinence. Nous allons compter jusqu'à mille avant de partir à vos trousses.

— Courez vite, susurra un autre chasseur. Courez de toutes vos forces.

— Nous nous délecterons de votre souffrance, dit la seule femme. Alors, débattez-vous aussi fort que vous pouvez.

— Notre seul souhait est que vous ne nous déceviez pas avec une fin ridicule.

— Comme ? demanda Kazan, sincèrement intrigué.

— Un soir, l'un de nos petits lapins s'est brisé le crâne en trébuchant sur un pavé, s'esclaffa la jeune femme.

— C'est ballot.

— Nous ne voulons pas que ça se reproduise.

— Fournissez-nous des casques, alors, c'est plus sûr.

Nadja fanfaronnait et Feliks ne put retenir un demi-sourire.

— Toi, je te découperai vivant, lui dit le chasseur en se penchant en avant. Je te trancherai les membres un par un en te gardant en vie le plus longtemps possible.

— Croyez-le, il est doué, les informa la femme en riant. Un petit lapin, un jour, a survécu plus d'une heure. Les cris qu'il poussait ! Je n'ai jamais réentendu de tels cris.

— Ce soir, vous entendrez les vôtres, ça vous changera, répliqua Kazan.

Les cavaliers pouffèrent. Feliks cligna des yeux. Il avait l'impression de rêver.

— Lâchez nos proies ! lança enfin le chef de la troupe.

Les gardes appuyèrent plus fermement leurs lames sur les reins des deux hommes. Les chiens se dressaient sur leurs pattes arrière en tirant sur les laisses. Feliks ne quittait pas les chasseurs du regard, craignant qu'ils se jettent tout de suite à leur poursuite. Sur les lèvres de la femme, il pouvait lire le décompte moqueur : un… deux… trois…

50

— Qu'est-ce qu'on va faire ? demanda Feliks avec anxiété.

Par provocation, Kazan marchait sans hâte excessive.

— Les chiens vont nous pister ! ajouta le médecin pour le faire réagir.

— Attends un instant, s'il te plaît.

Ils franchirent les grilles ouvertes et tournèrent à l'angle de la propriété, retrouvant les rues vides et silencieuses de Yardam. Kazan baissa au maximum les bras, et sauta à pieds joints pour faire passer la chaîne sous lui. Ses poignets étaient toujours attachés par les fers, mais au moins ne les avait-il plus dans le dos. Il rétablit son équilibre avec un gloussement.

— J'ai cru que j'allais me casser la gueule ! commenta-t-il joyeusement.

— Tu peux arrêter de t'en foutre ? On va se faire massacrer.

— Écoute-moi attentivement, répliqua Kazan, très sérieux et très sombre tout à coup. Je vais passer par les toits. Les chiens vont me perdre. J'ai essayé qu'ils s'empreignent surtout de mon odeur, mais ils vont probablement retrouver ta trace quand même.

Il va falloir que tu rejoignes le fleuve le plus vite possible. Va au niveau du pont des Suicidés. Jette-toi dans l'eau et laisse-toi emporter par le courant. Les chiens ne suivront pas et s'ils le font, ils ne pourront pas t'attaquer.

— Mais les chasseurs… Ils me troueront de flèches.

— Je reviendrai pour toi.

Il lui caressa la joue.

— Je ne t'abandonnerai pas. Fais-moi confiance.

Feliks avala péniblement sa salive, troublé par ce contact et par ce regard intense qui n'était pas celui de Nadja. Le voleur s'éloigna en reculant dans les ténèbres.

— Cours vite ! Ne te laisse pas prendre.

Il s'approcha d'une façade et, en dépit de ses mains attachées, se hissa sur le rebord de la première fenêtre et de là sur celle de l'étage. Vingt secondes plus tard, il était sur le toit. Une sueur froide glaça l'échine de Feliks. Désormais, il était tout seul. Il se rendit compte qu'il ne savait même pas comment rejoindre la Fulda. Tout se brouillait dans sa tête malgré les mois passés à arpenter la ville. Jamais il ne s'était senti aussi étranger.

— Allez ! s'encouragea-t-il. Bouge-toi !

Il commença à courir, par petites foulées, pour ne pas s'épuiser, pour ne surtout pas souffrir d'un point de côté au bout de quelques minutes. Ses semelles faisaient un bruit énorme. Nul doute qu'aux fenêtres des insomniaques l'observaient. Les chasses à courre étaient sans doute un spectacle habituel pour les voisins du manoir. Peut-être avaient-ils assisté à des mises à mort juste devant leurs portes… La peur accéléra son cœur et raccourcit dangereusement sa respiration.

Il n'allait pas tenir. Il fallait qu'il se calme. Mais où aller ? Il était déjà perdu. Ses yeux coururent sur les façades anonymes des maisons. Une fenêtre était allumée au rez-de-chaussée d'une bicoque tordue. La peur lui fit perdre la tête. Il se précipita sur la porte, y tambourina des deux poings en criant :

— Ouvrez-moi !

La lumière fut aussitôt soufflée et ses coups de poing résonnèrent dans le vestibule désert. Quelque part, un homme ou une femme devait retenir sa respiration, priant pour qu'il parte, qu'il éloigne les monstrueux prédateurs…

Feliks reprit sa course erratique. Les rues étaient toujours aussi étrangement calmes. Les chasseurs n'avaient pas encore atteint le « mille » fatidique. Combien de secondes d'avance lui restait-il ? Au moment où il formulait cette question, le barrissement d'un cor de chasse vrilla les ténèbres. Feliks se figea par réflexe, les dents claquant de terreur. Ses genoux faiblirent. Il crut qu'il allait s'effondrer, mais au lieu de cela l'adrénaline le cingla comme la lanière d'un fouet. Son corps s'arqua en un sursaut. Il repartit ventre à terre dans les ruelles désertes tandis qu'enflait le roulement de tonnerre d'une cavalcade. Les chevaux s'étaient élancés. Seize sabots assommaient les pavés. Les chiens aboyaient. Et tous venaient dans sa direction.

Il avait à peine entamé sa fuite.

Fou de peur, Feliks accéléra. Il ne pensait plus à ménager son souffle ou à se préserver d'un point de côté. Il courait, la tête vide… et fonça dans une impasse. La panique manqua le tuer. Il resta les bras ballants, impuissant devant le mur de brique.

Fais demi-tour ! ordonna une voix sauvage en lui-même.

Il se retourna. Trop tard. La vague blanche des chiens déferla au coin de la rue.

Saute !

Pas le choix. Il se rua vers le mur et sauta le plus haut possible, les bras tendus. Ses doigts effleurèrent le sommet du mur, glissèrent. Il retomba sur les pavés jonchés d'ordures.

Tu y étais presque ! Recommence !

Il sauta de nouveau et, cette fois, crocheta le haut du mur et s'y suspendit. Ses pieds patinèrent sur la brique. Des dents claquèrent au moment où il jetait sa jambe par-dessus le muret. Quelque chose siffla au-dessus de sa tête. Une flèche rebondit contre une façade, à quelques centimètres de lui. Une autre se perdit dans le noir. En une vision hallucinée, Feliks vit les quatre destriers noirs se presser tous ensemble dans la ruelle. Le médecin se laissa lourdement tomber de l'autre côté du mur. Il se réceptionna de guingois, à quatre pattes, l'impact lui meurtrissant les genoux. Pas de blessure. Il était vivant. Tout allait bien.

Cours !

Derrière le mur, il entendait le tumulte de la meute et les chevaux qui piétinaient. Les chasseurs allaient devoir manœuvrer dans l'étroite venelle pour se sortir de là. Feliks gagnait de précieuses minutes.

Il repartit en courant. Son ombre grandissait et rapetissait dans les halos jaunes des réverbères. Le bruit de ses pas accompagnait sa fuite éperdue. Il était seul de nouveau. Plusieurs rues défilèrent ainsi, toutes similaires, et soudain, il reconnut la chapelle aux Miroirs. Ce fut comme un éclair blanc. Le chemin qui lui restait à parcourir lui apparut avec une clarté absolue. Il n'était plus si loin.

À bout de souffle, il força ses jambes à s'activer. La masse imposante du Klementinum surgit par-dessus les toits obscurs. Il se rapprochait de la Fulda et du pont des Suicidés. Il prit un virage en épingle à cheveux, tourna à droite, et encore à droite. Son souffle saccadé lui emplissait la tête. Il avait conscience de pousser des râles rauques en courant, qui ressemblaient à des plaintes ou bien des cris de colère. Et les aboiements des chiens reprirent dans son dos.

Ne te retourne pas !

Incapable d'obéir à cette injonction, il jeta un coup d'œil par-dessus son épaule. La meute traversa la lumière d'un lampadaire. Dans trente secondes, il serait rejoint et taillé en pièces. Jamais il n'atteindrait le rendez-vous fixé par Kazan.

Les cuisses saturées d'acide lactique, il accéléra jusqu'au vertige et déboucha sur les quais. L'eau noire de la Fulda, gonflée par les pluies, grondait dans son lit. Des coquilles déambulaient sur le pont des Suicidés, indifférentes à lui, aux chiens, au bruit. Les griffes de la meute cliquetaient sur le pavé, ricochant et dérapant. Leurs halètements emplissaient l'air.

Feliks traversa la rue qui le séparait du quai, conscient de n'avoir plus que dix secondes à vivre. Rassemblant ses forces, il accéléra encore pour le sprint ultime. Il tendit les bras vers son seul refuge : le fleuve. Un point de côté lui déchira le flanc. Plié en deux, les genoux flageolants, il claudiqua sur les derniers mètres. L'eau noire dégageait une sensation de froid. Plus que cinq mètres, quatre, trois… Il s'apprêtait à sauter dans l'eau lorsque quelque chose saisit sa botte droite et le déséquilibra. Il s'abattit violemment sur le sol. Des lumières jaunes, rouges et blanches dansèrent devant ses yeux. Il se retourna ; un chien était cramponné à sa jambe et ses crocs labouraient le cuir de sa botte, cherchant sa peau. Le reste de la meute arrivait à une vitesse étourdissante. Dans dix secondes, il serait submergé et déjà, apparaissant et disparaissant dans les trouées de lumière des réverbères, les quatre cavaliers déferlaient comme un tsunami noir. Par réflexe, Feliks envoya son pied gauche en arrière. Son talon écrasa la tête du molosse, qui couina. Il était libre. Il était debout et sautait très maladroitement, ou plutôt, se jetait dans le vide.

L'eau glaciale lui infligea une claque magistrale. Le froid atroce le saisit des pieds à la tête. Pourtant, le silence des profondeurs étouffa de façon agréable les aboiements forcenés. Des bulles lui caressèrent les joues. L'eau lui entra dans les narines, la bouche, la gorge…

Respire !

Il refit surface pour aspirer une grande goulée d'air. Le bruit revint : deux éclaboussements successifs. Il cligna des paupières. Le courant l'avait déjà décalé par rapport à la position des chiens. Deux d'entre eux s'étaient jetés à l'eau à sa suite, mais surpris par la puissance des flots, ils luttaient pour nager et ne se préoccupaient plus de lui. Ceux restés sur le quai piétinaient à l'endroit où il avait sauté, se bousculant les uns les autres en aboyant. Les silhouettes des cavaliers se profilèrent à leur tour. Les chevaux se cabrèrent au bord du quai. L'un des chasseurs leva son arc, aussitôt imité par un compagnon.

— Non ! gémit Feliks.

Les flèches sifflèrent avant de claquer l'eau noire. Le médecin se mit à nager vigoureusement. Le courant l'aidait en l'entraînant vers le pont Judith. Où était Kazan ? Comment faire ? Comment continuer ?

Il disparut une première fois sous l'eau et battit des jambes avec fureur pour refaire surface. Ses bottes et ses vêtements engorgés l'attiraient vers le fond. Le froid rampait sous sa peau, le paralysait. Il fallait qu'il ressorte, qu'il se réchauffe. Il tenta en vain de retirer ses bottes.

Les cavaliers galopaient parallèlement à lui maintenant. D'autres flèches fusèrent, giflant la surface du fleuve. Il suffisait qu'une seule atteigne sa cible et c'en serait terminé… Feliks nageait de plus en plus difficilement. Ses mouvements devenaient mous, inefficaces. C'était le courant qui le faisait avancer. Il se rapprochait du pont Judith, mais à part les silhouettes blêmes des coquilles il ne voyait rien, nulle trace de Kazan.

Il t'a abandonné…

Il coula une seconde fois. Fit l'effort de se retourner sur le dos, de se laisser flotter parmi la pluie de flèches meurtrières. L'eau clapotait à ses oreilles, l'assourdissait.

Et soudain, un hurlement déchira la ouate de son engourdissement : les voix de Nadja et de Kazan, mêlées en un seul cri bestial.

51

Kazan courait sur les toits. Ses mains entravées le gênaient, mais heureusement la chaîne comportait suffisamment de maillons pour lui laisser du jeu. Sans pouvoir balancer librement les bras, il risquait quand même de se déséquilibrer, de rater un saut et de se briser les chevilles sur le pavé en contrebas. Il remonta l'allée des Tisserands, survola la rue de la Citadelle et se retrouva sur un toit occupé par plusieurs coquilles, le nez levé vers la lune. Il les dépassa au triple galop, plia les jambes, sauta sur un nouveau toit, slaloma entre les cheminées et, soudain, son pied dérapa sur des tuiles couvertes de mousse humide. Il glissa, ne put agiter les bras pour se rétablir. Perdant complètement l'équilibre, il roula sur l'épaule et se releva d'un coup de talon, la tête tournoyante, forçant sur ses jambes chancelantes, à droite et à gauche, pour ne pas chuter de nouveau.

— Merde ! jura-t-il en faisant cliqueter les chaînes.

Il n'avait aucun moyen de s'en débarrasser et il ne pouvait pas se permettre de perdre la moindre minute. Feliks n'y survivrait pas. Il repartit en courant, l'épaule légèrement contusionnée, longea des gouttières en surveillant la rue en contrebas. Il n'y avait nulle trace de la chasse. C'était étrange. Un frisson de peur le parcourut. Si Feliks s'était trompé de chemin… Ne pas y penser ! Courir. Sauter. Arriver à temps au niveau du fleuve.

Trois pâtés de maisons plus loin, il aperçut les formes des demeures bourgeoises bâties sur les rives de la Fulda. Il y était.

Il prit le temps de descendre prudemment du toit. Les bracelets d'acier ensanglantaient la peau délicate de ses poignets, mais le pire, c'était leur tintement agaçant, lui qui aimait se déplacer en silence.

En quelques enjambées, il rejoignit le quai et gagna le pont Judith, où se promenaient des groupes épars de coquilles. C'est là qu'il entendit le bruit. Son cœur rata un battement. Feliks était là-bas. Kazan se raidit au moment où le jeune homme tomba, un chien suspendu à son mollet.

Feliks ! hurla Nadja dans sa tête.

Mais le médecin parvint à se défaire de la prise et à sauter. D'un coup d'œil, le voleur vérifia que le courant coulait dans sa direction. Parfait. Son compagnon avait réussi sa part du contrat. À lui de prendre la suite maintenant. Lestement, il grimpa sur le parapet du pont et s'y accroupit, les muscles vibrants d'impatience comme un chat qui va sauter. Il espérait que, dans la pénombre, on le prendrait pour l'une des nombreuses gargouilles qui décoraient la balustrade. La chevelure blonde de Feliks dérivait dans les flots noirs. Les cavaliers remontaient le fleuve au petit galop, tentant d'ajuster leur cible avec leurs flèches.

— Allez, murmura Kazan en voyant les chasseurs se rapprocher, allez…

Il n'avait pas le droit à l'erreur. Son synchronisme devait être parfait. Dans sa tête, les voix se taisaient. Tous les démons retenaient leur souffle. Kazan calcula la foulée des chevaux, la position du premier cavalier, le temps approximatif que durerait sa chute, et décompta calmement « trois… deux… un… », avant de sauter dans le vide avec un hurlement de guerre.

Il tomba de tout son poids sur l'un des chasseurs et le renversa. Le cheval hennit de terreur. Son sabot ripa. Tous les trois roulèrent sur le quai en un vacarme épouvantable. Kazan se servit de son adversaire pour amortir sa chute et se retrouva à califourchon sur sa poitrine. L'autre exhala un cri minable, l'air expulsé de ses poumons par le choc et le voleur lui saisit fermement la tête. D'une torsion, il lui brisa la nuque. Pas le choix. Il devait tout réussir du premier coup ; il n'avait pas le droit à l'erreur. Comme un acrobate, le voleur poussa sur ses bras pour effectuer un salto arrière, rafler le couteau à la botte de l'homme et se redresser.

Déjà, le poignard sifflait dans les airs. Le chef des cavaliers émit un hurlement atroce quand la lame se ficha dans son œil. Paniqué, son cheval se cabra, le jetant à terre où il se contorsionna en piaulant. Kazan changea de cible. Les deux derniers cavaliers arrivaient sur lui au galop, l'épée au clair. Le voleur réfléchit à toute vitesse et au moment de l'impact se baissa en levant ses mains entravées. L'épée de la femme se prit dans la chaîne. La vitesse de l'élan l'envoya rouler au sol, mais la lame tinta près de lui, et la seconde d'après la chasseresse s'abattait en hurlant, avec un affreux craquement d'os. D'un coup de reins, Kazan bascula en une pirouette arrière, se releva, l'épée au poing, et marcha sur la femme, qui sanglotait de douleur et de rage en berçant son bras cassé.

— Tu as aimé ton cri ? lui demanda-t-il. Je n'en avais jamais entendu d'aussi joli !

Il lui planta l'épée dans la gorge. Elle se tortillait encore à ses pieds, s'étranglant dans son sang, lorsqu'il lui vola son poignard et fit face à son quatrième et dernier adversaire.

Le chasseur tenait les rênes de sa monture d'une seule main ; de l'autre, il était en train d'ajuster calmement sa proie avec son fusil. En une fraction de seconde, Kazan calcula ses chances. Il pouvait s'en sortir. Viser, lancer, se jeter sur le côté. Tout cela en un battement de cœur.

Ses doigts se replièrent souplement sur le manche du poignard ; il leva le bras ; visualisa la trajectoire de la lame, jusqu'à l'œil de sa cible…

Et son esprit lâcha.

Le quai se brouilla. Le cavalier disparut. Le ciel s'éclaircit, virant au bleu. En une seconde, il se retrouva dans un champ de coquelicots, vert et rouge, inondé de soleil.

Non ! Non, non, non, non !

Il avait conscience que, dans la réalité, le temps continuait sa course, que l'homme faisait sauter le chien de son arme, que la détonation exploserait dans la nuit et que le plomb le toucherait, le couteau encore en l'air, perdu dans la remontée acide de la réminiscence.

— *Dégage !* hurla-t-il à son démon.

Mais au contraire, les sensations se précisaient : la brise chaude, la caresse veloutée des pétales sous ses paumes. Il marchait à travers les hautes herbes, les bras écartés, les mains ouvertes, et la végétation s'étendait devant lui avec un léger froissement. Un papillon décolla d'une fleur, voleta sous son nez, bleu et jaune, monta dans la lumière aveuglante du soleil. Il se dirigeait vers un arbre solitaire, au milieu du champ.

Non ! Je suis à Yardam au bord du fleuve et un type va me tuer !

Impossible de s'arracher à sa vision. La terreur l'enlisait dans les sables mouvants de la réminiscence. Plus il luttait et plus le paysage bucolique s'ancrait avec force autour de lui.

Et soudain, un nuage brouilla la lumière dorée du soleil et la part de lui qui ne lui appartenait pas pensa un peu bêtement : *il va y avoir de l'orage*.

Dans sa vision, ce fut un coup de tonnerre.

Dans la réalité, un coup de fusil.

Toutes les voix hurlèrent ensemble.

52

Entendre les voix entremêlées de Nadja et de Kazan donna à Feliks un regain d'énergie. Le médecin battit des pieds pour surnager et dominer le courant qui menaçait de l'engloutir. Les cheveux dans les yeux, c'est à peine s'il voyait la lutte qui opposait son compagnon aux quatre chasseurs. Des cris sauvages résonnaient, des invectives, des hennissements, des hurlements de douleur…

Feliks aperçut soudain une échelle en métal qui s'enfonçait dans le fleuve. Déterminé, il nagea vers elle, empoigna un barreau rouillé et commença à s'élever, de degré en degré. Son corps s'alourdissait au fur et à mesure qu'il sortait de l'eau. Ses vêtements dégoulinaient. Transi, il claquait des dents. Sur le quai, les sabots des chevaux allaient et venaient en un tumulte désaccordé ; les griffes des chiens cliquetaient. Les animaux paraissaient fous, perdus. Quant aux humains… Les yeux écarquillés, Feliks avisa le bain de sang : trois cadavres étaient étendus sur les pavés, les chevaux piétinaient, indécis, autour des cavaliers morts, les chiens couraient de-ci de-là, flairaient leurs maîtres, lapaient le sang, ne savaient quoi faire… Deux hommes restaient, face à face. Un cavalier et Kazan. Kazan était tourné vers Feliks, debout, un poignard à la main, le bras fléchi, le regard fixe. Le chasseur sur son destrier noir épaulait son fusil, visait avec soin. C'était un duel étrange, au ralenti. Kazan aurait déjà dû réagir. Il venait de tuer trois personnes en trois secondes. Alors pourquoi restait-il immobile ?

Il décompense ! réalisa Feliks, terrifié. *Il est en train de perdre le contact avec la réalité.*

Perdu dans le brouillard de ses voix, son esprit fuyait ce moment crucial. Il allait se faire tuer. Feliks devait agir, faire quelque chose, n'importe quoi !

Le cavalier, concentré sur sa cible, ne l'avait même pas entendu sortir de l'eau. Le médecin chancela vers le cheval, ses mouvements rendus lents et maladroits à cause de ses frusques trempées. Il asséna une claque sur la croupe du pur-sang.

Le destrier, surpris, décocha une petite ruade que Feliks esquiva par chance ; le soubresaut de l'animal déséquilibra le bras du cavalier. Le fusil tonna, la balle se perdit dans l'obscurité.

Ce fut comme un appel au sang, comme le long hululement du cor de chasse tout à l'heure : en trois foulées, Kazan rejoignit le cheval et attrapa le seigneur par sa botte. Il le fit dégringoler de sa selle. Lui écrasa la tête du talon et frappa furieusement, plusieurs fois, jusqu'à écrabouiller le visage du chasseur sur le pavé, le transformer en une bouillie de peau rouge et d'esquilles d'os. Le corps tressautait nerveusement. Les derniers nerfs crépitaient avant de mourir.

— Kazan ! appela Feliks. Arrête ! Arrête, il est mort !

Le voleur n'eut aucune réaction. Il continuait à frapper comme s'il dansait sur le cadavre. Affolés par l'odeur du sang, les chevaux et les chiens s'égaillaient dans toutes les directions sur le quai.

— Kazan !

Feliks attrapa son camarade par l'épaule et le secoua brutalement. Le voleur se retourna vers lui. Ses yeux étaient deux grenades incendiaires. Il semblait prêt à exploser, possédé par ses démons en transe.

— Arrête, c'est moi ! ordonna-t-il.

Mais il était clair que Kazan ne le reconnaissait pas.

— Nadja ! appela-t-il en désespoir de cause.

Kazan l'attrapa à la gorge, commença à serrer.

— Nadja, répéta-t-il d'une voix étranglée.

Les doigts du voleur lui rentraient dans la chair, lui écrasaient la trachée, menaçaient de lui broyer le larynx. L'image des pendus, la langue noire entre les dents, lui revint, atroce.

Il tenta de desserrer la prise de Kazan, mais c'était un étau qui se refermait inéluctablement.

— Ar… rê… te…

Il manquait d'air. Il allait…

Le voleur le lâcha tout à coup et, d'un geste rapide, rafla le fusil du chasseur, abandonné sur les pavés. La sécurité était défaite. Il renversa l'arme, canon vers le haut, l'appuya sur son menton et chercha la détente de l'index.

— Mais qu'est-ce que tu fous, bordel ?

Il le savait très bien : Kazan décompensait. Après la crise de folie meurtrière, il allait se faire sauter la tête, se libérer des voix dans une fontaine de sang.

— Non !

Il se jeta sur lui, mais il était trop faible. Kazan le repoussa d'un seul bras et Feliks retomba lourdement sur les pavés.

Impuissant, il ne put que regarder l'homme fermer les yeux et suspendre sa respiration, le doigt sur la détente. Le médecin, en une seconde d'affreuse lucidité, imagina la suite : la rafale lui transformerait la tête en torche écarlate. Son visage, nez, pommettes, yeux, front, cheveux, seraient vaporisés à bout portant. Kazan s'effondrerait à plat dos, raide mort, scalpé par l'impact et ses dents viendraient pleuvoir sur le quai en un cliquetis sordide.

— Non ! hurla-t-il, la main tendue.

*

La mer était calme. De petites vagues ondulaient jusqu'à la plage. Nadja prit une grande inspiration. Nul oxygène n'entra dans ses poumons fantômes.

Les corps des autres démons massacrés gisaient en pièces sur le sable, déchiquetés par les monstres qui s'en disputaient les morceaux. Les crustacés avaient beaucoup grossi depuis que la médecin s'en occupait, comme si les cajoleries et les caresses qu'elle leur prodiguait les avaient nourris.

Il ne restait qu'un démon vivant, le seul que les animaux avaient refusé d'attaquer : la peintre. Nadja maintenait la tête de la femme sous les vagues en sanglotant. Les larmes tombaient sur le dos bombé de sa victime. Elle les avait tués. Elle les avait tous tués. Elle était devenue comme lui, une criminelle, qui marchait sur le corps des autres pour continuer d'avancer.

Tu n'as pas le choix. C'était la seule solution pour le sauver.

Dans l'eau grasse et noire, le corps de la peintre sursauta. L'élan de culpabilité avait suffisamment troublé Nadja pour la déconcentrer. La femme lui échappa et se redressa brusquement, la fixant à travers les mèches emmêlées de ses cheveux. Une plainte rauque vibra dans sa poitrine décharnée, lui brisant le cœur.

— Je suis désolée, dit Nadja. Même toi, je ne peux pas prendre de risque.

Les larmes continuaient à couler sans qu'elle puisse les retenir.

La peintre jaillit de la mer pour fuir et pataugea vers la plage. Nadja jura entre ses dents avant de s'élancer à sa suite. Leurs vêtements gorgés d'eau leur collaient au corps. La seconde suivante pourtant, ils étaient secs. La peintre poussa un cri déchirant. D'un pas incertain d'ivrogne, elle se dirigea vers les monstres. L'un d'eux, ses yeux réticulés tournés anxieusement dans sa direction, se dépêcha d'avaler sa bouchée et un bras humain disparut dans son bec caparaçonné.

Nadja faucha la peintre aux jambes. Elles s'étalèrent ensemble dans le sable rouge. La jeune femme rampa sur le dos et inséra ses doigts dans la bouche aux dents cassées. Le contact répugnant lui causa un bref frisson de répulsion.

Termine ce que tu as commencé, s'ordonna-t-elle.

Elle crocheta la mâchoire inférieure de la main gauche et sa main droite empoigna la peintre par les cheveux. Elle tira de toutes ses forces. La femme poussa un hurlement aigu, mais elle continua d'exercer son impitoyable pression. Les animaux de la plage la scrutaient tout en mastiquant, effarés. D'une brusque torsion, Nadja brisa la nuque de la peintre.

— Allez-vous-en ! vociféra-t-elle.

*

Kazan appuya le canon du fusil sur son menton et son doigt se posa délicatement sur la détente de l'arme.

— Non ! hurla Feliks, la main tendue.

Le moment s'étira comme un serpent géant, suspendu d'un bout à l'autre du temps. Et puis Kazan rouvrit les yeux, son bras retomba et comme s'il sortait d'un très long rêve, il écarta le fusil en murmurant :

— Elles ne sont plus là.

— Quoi, plus là ? demanda prudemment Feliks.

Il ne se releva pas, ne bougea pas, de peur de rompre la trêve.

— Les voix. D'un coup… elles se sont éteintes.

— Nadja ?

Kazan réfléchit, à l'écoute de lui-même.

— Nadja est là, dit-il au bout d'un moment. Elle est seule. Je ne comprends pas.

— Peut-être que ta crise a effacé les autres.

— Ma crise…

— Tu es conscient d'avoir fait une crise ?

— Je ne sais pas… Oui… Une vague de réminiscences. C'était…

Il se frotta le front, y étala du sang.

— Pénible.

— Tu as massacré ce type, puis tu as voulu te suicider. Tu as manqué me tuer aussi.

— Hmm.

Il considéra le cadavre, la tête écrasée à quelques pas de lui, le fusil encore dans sa main, le sang partout.

— D'accord. J'ai déconné. Mais on va bien. Enfin, je crois.

— Oui. On a réussi.

— On ne devrait pas rester là.

— Ouais.

Ils se relevèrent, s'aidant l'un l'autre, et Kazan arracha la clé maculée de sang qui pendait autour du cou du cadavre.

— Feliks, détache-moi, s'il te plaît. J'y arrive pas. Mes mains tremblent trop.

Ils jetèrent les fers dans le fleuve, puis collectèrent l'arsenal des chasseurs. Feliks passa deux arcs sur son épaule droite, bourra un carquois de flèches, glissa des poignards dans sa ceinture, et prit un fusil dans chaque main ; Kazan l'imita. On aurait cru qu'ils partaient en guerre.

— Tu penses à la même chose que moi ? lui demanda le médecin.

— Arrête. Ne me demande pas une chose pareille. Je ne veux pas de toi dans ma tête.

— Sois sérieux.

Kazan soupira.

— Je me sens faible. Je me sens vraiment très faible.

— Mais ça ne peut pas attendre. Il faut qu'on frappe maintenant, tu comprends ? Est-ce que tu arriveras à monter à cheval ?

— Je sais monter. Enfin, le vétéran savait monter, mais… Il n'est plus là. Alors, est-ce que je sais monter ?

Il se sentait vraiment perdu.

— Feliks, je ne vais pas très bien, avoua-t-il.

— Je sais. Je suis désolé. Je te demande un dernier effort, d'accord ? On va débouler là-bas et ils ne pourront pas nous arrêter. On les aura par surprise. On va leur reprendre Espérance. Et ensuite… on pourra faire le transfert. Tu seras guéri, Kazan, et moi… je retrouverai Nadja.

*

Kazan se sentait tellement las qu'il n'arrivait pas à réaliser que six de ses voix s'étaient éteintes, lui ouvrant tout à coup le boulevard de plusieurs mois de survie. Nadja se taisait. Il était seul dans sa tête, mais les blessures du combat lui faisaient serrer les dents. Lutter pour rester en selle ne l'aidait pas non plus. Il s'agrippait à la crinière du cheval et se laissait emporter, balloter dans un galop chaloupé dont le vacarme lui fracassait les oreilles. Feliks le précédait, bien plus à l'aise. Il avait dû frôler la mort à plusieurs reprises cette nuit, mais sa détermination était intacte. Elle paraissait même renforcée. Il croyait vraiment qu'Espérance allait les remettre chacun à leur place, effacer ces mois d'horreur, et peut-être le pouvait-elle. Mais ensuite ? La ville s'écroulerait et Kazan n'avait même plus la force de se battre. Il allait chuter avec elle dans les abysses.

— *Qu'est-ce que tu m'as fait ?* demanda-t-il à Nadja.

Pas de réponse. Juste ce silence entre ses oreilles.

Le manoir était en vue. Les grilles grandes ouvertes attendaient le retour des chasseurs et deux gardes patientaient nonchalamment. C'est à peine s'ils tournèrent la tête en entendant la cavalcade des chevaux. Feliks, qui décidément semblait avoir appris la voltige équestre en plus de la médecine, prit les rênes d'une seule main pour dégainer son fusil.

— Je prends celui de droite ! prévint-il.

Il aurait pu tirer à bout portant ; au lieu de cela, il frappa avec la crosse de son arme en pleine mâchoire, éjectant la sentinelle les quatre fers en l'air. Kazan ne pouvait pas lâcher la crinière sans prendre le risque de tomber. Il maîtrisa toutefois suffisamment sa monture pour l'orienter vers le second garde stupéfait. L'homme disparut en hurlant sous les sabots du cheval. Quelque chose craqua et le cri s'éteignit aussitôt. Le destrier broncha, déséquilibré. Kazan se raccrocha maladroitement à l'encolure pour ne pas se faire désarçonner. Après quelques foulées, l'animal s'arrêta en renâclant, tandis que le médecin effectuait une volte élégante.

— Le vétéran montait comme ça ? s'esclaffa Feliks. Drôle de technique !

— Te fous pas de moi. Je crois que j'ai perdu les compétences de mes démons et on n'en a jamais eu autant besoin.

— Du calme. On est armés jusqu'aux dents et on a l'avantage de la surprise. Tout va bien se passer.

Kazan, anxieux et perturbé, n'en croyait rien. Ils mirent pied à terre pour traverser furtivement le reste du jardin. Le voleur regardait attentivement autour de lui. La perte de ses voix ramenait ses sens à un niveau dégradé, minable, lui donnant l'impression d'être sourd et aveugle. Ce fut pourtant lui qui le vit le premier. Il se figea et attrapa Feliks par le coude pour l'arrêter lui aussi.

— Qu'est-ce qui t'arrive encore ? s'enquit le médecin, agacé. Faut pas qu'on traîne.

— Il est là, répondit Kazan.

Le son de sa propre voix le surprit : la peur qu'il y entendait acheva de le terrifier.

Sur le balcon de la chambre d'Espérance, la silhouette d'Elijáš se détachait en pleine lumière. Sa main serrait l'épaule de la fillette, debout à côté de lui. Kazan n'en était pas certain, mais il avait l'impression que le maréchal rivait ses yeux sur lui.

C'est moi, pensa-t-il avec désespoir. *C'est forcément moi. Il me surveillait. Il m'a suivi et moi, je l'ai conduit jusqu'à elle. Je lui ai fait ça…*

L'accablement sapait le reste de ses forces. Il était incapable de livrer cette bataille. Feliks et lui allaient se faire écraser. Le spectre des tortures que le maréchal lui infligerait en représailles manqua l'envoyer à genoux.

— C'est trop tard, reprit-il en un souffle. Il l'a eue, maintenant. On ne peut plus rien faire.

Il n'arrivait pas à détacher le regard de la silhouette si familière, là-haut, au-dessus de lui. Comme toujours.

— Kazan, non ! s'indigna Feliks. Cette fille représente notre seul espoir. On est armés. On y va.

Le voleur resserra sa prise sur son bras et le força à se retourner vers lui.

— Je suis désolé. Tu dois me croire. Elle est perdue.

Sa peur, si inhabituelle aux yeux de Feliks, surtout après l'avoir vu se défendre seul contre plusieurs hommes, était contagieuse. La tension du médecin s'amollit dans sa prise.

— Non..., protesta-t-il encore.

Presque une supplication, maintenant. Kazan secoua la tête. Son cœur battait de plus en plus vite. Il redoutait que le maréchal leur tombe dessus d'une seconde à l'autre, pareil à la foudre. De façon superstitieuse, il lui prêtait des pouvoirs démoniaques alors que lui-même se sentait désarmé sans les compétences de ses voix. Ses yeux remontèrent sur le balcon. Dans le contrejour que formaient les lumières de la chambre, la main levée d'Elijáš se découpait, les cinq doigts dépliés. Dans son autre main, il tenait un revolver. Lentement, le maréchal replia un doigt, puis un second doigt, et le troisième...

— On se tire ! ordonna Kazan en bousculant Feliks. Maintenant !

Quand la première détonation éclata dans le noir, ils foncèrent droit vers les chevaux qui attendaient près des grilles en mâchonnant leur mors. Kazan agrippa la crinière. Son pied trouva l'étrier et sa jambe survola le dos de l'animal. Il heurta brutalement la selle et pressa les flancs de sa monture pour qu'elle l'emporte au galop. Une deuxième balle siffla, très proche. Du gravier éclata, près du sabot du cheval. La bête déguerpit dans un vacarme d'orage pour s'enfoncer dans la ville noire.

53

Depuis plusieurs semaines, la ville sombrait dans le chaos, à se demander s'il restait encore des gens sains quelque part. On ne pouvait pas faire un pas sans croiser une coquille, le nez en l'air. Yardam devait être rempli de voleurs d'esprits, qui mangeaient, mangeaient, mangeaient, victimes de leur appétit dévorant…

Même en l'absence de ses voix, Kazan n'allait pas beaucoup mieux. Il s'était affaibli depuis la chasse à courre et compensait la perte de ses principales compétences par un entraînement physique intensif. Malgré les risques d'être repéré par la garde noire et ramené aux mains d'Elijáš, il continuait de grimper sur les toits, juste pour se prouver qu'il en était encore capable. Ses nuits étaient agitées. Il redoutait le manque qui, forcément, reviendrait. La boule de vide s'élargirait au fond de ses entrailles, et quand il s'y attendrait le moins elle lui mangerait le cœur. Alors, il courrait dehors pour se remplir de nouveau. Nadja était encore dans sa tête, il n'était pas guéri.

— Ça va ?

Feliks. Bien réel.

— Oui.

Le médecin s'assit à côté de lui, leurs épaules se touchant. Ils vivaient dans une telle peur qu'ils en avaient perdu la force de se haïr et se soutenaient au contraire, comme deux bêtes blessées à bout de forces.

— Tu mens encore, constata Feliks sans animosité. Je vais répéter ma question et tu me dis la vérité, compris ? Est-ce que ça va ?

Kazan secoua faiblement la tête.

— Et toi ? murmura-t-il.

— Pas terrible.

L'aveu retomba entre eux, lourd et maladroit. Ils se regardèrent en silence. Dépouillé de ses démons, Kazan se sentait faible, triste, coupable, terrifié… détruit. Le plus insupportable restait de regretter son ancien statut, quand il bourdonnait de voix.

Feliks, lui, avait fait ses adieux à la tante de Nadja. Rester avec la vieille femme l'aurait mise en danger. Il n'avait plus rien… à part Kazan. Pendant quelques jours, il lui avait reproché d'avoir abandonné Espérance aux griffes d'Elijáš, puis cela aussi s'était dilué dans la survie. Les murs de Yardam étaient couverts d'avis de recherche à leur effigie. Les deux hommes s'étaient retranchés dans un appartement abandonné, rue des Hauts-Fourneaux, et se relayaient la nuit, leur arsenal à portée de main. Mais bien sûr viendrait le jour où la vue d'une arme ne dissuaderait plus personne… Ils plongeaient. Tous. L'empereur ne les délivrerait jamais. Depuis le début, ils avaient été sacrifiés, condamnés à mourir dans cette vaste prison pour endiguer l'épidémie. Chaque jour, chaque heure n'était qu'un sursis absurde.

— On n'a plus rien à manger, lui annonça Feliks.

Son visage s'était beaucoup émacié, ces derniers temps. Les cernes accentuaient l'ombre mauve de ses yeux bleus et ses cheveux blonds retombaient en mèches grasses sur son front et autour de ses oreilles. Si seulement Kazan ne les avait pas aidés ce jour-là, devant les portes closes de Yardam, si seulement il avait continué sa route, le couple serait heureux aujourd'hui. Kazan s'était acharné à leur gâcher la vie… Lui-même brisé, il avait voulu casser quelque chose de beau. Il avait sacrément bien réussi.

— À quoi tu penses ? demanda le médecin.

— À rien. À la nourriture.

— Ah. Oui, bien sûr…

— Je vais aller en chercher.

— Je t'accompagne.

— Je peux y aller seul.

— Non. Tu es moins fort depuis que tu as perdu tes démons. Et je n'ai pas envie de rester seul de toute façon.

Ils sortirent, le fusil à l'épaule, le poignard à la hanche, et remontèrent les rues en lacets vers les derniers quartiers où l'on pouvait se procurer du pain. À aucun moment, ils ne croisèrent de garde. Les rangs de la tour Pointue s'étaient clairsemés. L'argent ne se mangeait pas et la solde quotidienne ne payait même plus un quignon de pain. La plupart des hommes avaient déserté pour rejoindre leurs familles. Des mendiants tendaient la main, assis sur les trottoirs. Des femmes, peu nombreuses, les interpellaient sans conviction, le maquillage ne cachant guère les ecchymoses sur leurs visages. Kazan détourna le regard. Il pensait à Jiri. Où en serait-elle aujourd'hui si elle avait survécu ? Appartiendrait-elle à cette élite étrange qui semblait désormais gouverner la ville ? C'était elle qu'aurait dû recruter Elijáš. Elle n'aurait pas faibli. Elle se serait élevée à ses côtés pour régner sur la ville folle.

— Geminga ! hurla une voix, l'arrachant à ses réflexions. C'est la lune noire ! La fin ! Cette nuit, c'est la fin !

— Qu'est-ce qu'il a ? marmonna Feliks.

Un homme venait vers eux en chancelant. Il était nu et le sang séché lui faisait comme une seconde peau. De gros paquets gluants lui collaient les cheveux.

— C'est un malade en plein délire, répondit Kazan en posant la main sur le manche de son poignard.

Les apercevant, l'homme courut vers eux. Il se jeta sur Kazan, mais s'arrêta à quelques centimètres de sa poitrine : le voleur lui piquait la gorge avec le poignard.

— Tu vas exploser, frère ? demanda Kazan.

— Geminga, répéta l'autre. La lune noire va nous avaler. Ce soir, c'est fini. Tu peux me tuer, ça m'est égal.

— Laisse-le, intervint Feliks. Il est juste fou.

Ils lui permirent de repartir et l'homme poursuivit sa route en continuant de haranguer les rues vides. Mais plus loin, ils découvrirent une femme en train de peindre des cercles noirs sur les murs et quand ils passèrent devant la cathédrale Vieille-Nouvelle, ils constatèrent que sa rosace avait été peinturlurée de noir. Feliks et Kazan échangèrent un regard préoccupé.

— C'est quoi leur délire, à la fin ? demanda le médecin.

— De l'astrologie. Je t'en parle souvent, mais tu n'écoutes pas. Un trou noir s'est ouvert dans le cosmos, un astre mort qui dévore les étoiles.

— Quel rapport avec ce qui nous arrive ?

— Les coquilles regardent tout le temps le ciel… comme si elles savaient. Comme si elles l'appelaient.

— Kazan, tu délires. Il n'y a aucun trou noir dans le ciel. Ces gens sont tous devenus tarés à cause des conditions horribles dans lesquelles nous vivons. Ça ne sert à rien de chercher un responsable dans l'univers ou un sauveur parmi les panthéons des dieux anciens…

Mais la rumeur enflait. Partout où ils allaient, on ne parlait que de ça.

— Trou noir ou pas, il va se passer quelque chose cette nuit, dit Kazan, inquiet.

Geminga.

La fin, la fin, la fin.

*

C'est à peine s'ils arrivèrent à manger le peu de nourriture volée. Le pain se transformait en cendres dans leur bouche. Ils avaient le ventre noué face à la nuit qui tombait. Personne n'avait allumé de réverbères et les ténèbres dévoraient la ville.

— Qu'est-ce qui se passe ? répéta Feliks pour la millième fois.

— Je n'en sais rien. Mais ça ira, ne t'en fais pas. On est deux. On se serre les coudes. On est armés. Tout ira bien.

En réalité, il était anxieux lui aussi.

Les heures passèrent et la nuit s'approfondit. Et tout à coup, elle fut là. Ils ne l'avaient pas vraiment vue se lever. Elle apparut comme un œil qui s'ouvre dans le ciel noir : une pleine lune immense et rouge, au ras des toits de Yardam. Une pleine lune dont le disque n'était pas parfait : millimètre par millimètre, une forme noire la grignotait. Visible depuis n'importe quel quartier de la ville, le phénomène déclencha une clameur générale faite de hurlements d'épouvante, de cris aigus et de glapissements animaux. Partout dans Yardam, les coquilles hurlaient à la mort.

La fin.

Kazan avait la chair de poule. À côté de lui, Feliks tremblait, le fusil dans les mains.

— C'est juste une éclipse, dit le médecin. On va quand même pas mourir à cause d'une foutue éclipse ?

Dans une rue très proche résonnèrent des cris de peur et de douleur.

— Ça commence, dit Kazan.

— Mais quoi ?

— Je ne suis pas sûr. La guerre civile. Ce soir, on s'entretue jusqu'au dernier.

— Pourquoi ? Pour une éclipse ? C'est vraiment pas possible !

Cependant, au fond de lui, il pensait la même chose. Il n'y avait pas d'autres solutions. Pour en finir avec la maladie, ils devaient tous mourir. La lune noire serait le témoin de cette ultime destruction.

— Ils viennent par ici, constata le médecin.

Un groupe d'hommes hilares remontait la rue. L'un deux traînait le corps inerte d'une coquille au bout de son bras. Ils durent percevoir quelque chose dans une maison voisine, car ils s'y engouffrèrent tout à coup en hurlant. Une poignée ressortit en jetant des coquilles dehors, tandis que l'autre ravageait l'intérieur. Les familles des victimes conjuraient les bourreaux d'arrêter le massacre.

— Ils sont malades ! s'indigna Feliks. Ils assassinent des coquilles !

— On devrait bouger. Ils vont entrer ici aussi.

— Tu vas les laisser faire ça ?

— Et quoi ? Tu veux qu'on se batte contre eux ? Ils sont nombreux. On risque gros.

Feliks se mordit la lèvre de frustration.

— D'accord. On passe par le toit.

Ils s'élevèrent avec prudence, grimpant entre les cheminées dans le noir. Les tuiles étaient éclaboussées de la lumière roussâtre de la lune géante. Le disque noir qui la recouvrait petit à petit s'était étendu, mais les toits dentelés de la ville se découpaient devant son cercle rouge, immense, où ressortaient en gris-noir les cratères et les impacts d'astéroïdes.

La progression par les toits se révéla très vite compliquée. De nombreuses maisons s'étaient effondrées, ravagées par les incendies. Au bord d'un toit, Kazan et Feliks rejoignirent une coquille, debout face au vide. Elle ne criait pas, mais émettait un son très sourd, à fond de gorge, comme un hurlement rentré. Ce son ne variait pas. Partout, les milliers de coquilles chantaient la même note, et on aurait cru que la ville bourdonnait.

— *Je n'aime pas ça*, répétait Nadja. *Ça me vrille les oreilles !*

Kazan examina la coquille. Ses yeux laiteux semblaient orangés par la lumière de la lune.

— *Est-ce que c'était ça que vous attendiez depuis tout ce temps ?* lui demanda Kazan.

— Qu'est-ce qu'on fait ? On reste là ? s'enquit Feliks.

Au moment où il posait sa question, une explosion résonna non loin d'eux. La maison trembla sous leurs pieds et une vibration remonta en grondant du sol. Cela dura de longues et inquiétantes secondes, puis tout à coup, des flammes gigantesques s'élevèrent à quelques encablures de là, en une colonne jaune et rouge qui dégorgeait de la fumée. Les flèches de la cathédrale Notre-Dame-devant-le-Temps, éclairées par l'incendie, rougeoyaient.

— C'est sur la grande place, constata Kazan.

— On va voir ?

Kazan hésita. Il savait à quoi pensait son camarade : l'enveloppe physique de Nadja, où qu'elle soit dans la ville, était en danger.

— D'accord. On y va.

Ils descendirent en empruntant la gouttière afin de ne pas se rompre un os et s'enfoncèrent dans Ville-Vieille. De toutes les artères perpendiculaires surgissaient des groupes d'hommes et de femmes masqués et vêtus de noirs. Ils pourchassaient les coquilles comme s'ils étaient leurs doubles ou leurs jumeaux de ténèbres et quand ils les attrapaient, leur coupaient la gorge. Feliks tenta d'intervenir. Kazan dut l'exfiltrer dans une rue parallèle. Les autres l'auraient lynché lui aussi.

— Ils sont fous, répétait Feliks, ahuri par le pogrom. Ils sont complètement dingues !

Des cris résonnaient dans toute la ville, mais surtout, le crépitement du brasier devenait de plus en plus audible et la température augmentait. Le ciel nocturne se parait d'une étonnante couleur jaune sale. Une odeur âcre de fumée planait dans l'air. Kazan cherchait au-dessus des toits les flèches de Notre-Dame-devant-le-Temps.

— On est tout proches, dit-il quand les clochers chargés de bourgeons de pierre apparurent.

La grande place devant la cathédrale était bondée de coquilles, nues et blanches, et d'hommes vêtus de robes noires qui portaient eux aussi des masques. Une psalmodie sourde accompagnait la marche forcée des coquilles. Voyant vers quoi elles se dirigeaient, Kazan et Feliks se figèrent.

— Non, murmura le médecin, non, non, non !

Kazan le retint par le bras.

— N'y va pas ! s'écria-t-il. Tu y passeras aussi !

Il réussit à le tirer à l'écart de l'émeute, sur le parvis de la cathédrale, surplombant le spectacle dément de la place. Un bûcher gigantesque y avait été dressé et des dizaines de coquilles y étaient poussées, pour disparaître dans les flammes sans un cri.

54

— Mais pourquoi ils font ça ? s'exclama Feliks en regardant avec impuissance le génocide.

— Peut-être qu'ils pensent pouvoir mettre fin à la quarantaine ainsi, avança Kazan. S'il n'y a plus de coquilles, l'empereur rouvrira les grilles.

— Nadja est parmi eux !

— Nadja est dans ma tête ! Elle est à l'abri.

— Mais son corps !

— Je sais bien. Je suis au courant, mais on ne peut rien faire. Il faut foutre le camp, cet endroit va tourner au bain de sang.

Feliks lui avait parlé du rituel satanique auquel il avait assisté. Tous les deux imaginaient facilement de quoi les citoyens de Yardam, devenus fous, étaient capables aujourd'hui.

Ils refluèrent à contre-courant pour s'éloigner de la grande place. Autour d'eux, des gens se livraient au pillage sans leur prêter attention. D'autres personnes se cachaient, terrifiées, derrière des caisses et des tonneaux, dissimulant tant bien que mal une coquille probablement membre de leur famille. Ils se retrouvèrent sur l'avenue des Lumières. Des débris et du verre cassé jonchaient le pavé. Un homme sanglotait dans les ruines de sa boutique, parmi les étagères renversées et les fioles brisées. Les mains noires de suie, il tentait de réunir des bouts de parchemins brûlés. Alors que Kazan s'apprêtait à le dépasser, il surprit du coin de l'œil l'éclair argenté d'un couteau dans l'obscurité de l'échoppe. Le voleur perdit quelques secondes, ne sachant s'il avait réellement vu le poignard ou s'il l'avait imaginé. Quand il revint sur ses pas, le commerçant convulsait dans son sang. De son assassin, il n'y avait nulle trace.

— Tes copains les voleurs d'esprits s'en mêlent ! asséna Feliks.

— Ce ne sont pas mes copains et ça peut être n'importe qui. C'est la folie, ici, au cas où tu ne l'aurais pas remarqué !

Mais lui aussi penchait sur des phénomènes de ruptures psychiques en cascade. S'il avait encore eu ses démons, il n'aurait pas résisté au climat étrange de cette nuit délétère. L'éclipse tapait sur tous les crânes, rendait les gens fous, les transformait en loups-garous noirs qui se repaissaient du sang des coquilles. L'ensemble des voleurs d'esprits allait exploser et tuer les dernières personnes encore saines avant de se donner la mort. À l'aube, il ne resterait rien. Kazan regrettait de ne pas avoir gardé les chevaux des chasseurs.

Ils seraient morts, se tança-t-il. *Peut-être que, même toi, tu aurais fini par les bouffer.*

Ils rejoignirent un pan abandonné de Ville-Vieille. Les fenêtres et les lampadaires éteints, la lumière ne cessait de décliner à cause de l'éclipse. Ils débouchèrent sur une placette silencieuse, où s'élevait une statue d'ange, les ailes déployées. Kazan s'arrêta pour reprendre son souffle. Inspirant à fond, il sentit la même odeur que tout à l'heure, ce parfum âcre qui lui piquait les poumons. À quelques pas de lui, les cheveux blonds de Feliks se couvraient de flocons gris.

— De la cendre, dit le médecin en se passant la main sur la joue.

Ils reprirent leur avancée vers la rive gauche du fleuve. Ils ne couraient pas, mais progressaient avec prudence. Un souffle brûlant leur fouetta tout à coup le visage. Feliks pila, les yeux écarquillés. Kazan suivit son regard. Par-dessus un muret écroulé, ils découvrirent le Nouveau-Monde en proie aux flammes. Un suaire de fumée jaunâtre dansait au-dessus des toits.

Ils refluèrent avec précipitation pour s'arrêter, incrédules et essoufflés, quelques centaines de mètres plus loin sous les arcades de boutiques pillées.

— Toute la ville va cramer, dit Feliks avec inquiétude.

Kazan n'eut pas le courage de démentir. Il descendit du trottoir pour se placer au centre de la rue et observer le ciel. Un quart de la lune avait été effacé par l'éclipse. Dans la direction de Karolinenthal, on discernait de pâles étoiles.

— Ça ne brûle pas encore par là-bas, dit-il. Il faut qu'on passe la Fulda.

Feliks lui emboîta le pas et cela procura une émotion bizarre à Kazan. Depuis la chasse à courre, ils s'étaient indubitablement rapprochés.

Ils se dirigèrent vers le Klementinum, mais plusieurs fois la terre gronda et des bruits d'explosion les figèrent sur place, le cœur battant. En empruntant la rue en enfilade de Celetná, ils aperçurent au loin la façade ouvragée de la chapelle aux Miroirs, dont les glaces diffractaient en mille reflets les lueurs jaunes et rouges des incendies. Des dizaines de silhouettes humaines, courbées en deux, se découpaient dans le contrejour artificiel, peut-être les incendiaires. Une forme blanche chuta du toit : une coquille poussée par un tueur.

Enfin, ils arrivèrent au niveau du Klementinum, mais à chaque inspiration ils avaient l'impression d'inhaler du sirop brûlant et, là aussi, le ciel était devenu jaune en dépit de l'éclipse.

— Ça brûle, commenta Feliks. C'est forcé. On ne passera jamais le pont.

Kazan, les dents serrées, ne dit rien. Il espérait encore. Mais quand ils virent les flammes qui roulaient pareilles à de la lave incandescente sur le dôme de l'école de médecine et de son sanatorium, ils refluèrent en courant.

— On est pris au piège dans cette maudite ville, dit le médecin.

— On va s'en sortir…

— Je vois pas comment.

Il toussa – il avait dû avaler de la fumée.

— Tu ne vas pas renoncer ? lui demanda Kazan avec reproche.

— Mais non.

— Alors, viens. On cherche ailleurs. L'incendie va atteindre cet endroit dans quelques minutes.

— Si on remontait sur les toits ?

— Non, contra Kazan. Ça risque de s'effondrer et de toute façon, l'air sera plus vicié là-haut qu'en bas.

On se ferait asphyxier. Viens, je te dis. On descend au pont Judith. Ça ira mieux là-bas.

Feliks hésita. Sa silhouette féline se découpait sur la grande étendue dallée et déserte de l'avenue Karlova, dans la clarté de l'incendie. Des particules incandescentes, poussées et attisées par le vent, voletaient comme des lucioles. Certaines venaient les picoter en se déposant en baisers brûlants sur leur peau. Les manches de Kazan étaient déjà pleines de petits trous.

Ils remontèrent l'avenue et bifurquèrent à gauche, dans la rue Dlouhà. Des silhouettes marchaient devant eux, portant des sacs et des paquets. Ils les suivirent machinalement en enjambant les cadavres saignés à blanc de plusieurs coquilles. Entre chaque pâté de maisons descendaient des vagues de chaleur torride. S'ils tournaient la tête, ils voyaient les lueurs intenses de l'incendie. À un moment, Kazan eut la vision hallucinée d'une statue équestre, cabrée dans les flammes, comme si le cheval tentait de bondir hors du brasier. Toutefois, ils s'éloignaient de la fournaise. La température chuta un peu. Le grondement sourd de l'incendie décrut. Au-dessus de leurs têtes, le ciel noir était une longue langue obscure et tranquille. Ils ralentirent pour reprendre leur souffle. Des gens s'interpellaient en amont. Une femme appelait avec désespoir « Samuel, Jonas ! » mais personne ne lui répondait.

— J'ai besoin de faire une pause, dit Feliks.

Moi aussi, songea Kazan sans l'avouer.

Ils s'assirent sur le trottoir. Le médecin toussait de nouveau.

— Pourquoi ces cons foutent le feu ? s'écria quelqu'un, sur l'autre trottoir.

— C'est le vent, répondit un autre. C'est ce foutu vent.

Et un troisième :

— C'est Geminga.

Ils s'éloignèrent. Feliks et Kazan les suivirent du regard. Alors qu'ils atteignaient le bout de la rue, les trois hommes furent rejoints par une quatrième silhouette, très rapide, qui brandissait deux sabres. Feliks ravala son air. C'était déjà fini. Les têtes tranchées volaient dans la clarté jaunâtre et retombaient en roulant sur les pavés. Quand les corps s'écroulèrent, l'assassin avait disparu.

— Mais merde ! s'exclama Feliks entre deux quintes de toux.

— S'il s'approche, on le descend, le rassura Kazan.

— Il fait plus chaud de nouveau.

— Non. Tu rêves.

— Tu entends ?

— Quoi donc ?

— Shhh… écoute…

Mais Kazan sentait sous ses fesses et sous ses paumes la vibration qui revenait. Il entendit à son tour le sourd grondement monter crescendo.

— Ça ne s'arrêtera jamais ? s'exclama Feliks, avec davantage de colère que de désespoir.

Kazan se tourna vers son compagnon, qui se rongeait les ongles sans même s'en rendre compte. Il leva la main et, du bout des doigts, repoussa une mèche blonde derrière l'oreille du médecin. Feliks lui coula un regard perplexe. Ses yeux, si clairs le jour, ressemblaient la nuit à deux puits d'ombre où se reflétaient quelques étincelles de feu.

— Qu'est-ce que tu fais ? demanda-t-il.

— Je ne sais pas trop.

— Alors, arrête ça.

Avant qu'il laisse retomber naturellement son bras, la main de Kazan glissa sur la joue de Feliks, comme s'il pouvait prolonger cet instant nimbé de tristesse et de non-dits. Il savait pourtant que Feliks ne lui pardonnerait jamais, mais c'était comme voir s'éparpiller dans les cendres quelque chose qui n'existait pas encore et il se sentait étrangement déçu.

Des particules brûlantes, transportées par le vent, se déposèrent dans la rue. Sur les façades, les fenêtres renvoyaient des lueurs d'incendie. Une escarbille toucha la main de Kazan. La douleur l'arracha à sa mélancolie.

— Dégageons de là, dit-il.

Ils s'aidèrent à se relever et choisirent la direction opposée à celle des incendies. Une côte les emmena sur les hauteurs du quartier. Par-dessus les toits se découpaient les tours jumelles de Notre-Dame-et-Charlemagne, leurs flèches ornées de fleurons dressées sur le ciel jaune. Il ne restait qu'une moitié de lune. Partout des gens mouraient. Ils se sentaient impuissants et culpabilisaient de ne protéger que leurs propres vies.

— Qu'est-ce qu'on va devenir ? demanda tout à coup Feliks d'une voix faible.

— Comment ça ?

Kazan se retourna vers lui. Un lointain reflet d'incendie animait sur son visage des couleurs roses et gaies.

— Essayons déjà d'atteindre le matin, tu ne crois pas ?

— Mais après. Même si on s'en sort. On sera enfermés dans… ça.

Ils rejoignirent un groupe de personnes. Celles-ci avisèrent leurs armes d'un air craintif. Pendant quelques minutes, ils progressèrent de concert, en silence. Des gens sortaient de multiples cachettes pour les rejoindre. Leurs pas crissaient sur le verre cassé et les débris qui jonchaient le pavé.

— Il fait plus chaud, dit quelqu'un.

Kazan pinça les lèvres. Cette fois, c'était vrai. Il se laissa dépasser par plusieurs personnes.

— Qu'est-ce que tu as ? demanda Feliks.

— Je ne sais pas. Il y a…

Le reste de sa phrase fut couvert par les hurlements des personnes qui marchaient en tête de colonne. L'incendie, comme une sorte de dragon, venait de surgir de l'une des rues adjacentes et il avançait à toute allure en projetant autour de lui des braises incandescentes. Les gens s'égaillèrent en hurlant dans toutes les directions.

— C'est pas vrai ! râla Feliks.

Quelqu'un tomba dans la foule et fut piétiné. Kazan reçut plusieurs coups d'épaule dans la brusque poussée vers une rue étroite et noire. Dans cette cohue, les visages, éclairés par la lumière mouvante des flammes, apparaissaient hagards et crispés, la bouche ouverte. Kazan attrapa le poignet de Feliks pour ne pas être séparé de lui. Ils patientèrent à l'abri d'un mur, le temps que le groupe disparaisse dans la rue. C'était une ancienne artère marchande, surmontée d'une verrière sur laquelle dansaient des reflets rosés.

— On les suit ? s'enquit Feliks.

— Attends.

Kazan observait l'allée, redevenue silencieuse et calme.

— Quoi ? le pressa le médecin.

— Je ne sais pas. Une intuition.

— Ça crame de ce côté.

— Je suis au courant, mais si on est bloqués dans ce truc, tout le monde y passe.

Et comme ils prononçaient ces mots, la verrière commença à grincer. Le verre se lézarda avec de petits craquements sonores comme de la glace qui éclate. Chauffée à blanc, la voûte gracieuse explosa en une cascade tranchante. Les premiers cris leur parvinrent. Ils n'entendirent rien d'autre. La verrière acheva de s'effondrer dans un gigantesque fracas et une gerbe de flammes et d'étincelles bondit vers le ciel. Ils fermèrent les yeux, éblouis par la soudaine lumière. Un sifflement suraigu leur vrilla les oreilles. Puis à travers le voile rosé de leurs paupières, ils virent la luminosité baisser. Le son s'éteignit. À la place de la rue, il n'y avait plus que des décombres.

55

Feliks et Kazan refluèrent sur plusieurs centaines de mètres et croisèrent un énième groupe qui fuyait en désordre dans leur direction.

— Pas par là ! leur cria Kazan.

Les silhouettes les dépassèrent et se fondirent dans l'obscurité. Une minute plus tard, ils étaient de nouveau seuls dans la nuit fraîche et silencieuse.

— Pourquoi allaient-ils dans cette direction ? demanda Feliks. Ce n'est pas logique. Qu'est-ce qu'ils fuyaient ?

— On est armés, lui rappela Kazan.

— Pour ce que ça nous a servi jusqu'alors… C'est pas avec nos pétoires qu'on va arrêter les incendies.

Ils ne lâchèrent pas pour autant les fusils. Kazan se cramponnait à son arme comme à un bouclier.

Puis soudain, il entendit *sa* voix. Il ne l'identifia pas tout de suite. L'homme gloussait et fredonnait en marchant vers eux. Il était grand, vêtu de noir. Une faux tournoyait dans sa main droite et quand la lame frôlait les pavés avec un affreux crissement, elle en faisait jaillir une gerbe d'étincelles bleutées.

Puis il le reconnut, évidemment, et une vague glacée remonta le long de ses veines pour aller se fracasser dans sa tête vide. Feliks dit quelque chose, mais les mots n'étaient plus qu'une rumeur lointaine. La bouche asséchée, Kazan déglutit. Ses pieds étaient rivés au sol comme dans un cauchemar. Elijáš le regardait. Ses lèvres bougeaient, mais il n'entendait rien. Un long bruit blanc rugissait à ses oreilles. Une case de son esprit abîmé venait de partir en fumée.

Je vais devenir fou, s'alarma une part de lui-même.

Mais non, c'était impossible. Il était quasiment vierge de voix. De façon abjecte, des excuses montaient en lui, le désir de se prosterner devant cet homme, d'inféoder toute résistance à ses pieds et de se réfugier à nouveau sous son aile noire. Il lutta contre cette faiblesse. Il ne devait rien céder, rien donner et ne rien montrer qu'Elijáš puisse retourner contre lui. Ni soumission ni complaisance. Il s'était laissé guider par cet homme dans un moment de désespoir. La mort de Jiri l'avait anéanti et l'avait renvoyé à sa maladie, à son être fracturé, tous ces morceaux mal recollés en un amas de cellules terrorisées. Sans Elijáš, à ce moment-là, il n'aurait peut-être pas survécu.

Mais c'était terminé.

Pour atteindre la prochaine aube, il devait se battre, quitte à renverser cet homme et enjamber son cadavre. Kazan avisa la faux couverte de sang et de débris organiques. Il n'arrivait toujours pas à bouger.

— Je vous cherchais depuis un moment, dit Elijáš. C'est l'heure de faire vos adieux…

Les mots avaient fini par se frayer un chemin dans sa tête et trouver du sens.

— Ne lui réponds pas, il décompense ! intervint Feliks.

— Merci, j'avais deviné.

Pourtant il songea : *il avait dit qu'il maîtrisait ses démons.*

Il se surprenait à être déçu.

Entendre le maréchal parler fit néanmoins levier en lui. Les mots, simples finalement, désacralisaient sa terrible apparition. Elijáš n'était pas un démon, juste un homme malade, exactement comme lui. Peu à peu, Kazan sentit sa volonté se raffermir. À côté de lui, Feliks n'était pas en proie aux mêmes émotions.

— Où est Espérance, espèce de salaud ? explosa-t-il.

L'homme parut le remarquer pour la première fois. Son regard sauta distraitement sur lui avant de revenir se river à Kazan.

— Finalement, tu l'as préféré à moi, dit-il d'un ton faussement accusateur. Mais c'est ça que j'aime chez toi. Là encore, tu arrives à me surprendre. Décidément, il n'en existe pas deux comme toi.

Il s'avança de quelques centimètres. La lame de la faux racla le sol dans un long écorchement de métal.

— Qu'avez-vous fait d'Espérance ? demanda à son tour Kazan.

— Ah, le Miracle ! Me conduire à elle est le plus beau cadeau que tu m'aies fait. Ça mériterait même mon pardon. Est-ce que tu voudrais ça ? Obtenir mon pardon ? Que j'efface la dette monumentale que tu as contractée envers moi ?

— Vous ne le ferez pas, rétorqua Kazan, plus calme qu'il l'aurait cru. Je vous connais.

— Oui. C'est ce qui rend notre histoire si triste et si décevante. Je t'ai tiré de la rue et de la folie. Tu te souviens quand tu es venu me trouver après la mort de ta compagne ? Tu étais tellement pathétique, complètement perdu. J'ai eu pitié de toi. Je t'ai ouvert ma porte. Je t'ai même ouvert les cuisses de ma femme, ajouta-t-il en riant. Mais apparemment, ce n'était pas suffisant. Lui…

De la pointe de la faux, il indiqua Feliks.

— Lui restait le plus important à tes yeux. J'avoue que votre relation me dépasse.

— Où est Espérance ? insista le médecin avec une colère grandissante. Réponds ou je te massacre.

Pour ponctuer sa menace, il arma son fusil d'une saccade du poignet. Le sourire d'Elijáš s'évanouit et son expression s'assombrit en un masque féroce. Ses démons étaient en train de le déborder. De sa main libre, il fouilla dans un sac de forme ronde à sa taille. Quand il le détacha de sa ceinture, Kazan réalisa avec un haut-le-cœur que ce n'était pas un sac.

— C'est elle que tu cherches ? s'esclaffa le maréchal en brandissant la tête coupée d'Espérance. Tiens, je te la donne !

Il la lança sur Feliks qui poussa un cri d'horreur quand la tête décapitée heurta mollement sa poitrine et retomba à ses pieds avec un bruit humide. Ce fut comme un déclic. Le médecin réagit dans la seconde. Il épaula le fusil, tira. Elijáš, guidé par ses démons, esquiva avec une vitesse impossible ; le plomb se perdit dans les rues vides. Le maréchal éclata de rire, un rire bizarre, entremêlé d'intonations différentes. Ses voix lui gonflaient la gorge. Feliks fit mine de recharger son arme. N'obtint qu'un son creux.

— Je suis à sec. Tire ! cria-t-il à Kazan.

L'ordre acheva de sortir le voleur de sa torpeur. Un œil fermé, il pressa la détente. La balle alla ricocher avec un impact sonore sur la lame de la faux.

— Je l'ai raté !

— Non, il l'a déviée ! s'exclama Feliks, à la fois outré et inquiet. Il a dû bouffer des tas de généraux et de chefs de guerre, le salaud. On se sépare. Prends à gauche, je passe à droite. Je vais l'occuper.

— Attends, prends mon arme, le retint Kazan. Il me reste une balle. Tire quand tu seras certain de l'atteindre. Je continue au couteau.

— Compris.

Kazan lui lança le fusil et dégaina à la place le poignard des chasseurs. Face à l'allonge d'une faux, ses chances étaient minces, mais il savait qu'il pouvait y arriver. Il suffisait de se laisser guider par son corps. Il avait connu les gestes du duel, les assauts, les parades. Avoir perdu les démons ne changeait rien. Son bras se souviendrait pour lui. Fort de cette certitude, il plongea dans la bataille.

La faux vint à sa rencontre avec une vitesse foudroyante. Il réussit à la doubler et pénétra la garde du tueur, envoyant son pied en avant sur le genou d'Elijáš. L'homme chancela. Sa faux ne découpa que l'air. Kazan s'avança au corps à corps et essaya de le transpercer. Son adversaire esquiva avec légèreté et, pivotant sur sa jambe valide, donna de la vitesse à sa faux pour qu'elle redescende vers Kazan avec la rapidité d'un fouet. Le voleur sentit la lame lui frôler le bras. Il recula en catastrophe, sauva sa main de justesse. Le maréchal le poursuivit, sa faux tournoyant à deux centimètres de son visage, de sa poitrine, de ses jambes, le contraignant à battre en retraite. Kazan esquivait les coups et tentait de faibles ripostes, mais sans pouvoir rompre l'assaut. Bientôt, il heurterait un mur ou buterait contre un obstacle et tomberait. Alors, il se ferait tailler en pièces. Mais comme le maréchal se battait frénétiquement avec Kazan, ce faisant, il exposait son dos à Feliks.

La détonation rugit. La balle manqua la tête et vaporisa l'épaule du maréchal dans une brume de sang, de chair et de tissu noir. Un liquide chaud éclaboussa le visage de Kazan.

Bravo ! pensa-t-il avec ferveur.

Elijáš roula sur le sol et se redressa à quatre pattes en dépit de la douleur. Du sang mouchetait les pavés. Des giclées brûlantes jaillissaient de son épaule et imbibaient l'uniforme. Létal ou pas ? Kazan doutait. Déjà, le maréchal faisait volte-face pour bondir sur le médecin.

— Non, c'est moi ton adversaire !

Il tenta de le rattraper, courant sur ses talons alors que des jets de sang chaud se répandaient dans l'air. Feliks était à court de balles. Se détendant au maximum, Kazan frappa Elijáš dans le dos. La faux fusa. Le médecin hurla.

— Noooon !

La voix de Nadja et la sienne, entrelacées.

Il enfonça le poignard sous l'omoplate du maréchal et pesa de tout son poids pour le faire pénétrer jusqu'à la garde, avant de frapper plus bas, encore et encore, pour massacrer son adversaire tressautant, convulsant, bavant de rage et de douleur avant de s'immobiliser tout à fait.

— Feliks !

Le médecin était étendu sur le sol, le visage crispé. Il respirait très vite. La faux s'était plantée dans sa jambe sur plusieurs centimètres. Les pensées de Nadja emplirent toute la tête de Kazan. Quand il allait retirer l'arme, le sang s'écoulerait à gros bouillons. Il fallait endiguer l'hémorragie, nettoyer la plaie et la recoudre. D'un regard circulaire, le voleur étudia son environnement. Le Klementinum était très loin et probablement ravagé par les flammes. Il se souvenait en revanche d'avoir dépassé le magasin d'une dentellière où il pourrait sans doute trouver du fil et des aiguilles. Quand était-ce ? Les pensées affolées de Nadja se mélangeaient aux siennes, brouillant son sens de l'orientation.

Laisse-moi réfléchir ! aboya-t-il dans sa tête.

Le torrent fiévreux de pronostics médicaux s'endigua un peu. Les yeux fermés, il refit son parcours à l'envers. La boutique était loin et déjà peut-être en train de brûler. Il devait faire vite.

— Va falloir bouger, Feliks, dit-il.

— Peux… pas.

— Je sais. Je vais retirer cette saleté de ta jambe.

Le médecin ouvrit un œil. Éclairé par les lointains incendies, son visage luisait de sueur.

— Je vais saigner à mort.

— Et moi, je ferai vite. Je ne peux pas te déplacer avec la faux de toute façon. La lame continuerait de déchirer les tissus et elle risque de toucher une artère. Je vais faire un garrot.

Feliks opina courageusement, les dents serrées.

— Ça fait un mal de chien.

— Je suis désolé. Je vais compter jusqu'à trois et j'arrache ce truc. Tu es prêt ?

À un et demi, il tira sur le manche. La lame coulissa hors de la plaie à travers le gras du muscle, entraînant immédiatement un épanchement de sang. Par chance, la pointe de l'arme ne s'était pas fichée dans l'os, mais Kazan craignait que l'artère fémorale ait été percée. L'odeur fade du sang se répandit dans l'air. Le liquide était très chaud sous ses paumes qui tentaient de comprimer la plaie.

— Mets tes mains sur les miennes. Dépêche-toi.

Il décala ses doigts de manière à lui faire presser la blessure à sa place.

— Tiens fort.

— Je sais.

— Je sais que tu sais.

Il déchira un pan du manteau de leur adversaire, tirant avec ses doigts, utilisant ses dents pour aller plus vite. L'étoffe avait un goût de crasse et de brûlé. De la matière se décomposait sur sa langue. Cela lui provoqua un léger haut-le-cœur et, en même temps, un peu de tristesse. Elijáš lui avait réellement tendu la main lorsqu'il allait mal. Son aide avait été sincère, du moins en partie. Et sa femme, qu'était-elle devenue ?

Je suis désolé, pensa-t-il.

Il inspira à fond, entoura la cuisse de Feliks avec le tissu et serra aussi fort que possible. Le garrot s'imbiba de sang, mais l'écoulement diminua.

— Je te porte, d'accord ?

Feliks répondit par un simple grommellement. Kazan le chargea sur ses épaules. Le grognement se mua en un glapissement de douleur.

— Désolé, je fais ce que je peux.

Il le cala sur son dos, lui soutenant les cuisses avec les mains. Sous ses doigts, il redoutait de sentir le contact poisseux du sang, mais pour l'instant le garrot tenait. Il se mit à courir ou plutôt à trottiner, ahanant sous le poids de Feliks. Sa course était irrégulière. Très vite, un point de côté lui scia le flanc. Il bougeait trop. Le jeune homme était secoué. Le garrot allait lâcher… Au bout de quelques minutes, il sentit la chaleur sur sa paume. Avec un gémissement d'impuissance, il se tourna pour regarder derrière lui : un mince sillon de sang maculait les pavés dans leur sillage.

— Tiens le coup, Feliks.

La tête du médecin ballotait sur son épaule. Il respirait pourtant. Son souffle brûlant lui chauffait le cou.

— T'endors pas.

Pas de réponse.

Kazan le secoua brusquement. La douleur ranima le médecin qui gémit.

— Reste avec moi, lui ordonna le voleur.

Il reprit sa course. Où était cette maudite boutique ?

Un groupe d'hommes surgit d'une ruelle. Ils tenaient embrochée au bout d'une pique la moitié d'un corps de coquille et chantaient tous ensemble. Kazan se rabattit dans l'ombre, le cœur battant, priant pour qu'ils ne viennent pas dans sa direction. Il avait laissé toutes ses armes près du cadavre du maréchal et n'était plus en état de se battre. Par chance, les pillards disparurent dans une rue adjacente. Le voleur rassembla ses dernières forces et reprit sa course. Les incendies crépitaient autour de lui. La température augmentait. Le feu rampait d'une maison à l'autre comme un tigre jaune. Une fenêtre, soufflée par la chaleur, explosa et se répandit dans la rue. Des gens invisibles crièrent.

Il faut que je trouve cette foutue boutique !

Sa main dégoulinait de sang. L'hémorragie semblait affreusement importante. Il hésita à s'arrêter pour refaire le garrot mais Nadja lui ordonna d'accélérer. Il fallait recoudre.

Une noirceur étrange descendait sur les rues. Kazan leva la tête. L'éclipse était totale à présent. Un astre noir, auréolé d'une mince couronne de lumières pâles, se tenait à la place de la lune. Un filet de sang paraissait teinter ses bords.

Geminga, pensa Kazan avec révérence.

Son esprit dériva dangereusement, mais soudain il reconnut le quartier. Des boutiques s'échelonnaient à gauche et à droite, toutes pillées. Kazan se reconcentra. Il ralentit, scrutant les devantures des échoppes pour retrouver celle de la dentellière.

— T'es avec moi ? demanda-t-il à Feliks. Reste avec moi, d'accord ?

Petit grognement.

— C'est bien.

Il enjamba la vitrine brisée et déposa le plus doucement possible le corps du médecin sur le sol. Puis il fouilla la boutique à la recherche d'une lanterne pour s'éclairer.

Ça va attirer tous les dingues du coin, pensa-t-il, épouvanté, en allumant la lampe.

Mais il n'avait guère le choix.

Il chercha ensuite du fil et des aiguilles. Heureusement, ce n'était pas le genre de matériel qui était emporté par les pillards et il trouva ce qu'il lui fallait. Un robinet finit par crachoter de l'eau. Kazan revint s'accroupir à côté de Feliks et découpa la jambe de pantalon avec les ciseaux de la dentellière pour pouvoir nettoyer la plaie. Celle-ci béait largement.

Le sang continuait de s'en écouler avec une vitesse inquiétante.

C'est une artère, pensa-t-il, désespéré.

Il saisit l'aiguille, passa le fil dans le chas avec une dextérité qu'il ne se connaissait pas et pour la suite, laissa faire Nadja. La jeune femme l'incarnait jusqu'au bout des ongles. Elle fit plusieurs points pour suturer la plaie. Feliks ne gémissait plus. L'écoulement s'arrêta enfin. Kazan se recula, regardant le jeune homme affaissé contre le mur, le teint cireux, huilé de sueur, blême sous l'éclairage de la lampe. Il y avait du sang partout.

— *Il a perdu trop de sang*, dit Nadja.

Sa voix était impavide dans sa tête.

— *Il va mourir.*

Comment pouvait-elle rester si calme ?

— Qu'est-ce que je peux faire ? demanda-t-il, sa question résonnant de façon bizarre dans le silence.

— *Il lui faut une transfusion.*

— *Une transfusion ? Le Klementinum n'existe plus. On est dans une boutique de dentelles et il n'y a que moi, ici.*

— *Que toi...*

Kazan toucha le front brûlant du médecin. Feliks frissonnait, respirait trop lentement. Le voleur prit son pouls. Les pulsations étaient espacées, faibles.

— *Il lui faut du sang*, répéta Nadja.

— *Et je te dis qu'il n'y a plus que moi, ici. Moi et mon sang contaminé !*

Il y eut un long silence dans sa tête et Nadja dit finalement :

— *Fais-le.*

— *Quoi ?*

— *Donne-lui ton sang.*

— *Mais je lui transmettrai mon mal. Il deviendra un voleur d'esprits.*

— *Il vivra. Ta maladie lui donnera de la force.*

Silence.

— *C'est tout ce qui m'importe.*

Kazan considéra le jeune homme inconscient. Et lui, que voulait-il ? C'était trop tard pour le lui demander. Ses forces déclinaient de minute en minute. Bientôt, il serait mort.

Cette réalité lui était insupportable. Il soupira, ferma les yeux. Il refusait de laisser faire ça. Mourir Feliks. Pas comme ça. Pas après tout ce qu'ils avaient traversé. À présent que la ville avait brûlé, que les gardes étaient tous morts, les portes closes de la quarantaine tomberaient au premier coup de bélier. Ils pouvaient sortir. Ils pouvaient partir. Rentrer chez lui.

Chez Nadja, rectifia-t-il.

Mais partir. En finir.

Il ferma et desserra les poings, réfléchissant. Feliks lui en voudrait, c'était certain. Kazan n'ayant plus qu'une seule voix, il ne lui transmettrait rien hormis la maladie. Cela signifiait qu'il se réveillerait en manque, avec un creux dans la poitrine et un vide tourbillonnant dans la tête. Il aurait besoin de se remplir et il n'y avait personne à la ronde. Nul doute qu'il souffrirait beaucoup.

— *Mais il vivra*, dit Nadja.

— *Oui, il vivra.*

Alors, il le fit.

56

Feliks se réveilla. Non d'un coup, mais très progressivement, comme s'il remontait en nageant depuis le fond des abysses en se dirigeant vers la lumière. Confusément, il savait qu'il revenait de loin. Un goût de rouille lui emplissait la bouche. Sa jambe lui faisait mal et la douleur augmentait par pulsations rapides. Il eut peur, peur de souffrir le martyre, puis cela passa car une autre sensation écrasait tout. Au centre de son être, un trou était en train de s'ouvrir. D'abord minuscule, semblable à une tête d'épingle, il se dilatait pour s'élargir, grandir, comme un tourbillon creusant la mer. Feliks avait l'impression de se délabrer de l'intérieur. Tout à coup, il mit un mot sur cette souffrance. Le manque. Le vide.

Il m'a fait ça, comprit-il. *Il m'a fait ça à moi.*

Il cligna des yeux. Dans la lumière hachée par ses battements de cils, il repéra une silhouette sombre, assise près de lui.

— Feliks ?

La voix de Nadja.

Cela le tira entièrement vers l'éveil. Il remonta les derniers mètres à toute allure. Le décor se fixa autour de lui : il était étendu sur le sol, un parquet lisse, jonché de tissus blancs tachés de rouge. Les meubles étaient renversés. La lumière grise de l'aube filtrait par une vitrine brisée. Des bouts de verre pendaient au linteau comme des dents cassées. C'était le jour. Il n'y avait jamais eu de trou noir, mais une simple éclipse que des superstitieux avaient transformée en boucherie. Il avait survécu à cette folie.

Je n'ai pas survécu.

Le manque grandissait. Le vide aspirait ses émotions, se nourrissant même de sa douleur dans la jambe pour la rejeter dans sa tête.

Je ne veux pas vivre comme ça.

Pas avec ce vide qui l'avalait. Il voulait replonger, repartir dans le noir.

Mais Nadja.

Nadja était là, juste à côté de lui.

Il clignait des paupières et c'était elle.

Nouveau clignement et c'était Kazan.

— Pourquoi tu as fait ça ? croassa-t-il.

— Je suis désolé, dit Kazan.

— Tu allais mourir, compléta Nadja. J'étais obligée.

Puis Kazan à nouveau :

— Tu es très faible. Je ne crois pas que ça suffira. Je suis désolé.

*

« Je suis désolé. » Ces trois petits mots paraissaient si minables à côté de ce que Kazan ressentait. Feliks allait mourir et il n'arrivait pas à se sortir les mots de la bouche. Il n'avait plus que quelques minutes, une heure tout au plus, avant que les forces déclinantes du médecin s'éteignent à nouveau pour toujours. Il fallait pourtant qu'il lui dise à quel point il était désolé, désolé d'avoir brisé leurs vies juste pour sauver la sienne, de lui avoir ravi Nadja, de l'avoir possédée, de s'en être imprégné parce que, au fond, il voulait être aimé lui aussi, savoir ce que cela faisait, de ressentir un amour si fort et si lumineux. Désolé, désolé, désolé.

Il ne dit rien.

*

— Je ne comprends pas… exhala Feliks.

Il se redressa sur un coude. La douleur s'étendit, le vide s'élargit. C'était presque une faim, mais une faim absolue, monstrueuse, la faim d'un être colossal, au-delà de l'humain et de l'animal, la faim du ciel noir et des étoiles, un vide cosmique, sidéral… Il ferma les yeux, les rouvrit, vit la grosse seringue en étain encore tachée de sang, puis la plaie à son bras et la même à celui de Kazan.

— Tu m'as transfusé, balbutia-t-il. Tu m'as transfusé ton maudit sang…

— Je sais ce que tu ressens, dit Kazan.

— Je ne peux pas vivre sans toi, dit Nadja. Je voulais te dire au revoir, tu comprends ?

— Non…

La jeune femme se rapprocha et s'agenouilla à côté de lui. Elle lui prit la main. C'était bien la sienne. Ses doigts fins, la courbure délicate de ses ongles sur sa peau.

— Nadja, tu es là.

— Oui, tout va bien, maintenant. Nous serons ensemble.

Ses mots flottaient dans l'obscurité, dans le vide. Ils l'apaisaient. Leurs doigts se serrèrent plus fort. Elle se pencha sur lui. Leurs lèvres se caressèrent, sans oser s'embrasser. Nadja soupira, hésita.

— Je t'en prie, pardonne-moi, dit Kazan.

C'était sa voix à lui, implorante. Il lui avait fait beaucoup de mal ; il lui avait beaucoup donné aussi, à sa façon. Soudain, Feliks n'éprouva plus ni colère ni rancune.

— Je te pardonne, dit-il.

Et Kazan s'effaça, laissant complètement place à Nadja, découpée dans la lumière grise.

— Nous n'avons pas pu sauver cette ville finalement, dit-elle.

— J'ai essayé, murmura Feliks. Je te jure, j'ai tout essayé.

— Je sais. Je voyais tout. J'étais tout le temps avec toi.

La phrase se fêla sur un sanglot.

— Mon amour.

Il se redressa avec effort. Réussit à s'asseoir en dépit de sa jambe déchirée. Il se souvenait vaguement avoir été gravement blessé, mais ne voulait pas y penser. Pas maintenant. Le présent était plus important que le passé. Nadja, enfin, était avec lui. Il contrôla la quinte de toux qui lui grattait la gorge. La tête lui tourna. Il se sentait si faible…

— Tu as perdu trop de sang, lui dit-elle. La transfusion ne suffira pas.

Il s'accrocha à elle, à sa femme. Leurs mains étaient jointes. Nadja, très doucement, posa son front contre le sien. Son souffle lui balaya le visage. Ses cheveux lui chatouillaient les joues.

— Embrasse-moi, murmura-t-elle.

Quelque part, il entendit la voix lointaine de Kazan crier « non ! ». Il le repoussa fermement.

Leurs lèvres se touchèrent. Un frisson le parcourut. Enfin, il pouvait l'embrasser, la sentir. Ses bras enlacèrent ses épaules. Elle se porta contre lui et leur baiser se fit passionné, leurs langues s'enroulèrent. Ses yeux étaient fermés, mais la lumière changeait autour de lui. La grisaille refluait, laissant place à un soleil doré qui le réchauffait agréablement. Il n'était plus dans une ville en ruine, mais ailleurs, avec Nadja. Et le vide se comblait. La souffrance se diluait. Il l'aspirait. Un grondement sourd lui monta aux oreilles, qui se mua en une pulsation lourde. Un cœur. Deux cœurs à l'unisson, qui battaient de façon synchrone. Il l'emplissait, palpitait en lui, dans ses lèvres, dans sa tête, dans ses veines et son ventre, dans toutes les fibres de son être. Nadja se glissait en lui et c'était une union encore plus complète et intime que lorsqu'ils faisaient l'amour. Ils n'étaient plus qu'un, ensemble de nouveau et pour toujours. Plus jamais on ne les séparerait.

*

Kazan se tenait sur le sable rouge de son paysage mental. C'était si évident qu'il s'en voulait de ne pas en avoir trouvé le chemin avant. Le bruit des vagues allait et venait, amplifié par la falaise, dans son dos. Le soleil énorme, d'un rouge intense, créait des reflets pourpres sur la surface visqueuse des eaux. Nadja était enfoncée dans la mer jusqu'à la taille.

— Laisse-moi partir, lui dit-elle.

Elle ne suppliait pas, droite et digne dans cette sombre masse huileuse. Cela faisait longtemps qu'il ne l'avait plus vue. De voix désincarnée, elle redevenait cette femme libre et intelligente.

— Je ne peux pas, répondit Kazan. Si tu t'en vas toi aussi, je serai en manque. Je ne pourrai pas m'empêcher de remanger des âmes, je créerai de nouvelles coquilles. Tout recommencera. On peut s'arrêter là. Si tu restes avec moi, l'épidémie cessera. Alors, toute cette folie, ce génocide n'auront pas été vains…

— Tu dois me laisser partir, insista Nadja.

Une boule se forma dans la gorge de Kazan. Elle l'abandonnait, comme sa mère l'avait fait. La douleur le prit aux tripes et au cœur.

— Non, gronda-t-il.

— Kazan, tu n'es pas seul, regarde.

Il suivit son geste ample qui embrassait la plage. Les monstres – ses monstres – se tenaient à ses côtés par dizaines. Certains étaient énormes. Il se demanda si c'était à cause d'eux qu'il ressentait le manque, lorsque leur faim devenait trop forte, ses doubles de lui-même.

— Tu peux les apprivoiser comme je l'ai fait, poursuivit la jeune femme. Ce n'est pas difficile. Ils sont gentils, tu sais ? Un peu comme toi.

Sur ce, elle lui tourna le dos et continua de s'enfoncer dans les vagues. Kazan voulut l'appeler, mais c'était trop tard. Les mots s'étranglèrent dans sa gorge. Il avait si peur. Il était incapable de penser à autre chose qu'au vide abyssal et au manque qui allait revenir l'aspirer. Le sable se mit à trembler. Il allait chuter pour toujours. Déjà, le soleil rouge se voilait de noir, comme l'éclipse, Geminga. Les monstres s'agitaient.

Nadja le quittait. Elle retournait… à Feliks.

Et l'évidence s'imposa à lui. Tous les trois étaient en train de réaliser l'impossible. Jamais il n'aurait dû perdre sa dernière voix. Des années de maladie le lui avaient enseigné. C'était pourtant ce qui arrivait, car tous les trois, dans cette triangulation si forte qu'ils avaient constituée, avaient créé des ponts entre eux. Nadja empruntait ce passage pour retourner entre les bras de Feliks.

Kazan visualisa les ponts qui filaient au-dessus de la mer noire, ces passerelles qui relieraient son monde à d'autres mondes.

Il n'était pas brisé. Il n'était pas seul. Il était un.

Il pouvait continuer d'avancer.

Les monstres se calmèrent. L'un d'eux vint même s'appuyer contre sa hanche pour quémander une caresse. Kazan la lui accorda distraitement.

Le ciel virait au bleu.

*

Feliks et Nadja étaient assis dans l'herbe, un soir d'été, au pied d'un arbre, et les coquelicots dansaient dans la brise. Les deux jeunes médecins se regardaient, souriant avec tendresse. Ils étaient heureux d'être là, réunis enfin. Ils s'étaient longuement cherchés et à vrai dire, n'avaient pas été certains de pouvoir réparer ce qui avait été cassé, ce qui avait été perdu.

— Je t'ai retrouvé, lui dit-il.

— Je savais que tu le ferais. Je n'en ai jamais douté.

— *Il* nous a aidés.

— C'est vrai.

Feliks appuya son front contre le sien.

— Je t'aime tant.

Elle posa sa main sur sa joue.

— Moi aussi. *Angel moï*...

Réentendre sa voix prononcer son surnom le remua plus encore que son « Je t'aime ». Il lui embrassa la paume avant de nicher de nouveau sa tête dans le creux tendre de sa main.

— On regarde le soleil se coucher ? proposa-t-il.

— Oui.

Le soleil était immense et rouge, comme sur la plage de l'inconscient de Kazan.

— C'est vraiment beau, murmura Feliks.

Cet instant de bonheur se grava en eux.

Ce moment-là ne se briserait jamais, ne se perdrait jamais. Il n'était pas destiné à se diluer dans leur mémoire. Ce bonheur-là s'étirerait et se prolongerait alors que tout disparaissait autour d'eux, que le soleil s'éteignait.

Ce bonheur-là était éternel.

*

Les pulsations du cœur de Feliks ralentirent, se firent de plus en plus rares, devinrent une lointaine rumeur, juste un coup ténu, puis un dernier au bout de trente secondes interminables. Puis plus rien.

D'une main tremblante, Kazan continua de chercher son pouls. Il ne trouva rien, ni à la gorge ni au poignet. Feliks était mort, sourire aux lèvres.

Pour la première fois depuis qu'il était de retour dans son corps, loin de la plage de son inconscient, Kazan sentit la différence en lui. Il se sentait seul, extraordinairement seul, comme il ne l'avait jamais été depuis dix ans.

— *Nadja ?* appela-t-il dans sa tête.

Pas de réponse.

— Nadja ? répéta-t-il bêtement à voix haute.

Ses yeux retombèrent sur le corps de son ami, souriant, serein. Heureux. Cela avait marché. En lui transfusant du sang contaminé, Kazan avait changé Feliks en voleur d'esprits. Puis Feliks l'avait embrassé. Kazan avait libéré Nadja et au lieu d'aspirer son âme, Feliks avait repris celle de sa femme.

Les larmes lui montèrent aux yeux.

Ainsi, ils avaient été réunis. Brièvement réunis. Réunis pour l'éternité.

Kazan se leva. Son corps était affaibli à cause du don de sang. La tête lui tourna. Sa tête vide. Un vertige parfaitement normal. Il n'y avait plus que lui. Seul, enfin.

— Je suis guéri, murmura-t-il, goûtant ces mots, auxquels il pensait n'avoir jamais droit. Je suis guéri…

Il se pencha sur Feliks, et sur Nadja, qui était passée dans l'esprit de son mari pour un dernier au revoir.

— Je ne vous laisserai pas là, leur dit-il.

Il souleva le corps et sortit.

La fumée grise voilait toujours le ciel. La lumière livide, incertaine lui donnait l'impression d'évoluer dans un purgatoire. Une odeur âcre de brûlé planait dans l'air, chargé de miasmes fétides, et des flocons de cendre bruinaient tout doucement sur la ville incendiée. Il n'y avait pas un bruit, pas un vivant, juste des maisons aux façades noircies, des moignons d'arbres foudroyés et quelques corps étendus par terre au milieu des fumeroles noirâtres. Un brouillard poisseux dérivait le long des rues. Des calèches gisaient sur le flanc en travers de la rue. Une couche de cendre grise les recouvrait. Il atteignit le musée. La verrière éventrée se détachait sur la brume comme les os cassés d'une bête géante. Il se rappela son cambriolage, il y a une éternité de cela. Laissant le bâtiment dans son dos, il descendit les marches démolies d'un escalier. Les degrés lézardés se chevauchaient. Il les franchit avec prudence, le corps de Feliks en équilibre dans les bras. Ils étaient passés par là quelques heures auparavant ; certains murs fumaient encore.

Kazan ne rencontra personne. Yardam n'était plus qu'un cimetière. Il n'y avait plus de coquilles, plus de voleurs d'esprits. L'épidémie allait s'achever là, dans la cendre refroidie.

Kazan n'était plus très loin de la porte du duc d'Hiver. Du regard, il la chercha à travers les rues métamorphosées par cette nuit de chaos. Il se souvenait de son blason peint sur le bois, un lion blanc, cabré sur un bouclier rouge, un edelweiss entre les crocs. Un rayon de soleil perça la brume. Kazan ne put retenir un bref élan de joie. Il était encore vivant. Il avait ce privilège : connaître un nouveau jour…

La porte du duc d'Hiver apparut enfin devant lui. Elle se dressait, toute noire, encore menaçante bien que calcinée, entre les hauts murs gris, tachés de suie.

— La quarantaine est terminée, dit Kazan à voix haute.

Il donna un grand coup de pied dans la porte et elle s'écroula avec fracas en un amoncèlement de planches carbonisées. L'éclat terne d'une peinture or sale représentant une tête de lion, une fleur entre les dents, étincela furtivement dans les cendres. Kazan releva les yeux.

Un petit chemin serpentait entre les vallons vers la campagne. C'était par cette route qu'étaient arrivés les deux médecins il y a presque un an de cela, remplis d'espoir et de confiance. Kazan avait cru en eux.

Il franchit la porte en enjambant les débris.

Ici, il n'y avait plus de fumée. Les rayons dorés de l'aube illuminaient la nature, l'herbe mouillée par la rosée ressemblait à de fins cristaux. Kazan se sentait plein d'énergie. Pour la première fois, il avait de nouveau un avenir. Il irait à Joukovski, peut-être même qu'il y apprendrait la médecine. À peine esquissée, cette vocation prenait de la force en lui, de plus en plus de force. Il pouvait le faire, apprendre par lui-même et non voler les compétences des autres.

Kazan baissa les yeux sur le corps dans ses bras. Il crut voir Nadja, puis de nouveau Feliks.

— Je vous ramène chez vous, leur dit-il.

Et il commença à marcher.

Remerciements

Grand merci à mes bêta-lectrices et bêta-lecteurs :

— Aurélie Luong et Elena Natrochvili. Merci en particulier, Elena, de m'avoir fait développer le personnage du maréchal ;)

— Céline et Franck Dive, qui me lisent et m'encouragent depuis tant d'années maintenant ;

— le Serpent-Monde (qui prend du galon dans le choix de ses avatars).

Merci à Agnès Marot et à la direction éditoriale pour m'avoir fait développer encore plus le personnage du maréchal ! Elijáš vous doit beaucoup, les filles ;)

Merci à Estelle Faye pour les grandes discussions, les conseils bibliographiques, nos aventures bordelaises, c'était extraordinaire !

Merci à Aurélien Police de prêter une fois de plus son immense talent à mes histoires.

Merci à toute l'équipe de Scrineo, Jean-Paul Arif, Floria Guihéneuf, Déborah Zitt, je vous aime.

Et bien sûr, merci à vous tous, lectrices, lecteurs, d'être arrivés jusqu'à cette page, pour votre soutien, votre enthousiasme et votre confiance !

Composition et mise en pages
FACOMPO, Lisieux

Imprimé en France par CPI
en février 2022
N° d'impression : 3046975

Pocket – 92 avenue de France, 75013 PARIS

S32241/01